本书为"中央高校基本科研业务费资助"项目阶段性成果，项目编号：3142019023

顺康女性词研究

赵宣竹　著

人民出版社

目 录

绪　论　顺康女性词坛总体特色及成因分析......................................1

| 上　编 |

第一章　顺康女性词人的阶层...12

　　第一节　前朝遗民...12

　　第二节　新朝命妇...18

　　第三节　民间才媛...23

　　第四节　旧宫宫人...35

　　第五节　名妓词人...38

　　第六节　方外词人...55

第二章　顺康女性词人的家族与地域分布................................60

　　第一节　家族分布...60

第二节　地域分布..95

第三章　顺康女性词人的交游情况................................103

第一节　钱塘蕉园结社..103

第二节　其他往来唱和..119

第四章　顺康女性词学观..129

第一节　王端淑的词学观..129

第二节　"词坛主持"归淑芬、黄德贞及其他女词人的词学观.......145

第五章　顺康女性词的题材特征及艺术特色.................156

第一节　幽微纤婉与洪钟大吕共存的题材特征.............156

第二节　海纳百川与斗巧争新并重的艺术特色.............179

| 下　编 |

第六章　侠女击筑的家国词..202

第一节　以身挡矢的李因..202

第二节　"刺破丹心"的刘淑......................................212

第七章　载笔钱塘的流寓词..221

第一节　吴山与黄媛介..221

第二节　堵霞..227

第八章　沉郁顿挫的朱中楣词..............................237

　　第一节　遗民心态..............................239

　　第二节　沉郁词风..............................246

第九章　屈骚传承的顾贞立词..............................251

　　第一节　屈骚意象在顾贞立词中的运用..............................254

　　第二节　李白"以庄骚为源"对顾贞立词的影响..............................258

　　第三节　杜甫诗中屈原精神在顾贞立词中的表现..............................260

第十章　姒蓄清照的徐灿词..............................264

　　第一节　徐灿词的题材与创作心态..............................265

　　第二节　徐灿词的艺术特征..............................276

第十一章　盛世悲欢的闺阁词..............................282

　　第一节　高景芳笔下的繁华..............................282

　　第二节　张令仪笔下的危机..............................290

结　论..............................298

附录一：顺康女性词作辑佚、勘误、存疑..............................301

附录二：顺康女性词作汇评..............................305

附录三：顺康女性词作版本知见..............................313

主要参考文献..............................316

后　记..............................324

绪　论
顺康女性词坛总体特色及成因分析

　　清代女性词的群芳竞艳是诞生在清词的沃土之上的，而清词一向被视为词学发展史上的中兴。因其词人和词作数量众多、流派纷呈、词学理论成果丰厚而成为继宋代以来词学发展的又一高峰。从女性自身来看，清代妇女从事文学创作的积极性高于往昔，胡文楷曾在《历代妇女著作考》自序中说：“清代妇人之集，超轶前代，数逾三千。”[①] 这是就整个文学创作领域来说的。但就词学一隅来看，在词学整体大环境的影响下，清代的女性词人也积极参与创作，编选词集，甚至撰写理论著述。这样的繁荣景象，并非旦夕成就，而开这一时代风气之先的，自然是顺康时期的女性词坛。这一时期的女性词已经呈现出繁荣的局面，仅《全清词·顺康卷》收录的女词人就有 361 人之多，此时女性别集、选集陆续出现，一些女性词学主张也初见端倪。同时，这一时期的女性词坛由于特定的社会原因和历史原因，呈现出异彩纷呈的状态：风格、流派众多。因此，顺康女性词可以说是女性词史上十分重要的一环。虽然“花影迷离”，虽然春意未浓，但对这一女性断代词史的研究仍然具有相当重要的意义。

---

　　① 　胡文楷编著：《历代妇女著作考》，上海古籍出版社 1985 年版，第 2 页。

一、顺康女性词坛总体特色

顺康时期的女性词作总体上呈现出繁荣兴旺的景象。这种繁荣主要从两个方面展现出来：一方面表现在形式上，作家、作品数量的增多。顺康时期女性词作数量之大是前所未有的，共有约 361 位女性词人的 2600 余首词作，并且其中绝大部分女性作家有自己的词集行世。另一方面表现在内涵上，作品质量普遍提高，风格不拘一格。顺康时期许多女性作家具有自己的独特创作风格和词论主张。

在这一特定时期，女性词从宏观上看表现出"一条主线"和"三个多元性"的明显特征。"一个主线"是：女性词在顺康时期明显表现为由闺阁走向家国再回归到闺阁的发展脉络。"三个多元性"是：第一是创作主体的多元性，第二是创作题材风格的多样性，第三是创作环境的丰富性。

这里，"闺阁—家国—闺阁"的发展脉络不是单纯的回归，而是一种螺旋式的上升，其内部存在升华的过程，前者是视野所限，后者是自觉回归。这一过程是思想上的提升，也有造诣上的进步。可以说，由"闺阁"而"家国"是不得已，许多身处江南的闺阁女子，被突如其来的战争裹挟，使她们原本春花秋月映照的词篇里多了刀光剑影，多了故宫离黍。由"家国"而"闺阁"则是女性群体的自觉回归，从女性自身特征看，她们厌弃争战，渴望安宁。一旦环境允许，她们便会自觉回归到生活氛围中来。因此，在顺康后期，几近承平的社会环境下，女性词又开始书写琐细的闺中生活与细腻的闺阁情感了。只不过，这种回归是在女性词经历了新的思想高度和掌握了纯熟技法的基础之上的，是一种全新面貌的回归。

创作主体的多元性表现在女性词作者来自社会各个阶层，出身、经历各不相同。这众多的创作主体里，有前朝遗民、新朝命妇、前朝散落民间的妃嫔宫人，以及方外的黄冠、女尼，而这几种身份又有交织，比如徐灿、朱中楣等女词人内心以遗民自居，对前朝怀有深厚的感情，但是其夫入仕新朝，她们的身份客观上成为新朝命妇，这种名实不符的尴尬身份和内心矛盾必然在其词作中有所反映。再如前朝妃嫔宫人申蕙、徐淑秀、曹月士在离乱中流落民间，其中一些人又不得已遁入空门成为女道、女尼，这种由富贵繁华急转为青灯古卷的生活境况陡变，在词人心里引起巨大的波澜，客观上刺激了词人的创作欲望。而这两种特殊的词人身份，是只有在这种特殊的历史背景下才可能产生的。

顺康女性词人的创作环境，这里主要指三个方面：

其一，社会环境。其包括现实层面的鼎革乱世对女性词人的影响、文学层面的创作及理论积淀对女性词人的影响，以及精神层面的封建伦理道德规范对女性词人的影响。其二，成长环境。这是对于女性词人来说至关重要的创作因素，成长经历是决定其词作成就的决定性因素之一。女性词作者与男性词作者之所以不同，在于她们填词经验的获得，更多的不是来自社会，而是来自家庭，也就是说，在其成长过程中，决定其今后词作成就的因素就在慢慢注入、逐渐形成。这里要特别提及几个文学家庭对生长其中的女性词人的影响，并加以分析。其三，交游环境。必须注意到，明季清初，女性词人开始有了不同于以往才女的新的文学活动方式，她们也同男性词人一样开始互相唱和赠答，往来拜访，甚至结社交游。这些都促成了女性词作向着更高的形式迈进。

改朝换代之际的特殊历史条件，使得女性作家走出闺阁庭院，主动或被动地接触社会百态，感受山川风貌，乃至经受血雨腥风，其创作灵感被触动，打破原有的闺阁词写作范式，形成了多种多样的词作风格。

从微观上看，与以往人们所认为的闺阁词人词作无非是吟风弄月、春恨秋悲不同。这一时期的女性词人虽然也有大量的此类词作，但是，在女性词人作品中也出现了大量表现黍离之悲、怀古咏史、田园、游仙甚至羁旅行役题材的词作。这一时期的女性词作不仅承续了以往词作的各种风格——比如花间、婉约、豪放、清雅等，还有所创新。闺阁词人不以诗词求仕进的放松的创作心态，使她们的词作更容易突破传统的风格和写作模式。她们也没有特定的师承关系，不必隶属于某一个词派，这也为她们另辟蹊径提供了便利，于是出现了朱中楣的沉郁重拙、顾贞立的"气含骚雅"。还有一个特别值得注意的现象是，这一时期能够在词坛上争胜、以词集传世的女词人，她们的作品往往不具有太多女性特质，尽管词评者依然喜欢用"清新婉丽"一类的符合女性特色的评语来赞扬她们，但是读者体味到的一定是她们的词作非比寻常的气度和风致。

基于上述女性词作在顺康时期出现的新特点和新成就，有必要将其作为重要的研究对象加以分析和讨论。

二、顺康女性词特点成因分析

顺康女性词坛繁荣景象出现的深层原因是多方面的。首先从社会环境来看，明末的经济繁荣为文学领域的繁荣准备了充分的物质条件。美国汉学家费正清认为："明代社会几乎在所有方面都获得了长足的发展：人口、耕地面积、外贸总量、工业手工业的生产水平乃至纸币的使用等等。"① 从明代后期开始，中国出现了从传统的农业社会向近代工商业社会转型的趋势，嘉靖年间的吴中名士何良俊就说："昔日逐末之人尚少，今去农而改业工商者，三倍于前矣。大抵以十万百姓言之，已六七分去农。"② 这种社会结构的转变使得禁锢在土地上的人被更多地解放出来，而商业活动中贸易的频繁则带来了社会人口流动性的增强，势必促进不同地域的思想及先进文化的交流，从而有利于文化领域的繁荣。另外，商人群体的增加也使得文化及娱乐消费的层面不断扩大，商人在物质财富充盈之后便会努力掩

---

① [美] 费正清：《中国：传统与变迁》，张沛译，世界知识出版社 2002 年版，第 233、234 页。

② [明] 何良俊：《四友斋丛说》，中华书局 1959 年版，第 108、112 页。

饰自己末叶出身的尴尬背景，想通过结交文士、致力文学乃至刊刻印刷等来彰显自己的文化底蕴。因此，明末商业的繁荣客观上推进了文化的繁荣。商人的思想较为活跃，不同于禁锢在土地上的农民，他们更易接受新鲜事物，对于传统礼法和观念有怀疑和突破的精神，因此，对于"内言不出"的传统教化并不十分重视，就是在这种环境下，有了大量女性作品的刊刻出版。

政治上，明季清初鼎革世乱之际，封建纲常有所松动，对于女性的思想禁锢减轻。这一时期，面对家国之痛，女性作者更多的是凭借诗词创作一浇胸中块垒。因此，动荡的大环境也客观上刺激了女性词作的繁荣。另外，满清定鼎中原以后的前十年，对于士人采取利用政策，他们集中武力镇压汉族武装反抗，"对思想文化领域的异端思想和敌对情绪尚无暇顾及"①，部分女性词人正是在这一时期创作了数量众多的凭吊故国之作，这部分词作题材和风格上迥异于以往女性词。它们的出现使得女性词坛整体面貌焕然一新。

从文学领域的大范围来看，到明季，各种文体基本发展成熟，这就为女性作家从事文学创作提供了丰厚的土壤，她们有可能吸收、汲取上乘的创作经验来为自己所用。特别是在词学领域，从晚唐发展而来的这一文学形式，在经历了北宋的花团锦簇和南宋的详加研磨之后，完全成为继诗歌之后另一种成熟的、适于抒情的、短小精悍的文体形式。它此时早已成为文人离不开的文学创作形式之一。而有明一代词话、词论的兴盛又为词的创作提供了可以遵循的理论基础，进行了丰富的经验总结。

从男性对于女性文学的态度来看，明清之际的男性文人积极致力于奖掖和鼓励女性进行文学创作，为女性出版各类选集，并着意提高女性的地位。如邹漪在《红蕉集》序中说："三百删自圣手，二南诸篇，什七出后

_____

① 李丹：《顺康之际广陵词坛研究》，上海古籍出版社 2009 年版，第 8 页。

妃嫔御，思妇游女。"① 钟惺在《名媛诗归》序中也说："男子之巧，泂不及妇人矣。"② 葛徵奇在《续玉台文苑》序中说："若将宇宙文字之场，应属乎妇人。"③ 赵世杰在《古今女史》序中说："海内灵秀，或不钟男子而钟女人，其称灵秀者何？盖美其诗文及其人也。"④ 这里将女性抬高到空前的历史地位，不仅仅是和男性平起平坐，甚至高于男性、优于男性。这些男性文人不惜降低自己性别在文学上的地位来歌颂女性，说她们是更富有文学才华的性别，是天地灵气之所钟。这些男性不仅积极将女性作家的作品编纂成集、付梓刊刻，还积极为之题序。比如焦袁熹就既为贵妇人陆凤池的《梯仙阁余课》写了序，又为能词的贫家女袁寒篁赋《娇女诗》。对于女性来说，男性的肯定，让她们对自身有了新的认知，对自己的存在价值有了更多的肯定，从而有动力进行更多的文学创作。孙康宜认为，这是由于"当时文人厌倦了八股及其他实用价值的具体反映"，"从政治上的失意转移到女性研究可以说已经成了当时的风气"。⑤ 无论这些男性的出发点和动机怎样，总之在客观上起到了促进女性文学发展的作用。

顺康时期的女性词发展有两个动力：一个是亲友关系的缓慢助力，另一个是朝代更替的瞬间推力。前者如涓涓细流慢慢注入其中，后者如滔天巨浪催其喷薄而出。纵观顺康女性词坛，几乎所有的词人都以亲缘关系相联系，她们分别隶属于某个大的家族，这些家族又由交叉的关系链所连接，加上往来唱和的群体交流，顺康时期的女性词人之间存在着交织错落的巨大关系网。在家族内部，词作的发展呈现出承续和渐进的发展状况，往往是女儿们继承母亲的词风，而如果这一家族的女性词人数量较多，又

---

① 胡文楷编著：《历代妇女著作考》，上海古籍出版社 1985 年版，第 897 页。
② ［明］钟惺辑：《名媛诗归》，《四库全书存目丛书》集 339 册，齐鲁社 1997 年版，第 3 页。
③ ［明］江元祚辑：《续玉台文苑》，明刻本，第 2 页。
④ ［明］赵世杰选辑：《古今女史》，明崇祯元年（1628）刊本，第 2 页。
⑤ 孙康宜：《文学经典的挑战》，百花洲文艺出版社 2002 年版，第 84 页。

有经常交流的机会，那么她们的词作也呈现出较为一致的风格。这种家族内部的唱和有时会涉及其他女性词人，比如加入山阴梅市唱和的黄媛介，又如起源于家族唱和的蕉园群体，从而加入外来的新鲜成分。这一方面使得本家族的词作水平有所提高，另一方面也将这一家族的词学积淀传播出去，从而推动一个时期的女性词向前发展。在家族内部男性及家族外部男性文人的提携和倡导下，女性词人开始发掘自身的价值，希望在文学史上给自己及其他女性词人以一定的位置，于是女性词集编选之风日盛。她们"除了编选女性诗词集以外，自己还很自觉地出版自选集，尤其更以一种自我呈现的精神在序跋中很郑重地为自己奠定一个特定的形象"[1]。她们之中的大部分人不仅对于存史有足够的信心，对于自己所具备的才华也充满自信，并毫不掩饰。比如吴绡曾在其《啸雪庵诗集》自序中说："假使菲薄，生于上叶，传礼经，续汉史，则余并未能；一吟一咏，亦有微长，未必谢于昔人也。"[2]

本来这一发展是缓慢进行着的，女性词可以延续闺阁词的道路向前发展，但是改朝换代的风浪犹如催化剂，不仅加速了这一进程，还催生出一大批文采斐然的女性词人和光耀今古的词篇佳作。

翻阅这一时期的女性词集可以发现，只要是身历了这场巨大变革的女性词人，其词集中都对这一变革有所反映。从阅历上来说，她们经历了沧桑巨变，必然带来对于社会、人生的全新认知；从视野上来说，这场大动荡使得她们很难再稳坐闺阁，大部分人经历了颠沛流离的生活，这一过程必然使她们见识到更多的外面世界，使得视野更加开阔。这一趋势必带来写作题材上的拓展，不再囿于闺阁这一方小小的天地，关注点也不再围绕风花雪月、征人思妇。可以说，如果没有这场变革，就不会有《个山遗集》

---

① 康正果：《重新认识明清才女》，《中外文学》1993 年第 6 期。
② ［清］吴绡：《啸雪庵诗集》，民国二十二年（1933）钞本，第 20 页。

里挥剑扬鞭的刘淑，不会有《拙政园诗馀》里"缠绵辛苦"①的徐灿，更不会有《石园随草》里"词尽沉郁"的朱中楣和《栖香阁词》里"语带风云"的顾贞立……

因此，清初的女性词在原本已经具备了学识素养、文化积淀和填词经验的基础上，受到这一强大突发事件的冲击，便迸发出巨大的力量。这股巨大的力量就是女性词人的情感波动。词本来就是一种抒情的工具，诗虽"可以怨"，但毕竟还要受到"哀而不伤"的限制。在亡国之痛面前，凡是有高尚气节的人，谁能做到怨而不怒、哀而不伤呢？因此，她们就将自己的悲愤之情寄托在词中。女性词在这一时期发生了巨大的转变，从闺阁走出，向着家国题材迈进。刘熙载说辛稼轩假长短句以鸣②，陈廷焯云："情有所感，不能无所寄。意有所郁，不能无所泄。古之为词者，自抒其性情，所以悦己也。"③清初诸位女性词人正是纷纷假长短句以鸣，寄情于词，泄忿于词，抒一己之情怀于词，在词的创作上形成了浩大的声势，使女性词无论在数量上还是在质量上都呈现出蓬勃发展之势。

到了顺康后期，一方面，政治上的高压政策使女性词人在客观上不敢随意书写；另一方面，在经历了清初的风浪后，生活逐渐安定下来的女性词人意识到江山易代、政治纷争是历史的必然，如顾贞立晚年就曾言："江山原是沧田海。算百年、三万六千场，休惊怪"（《满江红》），可见她们主观上已经不愿再过问政治。明末出现的王阳明心学和李贽"童心说"等人性解放思想的留存和传播，也影响到女性词人，她们更加关注自身生活状况和个体心灵感受。因此，女性词出现了向闺阁化回归的现象。这种

---

① ［清］陈维崧撰，［清］冒褒注，［清］王士禄评，王英志校点：《妇人集》，王英志主编：《清代闺秀诗话丛刊》，凤凰出版社2010年版，第13页。

② ［清］刘熙载：《词概》，唐圭璋编：《词话丛编》，中华书局2005年版，第3693页。

③ ［清］陈廷焯：《白雨斋词话》卷八，唐圭璋编：《词话丛编》，中华书局2005年版，第3968页。

回归不是表面看到的单纯的回归，在深层次上是一种升华，标志着闺阁词向着日常化、琐细化和感情化的方向发展。

综上所述，顺康时期的女性词坛，在整个女性词史上呈现出空前繁荣的状态，这种繁荣不仅是在词作数量上的繁荣、质量上的提高，而且在词学批评领域以及词学活动领域，都出现了前所未有的发展，为有清一代女性词的发展奠定了良好的基础。因此，要了解清代女性词，必先了解顺康时期的女性词；要分析清代女性词人活动，必先从顺康女性词人活动开始；要了解清代女性词学批评的发展状况，必先从顺康女性词学主张入手。可以说，揭开顺康女性词研究的序幕，就等于开启了通向清代女性词学殿堂的第一扇门。

上 编

　　词集选本及史料中对于女性词人的分类曾有很多种，冼玉清曾在《广东女子艺文考》自序中将女子有才名者分为"名父之女、才士之妻、令子之母"①，这种说法未免有脱漏。钱岳和徐树敏的《众香词》将女性词人分为"台阁、女宗、珠浦、玉田、云队、花丛"②六类，以应"礼、乐、射、御、书、数"儒家六艺。据"凡例"称，"台阁"指"夫人、恭人、孺人及小姐"，"女宗"指"姑媳、母女、姐妹"，"珠浦"指"离鸾别鹄"，"玉田"指"伉俪唱酬"，"云队"指"婢妾、妓媵、女冠、宫掖"，"花丛"指娼妓。在这一分类中，"台阁"、"云队"、"花丛"是按照社会地位来分的，而"女宗"则是按照家族来分的，"玉田"与"珠浦"又是按照身世的幸与不幸来分的。此类划分标准并不统一、科学。由于顺康时期前期朝代更迭的特殊性，这一时期的女性词人创作群体呈现出创作阶层多元化的特点，同时，由于女性词作者受到成长环境因素的影响较大，所以这一时期的女性词人群体依然呈现出家族性、地域性的特点。这里首先着重对顺康时期女性词人本身的自然情况做简要分析。

---

　　① 冼玉清：《广东女子艺文考》，胡文楷编著：《历代妇女著作考》，上海古籍出版社1985年版，第485页。

　　② ［清］钱岳、徐树敏：《众香词》卷一"凡例"，上海大东书局1934年版。

第 一 章

顺康女性词人的阶层

如前所述，明季末世，神州板荡，在这一特殊的大变革时期，女性词人群体的阶层分布也呈现出多元化的态势：前朝妃嫔宗室、遗民、新朝命妇、民间才媛纷纷搦管填词，甚至名妓、尼道中之佼佼者均有词章传世。一时间呈现出芝兰玉树与芰茄兼葭竞放的繁荣局面。

第一节　前朝遗民

何宗美在《明末清初文人结社研究》中认为，"明遗民现象，是清初思想史、文化史和文学史上一个值得深入开掘的重要话题"，"从来没有像明遗民群体人数如此之众"。① 既然明末清初遗民数量如此之庞大，那么，生活在这一时间段的女性词人必定有一部分包含其中。明代遗民，从心态上来说，与以往遗民有许多不同之处，主要表现在三个方面：第一，崇祯帝的"殉社稷"举动，让遗民的坚守具有忠君的政治意味；第二，满清异

---

① 何宗美：《明末清初文人结社研究》，南开大学出版社 2003 年版，第 285 页。

族定鼎中原，让遗民的坚守具有"严夷夏之防"的民族大义；第三，宋明理学的深入影响，将遗民的坚守冠以"名节"、"操守"的伦理道德标准。女性遗民的心态又与男性不同，她们的忠君具体表现在忠于自己的丈夫，女性遗民的丈夫大多是以身殉国者，她们选择遗民身份是为了表明自己遵循丈夫的遗志和信仰。同时，女性选择遗民身份还由于她们对于"贞操"的信仰，这是一种埋藏在内心深处的意识，来源于长期的教育熏陶。从这一方面来考虑，就能够理解女性遗民在某种程度上更为坚定的原因了。梁乙真在《清代妇女文学史》一书中首列"遗民文学"一章，将会稽商祁一门、秀水黄皆令、当涂吴岩子母女以及钱塘顾氏一门均列为遗民。

其中会稽商祁即今天常提到的山阴祁氏一门。所谓祁氏一门，是指明天启二年进士、曾任崇祯朝御史的祁彪佳家族中的女性。因为在清军攻破杭州城的时候，祁彪佳拒不接受清贝勒的聘书，自沉于梅墅寓园别业梅花阁前水池中，明唐王追赠少保、兵部尚书，谥忠敏。祁彪佳的妻女们，遵从他的遗志，入清后成为不与新政权合作的遗民。这一门的女性主要包括商景兰、商景徽姐妹，商景徽女徐昭华，商景兰女祁德渊、祁德琼、祁德𡒄，商景兰儿媳朱德容、张德蕙（关于山阴祁氏稍后将在家族分布中进一步分析）。

秀水黄皆令，名媛介，字皆令，浙江秀水（今嘉兴）人，黄葵阳族女，黄象山妹，杨世功室，工诗文、善书画，王士禛称其"负诗名数十年"①，小赋"颇有魏晋风致"②。《玉镜阳秋》评论说："近日闺媛，以文翰与当世相酬应者，王玉映以才胜，皆令以法胜。皆令诗暨赋颂诸文，并老成有矩镬。"③说明黄皆令诗词文赋皆为世人称道。《名媛诗话》载："顺治初，城

① ［清］王士禛：《池北偶谈》卷十二，［清］纪昀、永瑢等：《文渊阁四库全书》子部870 册，台湾商务印书馆 2008 年版，第 174 页。

② ［清］吴颢辑，［清］吴振棫重编：《杭郡诗辑》卷三十，清道光间钱塘吴氏刻本，第 46 页。

③ 转引自胡文楷编著：《历代妇女著作考》，上海古籍出版社 1985 年版，第 663 页。

破，（黄媛介）同杨播迁于吴越间，名噪两浙。每至西泠，僦居断桥小楼，卖诗画以自给……《自叙》云'饥不食邪蒿之菜，倦不息曲木之阴'。"①这番表白和作为无疑是遗民自诩了。关于黄媛介，在下编有专门论述。

当涂吴岩子母女指吴山母女，吴山，字岩子，安徽当涂人，太平县城卞琳室，著有《青山集》。《杭郡诗辑》载，"夏基言岩子居湖上三年，诗脍炙人口，钱塘令张谯明为之分俸。可谓一时佳话。魏禧《青山集》序云：'卞君楚玉夫人吴岩子，家青山，即转徙江淮无常地。有《西湖》、《梁溪》、《虎丘》、《广陵》诸集，最后类次之，以《青山》名'"②。她"吐词温文，出入经史，相对如士大夫，天下称其诗者垂四十年"③。《杭郡诗辑》又载："邓汉仪题其（吴山）集曰：'江湖萍梗乱离身，破砚单衫相对贫。今日一灯花语外，青山自署女遗民。'以其诗多玉树铜驼之感。"④《竹静轩诗话》亦称："风吹香气入帘来，集著青山太白才。闺阁遗民君独擅，高歌落日凤凰台。"⑤可见其身为遗民的才气与操守。吴山母女的词在下编第一节会有详细分析。

钱塘顾氏指顾若璞，字和知。顾氏自顾若璞曾祖父顾沧江、高祖父顾西岩、祖父顾悦庵、父亲顾友白，"四世皆有文名"⑥。其父为明上林苑丞。嫁江西布政司参议黄汝亨之子黄茂梧为妻，黄茂梧明时为贡生，屡试不第，抑郁而亡。顾若璞年轻守寡，教子读书，于西湖中筑读书船，写诗以柳仲郢母为榜样。在其《卧月轩稿》卷三中，有《昭君》诗一首，前两

---

① ［清］沈善宝撰，虞蓉校点：《名媛诗话》，王英志主编：《清代闺秀诗话丛刊》，凤凰出版社 2010 年版，第 352 页。

② ［清］吴颢辑，［清］吴振棫重编：《杭郡诗辑》卷三十，清道光间钱塘吴氏刻本，第 47 页。

③ 梁乙真：《清代妇女文学史》，中华书局 1932 年版，第 14 页。

④ ［清］吴颢辑，［清］吴振棫重编：《杭郡诗辑》卷三十，清道光间钱塘吴氏刻本，第 47 页。

⑤ 转引自谭正璧：《女性词话》，百新图书文具公司 1958 年版，第 55 页。

⑥ 梁乙真：《清代妇女文学史》，中华书局 1932 年版，第 18 页。

联提到："李卫边功竟若何，翻劳红粉渡交河。卢龙塞外春将满，丹凤楼前恨已多。"诗中所隐含信息颇多，名为咏昭君事，但"交河"在河北境内，"卢龙"与"丹凤楼"用的是唐诗中典故，"卢龙塞"在唐诗中是出入东北边地的著名塞道，唐中期以后，朝廷失去对卢龙的控制，"卢龙"一词开始借指边关边城或泛指边塞边疆。但是，在明末清初却又成为有实际意义的指向：是连接山海关和京师的交通要冲和军事重镇。明末，皇太极因屡攻宁城不克，就是从这一带的隘口突袭得手，从而一度兵临北京城下的。而"丹凤楼"是唐代皇宫建筑，这里用唐典咏汉事，是有意模糊朝代的做法，昭君和亲为两汉故事，清军入关亦为胡汉战争，其中深意由此可见。而在另一首《中元有感》的诗作引语中则有"三桥月明灯红，笙歌竞发，樯集人喧"之语，明显受到遗民文人张岱《西湖七月半》的影响。诸如此类例证在顾若璞的《卧月轩稿》中还有许多，顾若璞也被梁乙真列入遗民行列。其在《卧月轩稿》自序中说："于是酒浆组紝之暇，陈发所藏书，自四子经传以及《古史鉴》、《皇明通纪》、《大政记》之属，日夜披览如不及。"① 沈善宝《名媛诗话》称其"文多经济大篇，有西京气格。常与闺友宴坐，则讲究河漕、屯田、马政、边备诸大计。每夜分，执卷吟讽"②。其豪迈气度可以想见。顾氏一门还包括顾若璞的弟妇黄鸿，夫妹黄修娟，子妇张姒音、丁玉如，侄女顾之琼，侄孙女顾仲楣、顾启姬，侄外孙女钱静婉，曾孙妇钱凤纶（同时也是侄外孙女）、姚令则，侄外孙妇林以宁，五世孙妇梁瑛。

除了上述梁乙真所列遗民外，还有一些典型的遗民女性作家值得提及：

明末乱世涌现出一批御敌疆场、文武全才的奇女子，以秦良玉、沈云

---

① 尤振中、尤以丁：《明词纪事汇评》，黄山书社 1995 年版，第 306 页。

② ［清］沈善宝撰，虞蓉校点，王英志校订：《名媛诗话》，王英志主编：《清代闺秀诗话丛刊》，凤凰出版社 2010 年版，第 349 页。

英、毕著、刘淑最为著名。其中，前面两位功勋卓著且在明朝未亡之时名声显赫，以致旌表封诰。后面两位身处明季末世，虽未及封赠，但名声事迹播撒民间，传为美谈。正如刘淑在她的词作《清平乐·菡萏》中所题：均是"野史豪杰"，却为心中的故明王朝"几年沥血"，她们的事迹虽未必彪炳史册，然而忠魂却定能如菡萏一般"水月生香"。毕著仅存诗歌两首，刘淑则有《个山遗集》留存，集中诗、词、文均有很高的文学价值，已有较多相关研究著作相继出版。

纪映淮，字冒绿，小字阿男，上元（今江苏南京）人。明诸生纪青女，诗人纪映钟妹，莒州诸生杜李室，著有《真冷堂词》。相传，纪映淮少年聪颖，九岁荷展对句初露头角，十岁生辰与客对句名声大噪，十一岁与云智方工巧对震惊世人。纪映淮后嫁给崇祯年间绍兴知府杜其初之子杜李。纪青全家客居绍兴之时，与杜家交往密切。杜李十四岁入莒泮，入庠后随父任。杜李与纪映淮同庚，且有诗才，婚后夫妇联韵，琴瑟谐美。崇祯十三年杜其初病逝，至此家道日衰。崇祯十五年冬，清兵南进，据穆陵关，危及莒城。杜李约十数好友投知州景叔范部下守城抗清，拒守数日，终寡不敌众，城破被掳，被戮于北关"好汉茔"。此前，杜李劝纪映淮携子扶母离开莒城，到城南云里村母舅家避乱。《清代闺阁诗人征略》载："壬午城破，夫被难，淮与姑先避深谷中，毁面觅衣食，供姑得不死，身与六岁儿皆忍饥冻。柏舟三十余年，以节孝旌闾。诗词系少时作，称未亡。"① 入清后，王士禛赞赏纪映淮的才情，并感其节烈，为纪映淮请诏于朝廷，建木坊旌于杜府门前，令莒州知州督导，以彰纪映淮节烈。但纪映淮坚守丈夫遗志，不接受新朝旌表，于木坊落成次夕，借得耕牛数头，将坊拉倾，以示国亡家破之恨，随后合家离城。据传走时还自书白纸对联于府

---

① 施淑仪辑，赵娜、孙立新校点，王英志校订：《清代闺阁诗人征略》卷一，王英志主编：《清代闺秀诗话丛刊》，凤凰出版社 2010 年版，第 1725 页。

门，上写："义士洒血照日月；节妇食泪赡孤亲。"表明不与新朝合作的遗民身份，其"枝头杜宇声偏苦，叫得斜阳欲暮。门外残红无数，零落横塘路"（《暮春·调寄桃园忆故人》）正是借杜鹃啼血、斜阳沉暮、残红零落在横塘路种种意象表明对殉国丈夫的怀念，对山河不在、生灵涂炭的愤慨。

王端淑，字玉映，号映然子、青芜子，山阴（今浙江绍兴）人。博通经史及内典稗官之书，工诗赋兼作古文。著有《吟红集》三十卷，《名媛诗纬》三十八卷，《玉映堂集》、《恒心集》、《留箧集》、《史愚》，辑有《历代帝王后妃考》、《名媛文纬》等。王端淑的父亲王思任为明礼部右侍郎，甲申国变，不食而死，名节为天下称道。王端淑以"吟红"名集，暗示朱明王朝，正是标明自己"不忘一十七载黍离之墨迹也"[①]。另外，顺治年间，清帝闻其才名，意欲仿效班昭故事，召入宫教授后妃、公主，王端淑辞而未就。这一点表明了她的遗民态度，因此与其姊王静淑并列遗民行列。她的词《千秋岁·惜春》下阕写道："故国笙歌处，芳草斜阳暮。回首里，愁如许。千杯消闷酒，几点催花雨，春解去，因伊题遍伤春句。"借惜春之情，表达对故国的追悼之思。"斜阳"的意象，千杯酒消愁、题遍伤春句的举动，昭示了作为遗民的她心中的亡国之痛。如果说这首词还只是以惜春为喻来寄托故国之思的话，那么，《醉蓬莱·寿外》则明确表达了王端淑夫妻的政治立场和道德操守：

> 慕于陵风味，三径荒芜，暮秋时候。庑下齐眉，对萧条杵臼。凤管偕吹，鹿车同挽，正笔耕春亩。菊傲霜明，青山碧水，天长地久。　　闭户著书，灌园看月，抱膝长吟，竹松为友。五十余年，幸存心操守。去北来南，式微家国，离黍难回首。王谢休言，渔樵勿问，睡醒惟酒。

---

① ［明］丁圣肇：《吟红集序》，胡文楷编著：《历代妇女著作考》，上海古籍出版社1985年版，第249页。

17

从下阕"五十余年，幸存心操守。去北来南，式微家国"两句，可知是作于亡国五十年左右，而上阕"于陵风味，三径荒芜"则指出自明亡后，夫妻二人隐遁山林，再未出仕。词中"菊傲霜明"、"竹松为友"正是对自己操守的标榜，而"幸存"则吐露出夫妻二人为明王朝守节不仕的决心，和虽清贫度日却甘之如饴的态度。"离黍难回首"一句正是此词篇的关键，"王谢休言"则是对自己前朝贵胄身份的暗示，"渔樵勿问"则再次点明二人的归隐情怀。全词是王端淑为丈夫贺寿所作，词中满是对丈夫忠贞操守的赞扬，洋溢着对夫妻二人"庑下齐眉"、"凤管偕吹"、"鹿车同挽"的自得之情。在这文人纷纷失节、清流名士争仕新朝的当下，她的丈夫愿意与她患难相随，以遗民自居，没有违背父亲的遗愿，应该是她最为骄傲和欣慰的事情了。

除了上述女性词人外，以家族形式出现的女性遗民词人还有嘉定侯氏一门，将在家族分布一节中进行论述。

第二节　新朝命妇

众多的女性词人中有一部分是朝廷诰封的命妇，她们妻以夫贵，安享尊荣，但同时也随之宦海沉浮，感受着丈夫仕途起伏带来的荣辱悲欢。而这之中，清初的命妇们心态更加复杂，许多是贰臣之妇，除了身历宦海沉浮，还要经历着来自心灵深处的痛苦挣扎。她们大多是心向故国的，但是又不得不接受丈夫出仕新朝的现实，于是，她们在亲情与道义间苦苦挣扎，反映在笔端就是莫名的苦痛和婉曲的词旨。

杜漪兰，字中素，江西吉水人。新建熊文举室。熊文举为明崇祯辛未进士，曾知合肥县，擢吏部主事，迁稽勋司郎中。入清后，授右通政，两任吏部左右侍郎。一度罢归。后又起复补吏部左侍郎兼兵部右侍郎。作为由明入清的贰臣，熊文举的起落具有典型的代表性，但他最终的起复又是少有的幸运的。这期间的起起落落，在其妻杜漪兰的心灵深处曾激起几多波澜，这些波澜激荡笔尖便化为词章。其《菩萨蛮·杨花》叹道："浪迹萍踪远。舞怯点池塘。萍浮总渺茫。"不应只是为传神地模拟杨花形态，似是在诉说自己与丈夫由前朝辗转入仕新朝后心灵上的漂泊无依。而其《菩萨蛮·新柳》更是明明白白倾诉："相思忆画眉。那禁对对鸟飞归。风光只自知。"表现出对于丈夫出仕新朝的郁郁寡欢，以及与其携隐终老的愿望。

董如兰，字畹仙，江苏华亭人，孙志儒室。孙志儒曾任明福州、漳州知府。她在新朝受到诰封是由于其子孙云球。孙云球为康熙朝著名的发明家。今存董如兰的词作大多作于明朝未亡之时，多写相思闺怨，表现对其夫的思念。如"云外周轮璧月，偏照人间离别"（《如梦令·云外周轮璧月》），"不见归帆傍小桥，愁魂销未销"（《长相思·心迢迢》），"心头有个未归人"（《浣溪沙·庭梅》），都在嗔责丈夫的轻别迟归，而《大江东去·燕台归思》则直诉"应叹两字功名，半生劳顿，堪笑还堪咄"，"误我归期，欺他来约，各度如年日"。可见，作为才女的她们并不看重丈夫的功名，认为苦苦追求仕进的他是可笑可咄的。她们不愿要丈夫带来的荣耀，更愿意与之长相厮守，不再有度日如年之苦。

蔡捷，字羽仙，福建闽县人。林云铭妻，词附于林云铭《挹奎楼选稿》。林云铭，字西仲，号损斋，福建闽县林浦人，顺治十五年进士，官徽州府通判，为江南徽州府推官。林云铭办事精敏，断案如神，不肯巴结上司，因此三次被解任，又三次复官。九年后，因"朝议汰冗员"被裁返乡，在乡期间专心著书立说。康熙十三年，耿精忠叛清，认为林云铭可用，有意拉拢，林云铭因不愿降服，被囚三年，出狱后，移家浙江钱塘，康熙三十六年卒，葬于杭州西子湖畔。蔡捷则跟随林云铭宦海沉浮，又在耿精忠叛乱中惊悸成疾，于康熙二十一年病逝。今存词三首，分别是吟咏绝食殉夫的烈女王叶，凭吊刳股殒命的孝女沈氏，以及歌颂未字守节的周贞女。从其词可见，这是一位以贤德著称的女性。但是在她的词中也出现了"白发春回双竖梦"、"谢夫君、莫怨暂归宁，成长绝"等疑惑性的语句，对于烈女、孝女们抛撒下亲人的做法，似乎也有些许彷徨。

蔡捷之女林瑛佩，字悬黎（一作悬藜）。拔贡郑郊之妻。不到十五岁时，恰逢耿精忠叛乱，父亲林云铭下狱，瑛佩把弟弟藏在深山里，衣袖间携带利刃以自防，变卖自己的簪环首饰想要赎父亲出来，一方面又去狱中给父亲送粥饭。母亲蔡捷因此事惊悸成疾，瑛佩刲股疗之。且一身担起全部家务。从这里我们可以看出林瑛佩是一个勇敢坚毅且富谋略的姑娘。人称其"幼聪慧工诗，其作颇有古意"。著有《林大家诗钞》、《悬藜遗稿》，惜不传，今存词八首。存作虽少，但语句精警，颇见功底。存词中多展现心中愁绪，有写乡愁的"绿水新荷摇蝶影，朱栏残照倚榴花。他乡客思总无涯"（《浣溪沙·睡起》），有写离愁的"深宵何用照离愁，素娥当自愁圆缺"（《踏莎行·月夜寄夫子官五》），还有最为痛彻心扉的思亲之愁——"思亲镇日肠如结，挨到黄昏时节"、"短袖泪痕沾彻，点点都成血"（《桃源忆故人·哭母》）。而在她的心里，对于早年之事不曾忘却，对于自己的定位也不同于一般的闺阁女子，这在她的咏花诗中可以窥见端倪，如"一种天姿人不识，浪传流水引渔郎"（《乙丑人日感咏桃花》）。

徐灿，字明深，号湘蘋，江苏长洲人。明光禄卿徐子懋之女，陈之遴继妻。陈之遴，明崇祯进士，后出仕清朝，为弘文院大学士，徐灿被封为一品夫人。陈之遴后因犯结党营私罪，流放辽宁尚阳堡，1663 年死在那里。徐灿随宦沉浮，饱尝世事艰辛，她的《拙政园诗馀》将种种复杂心态留存，也可以说她是女性词人中将一生行藏入词的第一人。近代著名词人朱孝臧赞她"词是易安人道韫"①，正是对她的词品及人品的评价。《拙政

---

① ［清］朱祖谋：《彊村语业》卷三，尤振中、尤以丁：《清词纪事汇评》，黄山书社1995 年版，第 66 页。

园诗馀》付梓时，正是陈之遴身居高位、春风得意之时。但在这位受到新朝诰封的夫人徐灿的词中，看见的却是对故国河山的眷恋，对入仕新朝的不耻……种种矛盾心态在她的词篇中碰撞。而流徙尚阳堡之后，徐灿便缄口不言，不以一字落人间了。

朱中楣，字懿则，号远山，江西南昌人。明辅国中尉朱议汶女，李元鼎室。朱议汶，字逊陵，系出瑞昌王府，为镇国中尉朱统第三子。李元鼎为明天启二年进士，官至光禄寺少卿，后降清，曾官拜兵部右侍郎、兵部左侍郎等职。前明宗室的身份与新朝命妇的角色，使得朱中楣的处境异常尴尬。因此，朱中楣的词作在改朝换代后，始终表达着归隐或归乡的愿望。众所周知，在伯夷、叔齐之后，归隐便成为忠于先朝、甘做遗民的象征，而归乡正是归隐的另一种方式，所以说，朱中楣在成为新朝命妇后，内心一直是凄恻与懊恼相伴的。

顾之琼，字玉蕊，浙江仁和人。翰林钱绳庵妻，进士元修、肇修母。工诗词骈体，蜚名大江南北。著有《亦政堂集》。顾之琼又是著名的"蕉园吟社"实际上的组织者、召集人，对顺康女性词坛影响巨大。顾之琼的丈夫钱开宗，字亢子，号绳庵，浙江仁和人。顺治九年壬辰科进士，任宏文院检讨。然而，在顺治十四年震惊全国的"江南丁酉科场案"中，钱开宗正是江南乡试副主考，因涉嫌受贿舞弊，与主考方猷于翌年被正法，同考官叶楚槐等十七人也被处绞。原本是妻子家产籍没入官，后顾之琼一家得到赦免，得以回到家乡杭州。这场变故对顾之琼及其子女打击颇大，长子钱元修因陈怨无果，寻仇不遇，竟致抑郁而终。好在次子钱肇修后入籍奉天，在康熙三十年得中二甲进士，初授官洛阳县令，后擢陕西道御史，有《石臣诗钞》。后幼子钱来修也由明经授贵阳郡丞。顾之琼原本属于钱塘顾氏的第二代，从一个遗民之家走出，跟随丈夫成为新朝命妇，又在新朝对于汉族文人的打压下（学界有观点认为顺治年间三次科场案实为对汉族文士打压的一种手段），饱尝丧夫失子之痛。

吴绡，字片霞，又字素公，号冰仙，江苏长洲人。通判吴水苍女，常熟进士许瑶妻。"瑶字文玉，顺治九年进士。官至关内参议道。"[①]善琴，工书画诗词，与沈宜修齐名。时人传曰："吴中闺秀徐小淑能诗文，赵瑞容善画，有盛誉，惟夫人兼此二长。"[②]徐小淑即徐媛，与陆卿子合称为"吴门二大家"。此处将吴绡与徐媛相比，可见其诗文功夫。由于其夫许瑶的关系，吴绡问学于"海虞二冯"的冯班；又因父亲科第的关系，称嘉善著名词人、柳州词派领袖曹尔堪为年伯；还因其父吴水苍与吴伟业联宗，故称吴伟业为兄，诗集中多有与梅村酬唱之作，并有应和"江村唱和"的《满江红·和曹顾菴年伯》等词作，著有《啸雪庵诗馀》。其词本色工巧，多写闺情、闺思。比如《渔家傲·春晓》有句云"枝上青禽声缭绕，分明问我情多少"，借青色禽鸟表达自己的闺思。又如其《忆江南·四时》词描写江南四季闺中风光：春季是"如画楼台花夹路，香街人醉玉骢肥"，夏季是"水似玻璃人似玉，薄妆偏称晚凉时。兰桨日迟迟"，秋季是"鲈鲙鲜肥莼菜滑，千人石上月亭亭"，冬季是"长夜不禁朝起早，一枝如玉鬓云傍。呵手饰新装"。而其写闺愁，婉转低回，辗转缱绻，描摹细致，堪称行家里手。代表作如《菩萨蛮·闺情》：

开到蔷薇花事了。双蛾翠叠愁难扫。楼外是天涯，红尘去路赊。　　不禁春梦乱。消息经年断。绣带几围宽。熏炉愁夜阑。

首句化用宋代王淇诗："一从梅粉褪残妆，涂抹新红上海棠。开到荼蘼花事了，丝丝天棘出莓墙。"将荼蘼换作蔷薇，谈不上新奇。妙句在第二句，将扫眉的动作说成是扫却愁容，将皱眉写成"翠叠"。将闺中女子晨妆画眉的动作与相思之愁连接起来，切入正题。"楼外是天涯，红尘去路赊"既点明闺阁身份，又写出"望断天涯路"的苦闷离愁。结句"绣带

---

① 邓之诚：《清诗纪事初编》卷三，上海古籍出版社 1984 年版，第 339 页。

② ［清］陶樑：《红豆树馆书画记》卷七，顾廷龙主编：《续修四库全书》第 1082 册，上海古籍出版社 2002 年版，第 349 页。

几围宽。熏炉愁夜阑"让读者看到受相思离别之苦折磨的女主人公，身体上和精神上都受着重重的熬煎。

高景芳，字远芬，汉军正红旗人。浙闽总督高琦女，清康熙三十八年举人袭靖逆侯江浦张宗仁妻。著有《红雪轩稿》。被誉为"清初八旗第一才女"。这是一位在新朝成长起来的女词人，出身于新朝贵族，夫家亦为新朝贵族。她的身上不再带有由前朝入新朝的尴尬境遇，词篇中也看不到一丝凭吊伤感，可以说，她的词作是真真正正开始反映清初贵族女性生活和思想的作品，可以看作是由旧入新的分水岭。

陆凤池，字元霄，号秀林山人，松江府人。副使陆振芬孙女，太史曹一士继妻。生于康熙二十四年。二十七岁嫁与曹一士，婚后六年亡故。其夫曹一士，字谔廷，雍正进士。初授编修，后考选云南监察御史，任工科给事中。陆凤池幼秉家学，诗词并工，嗜读《离骚》，其夫为《梯仙阁余课》所写序中提到："归余十日，从案上取《(离骚)》诵之，朗朗不误一字，侍婢私语曰'主所诵何与在家时无异？'"陆凤池除耽于吟咏外，还兼善刺绣，名噪一时。其女锡珪、锡淑、锡堃同承慈训，并工诗词，均成为雍乾间一代才媛。所著有《梯仙阁余课》一卷。虽然陆凤池生前并未受到诰封，但从其《梯仙阁余课》的几篇序文可以看出，她的成长经历、婚后生活，以及丈夫所交往的朋友、生活的阶层与命妇无异。因此，暂将其归为此阶层。

第三节　民间才媛

这一阶层的女词人包括两类：第一类，是指她们的丈夫既没有遗民身份，也不曾取得新朝官位的。第二类，是指虽然她们的丈夫拥有官位品级，但是她们的身份是侍妾或外室，因而不能获得封赠的。前者大多过着清贫的生活，后者则处于寄人篱下的境遇。

吴永和，字文璧，元和人。有《苔窗拾稿》。夫董之璜为王士禛诗友。据《清代闺阁诗人征略》载："璜婚一月即客河南，病归，卧数月将卒，呼吴与诀曰：'吾有三事：先大夫墓碑未立，前室吴氏未葬，子幼未成立。以是累汝。'……治丧毕，室无余财。节用以延师教子，求人为翁作碑铭，勒诸墓，卜善地合葬其夫与前室。子翼学有成，为娶。历数十年，诸事毕举。"① 吴永和与结婚不足一年的丈夫其实谈不上有多么深厚的感情，但是她竭尽全力完成丈夫临终托付之事，并为此付出数十年的艰辛。这一方面固然是传统道德教化的结果，另一方面也是女性善良的本真使然。

其词起初风格清丽，如《浪淘沙·咏雪，和外子玉苍韵》"万里撒银沙。蝶翅风斜。骞驴何处问梅花。江上渔翁篛笠晚，独钓寒槎。"丧夫后其词风陡变，以《百字令·除七》为其转折：

> 相思难卜，大刀头、转盼俄惊七七。蓬鸟漫传无觅处，华衣归来何日。（玉苍遗簧时，言有人邀游蓬山，七日即返。）凤拆瑶钗，鸾□宝镜，九曲回肠结。离魂飘渺，一尊醽醁空设。　　遮莫人笑人怜，甘随荣辱，白首期同穴。往事伤心浑是梦，种种不堪追忆。绿绮尘栖，云和蛛网，顿使芳音绝。知子方寸，而今唯有明月。

此词虽是为"除七"所作，却并非应景弄笔。其夫董之璜临终时或许出于不让吴永和过于悲伤的目的，编制了一个美丽的神话，告诉她有人邀请游蓬莱仙境，七日就回来。永和明知是妄言，却苦苦守候七日，希冀奇迹发生，但结果是离魂飘渺，酒樽空设。于是，下阕就变成了真正的悼亡

---

① 施淑仪辑，赵娜、孙立新校点，王英志校订：《清代闺阁诗人征略》卷一，王英志主编：《清代闺秀诗话丛刊》，凤凰出版社 2010 年版，第 1773 页。

词，字字滴泪，声声泣血。

自此之后，吴永和的词章里愁病满纸，如"欲将愁病相驱逐"（《菩萨蛮·赋赠大姑》），"有恨情怀无限恨。……记得前春，有个□□病"（《蝶恋花·病起揽镜》），"病骨未容持半偈，愁怀剩得盈千斛"（《满江红·春归》），"屡愁，屡愁，又近黄昏时候"（《如梦令·立秋后一日》），"病骨支床瘦"（《清商怨·写怀》），"愁魔相逐，病魔相搅"（《疏帘淡月·同药上弟玩月》）等句，充斥着郁塞难解的病骨愁绪。

特别值得称道的是《乌夜啼·秋夜》一词，堪比苏轼的《江城子·记梦》：

惊寒四壁啼螀。月如霜。渐看数竿修竹，影横窗。　　景不□。人何在。剩回肠。为问只今何事可思量。

苏轼说"不思量，自难忘"，而吴永和则是已经将可以思量之事、之境、之情千百遍思量过，至今已然没有可思量的了。苏轼说"料得年年肠断处，明月夜，短松冈"，也就是说肠断之处只是明月松冈的妻子墓地，而吴永和则是无论何情何景，都只剩下回肠之痛，悼亡的痛楚自是比苏轼略胜一筹。

薛琼，字素仪，江苏长洲人。江阴李崧继室。雅善诗词，善画竹。著有《绛雪词》一卷，《绿窗小草》一卷。《闺秀词话》称"妇人以才著而无缺陷者，人推素仪"①，评价至高。其夫李崧（1656—1736），字芥轩，能诗，著有《芥轩诗草》、《夕阳村诗钞》。《听秋声馆词话》称"夫妇工诗，遁迹邱园，足不践城市"②，《国朝闺秀正始集》称夫妻"隐居鹅湖浣香园"，"唱和萧然自得"。③ 由于隐逸的生活和心灵的愉悦，薛琼的词呈现出陶诗

---

① 雷瑨、雷瑊辑，王玉媛校点，王英志校订：《闺秀词话》，王英志主编：《清代闺秀诗话丛刊》，凤凰出版社 2010 年版，第 1441 页。

② ［清］丁绍仪：《听秋声馆词话》，唐圭璋编：《词话丛编》，中华书局 2005 年版，第 2832 页。

③ ［清］完颜恽珠、妙莲保等编：《国朝闺秀正始集》卷八，清道光十一年红香馆刊本，南京图书馆藏，第 4 页。

般的风格韵致。如《沁园春·同芥轩赋》："随意盘餐，寻常荆布，无愧风流处士家。齐眉案，看鬓霜髭雪，渐老年华。何妨啸傲烟霞"，"出不侵晨、归常抵暮，稍有囊钱便买花"。东篱、南山之境又现目前。而其自然洒脱又似乎承袭了易安体"以寻常语入词"的特点。如《南歌子》："竹坞玲珑碧，荷亭飘渺香。水晶为枕玉为床。放下帘钩随意，梦潇湘。"没有刻意为之，句句水到渠成。另如《小重山·晓过山塘》所咏：

> 晓风吹我过山塘。山藏烟霭里、影微茫。红阑翠幕白堤长。
>
> 轻舟动、人在画中行。　　满路斗芬芳。携筐争早市、卖花忙。
>
> 家家楼阁试新妆。拈鲜朵、点缀鬓云香。

作品描摹清新自然，如民歌小唱，无拗句、不藻饰，没有反复用典，唯有女子澄澈明净之心可出此种词章。沈祥龙《论词随笔》中曾言："词以自然为尚，自然者，不雕琢，不假借，不著色相，不落言诠也。"①薛琼之词正是此一论说的最佳例证。

华浣芳，华亭张荣妾，《历代妇女著作考》及《清人诗文集总目提要》有载。张荣所著《空明子诗文集》后附有华浣芳著的《挹清轩集》。南京图书馆藏《空明子诗文集》为康熙间刻本，前有"空明先生全集序"署"康熙戊戌花朝后二日年家晚生季骏拜草"。说明是集成于康熙戊戌年，即公元1718年。后所附《挹清轩诗稿》一卷，署"姑苏华氏浣芳著，胞弟华麟瑞履仁校"。含诗馀一卷，自怡录一卷。其中，自怡录一卷不见，仅存目录。内容为："问诗、续残醉、不堪过誉、闺阁奇才、蠢丫头、一字评、无耻女子、龙头诗、花鸟笑人、纺纱诗、怕恶、带毛小尼姑、镜中老妪、苦中寻乐、吴夫人戏语、飞来峰石秃、雄树、隔一层、履仁诗、空明谪仙人匏"。依题目看似乎是自娱性质的笔记体小说。

---

① ［清］沈祥龙：《论词随笔》，唐圭璋编：《词话丛编》，中华书局2005年版，第4054页。

　　张荣为华浣芳所作《挹清轩小序》中详述了华浣芳的身世、许婚过程和近乎传奇的学诗经历："犹忆己丑岁，予至吴寓半塘，是时浣芳年一十有五，父早丧，同老母幼弟居白马桥侧。予闻其能诗，倩媒氏李媪者将旧作数篇送阅。浣芳把玩不释，爱慕无已。母笑曰：'盍事诸？'浣芳良久不语。媒曰：'四愁子正欲登堂拜母，少从容，俟相见时定夺。'翌日造访，面试《睡鞋》一绝，知其天分过人，可与言诗者矣。于是纳礼订婚，同归云间。暇日，予问其学诗之由。对曰：'妾九岁时夜梦朱衣人引至殿上，殿上坐一王者，云是唐朝太宗皇帝。问予曰：儿欲学诗否？予茫然不知所谓。未及答。但闻宣一代诗人上殿，随见玎珰玉佩者约百计。趋谒毕，太宗因命诸人各授一篇。醒时亦不复记忆。嗣后，出口每多五七字语，或曰此诗也。于是觅唐人诗读之，觉如逢旧识，女工之暇，窃效颦焉。'"华浣芳在二十三岁时因为难产去世，张荣于其"亡后六月检其遗稿，略录数篇"，目的是"使世之阅是集者共叹红颜之薄命，好物之不坚牢也"[1]。

　　从上文可知，张荣五十一岁时遇到当时十五岁的华浣芳，二人以诗作互相欣赏，于是张荣娶华浣芳为侧室，并带回云间。后来浣芳向张荣讲起自己学诗的缘起——离奇的梦境。婚后张荣以教浣芳诗词为乐事，二人共同生活八年后，浣芳因难产去世。她为人聪明，洞明世事，的确表现出同龄女子难以具备的心性，华浣芳的诗词更多表现出的是她内心的矛盾。

　　首先，是生活的幸福感与思亲的悲苦感相交织。从华浣芳的诗词中可以看到，她一方面对于现实生活十分满足，另一方面心里也有着难言的悲苦。她在《赋得妾薄命戏呈空明先生》中说："妾身命薄本天然，何幸相逢侍绮筵。岂有红颜能闭月，却蒙青眼盼非烟。倦眠锦绣屏风内，醉立琉璃砚匣边。倘遇才郎年少日，但知狂暴不知怜。"她感谢命运的眷顾，感谢能得到张荣的垂青甚至骄纵，就连张荣与她巨大的年龄差距，她都觉

---

　　① [清]张荣：《挹清轩小序》，[清]华浣芳：《挹清轩诗稿》，清康熙刻本，第1页。

得是难得的幸福。她有一首词《红窗迥·晏眠》描述被骄纵着的幸福生活："小鬟扣门外，纸窗一轮旭日。无奈腊梅摇碎。忙披衣急起。忽见推门，茶擎半盏，低语耳边，请问睡魔醒未。接盏儿、慢腾腾地，啜了时又睡。"此词描绘她的娇憨之态跃然纸上，华浣芳以侍妾的身份可以如此不受封建家庭礼教约束，的确可见张荣对她的喜爱。但是，她在心底里又似乎有着隐隐的感伤。这种感伤来源于对于寡母与弱弟幼妹的顾念，如《少年游·过淀山湖作》说道："伤心故里，北堂怅别，弟妹总堪愁。翘首天南，目云多处，但见水中鸥。"又如《思越人·过泖湖忆母弟作》："极目我家应不远。偏教丝雨遮断。"自姑苏嫁到华亭，虽然路途并不十分遥远，但是以侍妾的身份很难时时照顾家中的孀母弱弟，在这种情况下，即使自己的生活条件再优越，心中也不免会有隐痛。

其次，是热烈的爱情观与疏离的世界观并存。华浣芳嫁给张荣的时候，张荣已年过半百，并且有一妻一妾（《挹清轩诗稿》第十页《哭主母吴夫人》诗"今日芝兰满亭榭"下注："今万氏姊生兆熊、飞熊二子。"由此可知张荣至少在娶浣芳之前有妻吴氏、妾万氏）。但是从华浣芳的诗词中可以看到她与张荣爱情的热烈。她在《侍空明先生夜坐》中描述二人恩爱的景象是"临窗笑向相如嘱，莫说罗敷善属文"，将张荣比相如而自比罗敷，既说明她对婚姻生活的满足，又是对张荣才华的欣赏和对自身美貌的肯定。在《寄远行》一首中，她再次表现对丈夫的欣赏："驰驱海内结胜友，诗书剑佩皆丈夫。谈今论古世罕匹，仿君文章大小苏。言情到处情不泛，言理到处理不肤。"并再次通过细节描摹表现两人的恩爱："轻呼小字妾不应，君佯作嗔呼阿奴。妾故回头问君说，阿奴呼谁还呼吾。君作愧态终不答，默然良久竟相扶。"由此可见，华浣芳对于与张荣的婚姻是满意的，是有真正的爱情存在的。同时，华浣芳的确有着异样的聪慧，一如她所描述的梦境，似乎真的可以冷眼旁观出处世的学问和世事的无常，她的诗集中有较多反映这类思想的作品。其中有一部分是以劝诫张荣为目的的，如《君子有所思》说道："君子有所思，所思在同气。同气本连枝，胡为道旁弃。紫荆树枯分复合，同气摧残世所鄙。……寄语当今富贵者，亲亲不致家声坠。"规劝张荣处理好亲戚关系，促进家庭和谐。《君马黄和空明先生作》二首写人得意与失势间的世态炎凉，渲染笔墨有唐人风采，其一写得意时"声誉满长安，千万输一掷。王公日侯门，殇咏无虚席"，失势时又"一日门罗雀，冷落堪叹息。同侪复相倾，交道成荆棘"。其二写得意时"声华满帝京，叱咤风云变。一诺千金轻，挥鞭斥权佞"，失势时则"一朝蹉跌涕泪零"。同时，她又借马的态度来称颂平静对待世态炎凉的心态："君马依然作故态"，"看君马仍铮铮，黄金络头八宝鞍，貂蝉珥耳见者惊"。最能体现她人生态度的是《观剧》诗："人生方做戏，看戏亦徒然。脚色随人扮，衣冠任我穿。贤愚岂面目，终佞在心田。试看戏场上，回头正可怜。"大有《红楼梦》"好了歌"的意味，而这样的话语出自一位不足二十三岁的女子之口，可见其对这个世界已经产生了一定的疏离感。在《渡浦》一诗中，她慨叹"浮生真个等浮萍"，而这种疏离感的产生，应该来自她对于人情冷暖和世态炎凉的认知。因此，在她的诗词中，出现了大量表现人生悲苦和厌世情绪的作品。

基于上述心态，造就了华浣芳凄冷出尘的词风。华浣芳的词常作凄冷之语，这种凄冷的语言或许是缘于前面分析的她对于世事洞悉后的感伤。比如在《摊破浣溪沙·独步》中有"晚月光浮湖上冷，秋蝉声远夜来寒。多少凄凉眠未稳，恨无端"，展现出一个月冷、夜寒、凄凉无眠的伤感之夜。在《杏花天·登吴山望江楼》中有"秋风冷落知多少。惊起忧心悄悄"，是心与秋风俱冷的悲凉。在《望江东·武林归棹》中有"斜日无情照枫树。惨淡杀秋江暮"，是心绪与秋景共有的惨淡。《忆秦娥·和空明先生四时闺情作》其三有"数依愁绪，乱蛩鸣野"，《误佳期·望九峰》里有"山峰攒处似眉攒，那更教人耐"，都是对愁容的直接刻画。在她的笔下，春天是"东风褪尽桃花色"（《菩萨蛮·西湖苏堤》），秋天是"丹枫不尽飘零色"（《菩

29

萨蛮·村居同小妹素云闲眺》），满篇愁苦，满纸凄凉。这种凄冷实质上表现的是对于所生存的这个世界的冷漠，那么相应的，她的内心对于传说中的"仙界"必定有所向往，表现在词作上便是出尘的词风和仙化的语言。如《如梦令》中有"如梦，如梦。仙去寂然如梦"，说出对于"仙去"如梦般美好的渴望；《菩萨蛮·望玉峰有感》中有"花如人更少。斜引青山照。山老阅人多。人生能几何"，更是带有沧桑感的慨叹；《忆秦娥·和空明先生四时闺情作》其四中说"远山重尽，那人归也"，"那人"为谁？是否就是自身那个真我的外化呢？《醉花阴·过嘉禾道中作》则作禅语言："问故我归何处。要知故我即今我，猛提起秋难数。"最能反映她心境及缘由的词便是《浪淘沙·独坐》：

> 夜静伴幽兰。蜡烛风残。纱窗蟋蟀送新寒。惊得三星忙入户，斜傍阑干。　　秋色老峰峦。枫叶成丹。人情反覆似波澜。觅得无弦琴在手，莫向人弹。

夜深独坐，相伴的只有幽兰与残烛，蟋蟀声使人更觉秋天的寒意。"惊得三星忙入户"，应是化用《诗经·唐风·绸缪》"绸缪束楚，三星在户"的诗意，暗喻这是新婚时期。而新婚之夜为何独坐？个中的原因令人疑惑。下阕"人情反覆似波澜"或许能让读者猜到几分。即便是能够像陶渊明那样"觅得无弦琴"可以寄心曲，也不能"向人弹"，因为世人难解她的清高，反会落人嘲笑。从这首词作已经可以看出她所经历的人情冷暖，和难为世俗所容的孤傲心性。对于世事的冷淡态度必然激发其对于归隐生活的渴望，于是在《哨遍·拟空明先生山房作》中便有云："欲消遣、漫寻生计。携筇醉踏山际。白眼聊相视。但教心上浑忘物我，饮酒题诗而已。"这是她所向往的与张荣神仙眷侣般的生活。为什么会有这样的向往呢？末句她对张荣说："世间反覆路崎岖，请先生、归去来兮。"

从华浣芳的词作中可以看到，她反复诉说着对于人世的失望，词作中屡次出现"人情反覆似波澜"、"世间反覆路崎岖"等语，心中对于归隐生活、对于陶渊明精神有着与生俱来的亲切感，词中"觅得无弦琴"的意象、"归去来兮"词的借用都是很好的明证。于是，在理想的归隐生活成为泡影的时候，她的心里其实对这个世界早已产生了疏离，或许她在二十三岁的离世，正是心中决绝于这个世界的契机。

袁寒篁，字青细，江苏华亭人。父亲袁正平，字玉屏，是一介儒生。袁寒篁年幼时，母亲亡故，与父亲相依为命。寄身穷巷陋室。焦袁熹曾为她赋《娇女篇》诗一首，里面记述其生活境况之艰辛："寄迹穷巷间，蒿草掩裙幅。恶少频窥觇，掩袂日啼哭。"起初，因为所自非偶，也因为不舍得抛撇父亲，而自誓不嫁。中年以后，因为父亲年迈无倚，委身给一个做布匹生意的商人。因为才情不匹配，袁寒篁终日郁郁寡欢，也不再写诗作词。曾著有《绿窗小草》。她的父亲通过沈琪仙结识焦袁熹，并将袁寒篁的《绿窗小草》给焦袁熹看，焦袁熹读后大为赞叹，并为之作序。纵观袁寒篁的词作，整体呈现出清冷孤寂的韵味，与其生平经历十分契合。焦袁熹称其作多"徘徊萱草，慕恋椿枝，伤亲串之无多，悲形影之只立"。当然，这是其诗词的情感来源。除此之外，在她的词作中有几个突出的特点值得注意：其一，她的词作中写秋的特别多。在60首词作中，有23首是写秋的，诸如《秋思》、《秋夜》、《秋吟》、《秋感》等等。之所以如此，是因为秋的凄凉与她心中的凄楚感相契合，秋的肃杀与她的孤寂感相匹配，秋的萧条与她的萧索环境相一致，秋的凋零提醒着她的年华将逝……因此，秋天的到来更能勾起她心中那份情愫，诉诸笔端而为词。其二，专擅咏愁。在她的词作中用到"愁"字的有24处之多，而除了这些明写的"愁"以外，还有许多不露"愁"字的写愁词句，比如"蛩语更凄清"（《梦游仙·秋吟其三》），"蹙损眉山"（《柳梢青·即景》），"眉峰蹙蹙心如醉"（《探春令·春暮》），"杨柳笼烟烟漠漠，梨花带雨雨纤纤"（《望江南·写愁》），"双蛾蹙损山眉翠"（《踏莎行·春感》），"秋来瘦损教谁替"（《踏莎行·秋感》），"泪痕红。锁眉峰"（《江城子·别母姨》），"凄风楚雨"（《念奴娇·中秋风雨》），"西风狼藉"（《画屏秋色·惜白秋海棠》）……很显然，不是袁寒篁偏爱咏愁，而是在她的生命中有太多的愁苦与之相伴，因此，眼中的景物、耳畔的声音在她看来无一不是愁情的外化。其三，多有以"别某物"为题者。比如《减字木兰花·别梧桐》、《望江南·别梅》、《望江南·别桃花》……这一方面说明袁寒篁身如飘蓬、播迁辗转，经常从一个已经熟悉的地方搬家到陌生的地方；另一方面，说明袁寒篁是一个热爱生活、感情丰富的姑娘，她没有被困苦的生活和人间的冷暖折磨得麻木不仁，对于出现在她生活每一个阶段中的事物，她都会认真留心，并且付诸感情。对于故园中当年亲手植下的梧桐，留下她太多的回忆，她依依不舍地祝愿它"留待他年有凤栖"（《减字木兰花·别梧桐》）；对于在客居中陪伴她多少个月夜的梅花，她也付出极为真挚的感情，叹道"伤心处，人去冷清清"（《望江南·别梅》）；对于在他乡曾陪伴了她数个寒食节的桃花，她把它当作朋友，问它"从此后，记否惜花人？"（《望江南·别桃花》）和你交心那么多年，我离开你以后，你会像我思念你那样思念我吗？不知道你是否思念我，但是我却会是"一念一伤神"（《望江南·别桃花》）啊！除此之外，袁寒篁经常借咏物来自况，如《如梦令·咏梅》词说"素质自含芬，莫问魂消神瘦。无咎，无咎。且共冰霜相守"，梅花秉有芬芳的品性、淡雅的姿态，却宁愿与冰霜相守，这和她富有容貌与才情，却宁愿终老闺中一样，没有什么错处，只是一种坚守。《南乡子·秋日西园三闺秀清晖楼燕坐》词说"菡萏应知难裹玩，中通。闺阁幽闲喜与同"，更是借荷花的品性来说自己与女伴的品格。而对于自己的装扮，则是通过借描摹春天的景致来展现的——"对镜怯连娟。缟素凄然。亦知妖冶不堪缠。远岫正宜眉淡淡，村树笼烟"（《卖花声·春感》）。她淡雅、素净的妆扮，正如这早春里的景色，平静而怡人。于是，在她的词作中，看到的她自己的画像是：落梅般清高节烈的操守、菡萏般孤洁自持的品格、远岫烟树般的连娟蛾眉。

沈宛，字御蝉，浙江乌程（今湖州）人，适词人纳兰成德，著有《还
梦词》。《众香词》中记载："沈宛，字御蝉，乌程人。适长白进士成容若，
甫一年有子，得母教《还梦词》。"[①]沈宛的身份历来受到争议，比如：《赌
棋山庄词话》指出："按蒋氏昭代词选所列闺秀，妻称室，妾称副室。沈
宛名下，明注长白侍卫纳兰成德室。然则妻也，非妾也，殆误记欤。抑以
旗人不应有汉妇耶。"[②]而刘德鸿的《清初学人第一：纳兰性德研究》一书
则认为："以徐家与纳兰家关系之密切及刊刻之日距性德谢世之近（仅五
年），当不致大误。"[③]也就是说，关于沈宛的姓字、居里和基本情况是可
以《众香词》为依据的。但是，沈宛与纳兰性德的关系并非如文中所述的
那样简单，因为在纳兰性德的正妻、继妻以及诸妾的名录中并不见沈宛的
名字。可以注意到《众香词》用语谨慎，用一"适"字掩饰了妻或妾的身
份，《昭代词选》则未加区分，依照前例录为"室"。因此，刘德鸿研究得
出的结论是：沈宛乃纳兰性德婚姻之外的妻室。迫于当时的制度，纳兰性
德只得与这位心仪的汉家才女在江南同居。书中同时列举出几首纳兰性德
描写江南夏日风光的词为证据，认为他除了在伴驾的冬季到过江南外，还
曾自己私下多次到过江南，目的即是为了与沈宛相见，甚至进一步指出他
们的媒人是顾贞观。[④]

从沈宛的词作来看，不能说刘氏的推测无据，似乎她真的不曾与自己
的心上人同居一地。如《一痕沙·望远》所云：

　　白玉帐寒夜静。帘幕月明微冷。两地看冰盘。路漫漫。

恼杀天边飞雁。不寄慰愁书柬。谁料是归程。怅三星。

---

① ［清］钱岳、徐树敏：《众香词》卷五，上海大东书局 1934 年版，第 10 页。

② ［清］谢章铤：《赌棋山庄词话》，唐圭璋编：《词话丛编》，中华书局 2005 年版，第
3494 页。

③ 刘德鸿：《清初学人第一：纳兰性德研究》，中国社会科学出版社 1997 年版，第
406 页。

④ 详见刘德鸿：《清初学人第一：纳兰性德研究》，中国社会科学出版社 1997 年版。

词意很明显——"两地看冰盘"谓江南与燕地，沈宛深信此夜她同心上人会同时凝视一轮圆月而相互思念，可见此时的离别原因并非是男子薄情，而是迫于其他。下阕写自己的怀人之苦，她不见慰愁的书柬，并不怨恨不寄书柬之人，而是迁怒于传递书柬的飞雁，表明她深爱着所怀之人，了解他不寄书柬的苦衷。末句点睛之笔——"怅三星"最为关键，语出自《诗经·唐风·绸缪》："绸缪束薪，三星在天。今夕何夕，见此良人。"原本是一首描写新婚的诗，全诗三章，每章开头都以三星起兴，后世便以"三星在天"代指新婚。很明显，作者是自叹新婚不久便与丈夫分离。

从后来的所有词作来看，他们的欢会似乎总是短暂，甚至给人以"夜半来天明去"的感觉，如《菩萨蛮·忆旧》所写：

> 雁书蝶梦皆成杳。月户云窗人悄悄。记得画楼东。归骢系月中。　　醒来灯未灭。心事和谁说。只有旧罗裳。偷沾泪两行。

《赌棋山庄词话》评此词"丰神不减夫婿，奉倩神伤，亦固其所"[1]。作者深夜感怀近来很久不见丈夫到来，更没有书信，甚至梦中都很难欢聚。于是想到当初他来时的场景——"归骢系月中"，于此一句可知纳兰性德来时往往是趁着夜色。而"心事和谁说"说明她这段情感无人可诉，而无人可诉的原因正是因为他们的这段婚姻是与制度有违的。

在经历过一年聚少离多的生活后，纳兰性德便长逝了。沈宛终于意识到她所盼望的日日厮守的婚姻生活如同镜花水月，终成虚空，于是创作了《朝玉阶·秋月有感》：

> 惆怅凄凄秋暮天。萧条离别后，已经年。乌丝旧咏细生怜。梦魂飞故国、不能前。　　无穷幽怨类啼鹃。总教多血泪，亦徒然。枝分连理绝姻缘。独窥天上月、几回圆。

---

[1] ［清］谢章铤：《赌棋山庄词话》卷七，唐圭璋编：《词话丛编》，中华书局 2005 年版，第 3418 页。

这应是一首悼亡词，又是一次"离别"，但这次"离别"却异常萧条，因为她再也不会见到那偶尔到来的身影了，即便是"梦魂飞故国"，而人世两隔，仍然"不能前"。沈宛此时的心境便只能是"无穷幽怨"，但她意识到即便是泣泪成血再多也于事无补了。如果说此前的欢会如同天上之月，不见几次团圆的话，那么此次则是要这连理双枝永远离分了，是这段姻缘的长绝。作为才女，沈宛能够与盛年的词人相遇相知并结为连理，是她的幸运，但同时，清廷的制度和容若的早逝又使她成为不幸之人。丁绍仪《听秋声馆词话》谓："（纳兰）闺中有此姬人，乃诗词中无一语述及，味词意，颇怨抑也。"① 沈宛的怨抑正是缘于她的不幸。

第四节　旧宫宫人

在朝代更迭之际，前朝宫人难免流落民间，其或嫁为人妇，或遁入空门，诗词篇什也汇编成集。对于这些流落民间的宫人来说，前朝留给她们太多的回忆，她们曾经身居政治权力的中心，亲眼目睹皇室的奢华和最终的颠覆。这场变革对于她们来说更具有震撼力。正如元稹《行宫》诗中的白发宫女，是身历沧桑，而非道听途说。因此，她们的感触也最为真切，言词自然凄怆。

申蕙，字兰芳，别号诗农，江苏长洲人。申胤荣女，初入宫闱，后嫁秀水沈氏。善草书，法孙过庭。雅工诗，其诗苍老，无闺阁语。与归淑芬齐名。著有《缝云阁集》、《花下吟》、《绣余草》及《涤砚亭帖》。

---

① ［清］丁绍仪：《听秋声馆词话》，唐圭璋编：《词话丛编》，中华书局 2005 年版，第 2793 页。

其词风与诗的苍老之境不同，哀愁凄凉中见新巧。如《长相思·秋吟》：

> 月满衣。叶满衣。玉漏初沉银汉低。砧声到竹扉。　　事已非，人已非。满目凄凉何日归。魂消梦亦稀。

从词作章法来看，完全符合上阕写景下阕抒情的传统规格。"月满衣。叶满衣"刚好点出"秋"字。远处传来的砧声让人想起杜甫的《秋兴》，进一步点出时令。"事已非，人已非"比"物是人非"更觉凄凉，且用此词格写出又加重语气，黍离之悲跃然纸上。申蕙炼字的功夫在另一首词《早梅芳·夜怨》中也很突出："睡成痴，醒又懒。被冷谁忺恋。枕儿敧著，万绪千端怎消遣。丝丝愁络纬，字字惊哀雁。乍离魂、被他花雾绾。"那万绪千端难以排遣的愁绪，被络纬的叫声丝丝牵引起，又与雁阵排列（"一人"）所象征的孤单字字相印。刚刚要以离魂之梦去寻觅伊人，却又被花雾将魂儿绾住，梦也难成。全词用感觉、听觉、视觉加梦境的全方位、多角度方式层层渲染离愁，从而让愁绪弥散开来，萦绕笔端。

徐淑秀，自号昭阳遗子，住江苏泰州之沈村，著有《一叶落词》。况周颐《蕙风词话续编》载其为"前朝南渡时宫人也。甲申后，流落金台，刘肇国以饼金赎回，用赠武人邵某"①。如此辗转流离的经历使得她的词作愁言满纸："露滴花寒入夜深。多情明月向愁人"（《渔歌子·秋夜》），"重重幽恨锁眉峰。斜倚栏杆思未穷"（《忆王孙·重重幽恨锁眉峰》），"停针不语愁无限，蜂闹纱窗。燕语雕梁。独倚栏杆欲断肠"。而最能表现其愁苦至深的词莫过于《鹧鸪天·夜坐》：

> 宝篆香消觉夜深。挑灯无语倍伤情。瑶琴欲抚闲消闷，拨尽朱弦总断魂。　　风索莫，月凄清。无端愁思苦萦心。徘徊不尽梧桐月，守着窗儿坐到明。

词从夜深写起，词人由于伤心而无睡意，反而将灯光挑亮；想用弹琴

---

① 况周颐：《蕙风词话续编》，唐圭璋编：《词话丛编》，中华书局2005年版，第4578页。

来解闷，却发现只能增添苦闷。风也萧索，月也凄清，只有愁思萦绕心中，月亮在那象征千古愁怨的梧桐间徘徊往复，词人一夜无眠坐守到天明。她由九重宫阙流落民间，更被人任意买卖，甚至作为礼品赠人，内心的苦楚可想而知。最后一句"守着窗儿坐到明"不禁让人想到李清照的"守着窗儿，独自怎生得黑"（《声声慢·寻寻觅觅》）。李词作于靖康南渡后，本词作于明亡后，作者既然自称昭阳遗子，可见对前朝怀有深刻的感情，于是李词在此时唤起她心中的共鸣。她心中的愁苦是亡国之痛、亡家之痛，况周颐认为其诗"多抑郁哀愤之音"①，可见均为不平之音。

尼静照，字月士（一作上），俗姓曹，顺天宛平人。邹漪《红蕉集》载其为光宗宫女，泰昌元年（1620）以良家女选入宫内，崇祯十七年李自成破紫禁城时至金陵，祝发为尼。在掖庭二十五年，曾作宫词百首。王端淑《名媛诗纬初编》说："月士不特才情双绝，而笔力雄健可敌万人，此等格调惟李杜能之。"②可见其才高。其词《西江月·午睡》云："有恨慵弹绿绮，无情懒整云翘。难禁愁思胜春潮。消减容光多少。"况周颐赏之曰："体格雅近北宋。"③《荷叶杯·春色困人如梦》"蝉额裹宫纱。虹桥深处柳荫遮。凡髻小钿车"，依然宫词韵味；而《江城子》词"卸却蝉钗弹翠鬟。戴黄冠。拜蕉团。一卷黄庭，长跪叩香龛"，则反映了洗尽铅华后的苦修生活。

宋蕙湘，金陵人，年十四选入宫中，为南明弘光小朝廷的宫人，年十五，南京城破，为兵掠去。余怀的《板桥杂记》中记载了她的四首题壁诗，诗中有"将军战死君王系，薄命红颜马上来"之句，尽显南京城破时的惨状，又自比蔡文姬与王昭君，有明显的胡汉分别之心。张煌言曾作《和秦淮难女宋蕙湘旅壁韵》，也将其比作王昭君。后来，台湾的郑经又在

---

① 况周颐：《蕙风词话续编》，唐圭璋编：《词话丛编》，中华书局2005年版，第4578页。

② ［清］王端淑：《名媛诗纬初编》卷一，康熙六年（1667）清音堂刻本，第10页。

③ 况周颐：《蕙风词话续编》，唐圭璋编：《词话丛编》，中华书局2005年版，第4578页。

《读张公煌言满洲宫词,足征其杂揉之实;李御史来东都,又道数事,乃续之》之四的自注中记载了他所听到的关于宋蕙湘结局的传闻:传闻说宋蕙湘被献给了九王多尔衮,多尔衮收在王府,为皇太后所知,将宋蕙湘截去手足眼耳鼻舌,置于瓮中,陈列在筵前让众人观览,还为此竖立"汉族妇女不得入宫"铁牌于宫门,并鞭笞了九王多尔衮(见《延平二王集》)。虽然郑经的这一系列诗,多为道听途说,又是有意丑化敌方之作,不足征信。但是,宋蕙湘为清军所掳,其不幸结局可想而知。《众香词》载其词作本事:"(宋蕙湘)后为兵掠,其题壁诗哀怨凄恻,和者如云,毕竟逊原唱为最。其一阕《行香子》得之衣腋中"[1]。词云:

> 赋了情诗,不了相思。无心绪,又睹花飞。湘桃映日,细柳含晖。有许多香,许多色,许多姿。　　无限春情,却上双眉。总都付,绿暗红稀。独倚栏杆,月到双扉。惹一回愁,一回闷,一回悲。

《众香词》也没有提到宋蕙湘最终的命运,但是既然说词作"得之衣腋中",当已无生还之望。宋蕙湘的遭遇应是前朝能文宫人中最为凄惨的,词中已经没有太多幽怨之语,但字里行间所流露出的却是泪尽之后的深深痛楚。曾经的"许多香,许多色,许多姿"转瞬间而为"绿暗红稀"。

第五节　名妓词人

明末江南经济繁荣,城镇文化发达,随之而来的是青楼文化的繁荣。最为著名的要数当时秦淮一带的河房、画舫。余怀在《板桥杂记》中曾描

---

[1]　[清] 钱岳、徐树敏:《众香词》卷五,上海大东书局 1934 年版,第 18 页。

绘其盛况："两岸河房，雕栏画槛，绮窗丝障，十里珠帘。薄暮须臾，灯船毕集，火龙蜿蜒，光耀天地，扬槌击鼓，蹢顿波心。纨茵浪子、潇洒词人，往来游戏，马如游龙，车相接也。其间风月楼台，尊罍丝管，以及娈童狎客、杂伎名优，献媚争艳，络绎奔赴。垂杨影外，片玉壶中，秋笛频吹，春莺乍啭。"① 当日繁华可见一斑。而明清易代的冲击，导致秦淮歌舞一时消歇，盛衰巨变身不由己，无可奈何风流云散。她们或嫁作人妇，或遁入空门，更有不幸者漂泊异域，客死他乡。

这些名妓大部分顺康年间依然在世。这一时期的名妓首推秦淮八艳。明朝遗老余怀在《板桥杂记》中记载为：柳如是、顾横波、马湘兰、陈圆圆、寇白门、卞玉京、李香君、董小宛。八人中除马湘兰外都经历了明清易代的时世迁变。

八人中首推柳是，一名隐雯，更名隐，字蘼芜，号如是。本姓杨，名云娟，又作朝，字朝云，更作爱，字影怜，自号我闻居士，又号河东君。浙江嘉兴人，生于明万历四十六年。幼年养于吴江周氏为宠姬，被出。适陈子龙，继为松江守逐往吴江盛泽。崇祯十四年嫁钱谦益为继室。清康熙三年钱谦益逝，柳是投缳自经。著有《戊寅草》。柳是今存的33首词作，多为描写爱情的作品，其中，20阕《梦江南·怀人》情致缠绵，抒写女词人对于自己心上人的留恋难舍，后世认为是怀念陈子龙之作。前10阕以"人去也"开篇，后10阕以"人何在"开篇，前者描述陈子龙去后的凄凉，后者追忆二人欢好时的场景，两相对比，突出词人内心的凄苦，点明怀人之意和不舍之情。前10阕分别以场景为缘起，写自己无时无刻不在思念的状态，这10个场景分别是"凤城西、鹭鸶洲、画楼中、小池台、绿窗前、吹笙时、碧梧下、棠梨旁、睡梦里、长夜中"，词人自述状态用了"迷离"、"愁"、"散漫"、"恨"、"病愁"、"寒"、"肠断"、"幽怨"、"红

---

① ［清］余怀著，李金堂校注：《板桥杂记》，上海古籍出版社2000年版，第10页。

泪"等字眼，表现出失落的状态和愁苦的情绪；后10阕仍然以场景为缘起，却是追忆自己与陈子龙的欢会之地，分别是"蓼花汀、小中亭、月明中、木兰舟、绮筵时、石秋棠、雨烟湖、玉阶上、湘帘下、枕函边"，词人截取了"画屏香煖"、"中亭和笑"、"夜夺扼臂"、"兰舟独语"、"兀自梳头"、"绮筵欢言"、"欢笑终日"、"舵楼春睡"、"玉阶相待"、"帘下画眉"、"拭泪邀怜"等片段，表现与所爱之人在一起时的欢乐和刻骨铭心的爱情。

柳是词在艺术表现手法上具有独创性，第一是意象的新颖。她大量运用移觉、移就、比喻、象征等修辞手法创造适合自己词作氛围的意象。如"只怕是，那人儿，浸在伤心绿"（《更漏子·听雨》），运用了移觉的手法将人沉浸在伤心的情绪中，形象地说成泡在碧色的水里，这一巧妙运用使伤心时所感受到的凄冷、黯淡、无法自拔都形象地表现出来。同样运用了移觉手法的还有"花梦滑，杏丝飞"（《更漏子·听雨》其二），"花"、"梦"、"滑"三个字均不相关，词人却将它们组合起来，构成新巧的意象，春天里花也有梦，这梦在雨水的滋养下变得腻滑和润，一语渲染出春雨带给人们的感受。又如"芙蓉泪，樱桃语"（《江城子·忆梦》）则运用借喻手法，白居易诗有"芙蓉如面柳如眉"（《长恨歌》）之语，又有"樱桃樊素口，杨柳小蛮腰"之喻，因此柳是以"芙蓉"喻面，"樱桃"喻口，是面上泪、口中语的意思，本是平常之句，在她的笔下却翻出无限诗意与美感。另外还有移就手法的运用，如"花痕月片，愁头恨尾"（《踏莎行·寄书》），是说花、月般精美的信笺却满载愁情恨意；又如"薇风涨满花阶怨"（《浣溪沙·五更》），两次运用移就修辞，先是在描摹蔷薇花的香气时用了形容水的"涨满"一词，将香气之浓郁、弥漫范围之广贴切表现出来，然后用一"怨"字将这种香气转移成花的一种情绪，使之与词人的情绪相吻合，词人之灵慧由此可见一斑；再如"裂却紫箫愁最陡"（《垂杨碧·空回首》），本是说用紫箫表现愁绪时曲调高而尖，这里用表现山势险峻的"陡"字来形容，给人以生动形象的感觉。此外，柳是还喜欢用模糊的意象来表达她心中常有的特殊感受。比如词中两次用到"迷离"，两次用到"朦胧"。①

　　第二是融化事典入词而不露痕迹。如《梦江南·怀人》其二云"菡萏结为翡翠帐，柳丝飞上钿筝愁"，是从李璟《摊破浣溪沙》中"菡萏香销翠叶残，西风愁起绿波间"句与晏殊《蝶恋花》"杨柳风轻，展尽黄金缕。谁把钿筝移玉柱"句化出。《梦江南·怀人》其六云"人去玉笙寒"，是化用李璟《摊破浣溪沙》"小楼吹彻玉笙寒"句；"凤子啄残红豆小"，是从杜甫《秋兴八首》的"红豆啄残鹦鹉粒，碧梧栖老凤凰枝"化来；"雉媒"典出陆鲁望"五茸春草雉媒娇"；"杏子是春衫"典出《西洲曲》"单衫杏子红"。

　　第三是词章结构回环往复。较为典型的是词作《金明池·寒柳》，其效仿姜夔《暗香》、《疏影》词的结构，层次错落有致，张弛擒纵，变化精巧又绵密紧凑。开篇渲染柳所处的环境、时间与地点。接下来以"更吹起"代入词的主角"柳"，与姜词以"唤起"引出梅的笔法一致。再接着以"还记得"三字将人的思绪拉到过去，与姜词"犹记"及"长记"词的引领用意相同。上阕从"残照"写到"晚来"，从时间上看是寒柳从傍晚到黄昏的状态，其中还夹杂着对春日的回忆。下阕以"春日酿成秋日雨"开篇，横跨三个季节，给人以时光流逝和沧桑之感，紧接着又用"念畴昔"三字引入回忆，很快又以"暗伤如许"折回现实，再接着以"从前"一词翻入回忆，最后以"待"字诉说对将来的设想。时间、空间上的数次转换，使原本静止的柳变得灵动起来，词章结构回环往复，有一唱三叹之感；再加上其中大量用典，使得柳的形象丰富饱满，凄楚神伤之情跃然纸上。

　　还有就是融合曲语入词。由于柳是精通南曲，她的词中大量运用曲化的语言，虽然不是词的本色，却达到了使词作灵动的效果。如"又有个人

---

　　① 《梦江南·怀人其一》有"蝴蝶最迷离"，《声声令·咏风筝》有"时时愁对迷离树"，《梦江南·怀人十三》有"心事好朦胧"，《浣溪沙·五更》有"朦胧更怕青青岸"。

儿似你"(《南乡子·落花》),"直恁多情,怎生忘你"(《两同心·夜景,代人作》),"轻轻分付,多个未曾经"(《诉衷情近·添病》),"只恐怕,捉他不住"(《声声令·咏风筝》),"要他来,来得麼"(《江城子·忆梦》),等等。

关于顾媚,她的身份前后转换较大。原为秦淮名妓,字眉生。交游甚广,家有眉楼,几乎每日设筵。后为龚鼎孳宠妾,改姓徐,字智珠、梅生,又字眉庄,号善财君,时称横波夫人。龚鼎孳是被称为"江左三大家"的诗人之一,清兵入关后,他屈节降清,任刑部尚书。顾媚曾利用龚鼎孳的地位,保护过反清爱国诗人阎尔梅。后来,顾媚以龚鼎孳"亚妻"的身份,被清廷封为一品夫人。陈维崧《妇人集》评其"识居朗拔,尤擅画兰蕙,萧散落托,畦径都绝,固当是神情所寄",并认为龚鼎孳《尊拙斋集》中"'孤负香衾事早期',及'不知何福得消君'诸绝,俱为夫人咏"[①],可见龚鼎孳对于顾媚的感情至深。1664年,顾媚病卒于北京,龚鼎孳将其遗体送回安徽合肥安葬,曾在庐州为之举行葬礼。顾媚精通音律,善诗能词。著有诗集《柳花阁稿》。善画山水,尤以画兰著名。留存的三首词作中有两首都是酬唱应答之作。唯有《忆秦娥·闺怨》一首可见其词风:

> 花飘零。帘前暮雨风声声。风声声。不知侬恨,强要侬听。
>
> 妆台独坐伤离情,愁容夜夜羞银灯。羞银灯。腰肢瘦损,影亦伶仃。

这是一首典型的闺怨词,借落花、风雨的意象表述自己的愁情,妆台独坐、银灯独挑表现自己的离愁。而"瘦损"则是伤怀的结果。末句"影亦伶仃"写得最妙,一方面对应腰肢之瘦,一方面更显出孤寂之情。

陈元,字圆圆,江苏苏州人。名优,后归吴三桂,宫中呼陈娘娘。

---

① [清]陈维崧撰,[清]冒褒注,[清]王士禄评,王英志点校:《妇人集》,王英志主编:《清代闺秀诗话丛刊》,凤凰出版社2010年版,第12页。

有《舞余词》。她的故事妇孺皆知，无须赘述。关于她的争议也从未停息，《闺秀词话》称："满清主中夏几三百年，其发端始于一圆圆。"①一位裙钗红颜也有幸同帝王、战将乃至"流贼"、名士一起跻身于改朝换代的重大历史事件名录之上。无论是红颜祸水还是倾国倾城，人们看到的只是事件本身，看到的是她作为一枚棋子对全局所起到抑或起不到的作用，却不曾有人去探究她的内心世界。没有人过问她在经历了冒辟疆的背盟、田弘遇的强掠、刘宗敏的劫持以及吴三桂的嫁祸时，究竟经历了怎样的心路历程。以她的聪慧，她不可能是个无感的女子，她的词中其实是满腹愁怨的，如"自笑愁多欢少"，"酒一巡时肠九回"（《荷叶杯·有所思》）。她的《转应曲·送人南浦》很像是送别冒辟疆时所作：

> 堤柳，堤柳，不系东行马首。空余千缕秋霜。凝泪思君断
> 肠。肠断，肠断，又听催归声唤。

"南浦"一词源自江淹《别赋》名句"送君南浦，伤如之何"，这一意象象征着痛彻心扉的离别。而起句则化用王实甫《西厢记》"长亭送别"一折中"柳丝长，玉骢难系"句意，一方面，可见其对曲词的熟悉；另一方面渲染离别气氛，表现她想留住将行之人的迫切心情。当此际，泪凝肠断，耳畔却又有催唤之声。寥寥几笔却涵盖了送行时的情境、风物、时序和心情，耳目所及，心之所感——囊括，不比柳永的《雨霖铃·寒蝉凄切》逊色。

另有一首伤春之作《丑奴儿令·梅落》也别有风味：

> 满溪绿涨春将去，马踏星沙。雨打梨花。又有香风透碧纱。
> 声声羌笛吹杨柳，月映官衙。懒赋梅花。帘里人儿学唤茶。

她的小令用语别致，朗朗上口，"溪涨"、"梨花"、"香风"点出春天，

---

① 雷瑨、雷瑊辑，王玉媛校点，王英志校订：《闺秀词话》，王英志主编：《清代闺秀诗话丛刊》，凤凰出版社 2010 年版，第 1432 页。

"马踏星沙"、"羌笛吹柳"点出塞外，末三句点出作者身份。作品语短意丰，正符合小令含蓄隽永的特点。

卞赛，一名赛赛，本为上元名妓，曾游吴门，侨寓虎丘。曾欲嫁吴伟业，未成，后归世家子弟郑建德，因不相得，留侍女而自去。易代后为女道士，自称玉京道人。晚归吴门，依良医郑保御，别馆长斋。又十八余年卒，葬惠山祇陀庵。今天所见到的她的词作多为出家前的作品，两首伤春怀人之作感情真挚动人，如《踏莎行》：

> 香罢宵薰，花孤昼赏。粉墙一丈愁千丈。多情春梦苦抛人，寻郎夜夜离罗幌。　　好句刊心，佳期束想。甫愁春到愁还往。销魂弱柳六时垂，断肠芳草连天长。

这首词句句含恨，声声愁叹，触目所及都是伤心之景：花孤拟人、墙高比愁、弱柳销魂、芳草断肠。女主人公夜夜梦里寻郎却不见踪迹，于是不敢再期盼团聚的佳期，春天就在愁绪中匆匆来去了，不曾留下一个美好的团圆梦境。此词虽短，却可看作伤春词的佳作，比拟深刻贴切，情真意浓，是词人心绪的真实外化，不事雕琢，妙造天然。

另外，在伤春之作中往往寄予着作者对自己年华将逝、青春短暂的痛惜。如《醉花阴·春恨》中说："陌上正繁华，袅袅游丝，杜宇声啼血。"为什么在"陌上正繁华"的美丽季节，杜宇会发出如此不和谐的声音呢？它伤心泣血的原因在哪里呢？下阕中作者说："无计可留春，阵阵杨花，吹起漫天雪。"这正是答案所在——美好的青春年华如同这煦色韶光一样，无计长留。作者感到自己的命运如同杨花一样，任凭风起吹作飞雪，无人问"谁舍谁收"。

董白，字小宛，又字青莲，金陵人，原为著名歌伎。自幼聪明、貌美。七八岁时，从母陈氏学读书、写字。数年之后，她便通经史，能诗词，善书画，针神曲圣，食谱茶经，莫不精晓。因酷爱苏州山水，迁居半塘。年十六与冒辟疆相遇，又三年归冒氏为妾，寓居如皋水绘园。其亡故后，冒辟疆曾著《影梅庵忆语》来悼念，其中描述身世经历甚详。吴梅村曾作八首《题冒辟疆名姬董小白小像》和两首《又题董君画扇》，对董白超人的文采才情及高尚的品格情操给予崇高的评价。其中一首咏道："珍珠无价玉无瑕，小字贪看问妾家。寻到百堤呼出见，月明残雪映梅花。"①余怀《板桥杂记》描述董小宛说："董白天资巧慧，容貌娟妍。性爱闲静，遇幽林远涧、片石孤云，则恋恋不忍舍去。至男女杂坐，歌吹喧阗，心厌色沮，意弗屑也。"②至于《影梅庵忆语》中所描述的董小宛拼死相从与冒辟疆的过程，更显出其坚忍勇敢、至情至性的不群性格。今天所留存的她的词作，比较可信的唯有《何满子·柬辟疆夫子》：

> 眼底非关午倦，眉间微带秋痕。惹上心头推不去，凄凄黯黯消魂。试问清宵倚枕，惟余被冷香温。　　酿就蕉声夜雨，幻成柳色朝云。欲说依然无可语，此情还许谁论。待对明灯独坐，偿他泪渍罗巾。

从称呼上来看，此词应作于与冒辟疆约为婚姻之后。上阕写眼中泪、眉间愁、心头苦令她清夜独坐，黯然消魂，虽说工稳，却并无独到之处。下阕则非同凡响，开头一句"酿就蕉声夜雨，幻成柳色朝云"，堪称妙笔，可见小宛之灵心慧性。她将这一夜的愁苦，一夜的烦闷，幻化成雨霁云收、红霞绿柳，并不纠结于夜里的"蕉声夜雨"铸就的苦闷情绪，可见其情志性情远非一般碌碌之辈可比。她不是没有哀怨，没有泪水，但是她有开阔的胸怀、乐观的天性，这些可以帮助她摆脱苦恼，成就知足的人生。也许，这正是为什么在柳如是的钱谦益不肯赴水、顾横波的龚鼎孳屈节事清之后，唯有董小宛的冒辟疆可以独守节操、隐遁山林、甘为遗民的缘故。

---

① ［清］吴伟业：《梅村集》卷十八，［清］纪昀、永瑢等：《文渊阁四库全书》集部1312 册，台湾商务印书馆 2008 年版，第 189 页。

② ［清］余怀著，李金堂校注：《板桥杂记》，上海古籍出版社 2000 年版，第 34 页。

李香君，又名李香，养母李贞丽为秦淮名妓。孔尚任著名剧作《桃花扇》中女主人公的原型。侯方域曾作《李姬传》描写香君的皎爽不群。《词苑萃编》载："李姬名香，秣陵教坊女也。母曰贞丽，有侠气，尝一夜博，输千金立尽。姬亦侠而慧，能辨别士大夫贤否。语小篇载其题邓彰甫细书《虞美人》词云：'相思莫写上杨花。空被风吹起，满天涯。'可谓妙绝。"①虽只残存一语，其巧思蕙质可见一斑。

寇湄，字白门，《众香词》载其"娟娟静美，姝荡风流，能度曲，善画兰，粗知拈韵，吟诗词"②。从《众香词》所存其两首词作来看，她的确不擅填词，其一首《蝶恋花·眉淡衫轻春思乱》取意于苏轼的《蝶恋花》（花褪残红青杏小）有"不怪无情，翻受多情绊"之语。另一首《齐天乐·夏日》仿照苏轼的《洞仙歌》而来：

> 画楼高处蝉嘶柳，几曲危栏同倚。映日冰心，迎风雪态，清澈香肌无暑。南窗雨洗，乍云隐轻雷，晚凉如水。扇引合欢，斜侵明月枕初欹。　　闲庭起来携手，渐黄昏院落，明河低坠。浴罢妆残，钗偏鬓堕，两点春山余翠。轻绡卸体，怕一搦烟轻，不禁轻吹。簟展湘纹，别有一腔秋思。

虽然缺乏新意，但也工整可见。寇白门后因以万金赎朱国弼，有侠女之称，抑或与其对苏轼词的接受和喜爱不无关系。

除了以上所述八艳以外，秦淮河畔、越山吴门、荆楚之地以及大江南北还有许多能文的名妓。她们留存的词作也为数不少：

葛嫩，秦淮名妓，其父原为镇守边关武将，以身殉国后，葛嫩流落秦淮，以诗才箫艺名扬一时。后结识孙克咸，共同竭力抗清，一同殉难。今天，南京秦淮河畔的媚香楼楹联将之与李香君并提，赞扬她为国捐躯的壮

① ［清］冯金伯：《词苑萃编》，唐圭璋编：《词话丛编》，中华书局 2005 年版，第2109 页。

② ［清］钱岳、徐树敏：《众香词》卷五，上海大东书局 1934 年版，第 13 页。

举。《众香词》载葛嫩存词四首。其《清平乐·东风无力》有"东风无力，吹梦无踪迹"及"断肠人在天涯，春光不恋儿家"语，是漂泊、凄楚之人生境遇的写照。

童观观，汉阳人。有殊色，工诗词，善写花鸟。在她的词中善写孤独苦闷，从其《减字木兰花·病慵思睡》即可看出女性词人对于李清照的认同："三生缘减。凤台不遇吹箫伴。写恨盈篇。几度追思李易安。"在寻觅不到异性的知己时，她宁愿在词章中寻觅异代知音。她发现心仪的词人李清照也是"写恨盈篇"，遂以为寻觅到了心灵的归宿，开始"几度追思"心中的偶像。

白栀香，字西来，练川名妓。有《楚江词》。她的词中充斥着烦闷的心绪，如"到处燕愁莺转。……惹厌。惹厌。是这莺莺燕燕"（《如梦令·烟柳深笼小院》），即便是"春自芳菲月自皎"的芳春好景也会"无端惹得心头恼"（《蝶恋花·春日怀人》）。这究竟是什么原因呢？终于在此词的下阕，她透露出心中的担忧："转眼韶华容易老。无奈离多，但觉欢时少。"面对光阴的无情，她希望所怀之人能珍惜她短暂的青春年华，不让它在孤单等待中白白逝去。

郝文珠，字昭文，秣陵人。谈吐慷慨，下笔成章。本为名妓，宁远李将军纳之为姜，带她去辽东督师，命她为"内记室"，与马楚屿齐名。著有《夜光词》。词中常有对内心孤寂的倾诉和对命运无着的忐忑。如"独听玉漏夜迢迢。梦为蝴蝶宿花梢"（《浣溪沙·春寒夜作》），"最是东君幸短"（《鹊桥仙·针借青松》），借着庄周梦蝶的典故表达自己渴望自由的心愿，更反衬出自身的孤苦，慨叹春光易逝、东君幸短，更是慨叹年华老去、恩情难留的悲哀。

王尚，字影香，古燕大成人。年十三，落籍平康。善诗词，著有《芳草词》。多年的身心漂泊和痛苦经历反映在她的词章里，是满纸心酸与迷茫。如《玉楼春·春去》中云："连宵中酒下珠帘，万遍伤心日又暮。……

高楼弄笛两三声，吹落梅花无着处。"一日之内有万遍的伤心，她内心的痛苦可以想见，而落花无着处自在情理之中，有谁会去在意呢？唯有这与落花同命的女子会代为哀怜。如果说孤苦与伤心是与这样的女子终身相伴的情绪的话，那么时光流逝而带来的衰老则是她们不能承受之痛。在《蝶恋花·绣床慵觅金针小》一词中王尚就慨叹"听惯莺声今渐老。缓歌金缕伤怀抱"，听着每日都在耳畔鸣叫的黄莺，感到它的声音都不再那么清脆，渐渐变老了；而唐时名妓杜秋娘那流传千古的《金缕衣》一诗所表达的情愫却正中下怀，于是作者一遍遍唱着这字字血泪又契合心境的歌曲，暗自神伤。

李瑞卿，浙江钱塘妓。其词中流露的是其生命中的无奈与无聊。如《谒金门·春暮》："尽日画屏独掩。废却绣床金剪。宝篆慵添清梦远。燕来不卷。"这是她作为个体的生活场景描摹，同时又是具有这个群体代表性的常见景象描述，她们画屏独掩不是因为闺阁矜持，而是"门前冷落车马稀"。她们也有绣床金剪，却不是为了练习女红针黹，因此可以随时废却。她们的清梦也远，却不为"到辽西"，而是追逐那走马章台的身影。整篇作品充斥着慵懒与烦闷，其中折射出的却是生活的悲凉。

沙宛在，一作名淑，字未央，小字嫩儿，自称桃叶女郎，上元人。擅临兰亭，精于管弦，兼工诗词。著有《蝶香阁集》。随其姊沙才游苏台，卜居半塘，名噪一时。后归咤利，郁郁而死。她的生活一方面也是百无聊赖的，如其词《醉花阴·翡翠楼头风几阵》中所描述的："翡翠楼头风几阵。断送残红尽。薄暮掩罗帏，独步无聊，不识初来径。"闲立楼头看风吹落残红，由于无聊信步闲游，竟忘了来时的路径，其实是心有所思才会如此。她在想什么呢？那就是她生活的另一方面：希望可以寻觅到托付终身之人。因此她在另一首《踏莎行·病起》中表达了自己的心思："红叶空传，朱绳未绊。天涯可见人难见。"这里借用唐代孟棨《本事诗》载红叶题诗的故事，说自己不像题诗的宫女那样幸运，即便题过多少红叶也是空在水中流转，无人拾取、探访，传说中的月老不曾将牵系姻缘的红绳绊住她与有缘人。于是她慨叹天涯虽远却有相见之期，那有缘人却难以寻觅。这与士人们常说的"日近长安远"是一个道理。虽然一个是慨叹仕途无望，一个是慨叹姻缘无着，但归根结底都是对前途黯淡的哀婉之叹，对命运多舛的不平之鸣，在这一层面上他们是没有贵贱高下之分的。

桂姐，字月仙，西湖名妓，粗能诗词。闽县徐惟和公车过钱塘与之相遇。《众香词》载其"秀外慧中。后遇徐之乡里，每讯行藏。翌岁，徐下第，复遇，竟携缱绻。……越三年，再访之，则月仙已亡"。或许，记载这则故事的人认为桂姐是幸运的，她得到了曾任县令的徐惟和的眷顾；但是，从桂姐的举动来看，她并不看重徐惟和的官职，而是在他做官前的某次科举落榜之后与之交好，她所希图的是得到一个白首不相离的知心人。然而徐氏所能给予的只是短暂的缱绻，因此她的内心依然是孤寂的。她的《浪淘沙·思家》表明了对家乡和父母的眷恋："梦里还家愁里语，总是虚占……北堂萱草望悬悬。云树参差山水远，鱼雁难传。"她梦里的家乡是那么遥不可及，慈母一定在家中一遍遍翘首盼望她归来，但是以她现在的处境却不可能与家里通音讯，于是借故说是因为山遥路远，难传书信。

王曼容，字少君，籍贯不详。北里名妓。白皙而庄，清扬巧笑，殊有闺阁风。其居表以长杨，人遂呼为长杨君。学字于周天球，学诗于余宗汉，学琴于许太初，争以文雅相尚。这样的名妓，人后依然是孤独、苦闷的。如《踏莎行·银蒜低垂》："朱栏曲曲花摇动。空余今夜月华明，想着人儿心自捧。梧桐双摇，笛声三弄。避愁无计惟寻梦。"现实的寂寞令她难以排遣，只得希冀在梦中可以与心上人相遇。然而当她面对眼前的幸福时，她的内心仍然充满忐忑，认为这是难以长留的，如《明月斜·远寄》："半尺绡，回文绣。交颈鸳鸯绣上头，郎心莫学他人负。"这种担心出于她对于过往经验和自身身份的认知，是现实的残酷使然。

尹春，字子春，金陵教坊妓。工戏剧，擅演生旦。在《荆钗记》中饰扮王十朋，悲壮淋漓，声泪俱下。作为美貌的女子，她理所当然地自矜过人秀色："云母屏中玉骨，珊瑚枕上香腮。"（《西地锦·云母屏中玉骨》）同时也有对于自己病体的自伤："肺渴相如病。怕去临妆镜。"（《醉春风·秋闺》）虽然我们难以知晓她最终的结局，但是她年少即染上严重的肺病，很容易便让人联想到小仲马笔下的"茶花女"。

张回，字渊如，金陵妓。翰墨丹青，时称逸品。她留下的词作《浣溪沙》是唯一看不到孤寂、忐忑与苦闷的名妓词，估计是写于风华正茂的当红年纪。从这首词作中，倒是可以看出当时名妓生活的豪奢：

> 乳燕交飞绕画梁。新兴翠钿郁金香。戏抛棋子打鸳鸯。
>
> 宝鸭烟笼蝉翼鬟，玉琴弦润锦云囊。荼蘼深处日偏长。

由词中情形观之，这秦淮河畔的名妓并不比白居易笔下"钿头银篦击节碎，血色罗裙翻酒污"的长安名妓逊色。只可惜最后一句"荼蘼深处日偏长"，还是显出物质的奢华富足难以安抚她内心的煎熬。

范玑，字舜华，江苏扬州名妓。她的词浅近俚俗，似民歌小唱，表达出烦闷无着的情绪，如《谒金门·情索莫》所云："情索莫。肠断江南江北。惆怅王孙归未得。歌喉无气力。"《醉花阴·秋日病中有感》写道："体怯悄寒生，烦恼砧声，又续连宵雨。"

花梦月，字红儿，河阳名妓。有文名。其词语意浅近，多写相思怀人。如《女冠子·饯春人瘦》写怀人时的举动："饯春人瘦，无限伤心，双眼带啼痕。暂伫雕栏晓，宜支小阁昏。"心内伤怀，眼带啼痕，凭栏伫立从昏到晓，手托香腮从朝到暮。今天我们在影视作品中常常会看到这种镜头表现方式，但这是三百年前的词作者所写的场景，就不得不令人惊叹其匠心巧思了。她在其他词作中也有直诉相思哀怨的，如《浣溪沙·舞镜和云向晓披》"只说频来桃叶渡，不期犹隔柳花堤。数声怜惜是黄鹂"，直接向负约之人发问，指责他不如善解人意的黄鹂；《卜算子·睡醒玉肌凉》叹"可怜今夜梦魂痴，睡也还重睡"，唯有向睡梦之中求得解脱。

周青霞，浙江仁和人。《众香词》载："青霞风神秀发，容色光生，无纤浓妖冶之态；体度春融，仪文典雅，无闺房儿女之习。动若无所为，静若无所思，天然性真，不可以模拟，真西湖第一名妓。"这样的妙人儿对自己的容貌也会心生爱怜，她在《绕红楼·红日三竿羞起时》一词中就细细描写了自己的娇态和美貌："淡扫春烟眉曲曲，临宝镜、几度徘徊。粉白才匀，鸦黄正上，绿鬓几添丝。"这顾影自怜的态度不禁让人联想到《牡丹亭》中《惊梦》一出杜丽娘［步步娇］、［醉扶归］和《写真》中的几段唱词。

方是仙，字澹然，浙江归安人。性闲雅，喜禅语，好游山水。善诗词，著有《萍香词》，清丽哀婉。如《踏莎行·玉臂完环》下阕写："紫燕风前，黄梅雨后。柳条乱拂长江口。但言羃羃柳如烟，谁知摇曳愁如柳。"字面上虽清丽优美，但营造的却是浓云压江、烟柳低拂的沉闷、哀怨景色。

吴瑛，字澹如，祖籍安徽太平县。少为云间老妓所养，班中推为第一。有《栖凤阁词》。其作词语言新巧，以《芳草渡·许多恨》一词为代表：

许多恨，许多愁。许多病，许多羞，只因梦里许多恨。可惜也，天付侬，这风流。　　恐别后，人非旧，泪滴鲛绡湿透。烟如织，月如钩。灯儿瘦，风儿骤，梦难留。

开篇作者便连用几个"许多"表达自己的恨、愁、病、羞之多，似将这满腔怨愤喷泻而出，在气势上使读者震惊，引发同情。下阕"烟如织，月如钩。灯儿瘦，风儿骤"又是同样手法的重复运用，在音韵上蒸腾出恼人的氛围。她也有对于自己服饰、容貌的赏爱："歌扇缀成新缕月，舞衫香袅沉烟。黛螺如画鬓欺蝉"（《临江仙·歌扇缀成新缕月》）。也有怀人之句："记得小楼同醉倚，而今青鸟胡传。凤箫声逐彩云间。肠萦千丈结，人在九嶷山。"（《临江仙·歌扇缀成新缕月》）颇似晏几道词风，特别后一阕与晏词"记得小蘋初见……当时明月在，曾照彩云归"（《临江仙·梦后楼台高锁》）思维方式是一致的。但结句"肠萦千丈结，人在九嶷山"，更突出哀怨与无奈，使收束有力、意蕴深远。

花妥，字友莺，上元人。秦淮妓。善填词，为学士方楼冈赏识。后归萧某，不知所终。著有词集《麋迷词》。在花妥仅存的少量词作中，却能清晰看到她的成长过程：她写第一次学习化妆的情景，是在一个斜月挂上柳梢的夜晚，"柳丝长，蟾钩曲。携得钿奁螺子香，玉台学写双蛾绿"（《明月斜·画眉》）。奁盒镶嵌的精美、螺子黛散发的香气是她对"初长成"的记忆，也是对成年生活的向往。然而长大之后的她却并不如想象的那般快乐，她看到落花满地，引动心事，于是"含泪泣残红，素袜愁沾露""空自扫成茵"之后，又后悔，"犹喜未全除，细捡抛衾卧"（《生查子·春色已飘零》）。对于落花的态度，先是哀怜，后将花瓣扫除，最后又不舍，捡拾回去撒在被子上相伴入梦，这种矛盾和不舍既是对春天的眷恋，也是对青春的眷恋。而秋天的她面对"衰柳袅残丝"已经消瘦到"腰纤不自持"，耳畔只有"乱蛩贫聒絮"，使她无法入眠，消瘦、病痛与失眠各种愁绪汇集，无法解脱，于是她说"侬自欲消愁，一声长笛幽"（《菩萨蛮·秋思》），唯有吹起长笛，让笛音带走些许烦恼。

叶文，字素南，江苏吴江人。初适严某，困于贫，落籍吴门。后归杭州张贲孙为侧室，出游塞外而殁。这又是一个命运悲惨，过着颠沛流离生活的女子。她的词中全是凭栏凝望，仿佛一生都化作那一个伫立楼头的身影。春天是"渺渺春风忆瘦腰。空见垂杨踠地飘。凭栏魂欲消。长条复短条"（《凭栏人·渺渺春风忆瘦腰》），初夏是"长安陌路。来往征车宁计数。底事关心。远隔天涯没信音。刚才卷幔。偏惹杨花争扑面。那得人归。只见黄莺作对飞"（《减字木兰花·远眺》）。这位女子的身影徘徊在楼头、门前、帘下、窗边，或凝望，或远眺，或伫立，时刻盼望着她思念的身影出现在眼前，为此她细心倾听外面的声音，一旦疑心人来便卷帘探望；而一遍遍卷起珠帘的结果，却是只惹来"杨花争扑面"。如果不是女子发自内心的感受，是很难有如此真实的画面的。乐府民歌《子夜歌》有云："夜长不得眠，明月何灼灼。想闻散唤声，虚应空中诺。"与之有异曲同工之妙。

夏云弱，字莲娘，锦城妓。《众香词》载："云弱少敏慧，尝就杨初南授书，能诗词。荀宣子玉楚、明唐寺僧长白，皆诗游也。后从何象臣为妾。何宦楚，卒于官，云弱更适黄金榜。崇祯庚辰，宣子落第西还，过荆州，托故访之，则已淡妆为良人举止矣。遍问故乡，唏嘘泣下。荀登舟作词，书扇遗之。"[①]其早年的《山花子》一词自伤身世，最能吐露这一阶层女性的心声：

> 谁惜红颜薄命娃。一身滞楚竟为家。秋来良夜窥明月，怯羞花。　　巫峡梦回云絮絮，锦城莺老雨些些。异乡青冢空芳草，怅年华。

首句直抒胸臆，白话入词，问醒世人。接下来痛惜身世，漂泊滞楚，寄身无所。下阕更为凄楚，她心里对于未来无着感到隐隐的恐惧，认为自己将老于锦城，葬身异乡。而这正是如同她这样的许多青楼女子的宿命。但她算是幸运的，在多次转折后，终于脱籍从良。于是在赠荀宣子的词中写道："暗悲往事，绿云冉冉，梦绕天涯"（《诉衷情·赠荀宣子》）。不堪回首的往事已化作轻云晓梦吹向天边了。

李端生，字五丝，甘肃真宁人。本姓寇，父亡，随母沦为妓，改姓李，张啸月为其赎身。所写怀人词描摹精到："辗转倚薰笼，听尽迟迟更漏。眉皱，眉皱。人共梅花清瘦"（《如梦令·冬闺寄月郎》）。她的伤春词创作也别有风味。

刘仙，字蕊珠，金陵名妓。善吟咏，著有《醉白楼集》。刘仙的词风泼辣直露，写到她情动时说："尊前酒未阑，眼底心先许。无奈可怜宵，

---

① ［清］钱岳、徐树敏：《众香词》卷六，上海大东书局1934年版，第10页。

一缕香侵袂"(《乌夜啼·桐花宕晓风》)。刻画自己的动作,云:"不倚二分痴,不用三分醉。娇态如风不自持,倒在人怀内"(《卜算子·傍水袂俱香》)。描摹心上情郎的容颜,写道:"自从写出君模样,暮暮朝朝擎掌上。韵在眉梢。停笔将他细细描"(《偷声木兰花·自从写出君模样》)。虽说刘仙的词过于大胆,不符合词的审美要求,为良家闺秀所不屑,但是她也是以手写心,反映自己内心的真挚情感,具有真淳拙朴的风味。

乔容,字云生,北里名妓。少与名流嬿婉,濡染岁久,颇通文词。善吟咏,著有《落霞词》。现存的两首词也多是慨叹人去远、情难留的惆怅,如"学绣鸳鸯看又恼,漫停针"(《春光好·晴日永》),"人去天涯留不住,柳阴庭院占风光"(《浣溪沙·曲栏干外雨余凉》)。

袁莲似,字素如,籍贯不详,为六桥名妓。工词善画,能琴,通晓音律,歌有绕梁之声。于西湖作《忆旧诗》四章,一时词客属和盈帙,著有《落画楼集》。如此有才情的女子今存词作却不多,在仅存的两首词作里,能够看到的首先是她对于自己容貌的自赏。她风姿天然,可以自豪地声称"玉梳云鬓润,不喜上兰膏"(《临江仙·昨夜惊眠》);可惜,再美丽的容貌也难以令心上人与之长相厮守,因此,同其他青楼女子一样,她也时常忍受思念的煎熬。于是在春天的丽日里不免伤怀:"似此轻离苦赚,经担阁、几番厮守。归到否。先教看奴襟袖。"(《玉漏迟·春晴》)她怪伊人的轻别离,想着待他归来,一定要先让他看看自己为其流过的眼泪有多少。可是难道她真的不知道这个人也许不会重来的吗?

柳声,字紫畹,江苏华亭人。沦落平康,流寓扬州,后归天长令王野倩。天资聪慧,色艺无双,工词善画,著有《莺啭词》。她的词从语气上看似乎多作于年少时,首先表现在她喜欢描述自己可爱的脸庞,如"香腮隐几红春雪"(《花间意·藕花深处亭亭月》),"香腮斜托小窗前"(《醉花阴·杏艳才过》案此调当为《踏莎行》)。其次表现在她所写的怀人词带有明显的羞怯,如"恐人疑着怕人知,背人无语将书认"(《醉花阴·杏艳才过》案此调当为《踏莎行》），娇羞之情惹人爱怜。

陈冉，字月素，南曲妓。与如皋冒起宗善，冒起宗即是冒辟疆的父亲，崇祯元年进士，官至山东按察司副使，督理七省漕储道。她的悲秋词《卖花声·秋后》写道："愁压远山低。此恨谁知。鲛绡帕上湿胭脂。无限秋光偏着意，似醉如痴。""远山低"应是云压，这里作者却说是"愁压"，是自己心内之愁外化于自然，比喻形象。也可解作"山"为眉峰。在这秋日里，远眺怀人，已令人难以自持，偏偏这秋光又映在词人身上，更加令她似醉如痴，感到阵阵眩晕。

徐惊鸿，原名徐翩，字飞卿，号惊鸿。本江苏苏州名妓，后为尼，号慧月。善书法，字体遒劲，又能左右手正反双下，不差丝毫，人称之为绝技。存词数卷，有人为之辑成《秋水词》刊刻传世。她的悲秋词迥异于陈冉，饶有含蓄清新之致。如《菩萨蛮》：

秋江半损芙蓉面。高楼帘湿多霜霰。楚调拨琵琶。余音送落霞。　　双鬟浑不解。道似侬无赖。怎识近心情。歌残月二更。

作品从自然景物入手：秋江上半损的芙蓉、霜霰着湿的帘幕和落霞引逗出主人公的悲秋情绪，于是才有挑拨起楚调的琵琶。身旁依然梳着双鬟的小婢女不能了解她此刻的心境，以为她弹琵琶是因为百无聊赖。或许是因为那人的离去，为了排遣内心的抑郁，她在这秋夜里一直歌唱到二更，这凄楚的夜歌更增无限酸涩悲凉。身边小丫鬟的"浑不解"与她不能言说的"近心情"形成鲜明的对比，使得这阕悲秋词别具风味。

第六节　方外词人

这一时期的女子许多是迫于动荡，躲避入道观、禅寺的，因为只有这样做，才可能免于一劫。出家的方式除了可以帮助她们逃过劫难外，还可以给她们一个寄托故国之思的净土。当然，也有一些方外女词人是由于家庭原因选择清修的。总之，她们是厌倦了世事纷争、人情冷暖，而选择与青灯古佛为伴的。

性道人，姓周，名琼，字羽步，号飞卿，江苏吴江人。曾为某侧室，继而又适士人，因避所恶，寄栖江北。后依吴伟业，复出家为女冠，号性道人。爱吹弹，善诗词，有《惜红亭词》，又与吴蕊仙同著《比玉新声》。其词多为出家前作品，格调似花间，如《昭君怨·咏镜》："一片青铜如月。照出妾颜如雪。雪月两堪夸。胜如花。"闺中人对镜自怜的情状由男子口中说出，是一种肯定和欣赏；而由女子自己口中说出则是一种略带娇羞的自矜、自恋心态。她将自己的容颜比作皑皑之"雪"，认为胜过温庭筠所说的俗艳之"花"，此中蕴含着女性对于自身美丽的体认。

其诗风与词则大相径庭，如《春居》：

> 小榻参差竹影斜，衡门芳草锁烟霞。稜铮傲骨诗为友，澹泊禅心画作家。　　暖日不须来燕子，春风争肯逐桃花。凭栏细雨潇潇夜，慷慨悲歌抚莫邪。

作品赋咏"傲骨"、"禅心"、"凭栏"、"抚剑"，不问"来燕"，不逐"落花"，一副隐士姿态，侠士风范。读此诗，知其当是作于入道之后。

尼舒霞，俗姓贺，名元瑛，字赤浦，江苏丹阳人。贺宽之妹，出家为尼。贺宽，字瞻度，号拓庵，丹阳人，清代学者，1552年左右在世，顺治九年（1652）进士，授潮州推官，闭门著书，至老不倦，所著甚丰，如《五礼辑要》、《读易模象》、《分国分年史断》等，其《饮骚》一书系为《离骚》作注，时人评价颇高。应该说尼舒霞出身于诗礼之家，通常这样家庭的女子是不被允许出家的，究竟是出于怎样的原因使其出家为尼，我们已经无从考证。但是从她的词作中我们看到的是"漂泊"，既是身的漂泊，也是心的漂泊。如《菩萨蛮·留别》：

　　天涯芳草春归路。无端风雨将花妒。相续古今愁，春江无尽
头。　　　孤帆犹未动，先做思乡梦。离恨尽今生，他生莫有情。

　　此词带有明显的释家语意，试看这古今的愁情如春江之水没有尽头，
而之所以有愁是缘于有情，情爱种种，因之生恨成愁，对于家乡不尽的情
思便生成离恨。因此，舒霞祈求此恨只尽于今生，但愿来世别再有情，无
情则无恨无愁了。她的乡愁似乎一直伴随着她，虽偶有"一片闲云自在
流"、"暮云飞尽许多愁"（《浣溪沙·秋夜》）的超脱与释怀，也朗声宣称
自己已是"闲却此身沧海外"、"十年前事已相忘"，但终难免"只愁今夜梦，
随月到家乡"（《临江仙·舟中作》）。这种身入空门、心系故园的矛盾与挣
扎缘于她才媛的根基、女性的情思和方外的身份这三者的交织。

　　丁一揆，自号闲道人，浙江仁和人。栖雄圣庵。著有《息肩庐草》和
《茗香词》。其祖父丁鹤年是明朝著名诗人，与同乡吴百朋、陆圻、紫绍
炳、陈廷会、孙治、沈谦、毛先舒、虞黄吴、张纲孙合称为"西岸十子"、
"西泠十子"。其兄丁澎（1622—1686），字飞涛，号药园，清初著名诗人。
从这位出身诗礼之家的女尼词作中，我们不难体认丁一揆的超世出尘之
心、傲然不群之品。其《凤栖梧·观庭梅》咏道：

　　半折琼蕤香暗吐。相对盈盈，似欲将愁诉。傲骨天生谁与
护。可怜零落埋荒圃。　　　忆昔广平曾作赋。千载寥寥，若个知
音和。受尽几多霜雪妒。算来总是东皇误。

　　这"傲骨天生谁与护"和"千载寥寥，若个知音和"，很明显是在痛
诉凡间没有知音见赏，而如此清高脱俗的梅花因为遭受霜雪的妒忌和欺
凌，又没有知音者见怜与呵护，最终的命运只能是"零落埋荒圃"。这首
咏梅词作是否暗含对自己命运的慨叹呢？难道说出于某种原因她难为世俗
世界所接纳、认可，或是自己原本的价值不能得到应有的体认。这是在很
多才女身上都存在的问题，当她们发现自己的才能由于性别原因不能被社
会、家族认可时，便会在内心对这个世界产生疏离感。于是她哀怨地认

57

为"算来总是东皇误",正是造成这个世界不公平秩序的最高统治者的过错,在植物界自然是东皇规定了百花各自盛开的节令,致使梅花在无人眷顾的严冬才开放。而在她所生存的人类世界,则是封建秩序、封建统治者和封建家长造成了她怀才不遇的悲惨命运,因此,她对自己的家庭也没有太多留恋。但是在这决绝无情的面具之下,她也有一颗憧憬美好生活的炽热之心,这是在她另一首《菩萨蛮·冬日写梅作》中透露出来的。词中有云:"素梅点点铺香雪。疏篁渐长凌云节。同结岁寒盟。冰霜不易心。"可见,如果有知音者相知相赏,她是不会对这个世界如此疏离的。她如此喜欢梅,是因为梅高洁的品格、贞洁的意象和孤高的性情应和着词人对于自身人格的体认。

释超琛,法号玉如,浙江嘉兴人。如果说此前的女性方外词人对于世间情、世间人还难以淡忘的话,那么这位女词人则是地地道道的佛家语入词,试看其《满江红·咏佛手柑》:"空是色,偏垂韠。聆贝叶,清供我。看天龙一指,禅机真可。"这"空色、贝叶、天龙、禅机",都是将佛经中语直接放入词章,显示出作者的方外身份。

李萼(约1690年前后在世),字文如,湘南人,李孝廉之女,后为道士。善诗词,喜吟咏,亦能琴棋。著有《流霞阁集》。一说李萼初为湘南名妓,素时念佛自忏,酷好李冶、鱼玄机诗,常独坐小楼搦管吟哦,后终为女道士。她的惜春词写得新巧灵动,风味独特,如《朝中措·春闷》下阕云:"五更风雨,千回愁绪,九十都过。试问泪流花落,日来谁少谁多。"起首两句,"五更风雨"对"千回愁绪",工稳妥帖,语短情长,一夜只有五更,却有千回愁绪,风雨时长,不及愁绪之多。最后一问更是别样心思:一夜风雨摧落之花,不可尽数,作者却说落花未必有其泪落之多,伤心之情可想而知。

其《双双燕·本意》词堪与史达祖的《双双燕》词比美争胜:

柳絮轻盈,梨花风味。点点穿帘,巧语当春碎。舞裙微转,

双剪掠波摇翠。雪满梁园，月明湘水，此际归来还未。紫颔偎
红，香泥烘垒，个种风流越媚。想应王谢堂前，杏花村里，怎和
寻常作对。　　期似春前，人如玉树，便日日、喃喃何啐。怕雁
唳西江，草吹南浦，不管社中姊妹。好把红丝，祝付乌衣，紧紧
松松，将伊牢系。柳昏花暝，正合作、雕梁佳配。叮咛细、再莫
向昭阳殿里，飞来寻队。

　　此词从一只燕子着手，描写它的美丽、高贵，不是寻常之物可以匹
配，转而写这只雌燕惦念着她的意中人在西江或是南浦？希望乌衣将红丝
系住雄燕，与她成就佳偶，不要再去昭阳殿里攀附权贵。全词表面上看是
化用袁凯的《咏白燕》入词，如首句"柳絮轻盈，梨花风味"便是《咏白燕》
颈联"柳絮池塘香入梦，梨花庭院冷侵衣"变来，"雪满梁园，月明湘水"
则直接采用颔联前四字，"无影、未归"即不说自明。末句更是将袁诗拿
来直用："赵家姊妹多相妒，莫向昭阳殿里飞。"将一首写燕的诗打并入一
阕写燕的词已经是构思新巧，而借燕说人更是用意独特——"舞裙微转，
双剪掠波"、"紫颔偎红，香泥烘垒"的雌燕正是"风流越媚"的作者自况，
她自命不凡，不与寻常为伍；而那西江、南浦高飞低翔的雄燕不正像四处
宦游求仕的作者的意中人吗？"雪满梁园，月明湘水"仍不见回来。为此，
她劝说道：如此良辰应是成就佳配的时刻，莫要再去"昭阳殿里"攀龙附
凤，与醉心名利之人为伍。这比"悔教夫婿觅封侯"的少妇更有先见之明。

第 二 章

顺康女性词人的家族与地域分布

这一时期的女性词人，虽然数量众多，犹如闪耀夜空的繁星，然而，她们却不是杂乱无章地分布着，她们也有着自己隶属的星座——家族，正如前面绪论中所述，女性词人大多依附她们的家族而存在，受到家庭词学氛围的影响，以及家族中男性长辈的提携。同时，在地域上，也呈现出疏密有序的分布特征。往往是某些省份女性词人分布较多（如江南地区），这与当地的经济繁荣和文化积淀不无关系，前者是文人商贾往来的条件，而他们或携带家眷或促成商女经济的兴盛；后者是文化望族产生的条件，使得许多词女生长于此。因此，如果把这一时期的女性词人比作繁星，那么，她们呈现出来的是既星罗棋布又翼轸分明的分布状态。

第一节　家族分布

女性词人较男性词人最大的不同，在于她们的创作成长多借助于一定的家庭环境、父辈的着意培养、姊妹行的互相促进以及自幼的耳濡目染。

这些条件更容易熏陶出她们卓越的才思，尤其是"母教"对于女性词人诗词创作的习得与养成起到了至关重要的作用。因此，女性词人往往聚集在某些文学家族内，如果把文学领域不可胜数的诗人词家比作满天繁星的话，女性词人则是以家族为基础呈星座式分布的。

一、吴江沈氏叶氏

"沈氏自始祖沈文于元末明初由浙江乌程迁入吴江后，世居此地，至清同治时沈桂芬一代，共历十七世，其间科甲蝉联，簪缨不绝，先后有10位进士，举人、贡生随处可见"①。其间女性作家更是层出不穷，仅《吴江沈氏诗集录》就收录有女性作家21位。叶氏家族也是吴江的诗礼望族，人称分湖叶氏。沈、叶两家世世通婚。成为文人辈出的文学家族。沈氏家族为人瞩目，不仅因为家族中男性文学家众多，更重要的是，这一家族盛产才女，先后有27位女性作家有诗词及戏曲作品流传。她们分列于沈奎六世到十世五代人中间，六世有沈宜修、张倩倩、李玉照、顾孺人、沈大荣、沈倩君、沈静専、沈媛、沈智瑶9人；七世有叶纨纨、叶小纨、叶小鸾、叶小繁、沈宪英、沈静筠、沈关关、沈华鬘、沈蕙端、沈淑女、周兰秀11人；八世有沈树荣、沈友琴、沈御月、沈菡纫4人；九世有沈咏梅、金法筵2人；十世有沈绮。其中，入清者为七世的叶小纨、沈关关、沈静筠、沈宪英、沈华鬘、沈淑女、沈蕙端、周兰秀至十世共16人，除沈绮生活在晚清外，其余都集中在顺康时期。叶氏家族也代有闻人，至叶绍袁尤盛。

明末至清初叶、沈两家的血缘及姻亲关系如表2-1。

这里仅对顺康时期的叶、沈家族女性词人且有词作存世者进行分析。

---

① 郝丽霞：《吴江叶、沈两大家族的联姻与文学创作》，《太原师范学院学报（社会科学版）》2004年第1期。

表2-1 明末至清初叶、沈两家血缘及姻亲关系展示表

		张倩倩	李玉照	三女沈静姁		子沈时栋	
		五子沈自征	子沈永启		次女沈衔月		
		次子沈自继	幼女沈关关		长女沈友琴		
		三子沈自炳	三女沈兰英				
			次女沈华鬘				
		幼女沈智瑶	长女沈宪英				
沈珫		女沈宜修	三子叶世偁				
		叶绍袁	六子叶燮				
			三女叶小鸾				
			长女叶纨纨				
			次女叶小纨	从孙叶舒胤			
		长子沈自铋	子沈永祯	女沈树荣			
沈璟		幼女沈静尊	女吴玉蕤				
		次女沈倩君					
		长女沈大荣					
沈琦				沈世楙	沈重熙		
沈珂	沈自旭	女沈蕙端			金法筵		
沈瓒	长女沈媛						
	周邦鼎	女周兰秀					

注：沈瓒、沈珂、沈璟、沈琦为沈奎五世孙，表中以"圆"链接的表示婚姻关系。

叶小纨，字惠绸，吴江人。叶绍袁与沈宜修的次女，著有杂剧《鸳鸯梦》，是我国戏曲史上第一位有作品流传的女作家。与戏曲家沈璟之孙诸生沈永祯结为夫妇，育有一女沈树荣。小纨34岁寡居，诗作极多，晚年汰存二十分之一，编为《存余草》，已佚。她自幼聪颖过人，4岁能背诵蔡琰的《悲愤诗》和白居易的《琵琶行》，10岁即能吟诗、作对、填词曲。一次母亲让她以词、曲牌名作对，她一口气说了"一斛珠；满江红"、"点绛唇；剔银灯"、"天仙子；虞美人"、"金缕曲；桂枝馨"等七八副对子。其词作留存甚少，反映少女时期午梦堂生活的有两阕《浣溪沙》：

纤影黄昏到小楼，弱云扶住柳梢头。卷帘依约见银钩。

妆镜试开微露匣，蛾眉学画半含愁。消光先自映波流。

估计这是小纨幼年所作，黄昏中的小楼、淡云、柳梢、弯月汇成美丽的画卷。小纨学画晚妆，故意将眉画成含愁模样，可见其自幼灵慧可爱。

另一首是《浣溪纱·为侍女随春作》：

髻薄金钗半弹轻，佯羞微笑隐湘屏。嫩红染面太多情。

长怨曲栏看斗鸡，惯嗔南陌听啼莺。月明帘下理瑶筝。

因为侍女随春美丽、乖巧，《词苑萃编》载其"年十三四即有玉质，肌疑积雪，韵比幽花，笑盼之余，风情飞逗"[1]。沈宜修及小纨姐妹喜欢开她的玩笑，一次兴起，以她为写作对象填词。叶小纨此首词上阕描写随春的容貌、仪态，下阕描写她的举动、嗜好，把一个年少、可爱的小侍女活灵活现地展现在面前。

出嫁后的小纨似乎没有在午梦堂时那么快乐了。从《浣溪沙·春日忆家》中可见端倪：

剪剪春寒逼绛绡，几番风雨送花朝。黄昏时节转无聊。

梦里家乡和梦远，愁中尺素与愁消。梦魂书信两难招。

---

[1]　[清]冯金伯：《词苑萃编》，唐圭璋编：《词话丛编》，中华书局2005年版，第2108页。

　　春寒、风雨，无聊的意绪，对家乡亲人的思念在这个季节更加浓烈。而与家唯一的联系，便是往来的书信，但是，所企盼的书信仿佛总是来得很迟，寄情于梦中回到家乡，却又不常有回到家中的梦境。这时的小纨再不是曾经自负"幽谷芳菲谁得比"（《蝶恋花·咏兰》）的少年才女，她隐约感到淡淡的哀愁，开始对时间和空间有敏锐的感悟，也会写"流水年华容易老"（《蝶恋花·立秋》）这样的词句了。这是家境优渥、童年幸福的少女在出嫁之后必然会感受到的痛苦。

　　特别在其小妹与姐姐相继去世之后，她的词作变得更加凄凉哀怨。如《踏莎行·过芳雪轩忆昭齐先姊》中情绪激动，最后一句直欲号呼"凭栏寂寂对东风，十年离恨和天说"。

　　在经历乙酉之变以后，小纨心境更加凄凉。面对故园萧索，满目疮痍，她感慨"世事浮云，人情飞絮"（《踏莎行·暮春感旧》），叹息"销尽年华今又古。一饷无情，怪底愁难吐"（《蝶恋花·杨柳迎风丝万缕》），满眼是"断雁凄哀点点，远山无数。苍烟染遍西风路"（《疏帘淡月·秋夜》）。这一时期的词作则以《临江仙·经东园故居》最为典型：

　　　　旧日园林残梦里，空庭闲步徘徊。雨干新绿遍苍苔。落花惊鸟去，飞絮瀼愁来。　　探得春回春已暮，枝头累累青梅。年光一瞬最堪哀。浮云随逝水，残照上荒台。

　　经过家国的变故，小纨看到的是故园不再、山河易主，遍地苍苔，"落花惊鸟"、"飞絮瀼愁"，虽是春天却感受不到春的喜悦，空有年光如浮云、逝水般流走的感慨。特别是末句"残照上荒台"，意境堪比李白的"西风残照，汉家陵阙"（《忆秦娥》），同有繁华吹尽、世事无常之叹。张仲谋《明词史》称其《水龙吟·秋思和母韵》一词"气韵流动，不散不断。视野与用笔又较为大气，与一般的闺阁词作有别"①。这也正可作为小纨整体词

---

①　张仲谋：《明词史》，人民文学出版社 2002 年版，第 258 页。

风的评价。其存词数量虽不多，但经其删汰后的作品都是质量较高的佳作。

沈关关，字宫音。沈自继女，从母杨卯君学刺绣，工绣佛，以发代线，号为墨绣；兼绣山水、人物，尤得画家神韵，曾作《刺雪滩濯足图》。她的刺绣之所以能出神入化，主要是因为，她在以文人、画家的创作态度去对待刺绣，自然与一般的绣工有明显的差异。关关兼工填词，《全清词》钞录存其《临江仙·春暮》一首：

> 春睡恹恹如中酒，小庭闲步徘徊。雨余新绿遍苍苔。落花惊鸟去，飞絮卷愁来。 才觉春来春又暮，枝头累累青梅。年光一瞬总堪哀。浮云随水逝，残照上楼台。

从《全清词钞》所录的沈关关今天唯一可见的这首词作来看，与上文提到的她的表姐叶小纨的《临江仙·经东园故居》有太多相似之处，有些词句甚至一字不改。不过所改动字句似乎是刻意将萧条气氛抹去，如将"旧日园林残梦里"的凄楚变成"春睡恹恹如中酒"的伤春情绪，"空庭"改作"小庭"，"雨干"改为"雨余"，"滚愁"改为"卷愁"，"荒台"改为"楼台"。这样一改，寄予伤感的怀旧之词变成了带有浅浅愁绪的伤春之作。从中可以窥见二人性情之不同，同时也可以看到家族影响的力量。

沈静筠，字玉霞。沈位孙女，吕元洲妻。工填词，著有《橙香亭词》，今佚。《全清词》仅存其《满宫花·秋闺》一首，风格清婉柔静。

周兰秀，一作兰芳，字淑英，一字弱英。周应懿孙女，周邦鼎与沈媛女，诸生孙愚公妻。幼秉家学，雅好诗词，兼工绘事，尤善写竹，著有《粲花遗稿》。今存词两首，都为感怀节序之作，但却有别人不能到处，如："晨妆草草，绾髻慵梳新样巧"（《减字木兰花·夏日》），将夏日闺中人的慵懒描摹得非常传神；"堤柳条条，带雨拖烟拂板桥"（《减字木兰花·夏日》），描绘闺中人眼中的夏日风物如同自己一般依然慵懒，唯有女性自己以身观物才会写出此等佳句。另有一首写秋日风物之作《踏莎行·秋怀》：

叶落平沙，云迷远树。山色模糊人唤渡。芙蓉笑摘上兰桡，

轻鸥惊入波心去。　　衰柳含烟，凉蝉咽露。年年重觅王孙路。

可怜人静玉楼空，满庭芳草家何处。

作品刻画秋日肃杀的景象，映衬凄怆愁寂之怀。末三句从游子、思妇各自对秋的感伤收笔，"家何处"一问更见黍离之悲。

沈宪英，字惠思，号兰友，一作兰支，吴江人。沈自炳长女，叶世倕妻，嫁后二年夫卒，以节闻。与妹华鬘均工诗。著有《惠思遗稿》一卷。今所存词多是与沈氏家族中姐妹姑侄唱和往来之作，如《点绛唇·忆琼章表姊》、《虞美人·留别兰妹》、《满庭芳·中秋坐月，同素嘉甥女》、《水龙吟·哭少君姑母以沉水死》等，亲情眷眷见于笔端。在追忆叶小鸾时，她写道："帘外生寒，谢娘风絮无人见。桃花如面。肠断归燕"（《点绛唇·忆琼章表姊》）。既赞颂了小鸾的才思，也称扬了她的容貌，同时表现出对于其早逝的哀悼。在她的姑母沈智瑶（少君）因为婚姻不幸投水而亡时，她呼天抢地地写出"听啼猿、一声肠断。镜消菱月，钗沉兰雾，霎时分散。恨逐波香，愁随浪影，一天幽懑"（《水龙吟·哭少君姑母以沉水死》）。而在与其他亲人相会围坐时，她又常常会感慨自己身世的凄凉和孀居的孤苦。她在中秋欢聚和外甥女沈树荣词时说："无限凄凉况，含豪欲写，累纸盈笺"、"应飞去，广寒宫里，清影共愁眠"（《满庭芳·中秋坐月，同素嘉甥女》），对其妹沈华鬘留别时说："黄昏细雨重门锁。挑尽孤灯火。断肠无处问天公"（《虞美人·留别兰妹》），从中可见苦节之人的心酸。

其词《点绛唇·早春》表现伤春意绪，下阕写道："小立回廊，划损雕栏面。春谁见。梅花开遍。烟锁深深院。"借伤春诉说内心的痛苦："划损雕栏面"，寓意心碎肠断；"梅花开遍"不见春，寓意心似严冬已无春；"烟锁深院"，实是愁锁深院。

她的一首表现端午节风俗的《水龙吟·胥江竞渡》则把端阳佳节的欢乐场面与怀古相结合，独出机杼：

薰风池馆新篁，荼蘼香尽惊梅雨。纨扇初裁，罗衣乍试，又逢重午。万户千门，游人如蚁，争悬艾虎。看碧蒲萦恨，红榴沾醉，似续离骚旧谱。惆怅韶华易换，最关心、画船箫鼓。当年沉水，今朝竞渡，依然荆楚。抉目城边，捧心台畔，恨垂千古。霎时间惟有，清江一曲，绿蓑渔父。

词中虽典故颇多，却无堆砌之感。将屈原的怅恨与今朝的欢腾相对比，一句"依然荆楚"写出历史的苍凉；又写伍子胥与西施之间的生死较量，全为了吴越之间的恩怨，而今吴、越俱已不存，恩怨又何在呢？沧桑之感跃然纸上。

沈树荣，字素嘉，吴江人。沈承祯女，叶舒胤妻，母即著名诗人叶小纨。素嘉承母教，工诗词，与庞蕙缠多赠答唱和之作，为时艳称。著有《希谢稿》、《月波词》。

她的悲秋词《如梦令·秋日》比较具有典型意义：

小院西风初透，一霎凉生双袖。几日怕关情，犹道芳菲时候。是否？是否？添得镜中消瘦。

此词有明显的对于易安体的继承，"一霎凉生双袖"是口语入词，"小院西风初透"是化用"半夜凉初透"和"帘卷西风"（李清照《醉花阴》），"犹道芳菲时候"既是用"却道海棠依旧"（李清照《如梦令》）的语气，又用其原意。词作以自身消瘦结尾，既是仿效易安词，又体现了自古女性伤春悲秋词的传统。

从沈树荣的词作中可以看到沈氏家族女性词人的传承和相互影响。她的《水龙吟·初夏避兵惠思三姊母栖凤馆有感，追和外祖母忆旧原韵》与叶小纨的《水龙吟·秋思和母韵》都是追和沈宜修之作，可见母教传承的影响力。还有其《满庭芳·中秋同姊母坐月，和韵》呼应沈宪英的《满庭芳·中秋坐月，同素嘉甥女》和沈兰英的《满庭芳·中秋坐月，和素嘉甥女》，可见一门风雅并非专指男子簪缨、女子能文，更多的是他们之间的诗词酬唱。正是这些家族内部的传承、交流和唱和，才构成了家族内部文学的繁荣，从而成就了更多的女性词人。

沈华鬘，一作华蔓，字端容、端君、兰英，号兰余。中翰沈君晦次女，才女沈宪英妹，诸生丁彤妻。工诗，善绘事，著有《端容遗稿》一卷。其残存的两首词作一为惜春，一为题画。惜春词《调笑令》云：

> 杜宇，杜宇。日夜催春归去。问春还去谁家。满地纷纷落花。花落，花落。闲倚晚妆楼阁。

词虽短小，却流转蕴藉，从杜宇鸣叫入手，问何故催春，接下来一问"问春还去谁家"化用唐诗"却疑春色在邻家"（王驾《雨晴》）意，但移植得不留痕迹。

题画词《减字木兰花·题画梅》可说是沈氏家族女性词人中唯一残存的题画之作：

> 明窗净洁。点染数枝花似雪。疏影横斜。诗思孤山处士家。　　纱橱方曙。白鹤双双栖竹里。一阵幽香。六尺溪藤发墨光。

虽然吴江闺门女性大多工诗善绘，但题画词却大多亡佚。这里有两种原因：一是题画诗较题画词更多见，也更适合闺中女子的画风。一般来说，她们较多绘制工笔或小写意，这类画作比较适合以工整的小楷题诗；词则一般以行书或草书题在大写意的画作上。二是题画词不易作好，且依赖画作得以流传，二者中若有其一品质不高，则难为流传。这首词之所以得以流传，应是兼具众美的结果。首先，这幅画作是大写意的梅花，词从作画环境入手，既写清了绘画过程——先点染花朵，再添加枝干，又写出作画时间——清晨"纱橱方曙"。其次，交代作画的创作思维——模拟"孤山处士"林逋的家，因此这幅画面里除了梅花外还有"白鹤栖竹"和"六尺溪藤"。再有，这首题画词虚实相映——"幽香"入画里妙境，"墨光"又将人拉回画外。

沈菭纫，字蕙贞，吴江人。沈永令次女，诸生吴梅室。梅殁，菭纫旋亦弃世。今仅存其《临江仙·草草妆台梳裹了》一首，与《闺秀词钞》所录沈树荣的《临江仙·病起》相重。应是一首悲秋词，词中"年光荏苒又深秋。一番风似剪，两度月如钩"堪称绝妙。

沈友琴（约1690年前后在世），字参符。沈永启女，周钰妻。与妹纤阿，雅工文墨，时称"联璧"，著有《静闲居词》。友琴善咏物，咏桃花曰："清露酿花烟。皓魄无边。数枝低亚笑嫣然。一自天台迷路后，辜负年年。"（《卖花声·月下桃花》）将桃花之魂、貌、神与典故全部融入寥寥数语中。咏柳曰："凝烟凝雨。留得莺声三月住。唱彻阳关。断送离人不忍看。"（《减字木兰花·风前杨柳》）将柳之颜色、功用一笔带出。由于善于描摹，沈友琴的春词也写得精彩。她可以一口气说出"春晴花自爱，春闷花难解。春意怯风顽，春寒冷环佩"（《子夜歌·鸣鸠柳外催新雨》）的精彩句式，也可以细细体味对春的感知，如《少年游·春闺》：

> 绿波初涨雨初晴。淡月照窗明。芳草青青，莺声呖呖，人逐落花行。　　昨宵梦里东风至。春色遍江城。点点杨花，双双蛱蝶，来去最多情。

此词活泼、明快，不同于一般的伤春词，将一夜春至的旖旎韶光尽展目前。

她的另一首《南乡子·感悼》则词风哀怨多伤，从词风的丰富性可见其填词技法的高妙：

> 万卉尽争芳。紫燕依然返画堂。犹忆故园当日事，凄凉。不见菱花淡淡妆。　　笔墨尚余香。月底啼鹃最断肠。写尽愁心惟有泪，堪伤。回首泉台路渺茫。

作品从春日繁华着笔，反衬故园的凄凉，紫燕依旧，墨香依旧，不见伊人，于是物是人非的心境与耳畔的啼鹃交织成愁心与泪水，不禁令人感伤。

沈御月（约1690年前后在世），字纤阿。沈友琴妹，皇甫锷妻。工词赋，著有《空翠轩词》。从今天残存的词作来看，较其姊稍逊。其《南乡子·元夜，和百末词》渲染元宵佳节气氛最妙：

> 梅蕊报春晴。千炬金莲照眼明。灯市争光藏月色，云行。吹落霓裳舞曲声。　谯鼓最无情。断送良宵只几更。半臂自怜妆影瘦，寒轻。斜倚纱窗浅黛横。

词作上阕写元夜景色——灯光如昼，竟掩月色，千炬照眼，可见行云。歌吹遍地，升平景象。下阕笔锋陡转，写良宵短促，繁华过后惟余清冷、孤寂。两相对比，词中真意不言自明。

从以上沈氏家族女性词人的词作来看，她们自身呈现出一种纤细敏感的气质特征，这一特征表现在词作上即是感伤而多愁，正如上面所引述的，即便是"端午"与"元夜"这类题材的作品，她们也是以清冷、哀怨的笔触作结。无怪乎有学者称："检阅《午梦堂集》，我们在慨叹沈氏女作家群的创作之富的同时，也强烈地感受到这些女性作家身上所笼罩的浓郁的愁怨悲苦。"[①] 沈氏家族不仅在文学上堪称巨擘，同时与明末清初许多重要历史事件和知名人物都有关联，比如叶绍袁曾是袁了凡（明朝重要思想家，《了凡四训》的作者，也是迄今所知中国第一位具名的善书作者）的义子，袁崇焕正是在沈自征的游说下入朝受刑的，金圣叹也与沈家有着姻亲关系（金圣叹与沈璟从弟沈琦的曾孙沈世柟交往甚厚，金圣叹三女金法筵嫁与沈世柟之子沈重熙为妻）等。而这些近在咫尺的人物与事件的影响，使得沈氏家族的女性见识与心性不同于一般闺阁词人，这也是她们普遍创作成就颇高的原因之一。

二、桐城方氏

明清两代，桐城一邑，科第蝉联，中进士 247 人，举人 640 余人。于

---

① 郝丽霞：《吴江沈氏文学世家研究》，复旦大学出版社 2009 年版，第 316 页。

时，民间遂有"父子双宰相"（指张廷玉父子）、"五里三进士，隔河两状元"的美谈，京城有"一城冠盖半桐城"的美誉，文坛有"天下文章其在桐城"的赞叹。桐城方氏就是这一翰墨之乡中的诗礼簪缨大族。桐城方氏分为几支，这里指在文学史上地位显赫的"桂林方氏"。"桂林方氏"宋末迁至桐城，由于明初家族中科甲蝉联，有人题"桂林"二字于其门，以喻"蟾宫折桂"者众多之意，此后便有"桂林方"之称。桐城方氏为明末清初文学望族，"中一房"有方印、方学渐、方大镇、方以智、方中通、方孔炤、方大铉、方文、方观承、方维甸等，"六房"有方大美、方象乾、方苞等。

　　桐城方氏闺阁也负盛名，方以智母辈如：长姑母方如耀，字孟式，清兵攻陷济南，丈夫张秉文阵亡，其自投大明湖殉难，著《纫兰阁集》八卷，《纫兰阁诗集》十四卷，王端淑评其"浑洁方正，非复香奁中物"[1]。二姑母方维仪，字仲贤，十八守寡，归母家守节，卒于康熙年间，编《宫闺诗史》、著有《清芬阁集》七卷，王端淑《名媛诗纬初编》评其"庭不留春，风霜满户，山川草木，悉成悲响，天地间何可无此人"[2]。堂姑母方维则，字季准，十六而寡，幼子夭亡，著有《茂松阁集》二卷，王端淑评其"伦仪确至，实造化鬼神所惮，朔风诗清回，非凡调所到，诗传人，人传诗，两者均有之矣"[3]。母吴令仪，字棣倩，年三十而亡，著有《黻佩园壶遗稿》，王端淑评其"方夫人诗高老如鸡群之鹤，木群之松"[4]。姨母吴令则，字仪姊，王端淑评其"恒禀质孤遐，不啻雪拥孤松，瀑飞峭石，令人莫敢道一情字"[5]。

　　入清后"中一房"方氏诸媛遗集今已不见，所存作品竟无半阕词作。只有"六房"中方大美之子方拱乾的两个孙女方笺、方佺以及孙妇张鸿庑、

---

①　[清] 王端淑：《名媛诗纬初编》卷十，清康熙六年（1667）清音堂刻本，第2页。
②　[清] 王端淑：《名媛诗纬初编》卷十二，清康熙六年（1667）清音堂刻本，第6页。
③　[清] 王端淑：《名媛诗纬初编》卷十，清康熙六年（1667）清音堂刻本，第10页。
④　[清] 王端淑：《名媛诗纬初编》卷十，清康熙六年（1667）清音堂刻本，第7页。
⑤　[清] 王端淑：《名媛诗纬初编》卷十，清康熙六年（1667）清音堂刻本，第12页。

吴榴阁有零星词作传世。

方笙，字豫宾，安徽桐城人。方拱乾孙女，方与三次女，祥符周在建室。其咏海棠词《卜算子·海棠》"弄粉施朱绣出来，千万真无价"，口语而清新，流露出由衷的赞美之情；"含笑向篱边，欲语依茅舍"，又生动刻画出海棠姿态及其生长环境；末句"初沐杨妃酒乍醒，嚲立斜阳下"，将海棠神韵描摹得淋漓尽致。其惜春词《夜行船·春带愁来花事早》"一枕风声，半窗雨响，又是落英时了"，似是寻常口语，却让人读出声声怨叹。

方佺，字允吉，安徽桐城人。方拱乾孙女，方与三幼女，吴芃室。其咏月词《蝶恋花·秋月》描摹明亮的月色："照彻陶篱黄共紫。渐渐梅梢，影乱横塘水。睡熟芙蓉谁唤起。寒螀声里啼残矣。"菊花、芙蓉、寒螀皆是秋物，恰好借来点题，而芙蓉被寒螀唤起，一则生动有趣，一则不直写肃杀之秋气催落芙蓉，而写芙蓉被寒螀催醒、啼残，更有"声声催人老"之意。

张鸿庑，安徽当涂人。张贞庵孙女，张中严女，方与三子方念祖妻。著有《案廊闲草》、《纸阁初集》。从残存词作看，心思巧慧，多口语入词。如《一剪梅·咏白海棠》以"一片溪云，几点梨云"描摹其色，别具一格，又恰到好处。《柳梢青·元旦兼寄夫子》有"声声爆竹，惊起东皇"之语，也见新巧。

吴榴阁，字允宜，安徽桐城人。方与三子方云骏之室。存词有《长命女·春日闲吟》、《鹧鸪天·送夫子游吴越》及《踏莎行·送春》三首。其中《踏莎行·送春》"问春何事去忙忙，楼头燕把归心诉"一句，新颖活泼，一问一答，问春而燕代答，说春去匆忙，缘于燕的归心似箭，真是玲珑心才能想出。

从方氏诸媛残存词作来看，体现出学识积淀濡养出的灵心与巧思，不同于一般闺阁的消遣之作，处处体现出大家的气度风范。

三、山阴商祁

山阴商祁指祁彪佳一门，包括妻商景兰及女儿、儿媳，以及商景兰的妹妹商景徽和商景徽的女儿。清兵攻入北京后，清人以书币聘祁彪佳出仕为官，种种情势相逼，迫使祁彪佳在 1645 年闰六月初五日自溺于寓山住所梅花阁前的水池中。祁彪佳的忠贞与刚烈为后世所敬仰，他的行为与气度也深深影响着商祁一门的女性。

毛奇龄曾说："闺秀则梅市一门，甲于海内；忠敏（祁彪佳）擅太傅之声，夫人（商景兰）孕京陵之德。闺中顾妇，博学高才；庭下谢家，寻章摘句。楚缥（张德蕙）、赵璧（朱德蓉）授女戒之著书；卞容（祁德琼）、湘君（祁德茝），乐诸兄之同砚。其他巨室名姝，香奁绣帨。董陶徐郑，咏览颇多。王映静音，流传最久。编题姓氏，曰十二家；闺阁风流，莫此为盛。"① 梁乙真《清代妇女文学史》称："琼闺秀阁，一门联吟，午梦堂之后，首推会稽商氏。"② 会稽商氏即山阴祁氏，这一女性家族文学群体以商景兰为核心，其主要成员包括其胞妹商景徽、长女祁德渊（字发英）、次女祁德玉（字卞容）、三女祁德琼（字修嫣）、季女祁德茝（字湘君）、儿媳张德蕙（字楚缥）、朱德容（字赵璧），以及外甥女徐昭华。这一家族在前文介绍遗民阶层时曾稍有提及。之所以称其为遗民，源于商景兰之夫祁彪佳在清军攻入杭州后自沉殉国。

商景兰，字媚生，会稽人。明兵部尚书商周祚长女，能书善画，德才兼备。万历四十八年，十六岁的商景兰嫁入了山阴祁家。其夫祁彪佳乃著名藏书家祁承爜之子，仕途早达，精通文墨，风雅潇洒。这对少年夫妻在各方面都十分契合，有"金童玉女"之称。随着祁彪佳的自沉，商景兰美满的婚姻生活也就因此变故而突然中止。祁彪佳殉国后，商氏一门在商景兰的主导下，以遗民身份继续生活。商景兰的词可分为前后两期，前期词作充斥着绵绵的相思情意，如《菩萨蛮·忆外》"梦到相思地。难诉相思

---

① 毛奇龄：《越郡诗选凡例》，陈维崧：《妇人集》，王英志点校：《清代闺秀诗话丛刊》，凤凰出版社 2010 年版，第 19 页。

② 梁乙真：《清代妇女文学史》，中华书局 1927 年版，第 1 页。

意"，《浪淘沙·秋兴》"无限相思魂梦里，带缓腰围"，《捣练子·夜坐》"长相思，久离别。为谁憔悴凭谁说"，《忆秦娥·怀远》"片帆不返金陵渡。相思难到相思路"，《醉花间·春恨》"无计解离情，独倚天边月"等语，均可看出与祁彪佳感情至深。在经历了剧痛后，词风变为清新一路，常有"湖光摇荡处，突兀众山横"（《临江仙·坐河边新楼》），"一派霞光催日暮，月东升"（《春光好》），"闲倚阑干敞。湖水平如掌"（《菩萨蛮》）等寄情山水之作。

商景徽，字嗣音，会稽人。商景兰胞妹，上虞征士徐咸清室。博学工诗，年逾八十犹吟诗读书不辍，其子女承母训，多才华，名重一时。著有《咏雏堂集》。又与夫合著《小学》一书。其存词较少，"朝朝研磨尽，不画春山远。但写妙莲华。香风遍若耶"（《菩萨蛮》），表现其心境平和，持经诵佛的生活状态。

商景兰的四位女儿中，祁德渊著有《静好集》，祁德琼著有《未焚集》，祁德茝著有《寄云草》。《静好集》与《寄云草》都已散佚，只余少数篇章，唯有《未焚集》尚存。两位儿媳，也都家世显赫，文采斐然。张德蕙，字楚纕，山阴人，明谕德张元忭孙女，都督后府都事兆宣女。朱德容，字赵璧，总督朱燮元孙女。徐鼒《小腆纪传》记载："理孙、班孙以国事被祸，张氏、朱氏苦节数十年，未尝一出屏宁间。"[1] 外甥女徐昭华为商景徽女，字伊璧，著有《徐都讲诗集》，《闺秀词话》评其"感慨豪宕，出自闺阁，洵非易及"[2]，毛奇龄说："如昭华者，可令班昭为后先，苏兰为姊姒。"[3] 可惜，上述几人均无词作传世。

---

① 徐鼒：《小腆纪传》卷六十，中华书局 1958 年版，第 687 页。

② 雷瑨、雷瑊辑，王玉媛校点，王英志校订：《闺秀词话》，王英志主编：《清代闺秀诗话丛刊》，凤凰出版社 2010 年版，第 1500 页。

③ ［清］毛奇龄：《西河集》卷三十七，［清］纪昀、永瑢等编：《四库全书》集部 1320 册，台湾商务印书馆 2008 年版，第 315 页。

四、太原张氏

太原张氏指张佚的六个女儿 ①，张学雅、张学仪、张学典、张学象、张学圣、张学贤姐妹，以及学典的两个女儿杨芝与杨芬，还有她们的侄女张桓少以及两位表侄女居友月、居伴芳。

张学雅，字古什，太原人，流寓苏州。贡生张佚长女，许金坛于中沚，未嫁而卒，年二十二岁。幼聪慧，嗜读书，十余岁能属文，作《月赋》。擅长诗，卧病犹洗砚濡毫赋诗，逝之日仍手不释卷。三妹学仪集其遗稿成十卷，题名曰《绣余草》。作为一位未嫁而卒的少女，张学雅的词中有许多悲泣，她称自己"正凄惨、黯然独坐"，"寸肠千结"，又说"不道悄悄画堂深处，有个人愁绝"（《浪淘沙慢》），还时常"徘徊对镜蹙愁眉"（《浣溪沙·春日》）、"泪湿素笺红"（《菩萨蛮》），可以看出她是位多愁善感的少女。

张学仪，字古容，张佚第三女，金坛给事于某妻。博学工诗，著有《滋兰集》、《艳树词》，今佚。她笔下的惜春词是烦闷与苦恼相伴的，如"流水共飞花，难比柔肠闷"（《醉花阴·春闺》）、"近来情绪更如丝，乱、乱、乱。无限春光，有时还尽，愁怀难断"（《醉春风·暮春》）。之所以有这些愁苦，是因为"惜春繁，能几日，又阑珊"（《三字令·惜春》），为此她"翠眉攒，泪珠弹"（《三字令·惜春》）。在残存的几首词中，她写得最好的是《浣溪沙·咏鹤》：

　　雪翅曾伤志未伸。银塘露冷暗心惊。一声长泪月微明。

　　白鹭少文难作伴，海鸥无序不堪群。溪边相吊影孤清。

---

① 《众香词》称张学典姐妹为张拱端女，查云间三凤之张拱端，字孟恭，为万历四十年（1612）应天榜，而张学典1773年前后仍在世，卒年七十五，如此推算，张学典最早生年当在1698年，因此其生父不可能是张氏三凤的张拱端。今取徐世昌《晚晴簃诗汇》说，为张佚女，《众香词》所载应有误。

词中所咏之鹤胸中有无限抱负，奈何志未伸而翅伤，只能徘徊银塘，对月哀鸣，然而它孤高自赏，不肯与少文的白鹭为伴，不肯与无序的海鸥为群，宁愿在溪边形单影只，孤芳自赏。一副清高自诩、不与俗同的形象。酷似苏轼笔下的孤鸿，又令人想起张岱的《西湖七月半》之雅士。

张学典，字古政，号羽仙。"贡生张佚第四女，吴县杨易亭妻。幼聪颖，十岁作《采莲赋》。擅长诗词古文，又师从王忘庵工绘事，钩勒设色俱佳。后与夫穷居偕隐，熟读经史，教二子继光、绳武皆成名。二女、孙女亦工诗。所著有《花樵集》和《唱和吟》等"①。年七十五岁卒。词多写离愁别绪，如《凤凰台上忆吹箫·对雪忆外君》"无奈眠难稳，被冷香消"，《多丽·闻蛩感怀》"风清曲槛，陡然唤起离情"等；也有感悟人生之语，如"试问半间堂上客，繁华过眼今谁在。叹浮生，荣与辱，须臾迁改"（《倦寻芳·蟋蟀》）等。

张学象，字古图，号凌仙，张佚第五女，与学典孪生。诸生沈载公妻。家贫依学典为生，后乃为闺塾师。善诗词，精骈体，著有《砚隐集》八卷。早寡，故诗词多哀怨之音，如《点绛唇·偶吟》"楚色秦筝，拨尽凄凉调。伤怀抱"，《浣溪沙》"千缕柳丝千缕恨，一番花落一番愁"，《满江红·秋夜自伤》"叹三生缘薄，泪珠空滴。偏是王郎逢谢氏，不教仙女随张硕。想徒然、满腹尽文章，成虚掷"等。

张学圣，字古诚，张佚第六女，金坛于廷机妻。工诗，书学颜、柳二体。著有《瑶草集》。存词较少，有"惊醒朦胧窗下梦，寻来行过画桥西。一阵暗香红紫散，满前溪"（《山花子·暮春》）的惜春词句，足见别致精巧。

张学贤，字古明，张佚幼女，金坛于星纬妻。书学颜、柳，能写屏障，与六位姊姊并工诗。著有《华林集》。存词不多，《如梦令·宫词》两

---

① [清] 徐世昌，闻石点校：《晚晴簃诗汇》，中华书局1990年版，第8372页。

首较有情致："水殿玉栏频傍"、"太液红蕖初放"、"玉宇琼楼妆遍"、"赐得锦袍归院"契合宫词本色身份。为追念姐姐张学雅所写的词《御街行·怀亡姊古什》深情记叙姐妹旧日年少时光，对比眼前的孤单和玉笼中"犹自声声相唤"的鹦鹉，无限伤心汇成一句"思量往事，浑同一梦，弹指流光换"。人在长大中慢慢失去身边所爱，而这些就仿佛弹指一瞬。

杨芝，字淑秀，长洲（今江苏省苏州市）人。才女张学典长女，武林文学汪槃妻。幼颖悟，寡言笑，承母训，喜为诗，其诗多思亲之作。著《淑芳集》。

杨芬，字瑶季，长洲（今江苏省苏州市）人。杨维斗季女，侍御沈懋华妻。从母张学典学诗、画。晚年家境贫寒，以卖诗、画为生。著有《瑶华集》、《青瑶阁集》。

杨氏姊妹二人的词作多为姐妹及表姐妹间酬唱之作，如杨芝有《唐多令·看雪忆瑶季妹》，杨芬有《小重山·咏芙蓉，和表姊张克君》、《唐多令·和姊看雪忆之作》。由此可以看出家族环境对于两位女词人成长的作用。

张桓少，字克君，太原（今属山西省）人，流寓苏州。张佚次子延邵次女，适太学潘景曜。幼奉祖父及诸姑教，工古文诗词。今存词中，以《小重山·咏芙蓉》为佳。其中"不趁东风偏趁秋"，"河阳花满县、总无俦。拒霜凌露傍清流。甘凄冷，春事几曾谋"，写出了芙蓉的偏执、清高与不群。它选择秋天，不与繁花为伍，是甘愿凄冷，与清流为伴，可以看作是高蟾《下第后上永崇高侍郎》诗中芙蓉形象的翻案。

居友月，字冰轮，吴县人。上舍居学申长女，适袁生。早卒。工诗词，出表姑张学典之门，著有《绣罢吟》行于世。

居伴芳，字若竿。上舍居学申次女。工诗词，与姊冰轮并出表姑张学典之门，著有《深柳堂词》。年十七岁卒。

两姐妹均早逝，友月出嫁后不久早卒，伴芳在其姐逝后亦卒，年仅十七岁。在居伴芳悼念姐姐居友月的词《忆秦娥·月夜悼亡姊》中可见姐妹深情：开篇即以"一恸绝"入词，词中叙说梦中与姐姐相遇，醒来"仿佛伊人如在睫"却"欲追唯见空庭月"。于是她想到姐姐的名，说这月亮原本"是渠故友，应来吊别"。将失去至亲的悲痛心情、梦醒不辨的追思萦绕表达得贴切真挚。

五、华亭章氏与嘉定侯氏

华亭章氏指明末罗源知县章简的几个女儿：章有淑、章有湘、章有渭、章有澄、章有泓五姐妹，以及堂姐妹章有娴。章简，字坤能，顺治二年，与沈犹龙守华亭，清兵破城，简殉国。华亭章氏与嘉定侯氏（又称紫堤侯氏）联姻。嘉定侯氏女词人包括侯岐曾的儿媳章有渭（章简之女）、夏淑吉、宁若生，女儿侯蓁宜，侯峒曾儿媳姚妽俞、盛蕴贞和女儿侯怀风。她们的命运和著名"嘉定三屠"事件有着紧密的联系。

侯峒曾与侯岐曾为侯震旸的长子和少子，侯峒曾还有一个孪生弟弟侯岷曾，三人同时入泮，被称为"江南三凤"，其中，侯岷曾早卒。侯峒曾是明末学者，天启五年（1625）进士，授南京兵部主事。1644年，李自成攻占北京，峒曾叹道："臣若在都，当以颈血殉梓宫，今无死所矣。"[1]清顺治二年，嘉定爆发以反对"剃发令"为由的抗清起义，侯峒曾与同乡进士黄淳耀被推为首领，在嘉定城楼上竖起了"嘉定恢剿义师"的大旗。结果，兵败城破，侯峒曾先是自沉池中未溺亡，后被攻入的清军钩出杀害。他的两个儿子侯玄演（即姚妽俞夫）、侯玄洁随父赴水未成，同为清兵杀害。清军围困嘉定城东门的时候，侯峒曾知道势不能支，密令弟侯岐曾奉母龚恭人避难江村。1646年，诸生谢尧文私下联系浙江舟山的南明鲁王势力。因为此前侯峒曾解救过谢尧文出狱，谢尧文一直想要报答。而

---

[1] 周关东主编：《嘉定抗清史料集》，上海古籍出版社2010年版，第114页。

此时，侯岐曾也一直心怀家仇国恨想起义，便托谢尧文以陈子龙的一封书信联系舟山的明朝将领黄斌卿。而顾咸正、夏完淳等人给监国鲁王的密疏，和给隆武帝的表疏，也都由谢转致。没想到，谢尧文在途中因酒醉泄露，被清柘林游击陈可擒捕，并连同所有书疏解送提督吴胜兆处。吴胜兆本为南明势力黄斌卿一党，准备起义，于是，暂押未发。然而，不久吴胜兆事情败露被诛。清巡抚土国宝到松江抄吴胜兆家的时候，所有书表奏疏都被搜出。因此，顾咸正、夏完淳两人被擒拿。陈子龙逃匿在侯岐曾处，官吏追捕得很急，正巧赶上顾咸正的儿子、侯岐曾的女婿顾天逵来江村看望岳父。于是，顾天逵准备带着他们逃亡昆山，没想到赶上戒严，只得将陈子龙藏到黄泥潭，侯岐曾藏到恭寿庄。清军找到紫堤侯氏家中，抓到家中奴仆拷问，得知陈子龙及侯岐曾下落。陈子龙于被捕路上投水而亡，仍被戮尸。侯岐曾被押至松江。巡抚土国宝庭讯后，暗地让人送酒肉给侯岐曾说："湖（陈子龙泖潮起事）海（张煌言海外来攻）两方都没有你名姓，等你家有人来通信，可不问死罪。"岐曾道："我已没有家，还通什么信！"第二天，又被带去庭讯，岐曾踞坐，语出不逊，激怒了满清的提镇巴山，被杀害于跨塘桥，门人私谥"文节"。

章有淑，字瑞麟。罗源县令章简长女，俞祚孙之妻。与妹有湘、有渭、有娴、有澄、有泓皆工于吟咏，并擅诗名，一门风雅。合著有《章氏六才女诗集》。

章有湘，字玉筐，又字令仪，号桔隐。章简次女，桐城进士孙中麟妻。所作诗文多自写其忧伤哀怨之情，著有《澄心堂诗》、《望云草》、《再生记》、《诉天杂记》并行于世。《妇人集》载："云间章玉筐（名有湘），龙眠孙进士妇也，工才调。作诗寄姊云：'忆昔同在翠微阁，飞文联句夸奇作。那知江海各天涯，青鸟无情双寂寞。苏合房中愁索居，尺素遥传锦鲤鱼。为问江淹五色笔，拟成团扇近何如？'此诗亦何减唐人韩君平也。……姊瑞麟、妹玉璜，并擅诗名；妹回澜、妹掌珠，俱以文章显。"

今《众香词》存其词三首，正好表现其三个不同时期的经历，分别是表现闺中生活的《踏莎行·秋千》、表现婚后生活的《菩萨蛮·雨中寄外》及表现国破家亡后的《浣溪沙·旅怀》。在闺中时是"卷帘高阁度春风，秋千摇曳随花片"（《踏莎行·秋千》），何等的欢快、明丽！婚后的小别轻分给她的生活带来淡淡的忧愁，不再是那个活泼的荡着秋千的少女，丈夫的远游，使她感受到离愁之苦。于是，"愁中修尺素，最恼无鸿度。为问远游人，归期真不真"（《浣溪沙·旅怀》）。盼着丈夫早早归来，一封封书信频催，但又担心没有人捎去书信。而这千里寄书，只为询问归期，确定归期。而经历变故之后，词中留下的则是"弱质一身临远道，布帆千里破长风，可怜回首隔江东"（《浣溪沙·旅怀》）的凄恻。

章有渭，字玉璜。章简第三女，明末文节公侯岐曾长子诸生侯玄涵（初名玄泓）继妻。"嘉定三屠"后，清廷一直追捕侯峒曾的三子侯玄瀞，章有渭之夫侯玄涵曾为保伯父血脉"挺身以代"，先是投河被救，后假为僧掩护玄瀞隐藏身份，复被抓坐牢，就在此时，章有渭死于上洋，留下儿子，由夏淑吉抱以抚养。章有渭著有《淇园集》二卷、《淑清遗草》一卷。今《众香词》存其词两首，一为咏梅词，另一首是《玉楼春·秋夜寄外》，后者写离情铭心刻骨，有"云销月堕夜凄清，只有离魂无断绝"之句，读来悲辛彻骨。

章有澄，字回澜。章简第五女，盛詹妻。未有诗词传世。

章有泓，字清甫，一字掌珠。章简第六女，娄县蒋之翯妻。与诸姊俱善于诗。著有《焚余草》。今不存。

章有娴，字媛贞，江南华亭人。章旷女（旷为简弟），杨芍室。著有《寒碧词》。《众香词》存其词两首。其《减字木兰花·睡花蝴蝶》有"云横雾敛，天外青山何处远。蕉雨潇潇，不管人愁只乱敲"。《卜算子·天淡水云轻》词又云："独坐思悠扬，箫管慵拈弄。"可见，其本是享有闺中优渥生活的女子，却被突来的战乱推进国破家亡的深渊。

夏淑吉，原字美南，后字荆隐，又字龙隐，法名神一。明吏部夏允彝女，才女盛蕴贞表姊，明末文节公侯岐曾子侯玄洵妻。早寡抚孤，后弃家为尼。善词赋，与姊昭南并擅诗名，著有《杜关语录》一卷、《升略问答》二卷、《龙隐遗草》等行于世。今已不见。

宁若生，字璀如。明大理寺评事宁绳武孙女，侯岐曾子侯玄汸之妻。侯家破家后，宁若生与夏淑吉一同出家为尼。著有《春晖室诗草》。今不存。

侯蓁宜，字俪南。侯岐曾女，诸生龚元侃妻。家甚贫，闭门辟纑，有偕隐之志，人称"梁孟高风"。长于诗词，著有《宜春阁草》。已亡佚。

姚妫俞，字灵修，法名再生。詹事姚希孟孙女，嘉定侯峒曾子侯玄演妻。夫从父殉难后，遂依夏淑吉于曹溪，削发为尼。工书，善诗、能文，著有《再生遗稿》、《再生余事》一卷并行于世。今已亡佚。

盛蕴贞，号寄笠道人，法名静维。文学盛庆远女，才女夏淑吉表妹，夏完淳表姐，许嘉定侯峒曾三子侯玄瀞。侯氏父子殉节时，侯玄瀞不在城内，为逃避追捕落发为僧，先后遁迹扬州天宁寺、杭州灵隐寺等地，不久在颠沛流离中病逝。蕴贞遂削发为尼。所撰《夏淑吉传》，情辞凄婉。为诗亦一洗脂粉之习，有《寄笠遗稿》行于世。今不存。

侯怀风，字若应。侯峒曾女，侯蓁宜从妹。《晚晴簃诗汇》存诗四首。词不存。

《江南通志》记载有人辑录夏淑吉、章有渭、盛蕴贞和侯蓁宜的诗词为《上谷四贞集》。这一门女性深受明清易代带来的丧父丧夫之痛，眼见了屠城的惨烈，亲历了血雨腥风，是著名的遗民之族。

六、槜李黄氏与海宁陈氏

槜李为嘉兴古称，嘉兴文化底蕴深厚，至明代已有"江东一大都会"之美誉。明清两代，江浙地区共有进士 2000 人，嘉兴就占了 600 多人。

檇李黄氏正是在这样文化积淀深厚的土壤上成长起来的文学大家族。檇李黄氏分为两支：第一支包括黄媛介、黄媛介姊黄媛贞、黄媛介从姊黄德贞、黄德贞女孙兰媛、孙蕙媛，儿媳屠范珮，孙兰媛女陆宛椂。

黄媛介，字皆令，秀水（今浙江嘉兴）人。诗、词、文、赋，无不精通。《玉镜阳秋》赞其诗"并老成有矩矱"①。她的赋，以《闲思赋》和《竹赋》名声最高，人赞其颇有魏晋风致。黄媛介与吴梅村、王士禛、柳如是等都有密切的来往。著有《南华馆古文诗集》、《越游华》、《湖上草》、《如石阁漫草》、《离隐词》、《梅市倡和诗钞》等。关于黄媛介的身世经历，颇具传奇色彩，她与当时文士交往颇多，为生计流寓钱塘，也结交当时的名妓、闺秀，甚至传闻一度被清军俘获。因此，当时有的文人认为她不符合闺秀贞洁的规范。有学者认为她是以闺塾师的身份架起闺秀与名妓间的桥梁，还有人推测她就是吴敬梓笔下不拘礼法、性情直率又机敏多才的沈琼枝的原型。

黄媛贞，字皆德。媛介姐，知府朱茂时继妻。善诗文，著有《云卧斋诗集》行于世。其中，《云卧斋诗馀》一卷，存词 107 首，大抵写闺怨闺情、离愁别绪与四时风光。风格深受云间词派影响，颇具晚唐五代风味。虽多是小令，却凝练精巧。又善于寄情于景，凡笔下眼中之景物，莫不关情，如"风悲黄魁叶，树感夕阳楼"、"蒹葭白露重，日夕在眉头"（《临江仙·暮秋》）。另有《临江仙·新夏怀妹》一首，表现对于胞妹黄媛介的思念："空楼独望水盈盈，旧愁方解脱，新语未分明。"一句将心中放不下的担忧、难以割舍的思念摹写殆尽。

黄德贞，字月辉，秀水（今浙江嘉兴）人。司李黄守正孙女，文学孙曾楠妻，黄媛介从姐。天资聪颖，少工诗赋，与归淑芬辈为词坛主持，共辑《名闺诗选》。教二女兰媛、蕙媛皆工诗词，子渭璜亦名下士。著述甚丰，有《冰玉稿》、《雪椒稿》、《避叶稿》、《蕉梦稿》、《劈莲词》等。其词

① 胡文楷编著：《历代妇女著作考》，上海古籍出版社 1985 年版，第 663 页。

作《苍梧谣·送皆令妹之西泠》和《踏歌辞·送皆令北游》等可见二人姐妹情深。其词作多为应答、酬唱以及咏物之作。尤擅长调，如《飞雪满群山·咏雪》、《五彩结同心·送湘蘋徐夫人归里，时陈素庵相国没塞外》、《莺啼序·西湖怀古》、《玉女摇仙珮·题自制琴谱》等。

孙兰媛，字介畹。孙曾楠长女，文学陆渭妻，母黄月辉。与妹静畹同承慈训，皆工诗词。其诗如行云流水，在有意无意间；亦善画，尤精工兰竹。有《砚香阁诗》行于世。其词词旨幽微，渗透愁情。如《薄命女·惜邻女》中表达了对邻女遭抛弃命运的同情："强写回文文屡错，珠泪汪汪阁"、"瘦腰围，如柳弱。多少春愁消却"，怜惜之情溢于言表。

孙蕙媛，字静畹。孙曾楠次女，桐乡举人庄国英妻，早寡。幼从母黄月辉学诗，擅长小令，能与姊兰媛争胜。著有《愁余草》行于世。其存词多咏物之作，长调有母风，如《喜迁莺·梅阁忆旧》。

屠茝珮，字瑶芳，嘉兴人。成烈女，为黄德贞子孙渭璜之妻。有《钿盒杂咏》。《众香词》收其词四首。《林下词选》评"其小词情思婉约，不让乃姑"①。孙兰媛有《绮罗香·读弟姒屠瑶芳遗稿》评价她"叹无穷、天地古今，加几行妙墨"。今残存词多为春秋即景及咏物。

陆宛椒，字端毓。孙兰媛女，同邑刘□□室。其词清丽，如《浣溪沙·采莲》及两阕拟游仙的《竹枝词》。词句"闲却梨花伴月明"和"海棠零落不生花"凸显其轻灵巧思。

檇李黄氏的这一支与海宁陈氏有姻亲关系，陈之遴的妹妹陈洁，字瀚心，嘉兴屠尔星室。屠瑶芳是屠尔星的侄女，陈洁有《雨霖铃·外君尔星索题侄女屠瑶芳像》，而屠瑶芳又是黄月辉的儿媳，所以海宁陈氏的徐灿、陈洁，又与檇李黄氏有姻亲关系。

---

① 〔清〕周铭：《林下词选》，《四库全书存目丛书补编》第二册，齐鲁书社 2002 年版，第 644 页。

嶲李黄氏的另一支，包括黄承昊室沈纫兰、其女黄双蕙、黄承昊从妹黄淑德、黄淑德之侄黄卯锡室项兰贞及黄婷室周慧贞。

沈纫兰，字闲靓。参政黄承昊之妻。有《效颦集》。

黄双蕙，字柔嘉。黄承昊仲女，母即沈纫兰。性禅悦，尝诵经，承慈训，雅工诗。著有诗集《闺禅剩咏》。年十六岁卒。

黄淑德，字柔卿，嘉兴人。参政黄承昊从妹，屠耀孙妻。幼颖悟，通文史，解音律，工诗词。夫卒，遂长斋绣佛，不出小楼。有《七夕》诗等传世，又有集曰《遗芳草》。年三十四岁卒。

项兰贞，又名项淑，字孟畹。孝廉黄卯锡之妻。著有《裁云草》一卷、《月露吟》一卷，还有《咏雪斋遗稿》。

周慧贞，字挹芬，江苏吴江人。周文亨之女，黄凤藻之妻。自幼聪颖倩丽，善画，工诗词。著有《剩玉篇》（即《周挹芬诗集》二卷），著名女诗人沈宜修为之写序。

这一家族中可能入清的有黄双蕙、项兰贞和周慧贞。她们共同具有的特点是构思精巧：如黄双蕙所写春风词"每向花前花后，落成空"、"吹送高楼玉笛，月明中"（《相见欢·多情有信春风》），将风无影无形又无处不在的特点描摹得恰到好处。项兰贞的"花发小春情脉脉，笛吹长夜恨悠悠"（《南唐浣溪沙·小春》）、"千回百转离人后，更怕春归骤"（《醉花阴·闻莺》），周慧贞的"花前聊一步，蓦听鹦哥诉"（《菩萨蛮·经年对镜》），则尽显语句灵动。

七、长洲许氏

长洲许氏指永州知州许虬的四个女儿许心榛、许心碧、许心檀、许心沣，以及她们的祖母顾道喜、姑母许定需、表姐张蘩。《全清词》在介绍许虬时说："其父母弟妹子女并工诗，一门联吟，雅为盛事。"可见这一文学家族的兴盛。

顾道喜，字静簾，吴江人。进士顾自植女，诸生许季通妻。工填词，著有《松影庵词》。顾道喜有一阕《满江红·移居严庄有感》描述战后萧条，抒写黍离之悲，词以"禾黍斜阳"开篇，故国之思跃然纸上，描述景象云："荒台麋鹿松摇月"；更有词句"问天涯何处，铜仙金阙"，毫不隐晦地表达了对前朝的哀悼之情。

许定需，字硕园。许季通女，许虬妹，孝廉陆素丝妻。幼承母训，因以工诗，尤精于词。著有《锁香楼词》和《绿窗诗稿》十卷并行于世。其词爽朗少脂粉气，如《望江南》词云："花市天香来簇马，酒帘写照引吹箫。月挂望山桥。"

许心榛，字山有，幼字阿秦。许虬长女，许定需侄女，陆升枚妻。工诗词，以与妹心碧、心檀唱和为乐，又与舅母张乐于称闺中诗友。《林下词选》收录所作若干首。词风绝肖其姑，洒落有致。如《菩萨蛮·舟中感旧》云："数声渔笛斜阳里，离愁亦傍寒风起"，描绘舟中傍晚景色，萧疏凄清。《浪淘沙·层楼观雪》云："笑指青山头白了，似雨非风"，堪称观雪词中的豪放之作。

许心碧，字阿莼，许虬次女。许心檀，字阿苏，许虬三女。明慧好学，其韵语多出天然，善诗，兼工于书。许心沨，字阿芬，许虬季女。三人存词数量不多，以咏物为佳。

许心碧的《浣溪沙·送秦姊》与许定需的《如梦令·壬午秋留别兄竹隐》在表现家族亲情关系的同时，更可见文学家族中的文化氛围，如后者有词句云："上下古今篇，夜半残茶热"，描述了与兄长烹茶论道的场景。

张蘩，字采于。张天一（循斋）妹，生于崇祯十三年①，诸生吴士安妻，许心榛母侄女。曾拜尤侗为师，著有《衡栖词》，构思别致、出语新颖、婉丽端雅，《林下词选》称其词品似宋吴淑姬，堪与《阳春白雪词》

---

① 考证详见郭浩：《清初女诗人、剧作家张蘩考论》，《戏剧之家》2018 年第 11 期。

并传。可惜存词太少，有《烛影摇红》一词，词序曰"尤悔庵太史索新词刻燃脂集中，辞谢"，表明了她对于存词的态度。词的上阕谦逊地说出自己的词不堪与历代才女并提，没有留存价值，而下阕才吐露出真正不愿存词的原因："步障清谈，料应不似当年韵。只将刀尺作生涯，砚匣尘盈寸。"往昔的才女被家中俗务消磨了才思，自觉此时诗词已不堪示人。这也是那个时代普遍存在的女性创作灵感被生活逐渐磨灭的悲剧。

可见，《林下词选》称赞许季通（元方）一门风雅，并非谬赞。

八、华亭曹氏三秀

曹氏三秀指吴胐与其儿媳李怀、孙女曹鉴冰。

吴胐，字华生，又字凝真，号冰蟾子，江苏华亭人。曹煜（允明）之妻。自幼工诗词，尤善画山水、人物、花鸟、烟云。著有诗集《忘忧草》、《采石篇》、《风兰独啸》等。

李怀，字玉燕，华亭人。瑞金县令李灏女，曹尔垓室。工诗词，善吟咏，工绘事。著有《问花吟》、《系联环乐府》。

曹鉴冰，字苇坚，号月娥，金山（今属上海市）人，一作娄县（今上海市松江县）人。曹尔垓女，娄县张殷六妻。祖母吴胐、父曹尔垓、母李玉燕皆能诗善画，一门风雅，可称盛事。归殷六，家境贫寒，以教授经书为生，人称苇坚先生。曹鉴冰承家学，工诗词，善书画。著有《绣余试砚稿》、《瑶台宴传奇》；又有《清闺吟》二卷，凡诗二百六十四首，诗馀一百三十八首。今尚存。

词作的家族性在李怀母女这里表现得十分明显，她们母女间时有唱和之作，如李怀有《南浦·春水，步玉田词韵》，曹鉴冰就有《南浦·春水，和母》；李怀有《沁园春·咏发》等四调艳体，曹鉴冰就有《沁园春·咏发，和母》等四调艳体。正是这种与母亲的酬唱应答促进了一代代词女的成长。由此可见，家族词学的传承与母教有着非常密切的关系。

九、上元卞氏

上元卞氏指本书"遗民"一节中提到的上元卞琳妻吴山及二女卞梦珏、卞德基。梦珏擅长回文词，今存两阕《菩萨蛮》回文，分别描写"秋景"及"秋夜"。其他词作中也时时见警句，如"彩云拥退千峰雨"（《七天乐·湖上午日》）、"雅不受红尘，冷暄匀否"（《玉烛新·咏茉莉》）等。

王蕴章《燃脂余韵》记载卞梦珏与顾景星之间的一段逸事云："当涂卞琳（楚玉），与其夫人吴山（岩子）家青山，既转徙江、淮、无、常地，居西湖三年。女梦珏（元文）工诗辞。顾黄公己丑、戊子间客杭，闻其贤能，精笔札，杵臼是求，人事错迕，遂以不果。后归扬州刘孝廉峻度。康熙庚戌，元文墓草五青，黄公见其旧诗《西泠闺咏》，题二诗志感云：'记得银屏迤逦开，有人青锁叹多才。帘边送韵衣香出，湖上回船塔雨来。南国燕支愁欲赠，西泠松柏更堪哀。当时空指团圞月，未下温家玉镜台。''欲唤西湖作莫愁，繁华自昔帝王州。续来明月笙歌院，啼下晓莺烟火楼。弱腕题诗心绪断，修蛾入鬓眼波秋。芙蓉城较蓬山远，肯信萧郎已白头？'元文有句云'夕阳交代笙歌月，曙色轻移灯火楼'。又：'柳去六桥春色暗，雨来三竺远山无。'黄公所激赏也。楚玉中道即世，未有子。岩子依女夫以老。次女德基为峻度继室，如刘敞、王拱辰故事。"[1] 由此可知，卞梦珏文采不凡，不幸早亡，其妹与之先后事一夫，吴岩子依女儿、女婿终老，三人始终不曾分离，是稳固的家族文学团体。

十、山阴王氏

山阴为绍兴古称，山阴王氏指王静淑、王端淑姐妹与嫂陈德卿、弟媳

---

① ［清］王蕴章撰，王英志校点：《燃脂余韵》，王英志主编：《清代闺秀诗话丛刊》，凤凰出版社 2010 年版，第 767—768 页。

徐安吉、姜廷栴。

王端淑，字玉映，号映然子，又号青芜子，山阴（今浙江绍兴）人。宗伯王季重之次女，贡生丁睿子之妻。自幼聪敏，酷爱读书，博览群书，自经史以至阴符、老庄、内典、稗官野史，无不浏览。尤善吟咏。其父称赞道："身有八男，不及一女！"① 她自己也以才情而自负，《国朝闺秀正始集》记载，毛奇龄在选编浙江闺秀诗时，把她漏掉了，她便献诗曰："王嫱未必无颜色，争奈毛君笔下何？"② 自比王昭君，而把毛喻为毛延寿。易代后，她同丈夫一起，寄住在明文学家徐渭故居"青藤书屋"里，过着隐居生活，后又寓居杭州的吴山，吟诗作画、著书立说。她工画花卉，风格疏落苍秀。一生著述甚多，有《吟红集》三十卷，《留箧》、《恒心》诸集，《历代帝王后妃考》、《玉映堂集》、《史愚》，还编有《名媛诗纬》三十八卷、《名媛文纬》等。

王静淑，字玉隐，号隐禅子，山阴（今浙江绍兴）人。宗伯王季重之长女，陈树勲之妻，早年守寡。自幼聪慧，喜读书，善诗词。人赞其词"幽闲挺秀，有孤云出岫、野鹤横空之态"③。有《清凉集》及《青藤书屋集》。王静淑的诗词，多数具恬静淡然、心旷神怡的情调，有不食人间烟火味，给人以飘逸欲仙之感。词句如"片月光寒，孤桐影折"（《踏莎行·七日写怀》）、"苔钱沿砌碧，书带绕阶芳"（《意难忘·春怨》）等可见其风格。

徐安吉，字子贞，上虞人。少司马徐人龙女，王鼎妻，女诗人王端淑弟媳。工诗，与妹安成齐名。其诗妖娆离奇，无纤媚之习。著有《安吉遗诗》。

---

① ［清］完颜恽珠、妙莲保等编：《国朝闺秀正始集》卷二，清道光十一年（1831）红香馆刊本，南京图书馆藏，第19页。

② ［清］完颜恽珠、妙莲保等编：《国朝闺秀正始集》卷二，清道光十一年（1831）红香馆刊本，南京图书馆藏，第19页。

③ ［清］钱岳、徐树敏：《众香词》卷二，上海大东书局1934年版，第17页。

十一、钱塘顾氏

本书前面"遗民"一节曾提到钱塘顾氏，指顾若璞以及顾若璞的弟妇黄鸿，夫妹黄修娟，子妇张姒音、丁玉如，侄女顾之琼，侄孙女顾姒、顾长任，曾孙妇兼侄外孙女钱凤纶、曾孙妇姚令则，五世孙妇梁瑛。

黄修娟，字媚清，仁和人，一作秀水人。提学黄汝亨女，钱塘诸生沈希珍妻。嗜读书，七岁能琴，八岁能诗，父以谢道韫称之，与叔姒钱如玉常相唱和。著作甚丰，有《芙蓉轩集》、《琴谱》、《娱墨轩诗》、《效颦集》。年五十岁卒。

黄鸿，字鸿辉。顾若璞弟顾若群室。能文词，著有《广寒集·闺晚吟》。

张姒音、丁玉如，顾若璞子妇。《清代妇女文学史》载："其（顾若璞）子妇张姒音，才学与和知相亚，尝作讨逆闯李自成檄，词义激烈，读者如听易水歌声，真奇才也"，"丁氏，名玉如，字连璧，和知长子灿室也，亦能诗"。[①]

顾之琼，字玉蕊。翰林钱绳庵妻，进士无修、肇修母。工诗词骈体，蜚名大江南北。为蕉园诗社发起人。著有《亦政堂集》行于世。

顾长任，生于顺治初，约1692年前后在世，字仲媚，一作重楣，号霞仙，又号霞笈仙姝。青浦少尹顾籣云长女，顾若璞侄孙女，同邑林以畏室。工诗词，有《谢庭春咏》、《梁案珠吟》、《霞芨仙姝词》等。

顾姒，字启姬。青浦少尹顾籣云次女，顾若璞侄孙女，顾长任妹，诸生鄂幼舆妻。康熙十九年从夫居京师。精音律，善歌，尤工诗词，王士禛称其小赋、诗词颇婉丽。著有《静御堂集》、《由拳草》、《当翠园集》及《未穷集》一卷。

---

① 梁乙真：《清代妇女文学史》，中华书局1932年版，第18页。

钱凤纶，字云仪。顾若璞孙妇，顾之琼女与进士钱安侯女，贡生黄式序妻。善绘画，工诗词文曲，笔致高古，无巾帼纤媚之气。著有《古香楼集》四卷及《散花滩集》。今尚存。

姚令则，字柔嘉。顾若璞孙妇，姚启龙女，黄时序妻。著有《半月楼集》。

梁瑛，字英玉，号梅君，自号谷梁氏。顾若璞五世孙黄松石妻。能诗，曾集唐宋元人所作的梅花诗句，总汇108首七绝，题名为《字字香》，亦题作《梅花字·香草》。尝自作序："年年寻句为花忙，几度寻檐费品量。句似梅花花似句，一番吟过一番香。"[①] 世人皆称之为女通仙。

顾氏一门，极尽风雅。顾若璞与黄鸿为姑弟媳，顾若璞与顾之琼为姑侄，与顾姒为祖姑。顾之琼、钱凤纶为母女。清初著名的女性诗社——"蕉园诗社"即是以顾氏家族为基础创建的。《闺秀词话》云："清初顾和知夫人名若璞，以诗文名海内。著有《卧月轩集》，艺林无不传诵。其曾孙妇钱云仪女史，实能嗣音。与姊静婉（柔嘉）、柴秀娴（如光）、顾仲楣（启姬）、李端芳、冯又令、弟妇林亚清，结社湖上之蕉园，即景填词，一时称盛，世称为'蕉园七子'。"[②] 关于"蕉园诗社"的情况和顾氏一门的创作情况，将在后文进行分析。

十二、仁和钟氏

仁和钟氏指清初著名文士、康熙时翰林查慎行的母亲钟韫和她的姊妹：钟青、钟韫、钟筠。其中，钟韫的《梅花园诗馀》后面有跋云：右《梅花园诗馀》一卷，博陆女史钟韫撰。韫字眉令，吾乡钟化民之女孙，适海宁查氏。由此可知，钟氏姐妹为钟化民孙女。钟化民，字维新，仁和人，

---

① 谭正璧：《中国文学家大辞典》，上海书店出版社1981年版，第1535页。

② 雷瑨、雷瑊辑，王玉媛校点，王英志校订：《闺秀词话》，王英志主编：《清代闺秀诗话丛刊》，凤凰出版社2010年版，第1504页。

万历八年进士。授惠安知县，多惠政。明史有传。因为为官清明，有"钟青天"之称。乐平人将所办案例汇编成《洗冤录》传世，称赞化民为不要官、不要命、不要钱的"三不要"县令。他的言传身教深深影响了钟氏后人。

钟青，字山容。韫姊，嫁盐官吴某。工小令，著有《寒香集》。钟青的小令蕴藉含蓄，时有妙语。如《如梦令》写夏季月下景象云"风散榴花片片"，写自己感叹时光易逝说："总是一情痴，可惜流光如电。"而对于人世间的聚散离合，她也有着不一样的哲学思考，在写给妹妹的词中说："忆别恨匆匆，欲语无穷。何如那日不相逢。"（《浪淘沙·寄妹蕡若仲夫人》）钟青的代表作还要数那阕《惜分钗·海棠》：

> 情难判，春时半。东风爱拂初醒面。晚烟笼，碧霞容。态若轻云，醉舞腾空。溶溶。　　何人伴，肠应断。疑嗔疑笑胭脂浅。思无穷，恨谁同。月色扶来，梦入闺中。重重。

上阕模拟海棠的风姿、体态：在树上静静绽放的时候，像女子初睡醒时的容颜；风过之处漫天飞舞，如轻盈的云霞。下阕模拟海棠的情志：将海棠比拟成闺中的思妇，在对远人的思念中，想到一起度过的幸福时光，不禁时嗔时笑，致使脸上有一抹胭脂色。模拟细致，形神毕肖，很见功力。

钟韫，字眉令。海宁查崧继妻，名儒翰林院编修查慎行母。精于词，娴吟咏，与姊山容、妹眉士常相唱和。著《长绣楼诗集》若干卷，又有《梅花园诗馀》一卷、《梅花园存稿》一卷，凡诗五十八首、词十一首。后二集今尚存。《小檀栾室汇刻闺秀词》及《拜经楼丛书》收录其词集。词风婉媚秀逸，堪称闺阁词中佳作。钟韫写季节风物妙语迭出，如写春暮云："愁怀怕共东风竞。冉冉绿阴何骤盛"（《天仙子·送春》）。写秋景云："红蓼开残，秋也无光景。竹外鱼歌低自应。一溪落日平如镜"（《鹊踏枝·游园》）。在其众多词作中，较为出彩的还是那阕《鹧鸪天·寄九妹》：

> 一春愁甍两蛾眉。花自芳妍人自悲。蛱蝶穿花浑似梦。少年

风味杳难追。　　　频折柳，试春衣。乱红深处鸟争啼。生憎呢喃双燕子。飞来飞去共差池。

开篇将花之芳妍欢容与人之悲戚愁容相对，表达对妹妹的思念之情。接下来以蛱蝶作引，用"梦蝶"的典故，引入对少年时姐妹间往事的回忆。结尾又以成双的燕子反衬如今姐妹分隔两地的凄凉。

钟筠，字籊若。钟韫妹，同邑诸生仲雪亭妻。擅长诗词，著有《梨云榭诗馀》。《梨云榭诗馀》存词三十余首。词集中更多流露的是她的亲情、友情，特别是姐妹间的款款深情。如《阮郎归·送别长姊殳夫人》、《南歌子·寄七秭查夫人眉令》、《南歌子·寄四姊吴夫人山容》、《南乡子·送七姊还海昌》、《爪茉莉·寄如嫂方眉士》、《意难忘·春日感怀寄七姊查夫人》、《卜算子·和眉令姊秋闺》、《忆余杭·哭海昌眉令姊》等。因为，出阁于归，意味着姐妹间的永久分离，而手足之情却难以就此抛撇。于是，夫妻举案与手足团聚就成了不能两全的难题。因此，在词中，分明看到的是对于往昔姐妹深情的不舍和今日被迫分离的无奈。于是，别离时会"临风洒泪唱骊歌。啼痕沁薄罗"（《阮郎归·送别长姊殳夫人》），分隔两地，彼此思念时会感叹"世事流如水，人情幻似花"（《南歌子·寄四姊吴夫人山容》），"有谁共、知心密语"（《爪茉莉·寄如嫂方眉士》），希望音信常通，殷殷嘱咐"锦字莫沉浮。双鲤频看溪水流"（《南乡子·送七姊还海昌》）。除了这些吟咏姐妹情的词作外，在钟筠的词集中有一首咏史词，是颂扬她的祖父钟化民的，这首词颇见其功力：

定风波

读先大父忠惠公建储疏

折槛陈书上九重，鹓班莫问剪梧桐。青史班班谁是侣。千古。潸潸沥血有龙逄。　　　三案只今成往事。水逝。青阳左个已无踪。野老争能述典故。无据。遗编犹自拂春风。

十三、如皋冒氏

明清易代之后，冒辟疆在如皋水绘园隐居，同一批文人诗酒唱和，形成独特的水绘园文学群体。在这个文学群体中聚集着邓汉仪、王士禄、龚鼎孳、曹尔堪、陈维崧等致力于奖掖、提携女性后学进行创作的文学家。冒褒曾为陈维崧著、王士禄评点的《妇人集》作注。在这样的氛围下，如皋冒氏家族中，涌现出了一批女性词人：宫婉兰、冒德娟、邓繁祯和董白。

宫婉兰，太史宫紫元女，如皋冒襄（辟疆）弟冒褒妻。工画墨梅，尤以制扇著名。著有《梅花楼集》。

冒德娟，字嬫婉，如皋人。冒褒女，石巨开妻。长于填词，著有《自怡轩词》。词中多吟咏闺情或风物，大多清丽小巧。只有一阕《满江红·咏并蒂虞美人》却颇见其词中风骨：

> 窗外幽花，开遍处，这枝奇绝。染猩红，带雨拖烟，倚栏娇怯。似为当年亡国恨，至今犹吐同心结。爱迎风，款款并香肩，迷蝴蝶。　心未冷，情还热。叹玉碎，怜簪折。羡一邱荒土，苗生英烈。一叶半花堪再拜，同生同死无分别。笑青青，吕雉戚姬坟，难言说。

上阕摹写花之形态，下阕歌称虞姬的气节，并与吕雉戚姬身后相对比。表现出对楚汉相争胜者一方的鄙夷和对败者一方的同情，特别是对虞姬和项羽情感的讴歌。

邓繁祯，字墨娴。冒褒长子冒禹书妻，著有《静漪阁词草》。墨娴词虽然也多是伤春悲秋的闺阁词，题材上没有创新。但是其小令用语精巧，时见新意。如伤春词有"残红片片逐东风，愁里那知春色好"（《鹧鸪天·春日偶成》），悲秋词有"阶前络纬声难听，海棠倚石梧风冷"（《忆秦娥·秋夜》）。而她的《惜分飞·秋日送縠诒二弟出游》最能体现其情景交融的构词手法：

> 怅惘秋云还似旧，黄菊依然清瘦。闷折亭前柳，伤心泪湿罗

衫袖。　　记得高堂同载酒，极目湖山明秀。往事难回首，新愁
旧恨空消受。

上阕写送别场景，秋云黄菊为衬托，秋云的惆怅、黄菊的清瘦与惜别
的心境、亲人的伤怀两相映照。下阕回忆少年时，共侍父母膝下的欢乐，
仿佛那时的湖山也与其时的心境一样明快秀美。最后又收束到眼前的分离
场景作结。纵观全篇，可谓印证了一切景语皆情语。

董白，字小宛，曾为明末名妓，后归冒辟疆为妾，著有《奁艳》三卷，
存词数首。

十四、其他家族群体

在上述大文学家族群体之外，还有一些生长在文学家族中的女性词
人，她们汲取文学家族的丰厚土壤生长，但或许由于家族中女性人数偏
少，而呈现出形单影只的情况。如李渔的两个女儿李淑昭、李淑慧，严沆
的女儿严曾杼、孙女严怀熊，陈其年的姐姐陈契，吴兆骞的妹妹吴文柔，
沈榛与其子妇蒋绹兰等。

除上述以姓氏联系的大家族外，还有一些女性词人以另一种家族群体
的方式出现。如张叔珽妻江兰与妾徐如蕙，沈遹声妻俞璨与妾杨琇及表妹
王倩玉，钱岳妻孟湛与继室黄御袍及妾叶辰。

张叔珽妻江兰，字贞淑，汉阳人。副宪江九同女。康熙二十七年，武
昌兵变，贞淑扶公婆避山中，以免于难。喜为诗，著有《倚云楼诗集》。
妾徐如蕙，字瑶阜，汉阳人。娴为诗、书，皆大妇江兰所授，著有《厂楼
集》。徐如蕙能够成为出色的女词人，正得意于家族的文化氛围，经常在
家庭中举办诗词吟咏类的集会，江兰使得她们的文学技艺日渐精进。如江
兰有《江月晃重山·春日无事，余以此谱命徐妹咏花。词成，余亦戏作一
首》、《明月逐人来·重阳，同夫子暨诸妹咏》、《女冠子·月同诸妹和夫
子原韵》，徐如蕙便有《江月晃重山·春日承命以此谱咏花》、《新雁过妆

楼·除夕，夫君与嫡夫人以此谱同咏，余与诸姊亦从而和之》。由此可见，张叔珽家中妻妾之间的诗词唱酬，促进了家族内部文学的兴盛。

沈遹声"字丰垣，号柳亭，仁和人。学于临平沈去矜。最工词，缠绵处似柳屯田，清稳处似赵仙源。厉樊榭尝称其'不肯上秋千，为怕东墙近'之句，谓古人无以过也"①。其妻俞璥，字宜宜，钱塘（今浙江省杭州市）人。俞士彪（季琭）妹。长于填词，著有《柳花词》。表妹王倩玉，曾鬻于驻防旗下，沈百万赎归，为沈生一女而卒。妾杨琇，字倩玉，浙江钱塘人。著有《远山楼词》。丁绍仪《听秋声馆词话》载："钱塘女史杨倩玉，名琇，美而慧。同邑沈遹声（丰垣）艳其才，聘为妾。中更多故，幸而获偕，即随园诗话所谓杨大姑也。传有远山楼词，名与才妙，能毋致慨。"② 李调元《雨村词话》亦称"杨琇，字倩玉，杭州沈遹声副室也。出语殊有仙气"③。

钱岳妻孟湛，字冰壶，江苏长洲人。孟居易次女，年十八归钱岳，沉静温淑，工诗善词，伉俪情深，唱和甚欢，著有词集《玉照园词》。继室黄御袍，字晚香，江西新昌人。象雍女，著有《萸阁诗馀》。妾叶辰，字龙姝，金闾丽人。幼为某侧室，因妇妒遣归，继邂逅钱岳。又二年他适。终佩非偶，郁郁以终，善弈能文，尤工于词，著有《倚竹吟》。

第二节　地域分布

顺康时期的女性词人分布有很明显的地域特征，现就《全清词·顺康

---

①　[清] 王蕴章撰，王英志校点：《燃脂余韵》，王英志主编：《清代闺秀诗话丛刊》，凤凰出版社 2010 年版，第 729 页。

②　[清] 丁绍仪：《听秋声馆词话》，唐圭璋编：《词话丛编》，中华书局 2005 年版，第 2625 页。

③　[清] 李调元：《雨村词话》，唐圭璋编：《词话丛编》，中华书局 2005 年版，第 1440 页。

卷》可见女性词人居里统计见表2-2。

表2-2　明末清初顺康时期女性词人居里情况统计表

（单位：人）

江苏	浙江	安徽	江西	四川	湖北	湖南	福建	山西	山东	陕西	广东	甘肃
188	96	19	9	4	4	2	3	2	2	2	1	1

　　表2-2中所列为女性词人本身所生活地域，而非父系家族籍贯，因为考虑到词人更多地受到成长地区地域文化的熏陶影响，故而只以词人主要成长生活地域作为研究对象。

　　从表2-2表显示情况可知，顺康时期女性词人以江浙两省居多，安徽次之，江西又次之，其余各省仅有零星分布。出现这一明显疏密分布程度差异的原因主要有三点：其一，明末江南战乱较北方少，人们相对安居乐业，物产较北方富足，女性有从繁重的日常劳动中解放出来的可能，而物质的富足也催生了对于精神文化方面的欲求。其二，丰厚的文化积淀使得在江南的土地上产生许多诗礼望族，一方面这些家族文化氛围的熏陶使得生长于其中的女性自觉或不自觉地产生对于文学的渴望和追求，另一方面家长也会着力培养自己的女儿通礼识书，希望她们能够继承家风。其三，江南许多诗书大族喜欢世代联姻，想通过这种姻亲关系巩固自己家族的文化传承，而联姻中女性的角色不可或缺，这也是这些家族中家长着力培养女儿们文学素养的一个客观因素。

　　由此，可以说地域文学的繁盛是以家族文学的繁盛为依托的，而家族文学的繁盛又是地域文学繁盛的基础。再以江、浙、皖三地来看，江苏最为发达，浙江次之，安徽又次之。原因在于仅就江苏一地来看不仅文学家族众多，当时经济也较其他两地富饶；而浙江较之则稍显"僻处海滨"，安徽较之又欠发达。现就三省情况依次进行分析。

一、江苏女性词人分布

江苏在明代属于南直隶省，清初承明治，改南直隶为南京省。分为应天府、扬州府、镇江府、常州府、太平府、苏州府、松江府、淮安府、凤阳府、庐州府、宁国府、池州府、安庆府、徽州府、广德州、滁州、和州、徐州等①。康熙六年(1667)，分江南省为江苏、安徽二省，江苏省(巡抚衙门驻苏州)辖江宁府（辖南京、江宁、上元、六合、句容）、苏州府（辖长洲、昆山、吴县、吴江、常熟）、常州府（辖无锡、金匮）、镇江府（辖丹阳、金坛）、松江府（辖华亭、上海）、太仓州（辖嘉定）、通州府（辖如皋、泰兴）、扬州府（辖泰州、扬州）、淮安府、徐州府、海州、海门厅②，其范围大致与现在相同。从江苏一省来看，女性词人分布依然有自身的特点，此处以康熙六年行政区划为标准，对江苏省内女性词人分布情况进行统计，结果如图 2-1 所示。

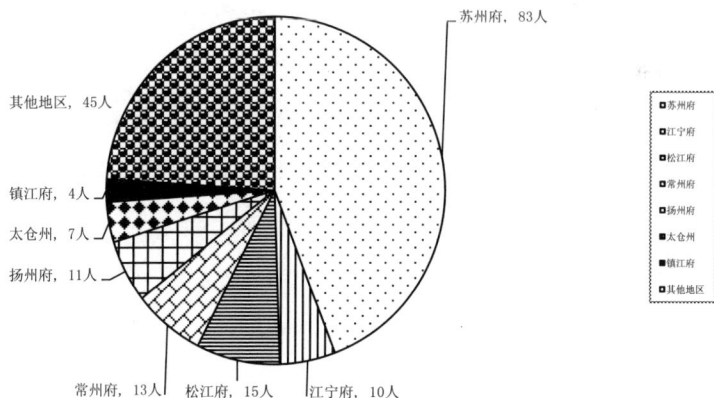

图 2-1　顺康时期江苏女性词人分布图

①　谭其骧主编：《中国历史地图集》第七册，中国地图出版社 1996 年版，第 47—48 页。
②　谭其骧主编：《中国历史地图集》第八册，中国地图出版社 1996 年版，第 16—17 页。

依据图 2-1 显示，江苏地区女性词人较为集中的地区是苏州府，下辖吴江、吴县、长洲、昆山、常熟等地；除此之外是松江府，包括当时的华亭、上海、娄县等地；排在第三位的是下辖无锡、金匮等地的常州府；排在第四位的是下辖泰州、扬州的扬州府；排在第五位的是江苏省的政治、经济中心江宁府；其余各地区虽有零散分布，但各府县均为数不多。

前文提到，地域文学的繁荣是以家族文学的繁荣为依托的，支撑苏州府女性词学繁荣的文学家族，主要是前文提到的吴江沈氏、叶氏家族，长洲许氏家族以及流寓至此的太原张氏家族等。松江府包括前文提到的几个大家族：华亭章氏、曹氏三秀等。还有一些大的文学家族，因为其中女性文学词人较少而未能列入之前的女性词人家族分布做以研究，但是她们是成长在家族文学的土壤上的，因此在地域上呈现出集中的分布情况，比如海陵宫氏的王慧贞、兴化李氏的徐幼芬、姜堰黄氏的陆羽嬉、泰兴季氏的季娴以及季娴的女儿李妍。

据何宗美的《明末清初文人结社研究》考证："明末复社吴中诗人群体以二张和吴伟业为核心，其活动中心包括苏州和太仓两地。"[①]云间即松江地区，是几社及复社成员文学活动频繁的地区，著名的"云间派"即由此得名。这些明末的文人群体活动在当地形成了浓郁的文化氛围，带动了相关家族内部女性词人的成长。这也是此三地女性词人较多的因素之一。比如诗词兼擅的华亭才女夏淑吉的父亲，就是陈子龙的好友夏允彝，而夏淑吉嫁入的嘉定侯氏一门女子也多精于诗词；著名女词人毛媞的父亲毛先舒出自云间派陈子龙之门，只不过毛媞居钱塘，算作浙江籍的女词人，但是以此推而广之，可以想见苏淞太地区的文人结社活动对该地区女性词学的发展起到一定的促进作用。

江苏地区的南京（上元）、苏州（吴门）以及扬州地区女性词人众多还

---

① 何宗美：《明末清初文人结社研究》，南开大学出版社 2003 年版，第 210—212 页。

有一个因素就是当时青楼文化的繁荣。在当时的江苏地区，这三个地方正是花柳繁华之地，秦楼楚馆的鳞次栉比带动了青楼文化的繁荣，由此产生了一批名妓词家。据何宗美《明末清初文人结社研究续编》记载，明清时期与名妓相关的社集就有"眉楼雅集"、"方氏水阁雅集"、"松风阁雅集"、"二李家雅集"①等。仅《全清词·顺康卷》所著录的这三地有词作存世的名妓词人就有十六位之多。金陵有顾媚、陈元、卞赛、董白、李香君、寇白门、郝文珠、沙宛在、尹春、张回、花妥、刘仙等；扬州有范玑、柳声等；吴门有叶文、徐惊鸿等。这种商业性质的文化繁荣客观上也激生出众多的女性词人和女性词作。

二、浙江女性词人分布

明末浙江省分为湖州府、嘉兴府、严州府、杭州府（下辖钱塘、仁和）、绍兴府、宁波府、衢州府、金华府、台州府、处州府、温州府②。清初所设州府基本与之相同。③浙江地区统计结果如图 2-2 所示。

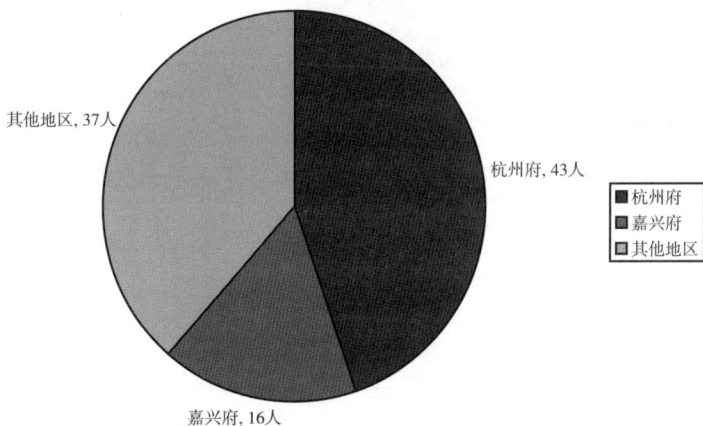

其他地区, 37人

杭州府, 43人

嘉兴府, 16人

■ 杭州府
■ 嘉兴府
■ 其他地区

图 2-2 顺康时期浙江女性词人分布图

---

① 何宗美：《明末清初文人结社研究续编》，中华书局 2006 年版，第 180—182 页。
② 谭其骧主编：《中国历史地图集》第七册，中国地图出版社 1996 年版，第 68—69 页。
③ 谭其骧主编：《中国历史地图集》第八册，中国地图出版社 1996 年版，第 31—32 页。

如前所述，钱塘顾氏、仁和钟氏、山阴商祁、山阴王氏、檇李黄氏等文学大家族都聚居于浙江地区，这是浙江女性词学兴盛的家族基础。另外，浙江地区以杭州府为主要分布地，杭州府包括钱塘和仁和。这里有两方面原因：其一，是钱塘地区自身的文化氛围决定的。何宗美曾在《明末清初文人结社研究续编》一书中阐述了这一时期西湖诗社兴盛的原因——"与杭州城商业的发展和经济的繁荣有关；与西湖兴废有关；与西湖的自然和人文环境有关；与城市节日文化的繁荣有关；与宋元结社遗风有关"①。其二，是钱塘妇学在这一文化基础上的兴盛。梁乙真曾说："终清之世，钱塘妇学，为东南妇女之冠。"②而在清初，钱塘妇学兴盛主要是由于"商、黄、卞、顾倡于前，蕉园七子兴于后，风气所播，遂以成一时词坛之盛"③。这里的"商、黄、卞、顾"指前面提到过的以商景兰、黄媛介、卞氏母女和顾若璞为代表的山阴商祁、檇李黄氏、钱塘顾氏以及流寓于此的上元卞氏家族。明末清初围绕着这四位首倡钱塘女性词风的女词人，兴起过三次重要的女性诗词唱和活动。

首先，是明末以商景兰为中心的"山阴梅市唱和"，黄媛介参与其中。

毛奇龄在《黄皆令越游草题词》中说："予乡闺秀，梅市其最也。以客居之美，迭相赓扬，此甚盛事。"④"梅市唱和"是指以商景兰、商景徽姐妹为首的唱和。山阴祁氏自明代即是文学世家，朱彝尊在《静志居诗话》中说："商夫人有二媳四女咸工诗，每暇日登临，则令媳女辈载笔砚匣以随，角韵分题，一时传为盛事；而门墙院落，葡萄之树，芍药之花，题咏几遍，过梅市者，望之若十二瑶台焉。秀水黄皆令慕其名，入梅市访

---

① 何宗美：《明末清初文人结社研究续编》，中华书局 2006 年版，第 102—104 页。

② 梁乙真：《中国妇女文学史纲》，上海书店 1990 年版，第 385 页。

③ 梁乙真：《清代妇女文学史》，中华书局 1932 年版，第 23 页。

④ [清] 毛奇龄：《西河集》卷五十九，[清] 纪昀、永瑢等编：《四库全书》集部 1320 册，台湾商务印书馆 2008 年版，第 523 页。

之，赠送唱和之作甚盛。"① 由此可知，梅市唱和原本是商景兰家庭内部的唱和，由于声名远播，开始有人慕名来访，黄皆令即是梅市唱和的主要成员。商景兰曾有《梅市唱和诗钞稿》，毛奇龄为之作序。商景兰有《青玉案·即席赠别黄皆令》，商景徽有《江城子·怀黄皆令》，祁德琼有《和黄皆令游密园》，商景兰的女儿祁德琼、祁德茝以及朱德容均有《送别黄皆令》的诗作，黄皆令的诗作中也有《同祁夫人商媚生、祁修嫣、湘君、张楚缠、朱赵璧游寓山分韵二首》。

　　其次，是不系园主人汪然明组织的集会——以卞氏母女和黄媛介为主的"不系园饮集"。

　　梁乙真《清代妇女文学史》说："（黄媛介）晚岁侨居西陵，所居一楼，地主汪然明，时招至不系园，与闺人辈饮集，诗媛吴岩子、卞元文母女相得尤欢。"② 阮元《两浙輶轩录》载："皆令实贫甚，时鬻诗画以自给。后侨居西陵。……地主汪然明时招致不系园与闺人辈饮集，每周急焉。"③

　　施闰章《黄皆令小传》载："卞处士之妻吴岩子以诗名，假馆留（黄媛介）数月，为文字交。"④《梅村诗话》载："媛介后客于虞山降雪楼中，吴岩子偕其女卞元文皆有诗名，与媛介相得甚。"⑤

　　从上述记载可知，吴岩子、卞元文母女曾在不系园及钱塘地区与黄皆令有过一段时期的诗词唱和。

---

　　① ［清］朱彝尊：《静志居诗话》卷二十三，嘉庆二十四年（1819）钱塘姚氏扶荔山房刻本，第 12 页。

　　② 梁乙真：《清代妇女文学史》，中华书局 1932 年版，第 9 页。

　　③ ［清］阮元：《两浙輶轩录》卷四十，嘉庆仁和朱氏碧溪草堂刻本，第 21 页。

　　④ ［清］施闰章撰，何庆善、杨应芹点校：《施愚山集·文集》卷十七，黄山书社 1992 年版，第 13—14 页。

　　⑤ ［清］吴伟业：《梅村诗话》，［清］邵廷烈辑：《娄东杂著》（一名《棣香斋丛书》）第四函，江苏广陵古籍刻印社影印本 1990 年版，第 10 页。

由于这些交游活动发生在明末，本书不做详细考证。但是，这些明末钱塘女性的交游活动，为后来顺康时期钱塘女性文学的兴盛和结社活动的兴起奠定了良好的文化基础和人文基础。这也是浙江女性词人分布较多且词作质量较高的重要因素。

最后，清初康熙年间的"蕉园结社"则是女性诗词唱和活动的高潮，这是以顾氏家族为中心的大型结社活动，将在下一章"顺康女性词人的交游情况"中论及。

第 三 章

顺康女性词人的交游情况

顺康时期的女性词人不同于以往的才女，她们彼此间有着广泛的交游唱和，几乎是同一时期的女词人之间，都可能存在直接或间接的联系以及书柬往来。她们的交游方式类似于男性文人之间的往来酬唱，有的只是因为听说彼此的才名便寄笺拜访。这是此前的女性文人不可想象的，具有特定的时代性和研究价值。

第一节　钱塘蕉园结社

"蕉园结社"是以女性文学团体的形式出现的。吴晶在《蕉园诗社考论》一文中称："蕉园诗社是清代也是历史上第一个确立名号，正式订交结社，有明确诗社启事和较规律、较频繁唱和雅集，成员关系密切，持续时间较长，名声传世的女性诗社"，"还是史上第一个形象、诗风都明确自成一格的女性诗社"。①

---

① 吴晶：《蕉园诗社考论》，《浙江学刊》2010 年第 5 期。

"蕉园结社"是闺秀间以结社的方式往来唱和，这样闺秀们就不再囿于自己家族的文学氛围，可以走出闺阁，与其他家族的女性词人进行交流，使文学视野进一步扩大，也避免了女性词学的"近亲繁殖"。

一、关于"蕉园结社"过程的记载

有关"蕉园结社"，梁乙真在《中国妇女文学史纲》中曾说："先是，钱塘有顾之琼玉蕊者（有《亦政堂集》），工诗文骈体，有声大江南北，尝招诸女作蕉园诗社，有《蕉园诗社启》"①。这篇见于记载的《蕉园诗社启》是"蕉园结社"确实存在过的文字依据之一。且梁乙真认为，"蕉园结社"的倡导者和发起者是顾之琼。比梁乙真更早的陈文述在《西泠闺咏》中也提到顾之琼"招诸女作蕉园诗社，有《蕉园诗社启》"②。这一说法似乎是梁文的依据来源。而在林以宁的《墨庄诗钞》里，冯娴为林以宁诗《哭柴季娴四首》点评时说："蕉园之订，昉自丙辰；气谊相投，有如一日。虽一岁中会面无几，而精神结聚、无间同堂，窃以为陈雷莫过也。"③ 这说明"蕉园结社"确有正式的仪式——"蕉园之订"。另外，林以宁的《墨庄文钞》中尚有《赠言自序》一篇，提到"遂得又令、季娴、端明诸子，相与定交，唱和之什较多于嫂氏"④。这里的"定交"之说应指"蕉园之订"。其《墨庄词余》载《送启姬之燕都》一曲，调寄 [画眉序]，中有"芳社订蕉园，每向良时共欢宴"⑤ 的句子，可以作为"蕉园之订"的佐证。柴静仪词《点绛唇》题"六桥舫集，同林亚清、钱云仪、顾仲楣、启姬、冯又令、李端

---

① 梁乙真：《中国妇女文学史纲》，上海书店出版社 1990 年版，第 385 页。

② ［清］陈文述：《西泠闺咏》卷十，王国平主编：《西湖文献集成》第 27 册，杭州出版社 2004 年版，第 435 页。

③ ［清］林以宁撰，［清］冯娴、［清］柴静仪评：《墨庄诗钞》卷二，清康熙刻本，第 15 页。

④ ［清］林以宁撰，［清］冯娴、［清］柴静仪评：《墨庄诗钞》卷三，清康熙刻本，第 7 页。

⑤ ［清］林以宁撰，［清］冯娴、［清］柴静仪评：《墨庄诗钞》卷三，清康熙刻本，第 7 页。

明诸闺友"①；顾姒的词《佳人醉》小序中即云："余与表妹林亚清、同社柴季娴最称莫逆，早春晤亚清时曾订春深访季娴于牡丹花下。今花朝已届，而人事顿非，余以画眉人远，牢愁困顿，作此志感"②。至此，从称谓上可以确信"蕉园结社"的存在，因为顾姒称柴静仪为"同社"。由此可知，"蕉园结社"以《蕉园诗社启》为正式结社的标志，社中成员称正式结社定盟的过程为"蕉园之订"。

二、"蕉园结社"的地点

据《众香词》载："一时闺中才子钱云仪、林亚清、顾仲楣、冯又令连车接席，笔墨唱和，说者谓自张夫人琼如、顾夫人若璞、梁夫人孟昭而后香奁盛事"③，"（钱凤纶）与姊静婉、柔嘉、柴季娴、如光、顾仲楣、启姬、李端芳、冯又令、弟妇林亚清结社湖上之蕉园。春秋佳日，即景填词，传播鸡坛，称一时之盛"④。这时，结社的规模和影响已经达到一定的程度，结社的地点也基本确定——便是当时的"蕉园"。

林以宁《墨庄诗钞》有《寄顾启姬燕都》诗，其中两句是："独步蕉园泪满袪，蒹葭白露怅离居。""旧日锦囊增几许，近时熊梦复何如。"⑤ 诗中透露出这样的信息：其一，蕉园是才女们联吟的地方，在这里曾诞生过许多锦囊妙句。其二，如今的蕉园无复往昔的繁华，因为姐妹们随宦各地，风流云散，它变得萧条岑寂。但是"蕉园"旧址究竟在哪里？却是众说纷纭。陈文述《西泠闺咏》先有"留得蕉园遗社在，至今风雅重钱塘"⑥

---

① ［清］钱岳、徐树敏：《众香词》卷二，上海大东书局 1934 年版，第 51 页。

② ［清］钱岳、徐树敏：《众香词》卷二，上海大东书局 1934 年版，第 39 页。

③ ［清］钱岳、徐树敏：《众香词》卷二，上海大东书局 1934 年版，第 50 页。

④ ［清］钱岳、徐树敏：《众香词》卷一，上海大东书局 1934 年版，第 39 页。

⑤ ［清］林以宁撰，［清］冯娴、［清］柴静仪评：《墨庄诗钞》卷一，清康熙刻本，第 28 页。

⑥ ［清］陈文述：《西泠闺咏》卷十，王国平主编：《西湖文献集成》第 27 册，杭州出版社 2004 年版，第 435 页。

句肯定了蕉园遗址的存在，又有"何处蕉园遗旧址，绿天庵外不胜寒"①
句，胡小林借此推断"蕉园紧邻绿天庵，应为西泠的一处名胜之地或诗社
某位闺秀的私家园林"②。而实际上，钱塘并没有"绿天庵"，"绿天庵"其
址在永州，为唐代著名书法家、僧人怀素的故居。相传，因怀素贫而无
纸，后来庵内外芭蕉成林，绿荫如云，故得名"绿天庵"。而陈文述这里
正是用了这一"芭蕉"的典故，一则用借典复指的方式再次点出"蕉园"，
二则以"绿天庵"的比拟彰显"蕉园"的文采风流。据此，"蕉园"的具
体位置便需要重新考订。

据《西溪丛语》中介绍："西溪山庄的前身为柴庄，明代柴云倩隐居
于此。……其季女柴静仪与闺秀冯令娴、钱凤纶、林亚清、顾启姬几个异
样女子，组成蕉园诗社，互相唱和，著有《凝香室诗钞》。"③虽然，这则
记载为今人考证，但可以肯定的是柴庄具备成为"蕉园"的条件。

另有一地，在"蕉园"成员的诗作中频繁出现，也可看作"蕉园"成
员经常进行联吟活动的重要地点。这个地方名为"愿圃"。林以宁在《墨
庄诗钞》中有许多诗作可以反映出该社成员在"愿圃"的文学活动。比
如:《秋暮宴集愿圃分韵》，从诗题可知，这是诗社成立后一次重要的限韵
赋诗活动，地点就在"愿圃"。在诗社另一名成员柴静仪的诗作中也有对
应的诗作，题为《过愿圃同冯又令、钱云仪、顾启姬、林亚清作》，应是
同一次活动的作品。之后，林以宁又有一系列追忆"愿圃"联吟的作品。
如:《墨庄诗钞》卷一载《重游愿圃四首》④，回忆在"愿圃"联吟时的场景，
诗中有"不愁典尽归来晚，尚有文章纪胜游"之句，描写当日不尽兴不归

---

① 〔清〕陈文述:《西泠闺咏》卷十，王国平主编:《西湖文献集成》第 27 册，杭州出
版社 2004 年版，第 435 页。

② 胡小林:《清代初年的蕉园诗社》，《古典文学知识》2008 年第 2 期。

③ 朱金坤总主编，屠冬冬主编:《西溪丛语》，西泠印社 2010 年版，第 100 页。

④ 〔清〕林以宁撰，〔清〕冯娴、〔清〕柴静仪评:《墨庄诗钞》卷三，清康熙刻本，
第 27 页。

的热闹场面，也有"红壁留题犹未减，香奁载笔记鲁径"抒写旧题仍在、物是人非的伤情，同时，也从侧面证明当日联吟题壁的繁华。《墨庄词余》卷一也有《重过愿圃有怀又令季娴云仪诸子》[①]，调寄[晓行序]。由此可见，"愿圃"确是当年诗社成员活动的又一重要地点。

三、"蕉园结社"的时间及定名

关于蕉园结社的时间，历来也存在诸多争论：前面所引胡小林文与吴晶的《蕉园诗社考论》一文均认为蕉园诗社创始于康熙四年即公元 1665 年[②]，赵厚均考证得出的结论则更早——认为是在顺治十四年(1657)，宋清秀则认为应该是在 1674 年。[③]

要了解蕉园结社时间，首先要从林以宁的年龄来推断。先来看一下胡小林与吴晶的"1665 年说"：在《赠言自序》一文中，林以宁曾有言："己酉之岁，余年十五"，己酉年为康熙八年，即公元 1669 年，由此可知，林以宁生于公元 1655 年。而据其生年推断，此时林以宁只有 11 岁，即便其聪颖早慧，也难以在社中担当主要角色。再来看一下赵厚均的"顺治十四年说"：顺治十四年也即 1657 年，此时林以宁只有两岁，想作为诗社主要成员更是笑谈，这是从林以宁方面看；再从顾之琼（也就是梁乙真认定的蕉园结社发起者）方面看，顺治十四年爆发了震惊全国的"江南丁酉科场案"，顾之琼的丈夫钱开宗正是江南乡试副主考，因涉嫌受贿舞弊，与主考方猷于翌年被正法，同考官叶楚槐等十七人也被处绞刑。原本是妻子家产籍没入官，后顾之琼一家得到赦免，得以回到家乡杭州。这场变故对顾

---

① 　[清] 林以宁撰，[清] 冯娴、[清] 柴静仪评：《墨庄诗钞》卷三，清康熙刻本，第 20 页。

② 　吴晶：《蕉园诗社考论》，《浙江学刊》2010 年第 5 期。

③ 　赵厚均：《留得蕉园遗社在，只今风雅重钱塘——清初钱塘蕉园诗社考》，《中国文史上的江南：从江南看中国学术研讨会论文集》，2014 年。

之琼及其子女打击颇大（长子钱元修因陈怨无果，寻仇不遇，竟致抑郁而终）。她在这个时间应该不大可能发起蕉园结社，如果说是在科场案之前的短短几月开启结社活动，又很难形成极具影响力的效果。

其次，徐德音的父亲为女儿所作《绿净轩诗钞序》中的一段话记录了许多关于蕉园结社的重要信息："先是吾乡林亚清夫人倡为蕉园吟社，知吾女能诗，曾以缣素相遗，通殷勤焉。会吾女于归邗上，亚清亦随宦洛阳，竟不果相见。阅十余年，至乙酉之岁，许生擢试舍人，挈女北去，时亚清先在京师，始得把臂定交。辄相见恨晚。间以诗卷相质，亚清喜而叙之。且曰'蕉园之社，作者数人，人皆有集，今既晨星寥落。几令韵事消歇'。"[①] 从中可知，"蕉园吟社"是当日蕉园结社的正式名称，这一"吟"字涵盖多种文体，说明她们从事创作的范围之广。另外，乙酉岁，也就是公元 1705 年，距离"蕉园吟社"繁盛之时已经过去了十余年。此时林以宁 51 岁，"蕉园吟社"已经"晨星寥落"、"韵事消歇"。而"蕉园吟社"最大的特点则是"人皆有集"。

结合前面提到的冯娴评林以宁《哭柴季娴四首》中所述"蕉园之订，昉自丙辰"。"蕉园结社"的时间再清晰不过，"昉"即起始之意，丙辰是康熙十五年，即公元 1676 年，此时林以宁 22 岁，正是年富力强、欲有所为的年纪。"蕉园吟社"在此时成立，于情理上也较为妥当。而因为有确切的干支纪年"丙辰"，可以确定"1674 年说"也不正确。另外，徐德音的《绿净轩诗钞》前有丙戌年清明后三日林以宁为其所作之序，更可以佐证徐父之言。

依据上述分析可以得出结论："蕉园结社"这一活动在清初确实存在过，结社过程有重要的仪式——"蕉园之订"。它的正式名称为"蕉园吟

---

① ［清］餐霞老人：《绿净轩诗钞序》，徐德音：《绿净轩诗钞》，清光绪戊戌（1898）刻本，第 2 页。

社"，结社时间在丙辰年，即公元 1676 年，吟社活动并不频繁，但是有定期的集会。吟社繁盛期持续十年有余，且社中成员创作了大量作品，每个人都有自己的作品集。至 1705 年"蕉园吟社"已经渐趋衰落，呈现"晨星寥落"、"韵事消歇"之势。

四、关于"蕉园吟社"的成员

"蕉园吟社"的成员究竟包括哪些人，一直是学界争论的焦点。梁乙真曾在《中国妇女文学史纲》一书中提到"蕉园五子"与"蕉园七子"之说："所谓蕉园五子者，即徐灿、柴静仪、朱柔则、林以宁及玉蕊之女钱云仪也，而徐湘蘋为之长。其后林以宁又与同里顾姒、柴静仪、冯娴、钱云仪、张昊、毛媞倡蕉园七子之社，而林为之长。"① 与之观点不同的是胡小林，她在《清代初年的蕉园诗社》一文中说："蕉园诗社始创于康熙四年（1665），由顾玉蕊发其端绪，组织诸闺秀所创立，并作《蕉园诗社启》。首事者以'蕉园七子'著称，即顾姒、柴静仪、林以宁、钱凤纶、冯娴、张昊、毛媞七位女子，后期则有徐灿、林以宁、朱柔则、柴静仪、钱凤纶五人以其卓荦的才华号称'蕉园五子'，至徐灿逝世时（1698 年以后），诗社依然文脉不断。蕉园七子和蕉园五子，则分别为蕉园诗社前后期的代表人物。"②

上述两个观点的矛盾在于"七子"与"五子"孰前孰后的问题。除此之外，胡小林认为"蕉园七子"和"蕉园五子"是代表人物，言下之意是"蕉园吟社"的成员不应局限于此。

要分析"蕉园吟社"的成员构成，首先需要划定"蕉园吟社"成员的范围。据柴静仪《点绛唇》题"六桥舫集，同林亚清、钱云仪、顾仲楣、

① 梁乙真：《中国妇女文学史纲》，上海书店出版社 1990 年版，第 385 页。
② 胡小林：《清代初年的蕉园诗社》，《古典文学知识》2008 年第 2 期。

启姬、冯又令、李端明诸闺友"① 的记载及常出现的往来唱和人员姓名来看，"蕉园吟社"还是以亲缘关系为纽带的：顾长任（仲媚）与顾姒（启姬）为姐妹，与林以宁（亚清）既是表姐妹又是姑嫂，与钱凤纶（云仪）为表姐妹，此前《众香词》提到的姚令则（柔嘉）与钱凤纶（云仪）为妯娌。

从这个关系来看，"蕉园结社"是以顾家为核心的，钱凤纶、钱静婉为顾之琼的两个女儿，即顾若璞的侄外孙女；冯娴是顾之琼的妯娌（见吴晶《蕉园诗社考论》）；林以宁是顾之琼的儿媳，同时又是顾长任的小姑；钱凤纶与姚令则又同是顾若璞的孙媳②；柴静仪是钱凤纶的表嫂（钱凤纶有《水龙吟·怀柴季娴表嫂兼谢画梅》）；顾长任与顾姒是顾若璞的两个侄孙女。

依据柴静仪的词题和《众香词》的记载，可以得出早期可能参加"蕉园结社"活动的成员有：

顾家姐妹：顾长任，字仲媚，一作重楣，号霞仙，又号霞笈仙姝。青浦少尹顾簟云长女，顾若璞侄孙女，同邑林以畏室。工诗词，有《谢庭春咏》、《梁案珠吟》、《霞笈仙姝词》等行于世。

顾姒，字启姬。青浦少尹顾簟云次女，顾若璞侄孙女，顾长任妹，诸生鄂幼舆妻。康熙十九年（1680），从夫居京师。精音律，善歌，尤工诗词，王士禛称其小赋、诗词颇婉丽。著有《静御堂集》、《由拳草》、《当翠园集》和《未穷集》一卷。

钱家姐妹、姑嫂：钱凤纶，字云仪。进士钱安侯女，贡生黄式序妻。善绘画，工诗词文曲，笔致高古，无巾帼纤媚之气。著有《古香楼集》四卷和《散花滩集》，今尚存。

钱静婉，字淑仪。钱凤纶姐。善填词，著有《天香楼词》。

林以宁，字亚清。进士林纶之女，监察御史钱肇修之妻，钱凤纶弟

---

① ［清］钱岳、徐树敏：《众香词》卷二，上海大东书局1934年版，第51页。
② 据胡小林文，而梁乙真《清代妇女文学史》中作"曾孙妇"。

妇。著有《墨庄诗钞》、《凤箫楼集》。

姚令则，字柔嘉。姚启龙女，黄时序妻。与姒娌钱凤纶皆长于诗，互有赠答。著有《半月楼集》。

柴氏姐妹：柴贞仪，字如光。柴世尧长女，黄介眉妻。与妹静仪并工诗画，点染花鸟草虫，笔意韶秀，超神入妙。《闺秀词抄续补遗》采录其诗二首。

柴静仪，字季娴，一作季畹。孝廉柴世尧次女，广文沈汉嘉妻。工书画，善鼓琴，娴吟咏，与姊贞仪并擅诗名。著有《凝香室诗抄》、《北堂诗草》。

傅静芬，字孟远，浙江钱塘人，张戬室。柴静仪表姐。有词《多丽·题柴季娴表妹小影》言："眉淡淡、乍舒新柳，眸炯炯、欲动微星。林下芳芬，闺中秀质"，详细记录了柴静仪的容貌和气质，从中可以略窥其当日风采。

李氏姐妹：前面柴静仪词序中提到的"李端明"以及《众香词》中提到的"李端芳"不是别人，正是清代著名文学家李渔的两个女儿：长女李端明，名淑昭；次女李端芳，名淑慧。林以宁曾有《催妆词六首为李端芳作》，足以说明林以宁与李氏姐妹关系密切。

冯娴，字又令。同安知县冯仲虞女，诸生钱廷枚妻。著有《和鸣集》、《湘灵集》并行于世。

《国朝闺秀正始集》卷四又有"蕉园七子"之称："亚清（林以宁）……与同里顾启姬姒、柴季娴静仪、冯又令娴、钱云仪凤纶、张槎云昊、毛安芳媞倡蕉园七子之社，艺林传为美谈。"[①] 这里指称"蕉园七子"除上文提及的林以宁、顾姒、柴静仪、冯娴、钱凤纶外，又加上张昊和毛媞。

张昊（1645—1668），字玉琴，号槎云。举人张坛长女，张纲孙从妹。

---

① ［清］完颜恽珠、妙莲保等编：《国朝闺秀正始集》卷四，清道光十一年（1831）红香馆刊本，第3页。

年十九归举人胡大籥。康熙六年（1667）父赴春试，卒于京师，张昊痛悼欲绝，逾年亦卒。有《趋庭咏》、《琴楼合稿》。

毛媞（1642—1681），字安芳，毛先舒女，徐邺室。年十六归同邑诸生徐邺。与邺合刻《静好集》。

以上诸人，为初步考订的可能成为"蕉园吟社"成员之众闺秀。但是，林以宁在她的长嫂顾仲楣去世一年后所写的《赠言自序》中提到："遂得又令、季娴、端明诸子，相与之订交，唱和之什较多于嫂氏。"由此可见，顾仲楣没有参加真正意义上的蕉园订交，但是她可能参加过之前的唱和活动。这里，林以宁确认的"蕉园吟社"成员有冯娴（又令）、柴静仪（季娴）、李淑昭（端明）三人，加上林以宁自己，可以确定的吟社成员已经有四人了。其在《寄顾启姬燕都》中又以"独步蕉园泪满袂，蒹葭白露怅离居"、"旧日锦囊增几许，近时熊梦复何如"明确提到当日蕉园之事，问候顾姒才思增进多少，显然，顾姒也是吟社成员无疑。而在《墨庄诗钞》中有许多与毛媞、钱凤纶的往来诗作，可以确定二人的成员身份。

另外，还有一位曾经流寓西湖的女性词人，也极有可能是"蕉园吟社"某一时期的主要成员，她就是堵霞。堵霞，字绮斋，号蓉湖女士，江苏无锡人。曾流寓西湖、鸳湖，著有《含烟阁诗词合集》。其集中有《将之鸳湖，留别又令冯夫人二首》、《金阊闺友静仪以札慰问，尚未裁答。后进香天竺，将欲过访，又因予抱沉疴，不及一谈，赋此寄答》，这里提到的冯又令即是"蕉园吟社"的成员冯娴无疑。提到的闺友"静仪"又与柴季娴的名相同，且家住西湖附近。另外，《含烟阁词》中又有《满庭芳·悼遂安方烈妇毛夫人》，后注曰"顾樊桐云：即方渭仁之子，毛际可之女，陈迦陵有《坠楼诗》序之人也"。这位方烈妇正是"蕉园诗社"主要成员毛媞的同胞姐妹，在吟社成员的存集中几乎都有吟咏这位毛氏烈妇之作。堵霞为其写悼词一方面说明与毛媞交往莫逆；另一方面，她极可能参与了吟社的活动。由此可见，堵霞至少与"蕉园吟社"的三位成员有往来，并以诗笺作为往来酬答的工具。

由此可知,"蕉园吟社"初创之日,"蕉园七子"应是林以宁、冯娴、柴静仪、李淑昭、顾姒、毛媞和钱凤纶。这也就是为什么柴静仪词序中只提到李端明,而没有提到李端芳,且林以宁有《催妆词六首为李端芳作》,显然是作为贺礼相送,正说明李端芳不是能诗的吟社成员,且早嫁。但是,蕉园吟社的成员并不固定,就像后来林以宁劝说徐德音入社一样,她们没有任何藩篱,凡是能诗词的女子都愿意吸纳入社。因此,造成了在不同时期有不同的成员的现象,只能说,在某一时期内,它的成员相对稳定,但不是一成不变的。因此所谓的"蕉园七子"不过是在"蕉园吟社"繁盛阶段相对固定的七位成员而已,这一说法并不见于蕉园内部成员的笔墨记载。

"蕉园五子"之说,一般认为是林以宁、钱凤纶、柴静仪、柴静仪的儿媳朱柔则、徐灿。首先,从时间上来分析,林以宁出生于1655年,而陈之遴第一次获罪是顺治十三年,即1656年,徐灿随陈之遴去往关外,此时林以宁1岁,在此之前是不可能与徐灿并称为"蕉园五子"的。顺治十五年,即1658年,陈之遴再次获罪,全家流徙关外,此时林以宁4岁。也就是说,在徐灿出关之前,是不可能与林以宁一起参加"蕉园吟社"的活动的。因此,梁乙真的说法不能成立。那么,徐灿从关外回来之后,是否参加过"蕉园吟社"的活动呢?据《清史稿》记载,徐灿得以请归的时间是康熙十年,即公元1671年。此时,林以宁17岁,距离"蕉园之订"的时间尚有五年,如果徐灿回来后即参加了"蕉园吟社",那么应该不会错过"蕉园之订"。而胡小林文认为后期方有"蕉园五子"之称。既然"蕉园吟社"成立之时徐灿已经归来,如何要等到后期才加入吟社呢?况且,徐灿归来后更号紫,礼佛静养,手写大士像,无心于诗词唱和。在林以宁的《墨庄诗钞》里,也并没有关于同徐灿唱和的记载,所谓"五子"的活动记载也甚寥寥,似乎并不能确考。

因此，"蕉园吟社"成员不应以"七子"、"五子"来限定，只能说在林以宁周围的才女都可能参加过"蕉园吟社"的活动或前期的铺垫工作，而"蕉园吟社"没有完全固定的成员，只是在某一时间段内有过相对固定的成员，上面所谈到过的参与过蕉园唱和的女性，都可能是曾经吟社的成员或预备成员。

五、"蕉园吟社"活动及词作风格

既然前面提到"蕉园吟社"的成员并不固定，那么，一直坚持从事唱和活动的林以宁、钱凤纶、柴季娴等人，以及活动在她们身边的亲近之人，特别是顾家倡导和发起蕉园诗社的主要人物顾之琼等人的词作，都应看作是"蕉园吟社"成员的作品，列入考察范围。

（一）"蕉园吟社"的活动

从"蕉园吟社"的成员们留存的文字印迹间，可以判定她们曾经有过能够确考的几次雅集有：蕉园之订、愿圃联吟、六桥舫集、凝香室宴集。

其中，"蕉园之订"是诗社成立时的订盟性质的初集，"愿圃联吟"是见于社中成员诗集记载的重要联吟活动，"六桥舫集"是吟社繁荣时期在西湖上最为人称道的一次盛会，"凝香室宴集"是众社友为庆贺柴季娴生日在凝香室促成的一次贺寿宴集。

关于"蕉园之订"前面已经叙述过，既为订盟，人员必定全部到场，也应当有相应的文学活动。

"愿圃联吟"活动今天留存的诗作有林以宁的《秋暮宴集愿圃分韵》，以及柴静仪的《过愿圃同冯又令、钱云仪、顾启姬、林亚清作》。从两诗题可知，这是诗社成立后一次重要的限韵赋诗活动。林以宁曾在《重游愿圃有怀又令季娴云仪诸子》调寄[锦衣香]一曲中回忆当年活动的热闹场面："翩翩林下旧知名，携来花外共订交盟。牙签同检，韵写新词。字字轻清还与丰标称。待从头评定，谁行第一，谁堪厮并。"①

体现"凝香室宴集"的作品，在林以宁的《墨庄诗钞》中有寿柴季娴二首，钱凤纶有词作《绮罗香·初夏，偕同社寿季娴凝香室宴集，别后赋谢》等。

《众香词》中有关于"六桥舫集"盛会场面的描述："季娴独漾小艇，偕冯又令、钱云仪、林亚清、顾启姬诸大家，练裙椎髻，授管分笺。邻舟游女望见，辄俯首徘徊，自愧不及。"②从这段记载中，仍可想见当年社中成员的风采。"六桥舫集"在社中成员的作品中有所体现：柴静仪（季娴）有词作《点绛唇·六桥舫集，同林亚清、钱云仪、顾仲楣、启姬、冯又令、李端明诸闺友》，钱凤纶在回忆与社友欢聚的场面时有"玉案联吟，锦笺分韵，珠玑新灿"（《水龙吟·怀柴季娴表嫂，兼谢画梅》）的记载，真切反映了诗社活动的繁华景象。顾姒《佳人醉》词亦绘："拟月明花发，轻车同载，联袂花底。"既是对日后社中欢会的希冀、想象，也透露出往日曾有的社中场景。

综上所述，"蕉园结社"起于公元 1676 年即丙辰年，标志性的仪式为"蕉园之订"，它的正式名称为"蕉园吟社"。社中主要成员有：林以宁、冯娴、柴静仪、李淑昭、顾姒、毛媞和钱凤纶。除此之外，当时曾活动于钱塘的女性诗人、词家也曾参加过社中的活动，如顾长任、柴贞仪、钱静婉、傅静芬、姚令则、堵霞、李端芳等。但徐灿应未参加过该社的活动。"蕉园之订"、"愿圃联吟"、"六桥舫集"、"凝香室宴集"为见于记载或可以考证的几次文学雅集。社中成员创作了大量作品，几乎每个人都有自己的集子。吟社繁盛期持续十年有余，至 1705 年"蕉园吟社"衰落。

（二）"蕉园"词作风格

"蕉园诗社"成员不仅诗作数量丰富，词作数量亦可观，"蕉园"成员

---

①　［清］林以宁撰，［清］冯娴、［清］柴静仪评：《墨庄诗钞》卷三，清康熙刻本，第 20 页。

②　［清］钱岳、徐树敏：《众香词》卷二，上海大东书局 1934 年版，第 39 页。

共存词79首,其中顾之琼13首,顾长任4首,顾姒15首,钱凤纶25首,钱静婉1首,林以宁3首,柴贞仪2首,柴静仪4首,李淑昭3首,李淑慧3首,张昊2首,毛媞4首。从"蕉园"成员残存的词作来看,其词作风格有两个突出的特点:其一,词境无尘,"笔底无云"①(王端淑语,指语言简洁清晰);其二,善引诗言曲声入词,气象非凡。

词境无尘,"笔底无云"主要表现在:词境通透,词作用语灵动、表现意象清晰;语言干脆、爽直,不拖泥带水,用音乐的感觉来描述,就像是用跳音组成的旋律,轻灵而干净。

一般闺秀写春怨之词大多声凄语怨、哀音似诉,蕉园诸子则不然。试看顾之琼的《捣练子·春闺》:"雷殷殷,雨潺潺。帘卷春风拂面寒。开遍梨花归梦杳,和衣睡起月阑珊。"依然雷雨耳畔,依然春寒拂面,任梨花开遍、月已阑珊,有春日之倦怠和无奈,却没有春恨扰心。又如《浣溪沙·春游》:"腰肢瘦损不胜罗。无那春来病染多。含情未语照晴波。"意境表达上虽怜惜之情满纸,笔底却不拖沓。冯娴的《满江红·和外送春韵》"心已醉,非关酒。眉未展,非同柳。听檐前响滴,令人诗瘦",短短几句将外物与人的离合扰攘关系点出,说明春愁不过是人固有的愁心与季节的遇合。柴静仪的《点绛唇·六桥舫集,同林亚清、钱云仪、顾仲楣、启姬、冯又令、李端明诸闺友》"韶华荏苒。分付莺和燕",不但毫无伤春意绪,反而有成为春光之主的意思。毛媞的《丑奴儿令·春闺》写道:"苏雨浓晴。芳草茸茸隔夜生。锁窗深处无人见,别是幽清。此际心情。翻怪桃花照眼明。"不明写春愁,而是将桃花的明艳与此时心境的不符说出,从反处着眼,语言简洁,而词意自明,"苏雨浓晴"更是下字新奇。钱凤纶的《浣溪沙·偶题》亦云:"绿水萦回石径斜,绕溪一带种梅花。万花深处是侬家,自写闲情依翠竹。爱看清影浣春纱,小庭风静稳栖鸦。"作品有张

---

① [清]王端淑:《名媛诗纬初编》卷三十五,清康熙六年(1667)清音堂刻本,第8页。

志和《渔歌子》风味，语调愉悦闲适，不染纤尘。不仅如此，她们词作所选择的典故也是高洁轻灵的，如钱凤纶在《清平乐·与柔嘉姊宿河渚看梅》词中有"晓梦梨云断"，在《水龙吟·怀柴季娴表嫂，兼谢画梅》词中有"梨云梦断"，都是用苏轼《西江月·玉骨那愁瘴雾》"高情已逐晓云空，不与梨花同梦"意。

这种通透洒脱的词境再向前一步，便是痛快淋漓的豪放。顾之琼的《意难忘·寄外》"春情无计住，午梦不禁长。纨扇洁、石屏凉。便沉醉何妨"，不只是爽致无云而已，甚至有豪爽之气。顾姒的《满江红·泊淮慰夫子》云："穷愁味，君尝遍。人情恶，君休叹。问前村，有酒金钗拼换。举案无辞今日醉，题桥好遂他年愿。听三更、怒浪起中流，鱼龙变。"不仅有辛词风味，更直追李白的《将进酒》。林以宁的《少年游·河渚观梅》"村醪痛饮高歌彻，沉醉暮云边"，前半句令人想起辛弃疾的《贺新郎·别茂嘉十二弟》"正壮士、悲歌未彻"一语，另宋胡寅《简单令》有"高歌彻晦明"句，宋代楼钥《登戢山》有"高歌彻太空"句，清初的方孝标、黄遵宪也都有"高歌彻"之语，这是一个典型的豪放意象。后半句意象似朱敦儒的《鹧鸪天·西都作》，字句又如宋葛起耕《秋夜》诗"城笳吹下暮云边"，总之都是狂放不羁的男儿诗篇。

善引诗言曲声入词表现在：一方面，蕉园诸子特别喜欢将唐诗的语言和意境融入词中，而这种融入不是刻意为之，也没有失去词的本味，只是自然地将词雅化；另一方面，她们也会将元明戏剧中的词语意境直接搬入词中，而这种作法也恰到好处，在没有降低词格的前提下融入曲中口语元素，使之清新巧致。可以说她们并不在意以往诗、词、曲之间不可逾越的藩篱。

有以唐诗入词者，如：顾之琼的《意难忘·寄外》末句"又恐伊、封侯未稳，误了凝妆"，是化用王昌龄《闺怨》"闺中少妇不知愁，春日凝妆上翠楼。忽见陌头杨柳色，悔教夫婿觅封侯"诗意，而在原诗的基础上有所创新，将原诗第三人称的声口换为第一人称，将自己化身为诗境中的主人公——"闺中少妇"，将心底的哀怨以第一人称声口诉出，强化了感官效果的同时，更增强了作品的说服力，将原本稍"隔"之词化为"不隔"之词。张昊的《蝶恋花·午日》有"公子韶华开大道。马蹄踏碎闲花草"句，前一句让人想起卢照邻的《长安古意》"长安大道连狭斜，青牛白马七香车"，后一句又类似孟郊的《登科后》"春风得意马蹄疾，一日看尽长安花"。而这首词的末句"岂为春光归别岛。斑衣零落添余恼"，似源于王驾的《雨晴》诗"蜂蝶纷纷过墙去，却疑春色在邻家"。钱凤纶的《浣溪沙·偶题》"绿水萦回石径斜"用杜牧的《山行》"远上寒山石径斜"化出。钱凤纶的另一首《菩萨蛮·早春湖头扫墓》"几点远山横。一湖春水平。墓门斜日静。翠竹迎人冷"，意境绝类王维的《辋川二十泳》。

柴静仪更有一首《风入松·拟塞上词》全用唐诗中《塞上》、《出塞》等边塞诗意象：

> 少年何事远从军。马首日初曛。关山隔断家乡路，回首处、但见黄云。带月一行哀雁，乘风万里飞尘。　茫茫塞草不知春。画角那堪闻。金闺总是书难寄，又何用、归梦频频。几曲琵琶，送酒沙场，自有红裙。

"马首"、"日初曛"、"关山"、"黄云"、"塞草"、"琵琶"……都是唐边塞诗中常常用到的意象，这些意象和词风的雄浑、语意的决绝，使得这首出自清代闺阁之手的词作却带有十足的盛唐气象。

有以曲子入词者，如：柴贞仪的《绣带子·微火催腊梅》"虽是耐些寒惯，还着暖相煨"俨然曲子家声口。柴静仪的《点绛唇·六桥舫集，同林亚清、钱云仪、顾仲楣、启姬、冯又令、李端明诸闺友》"湘帘画舫明湖泛……雨丝风片，暗扑游人面"，直接化用了《牡丹亭》的"雨丝风片，烟波画船"。钱凤纶的《鹊踏枝·寄长嫂查媚思》"夜深月过苍苔冷"，暗用《西厢记》"幽僻处可有人行？点苍苔白露泠泠"的语境。

从上述词作风格来看，"蕉园"成员的词作较多受到前代诗歌的影响，又由于她们本身具有深厚的诗歌写作素养，所以在词的创作方面展现出不同于一般闺阁词人的写作风貌：清新、大气、开合有度，甚至在词中注入了难得一见的盛唐气象。这些，都可以看作是清代闺阁词作甚至清代词作的新面貌。

"蕉园结社"本身也成为女性诗词史上称耀当代、流芳后世的重大事件，它的影响力不仅在闺阁，也不仅在清初。直至今日，红学界尚有以"蕉园结社"的成员来考证"金陵十二钗"原型的新学说。不论这种学说本身是否可信，但"蕉园结社"对于后世的影响力可于此窥见一斑。总之，从词学的角度来看，"蕉园结社"是历史上第一个全部由女性成员组成的、确立名号、有成文的诗社启事和确切活动可考的闺阁文学团体，它的词作也的确呈现出独特的团体风格特征。

第二节　其他往来唱和

除了"蕉园结社"这样大型、正式的唱和活动外，顺康时期的女词人在私人往来、亲友聚会等活动中也多有唱和。较为典型的是一些入仕新朝的命妇才媛间的唱和，和以"词坛主持"黄德贞、归淑芬为中心的唱和，以及其他女词人间意趣相投而自发形成的群体唱和。

一、以印绶为纽带的唱和

朱中楣、徐灿、顾媚、杜漪兰四人因为丈夫入仕新朝，成为清初少有的才女兼命妇的典型。朱中楣之夫李元鼎初为兵部右侍郎，徐灿之夫陈之遴初为礼部右侍郎，顾媚之夫龚鼎孳曾任刑部右侍郎，杜漪兰之夫熊文举曾两任吏部左右侍郎，四位夫人均曾随宦京师，四人之间以印绶为纽带，交游唱和。

杜漪兰和徐灿之词有《南乡子·和陈相国夫人徐湘蘋送别》，朱中楣和徐灿之词有《如梦令·闰春月寄和湘蘋陈夫人并咏垂丝海棠》《满江红·丁酉仲夏，读陈素庵夫人词感和》，朱中楣送杜漪兰之诗词有《南乡子·送熊雪堂夫人南归》《辛卯长至日得漪兰熊年嫂白门见怀诗四首依韵答之》，杜漪兰赠朱中楣诗有《题〈麻姑介酒图〉寿朱远山夫人》（五首），并为《石园随草》作序，朱中楣与顾媚酬答之词有《千秋岁·别横波龚年嫂南归》《暮春次龚年嫂眉生韵二首》，顾媚有《虞美人·答远山李夫人寄梦》《千秋岁·送远山李夫人南归》两首词赠朱中楣。

她们的往来词作不是简单地应酬、赠答，而是一种同调交契。这四人同是江南女子，不惯燕地生活，在她们互相赠答的词作中，倾诉着对于家乡的怀念和对于江南风物的留恋：如杜漪兰对徐灿说："万里家山别路长"（《南乡子·和陈相国夫人徐湘蘋送别》），表达渴望回到阔别已久的遥远故乡之愿望；顾媚对朱中楣说："几时载月向秦淮，收拾诗囊画轴、称心怀"（《虞美人·答远山李夫人寄梦》），剖白对于家乡江南诗画氛围的向往；朱中楣羡慕杜漪兰"随趁莼鲈归去早"（《南乡子·送熊雪堂夫人南归》），寄托对于江南故乡风物的怀念。

同时，她们之间的赠答词也流露出对于宦海沉浮的厌倦，表达"叹人生，如梦许多般，皆虚掷"（朱中楣《满江红·丁酉仲夏，读陈素庵夫人词感和》）的感悟，想要脱离"长安裘马争轻薄"（顾媚《千秋岁·送远山李夫人南归》）的俗世尘嚣。可以说，印绶是最初使她们联系起来的纽带，但是当她们彼此交流加深后，就真正成为在思想上和文学上惺惺相惜的知音。正如朱中楣在甲午立冬日谢杜漪兰为《石园随草诗馀》作序时称"共丁国变，周旋患难，不啻手足"（朱中楣《南乡子·送熊雪堂夫人南归》词序），表达了她们之间深深的患难情谊。她又在《满江红·丁酉仲夏，读陈素庵夫人词感和》一词中表达了对于徐灿词艺的赞赏："句清新、堪齐络纬，并称双绝。字字香传今古愤，行行画破英雄策。"以及对于徐灿此时随宦关外（这时陈之遴以原官发往关外）的同情："倩玉箫、吹彻汉宫秋，声声咽。"将徐灿的才华与写作《络纬吟》的徐媛相比，将徐灿的命运与《汉宫秋》中的王昭君相较，既是对其才高的肯定，也是对其命蹇的同情，从中可见，朱中楣与徐灿平时文词交往频繁，不仅文学上相互切磋，而且感情至深，哀痛之情发自心底。

另外，朱中楣与丘瑟如也有所往来。朱中楣与丘瑟如酬答之词有《减字木兰花·次康小范孝廉乃政寄外词》，丘瑟如有《减字木兰花·春游呈李司马朱远山夫人》。从彼此的称呼上看，似乎交往不深，只是官场上的一般酬赠往来关系。

康熙年间翰林院编修查慎行的母亲及姨母辈钟韫姊妹、钟筠与进士钱安侯的女儿、蕉园姐妹中的钱静婉有交往。钟筠有词《生查子·和钱淑仪、查夫人》及《减字木兰花·和钱淑仪韵》，词中有"素心款叙，击钵分题忘客主"之语，可见与钱氏曾有互剖肺腑的畅谈和分题限韵的诗会，她们之间的交流已经超越闺阁模式，而更像是文人名士间的交往。钟筠与当时著名词人、西泠词派沈丰垣的妾杨琇也是很好的闺友，钟筠有词《浣溪沙·题杨倩玉闺友〈远山遗稿〉》、《浣溪沙·和杨倩玉"那不教人说可怜"起句》，词中有"莲子蜂房犹未结，桐丝凤啄已难粘"句，说明钟筠深知杨倩玉之苦，词中寄寓深切的同情和哀婉。钟筠与徐灿也有交往，有词《西江月·题海昌陈相国夫人徐湘蘋拙政园词后》，不仅以"灯火平津阁上，莺花拙政园中。五云深处凤楼东，一枕辽西幽梦"描述了徐灿的身世行藏，还在徐灿词中读出了"苏蕙回文锦字"的凄苦，"班家团扇秋风"的失意，这是其他词评者很少提及的。她赞扬徐灿词是"龙吟鹤和几人同，声压南唐北宋"。这一评语不仅将徐灿词从闺人辈词家中推向整个词坛，并且跃出当代视野，在词史上纵横比较，为徐灿词确立了新的历史地位。

二、词坛主持周围的词人

《林下词选》称黄德贞与归淑芬为词坛主持，二者共同组织的词学活动不见记载，今天所能看到的唯有同题同调同韵之《锦帐春·元夕观灯》，另有申蕙的《锦帐春·元夕和孙夫人》，还有黄德贞儿媳屠范珮、女儿孙蕙媛以及外孙女陆宛榛的和作。从创作情景来看，应是一次类似结社活动的同调限韵创作。在黄德贞、归淑芬周围聚集着当时一批著名的女词人。其中，尤以黄德贞的从妹黄媛介为著名，黄媛介又联系着一众女词人。因此，以黄德贞、归淑芬为中心的交游唱和呈现出放射状的关系网。

（一）以黄德贞为中心的唱和

因《历代妇女著作考》载黄德贞曾与归淑芬、申蕙共编《名闺诗选》，所以，这三人的交往应是十分密切的。① 黄德贞与申蕙的唱和之作，可见于申蕙的《长相思·赠月辉孙夫人》《锦帐春·元夕和孙夫人》。黄德贞与徐灿、张鸿逑、朱中楣、归淑芬、申蕙、项珮、屠紫珍均有交往。《众香词》载黄德贞"所著《蕉梦咏》，海昌相国徐夫人序，《劈莲词》，慈溪张琴友名媛序，《藏啸曲》，吉水朱远山夫人序"②。这一句说明黄德贞与徐灿（徐夫人）、张鸿逑（琴友）、朱中楣（远山）均有交往。另外，屠紫珍有《金菊对芙蓉·祝黄月辉孙夫人双寿》，屠范珮有《锦帐春·元夕，和孙夫人》，似乎创作于同一次由黄德贞主持的唱和活动中。黄德贞有《五彩结同心·送湘蘋徐夫人归里，时陈素庵相国没塞外》词，书写对于徐灿遭遇的同情，是少见的描述徐灿从塞外归来后情形的词作，词中还有对徐灿词学造诣的肯定，赞徐灿"文鸾词凤，锦幕瑶扉，天生一个仙姝"。

---

① 胡文楷：《历代妇女著作考》，上海古籍出版社 1985 年版，第 783 页。
② ［清］钱岳、徐树敏：《众香词》卷二，上海大东书局 1934 年版，第 19 页。

（二）以归淑芬为中心的交往

《二十五别史》载，归淑芬曾学诗于徐来宾之妹，"甲申后，（其夫）庭坚废应制，偕花村，与诸闺秀唱和无间，则香溪申蕙为之叙"①。由此可见，易代之后，归淑芬夫妇偕隐花村，而归淑芬与诸闺秀之间的唱和活动也始于此时。起初交往最为密切的是申蕙与黄德贞。而后，归淑芬与沈栗、孙蕙媛、沈贞永共同编选《古今名媛百花诗馀》，四人为编选诗馀而汇聚，少不了诗酒酬唱。归淑芬有词《卜算子·惜花和黄月辉韵》，黄德贞有《卜算子·惜花，和归素英韵》。词牌、词题、韵部相同，应是在某次唱和活动中的作品。另外，归淑芬与徐灿也是闺中至交，有词《卜算子·和湘蘋徐夫人》，词句有"会绕繁华拙政园，道韫幽吟处。倩梦访瑶台，雨阻犹难去"之语，表明对徐灿才气的欣赏和朋友般的牵挂。归淑芬《古今名媛百花诗馀序》中称"辛酉夏末，就正海昌徐湘蘋陈太夫人，幸蒙鉴赏，慨为玄晏"②，说明徐灿还关心过归淑芬主持的《古今名媛百花诗馀》的编订工作。

（三）以黄媛介为中心的唱和

黄媛介是黄德贞的从妹，她的活动范围较广，与当时的许多女性词人都有所往来，甚至有文章称其为"名妓文化与闺秀文化融合的桥梁"③。黄媛介同柳如是、王微、李因等名妓有交往，黄媛介的唱和词有《眼儿媚·送别柳河东夫人》等，另外，黄媛介与名妓叶文也有交往，王端淑在评价叶文时云："皆令许其能诗，定非谬焉。"又云："（叶文）知音舍皆令而谁。"④

---

① ［清］查继佐：《二十五别史·明书》列传卷二十八，齐鲁书社2000年版，第2801页。

② 林玫仪：《〈古今名媛百花诗余〉校录》，《中国文哲研究通讯》2005年第3期。

③ 宋清秀：《黄媛介——名妓文化与闺秀文化融合的桥梁》，《中国典籍与文化》2006年第3期。

④ ［清］王端淑：《名媛诗纬初编》卷二十，清康熙六年（1667）清音堂刻本，第6页。

此外，黄媛介同闺秀的交往则更多，如与同母姊黄媛贞（字皆德）的《捣练子·送姊皆德二首》词，黄媛贞有《临江仙·新夏怀妹》，与从姊黄德贞（字月辉）的《忆秦娥·秋夜忆姊月辉》、《金菊对芙蓉·答姊月辉见怀》，黄德贞赠黄媛介的词有《苍梧谣·送皆令妹之西泠》、《踏歌辞·送皆令北游》。同商景兰一家的交往尤为著名，毛奇龄提到的著名的"山阴梅市唱和"里，黄媛介就是重要的一员。商景兰有词《青玉案·即席赠别黄皆令》，诗《送别黄皆令》、《赠闺塾师黄媛介》、《同黄媛介游寓山》、《喜嘉禾黄皆令过访却赠》、《寄怀黄皆令》、《喜黄皆令至》、《又送黄皆令》等，商景徽有词《江城子·怀黄皆令》，黄媛介有《同祁夫人商媚生祁修嫣湘君张楚缥朱赵璧游寓山分韵二首》、《密园唱和同祁夫人商媚生、祁修嫣、张楚缥、朱赵璧咏》等诗，祁德渊有《送黄皆令归鸳湖》诗，祁德茝有《送别黄皆令》诗，祁德琼有《送黄皆令归鸳水》、《喜黄皆令过访》、《同皆令游寓山》、《送黄皆令望郡城》、《和黄媛介游密园》、《寄怀黄皆令》、《同皆令登藏书楼》、《初寒别黄皆令》等诗，张德蕙有《送别黄皆令》诗，朱德蓉有《送别黄皆令》诗。此外，前文曾提到黄皆令与吴山母女在不系园的唱和交流。

另外，黄媛介与名媛王端淑、王静淑也熟识，黄媛介有《丙申予客山阴，雨中承丁夫人王玉映过访，居停祁夫人许弱云即演鲜云童剧偶赋志感》、《乙未上元，吴夫人紫霞招同玉隐、王玉映、赵东玮、陶固生诸社姊集浮翠轩，迟祁修嫣、张婉仙不至，拈得元字》等诗，由此可知，在乙未年，也就是公元 1655 年，黄媛介应吴紫霞之邀，与王端淑、王静淑及赵东玮、陶固生、祁修嫣等集会，分题限韵，诗词唱和。并且，王端淑有《上元夕浮翠吴夫人招黄皆令、陶固生、赵东玮、家玉隐社集，拈得元字》诗，可见是作于同一次集会上的。而从黄媛介"诸社姊"的称谓和王端淑"社集"的说法，可知这几人也有自己的结社活动，只可惜持续时间不长，没能形成一定规模和影响，因此，也就不如后来的"蕉园吟社"那样著名。

王淑端另有《寄皆令梅花楼诗》。

黄媛介与沈纫兰唱和诗亦很多:黄媛介有《长相思·春日黄夫人沈闲靓招饮》,沈纫兰有诗《湖舫赠杨夫人》及词《虞美人·雪夜送黄皆令》。黄媛介与归淑芬也有交往,归淑芬存词有《东坡引·泛舟访皆令闺友》。此外,黄媛介还与胡应佳、郑庄范、赵昭等人有往来,胡应佳有《赠别黄皆令》诗,郑庄范有《乙未赠别黄皆令》诗,黄媛介有《立春前一日赴子惠招,入寒山拈山中近况》诗,赵昭(子惠)有《与黄皆令》诗。另外,黄皆令还曾为范姝与吴琪合刻的《比玉新声集》作序,说明与此二人交情莫逆。

三、范姝等其他交游群体

范姝、吴琪与周琼:范姝字洛仙,江苏如皋人,诗人范献重侄女,李延公妻。"闺门倡和,极笔墨之乐。后以婴家难,布衣椎髻,长斋绣佛"[1]。关于吴琪的记载见于《众香词》及《宫闺氏籍艺文考略》,扬抑褒贬不一,《众香词》称其"字蕊仙,长洲孝廉吴康侯女,幼即颖悟,尤精于绘事,长字管予嘉,嗣是翻书赌茗,扫黛添香,二十年如一日也。予嘉得举孝廉,后卒于官。(蕊仙)慕钱塘山水之胜,乃与才女周羽步为六桥三竺之游。晤慧灯禅师,慧灯令之剃发,命名上鉴,号辉宗。盖不复问人间事云"[2]。而《宫闺氏籍艺文考略》则载其"先为管氏妇,早寡。风流放诞,后复归赵氏。著有《香谷焚余草》"[3]。关于她与范姝、周琼之间的交往,《众香词》载:"(范姝)性既好文,喜与名媛之能诗者相结。周羽步、吴蕊仙先后客雉皋,皆与洛仙称莫逆交,诗筒赠答不绝"[4]。周羽步另有诗

---

[1] 胡文楷:《历代妇女著作考》,上海古籍出版社 1985 年版,第 445 页。

[2] [清] 钱岳、徐树敏:《众香词》卷四,上海大东书局 1934 年版,第 12 页。

[3] 胡文楷:《历代妇女著作考》,上海古籍出版社 1985 年版,第 104 页。

[4] [清] 钱岳、徐树敏:《众香词》卷三,上海大东书局 1934 年版,第 37 页。

《留别吴蕊仙》云"锦字怕随江雁断"，又与其合著《比玉新声集》，赠吴琪诗云"岭上白云朝入画，樽前红烛夜谈兵"①，二人并非一般闺友，而是志同道合的知己。周羽步又有《寄怀范洛仙》诗二首云"安得东风解我意，好吹此恨到扬州"，可见情谊莫逆。如是看来，范姝、吴琪与周琼相交甚欢，诗词唱答不绝。此外，许承钦侧室张粲有《小梅花·怀范洛仙》、《虞美人·悼范洛仙》，说明二人曾经交往至深。

堵霞的交游活动。堵霞的身份与经历，与黄媛介有许多类似的地方，因此，她的交游范围也相当广泛。从她残存的诗词作品中可以看出，堵霞所交往的人可以分成三类：首先是她拜谒或投靠过的人，其次是诗词唱和的平辈至交，第三类是她的学生。她曾经投靠或拜谒过的人有：冒襄、蒋杨夫人、钱夫人、许夫人等，后三者究竟为何人，目前不能确考；平辈至交有：冒嬝婉、冯娴、柴静仪、毛媞等，其中冒嬝婉为冒襄女儿，堵霞另有一首《新正谒巢民冒年伯不值口占赠二位如君》，说明她与冒襄一家关系亲厚，而与后三人的交往则说明堵霞可能参与过"蕉园吟社"的活动；学生辈的姓名见于其诗集的有邵涛、慧姑等。相信堵霞的交游范围远不止于此，可惜，由于残存资料有限，有许多交往的信息已不可见。

杨绛子与薛素素。王蕴章《燃脂余韵》载："蘼芜有妹曰绛子，鄙姊之行，蘼芜归虞山后，独居垂虹亭，不与人往来。质钏镯得千余金，构一小园于亭畔，日摊《楞严》、《金刚》诸经，归心禅悦，颇有警悟。尝谒灵岩、支硎等山，布袍竹杖，飘遥闲适，视乃姊之迷落于白发翁者，不啻天上人间。嘉兴薛素素女士慕其行，特雇棹担书，访绛子于吴门，相见倾倒。遂相约不嫁男子，以诗文吟答、禅梵讨论为日课。乃同至慧泉，溯大江而上，探匡庐，入峨眉，题诗铜塔，终隐焉。其后素素背盟，复至檇李。绛子一

---

① ［清］陈维崧撰，［清］冒襄注，［清］王士禄评，王英志校点：《妇人集》，王英志主编：《清代闺秀诗话丛刊》，凤凰出版社 2010 年版，第 27 页。

人居川中，足迹不至城市。蘼芜数以诗招之，终不应，未几卒。著有《灵鹊阁小集》行世。其《春柳寄爱姊》调《高阳台》一词，盖讽蘼芜作也。"①此二人的交往具有惊世骇俗的力量，她们不是一般意义上的诗侣，更像是为探访名山、游历五湖而结伴，以当日二人相约时的豪迈，似乎要做女子中的徐霞客，这在当时是难以想象的。

李因与葛宜交往深厚。葛宜，字南有，海宁人。葛徵奇从孙女，岁贡生葛徵璠孙女，葛定辰第三女，诸生葛松姊妹，朱嘉征与吴孺人儿媳，诸生朱尔迈妻，监生朱灏、诸生朱淳、太学生朱治、朱濬、女诗人朱芬母，葛冷姑母。李因则是葛徵奇妾，为葛宜祖母辈，曾为葛宜题《南楼遗稿》说："吾家南有，名亚左芬，才同道韫。八龄成诵，蚤通黄绢之辞；十五能文，雅擅兰台之札。"②这种称呼，不仅仅是因为葛宜与葛徵奇同宗，为孙女辈，更能见出李因看着葛宜长大，或者亲授过诗文的感情。

庞蕙缠与沈树荣为邻居。王蕴章《燃脂余韵》载："其（庞蕙缠）比邻为沈素嘉所居。素嘉名树荣，叶舒颖室也，亦工吟咏。与蕙缠为闺中良友，后移居汾湖。有寄蕙缠《点绛唇》词曰：'隔个墙头，几番同听黄昏雨。别来情绪，向北看春树。一院藤花，底是临书处？还记取，绿窗朱户，袅袅茶烟缕。'蕙缠次韵云：'十载芳邻，自怜一别还如雨。看云愁绪，隔个江天树。佳句曾题，小楷红笺处。频看取，相思无数，一瞬情千缕。'绛树双声，允推合璧。"③词中"隔个墙头"、"一院藤花"、"十载芳邻"等语可见亲密之意。

查清与曹鉴冰有交往。查清，字太清，安徽青阳人。河内刺史刘静寰

---

① ［清］王蕴章撰，王英志校点：《燃脂余韵》，王英志主编：《清代闺秀诗话丛刊》，凤凰出版社 2010 年版，第 656 页。

② ［清］李因：《玉窗遗稿题辞》，彭国忠、胡晓明：《江南女性别集初编》，黄山书社2008 年版，第 129 页。

③ ［清］王蕴章撰，王英志校点：《燃脂余韵》，王英志主编：《清代闺秀诗话丛刊》，凤凰出版社 2010 年版，第 723 页。

室，与当时的女词人、画家曹鉴冰（字苇坚）有交往。往来词作有《望江南·寄曹苇坚》、《采桑子·答苇坚，步原韵》、《忆秦娥·晚步访曹苇坚》、《感皇恩·柬曹苇坚》。从词作内容看，似乎在查清随任河内之前，两人在江南为闺中密友，笔墨间多为怀念江南风物之言，有"何日返吴淞"（《望江南·寄曹苇坚》）及"不见江南锦绣春"（《采桑子·答苇坚，步原韵》）之语。词中言语如"几番寄我诗兼画，满纸烟云。乐我晨昏。"（《采桑子·答苇坚，步原韵其二》）及"接得鱼书眼开蒙"（《感皇恩·柬曹苇坚》），可见两人契阔情深。

顾贞立与王朗相唱和。冯金伯《词苑萃编》言："无锡顾文婉，自号避秦人，诗词极多，恒与王仲英相唱和。"[1] 梁乙真也说"与避秦人闺中相唱和者，有金坛王朗，朗字仲英，著有《古香亭词》"[2]。由于王朗残存词作不多，已经不能窥见当年顾贞立与之唱和的情形了，但是二人都是天资聪颖、以词名盛传吴下的闺中翘楚，可以想见，当其时丽句频传、词笺往来，成就一时之美谈。

综上所述，顺康时期的女词人，不再是独立从事文学创作的个体，她们在积极从事创作、学习的同时，还以诗词为媒介与同时代的其他女性词人进行交流和切磋。这种交流已经不再以家族为限，甚至跨出地域的范围。交流范围的日益扩大，使得女性词人视野日渐开阔，而交流对象的增加，又促进了女性词人技艺的不断提升。总之，顺康时期女性词人的交游、唱和，是顺康女性词学兴盛的促成因素之一。而这种女性词人的聚集、交流，必然会促使她们对词作及词家进行品评，她们所阐述的见解，日后形成文字，便成为女性词人的词学观。这是女性词人交游、唱和客观上对女性词学批评所起到的积极作用。

---

① ［清］冯金伯：《词苑萃编》，唐圭璋编：《词话丛编》，中华书局 2005 年版，第 1957 页。

② 梁乙真：《清代妇女文学史》，中华书局 1932 年版，第 269 页。

第 四 章

顺康女性词学观

女性词人，往往是业余创作的居多，刻意从事的居少，而将词作为事业进行研究的更乏其人。自晚唐五代以来，提出自己鲜明词学理论主张的女性词人只有李清照一人。李清照的《词论》虽然篇幅不长，却在寥寥数语中明确阐述了自己的词学见解，包括词体论、风格论、声律论和词家论。

自易安以后，女性词论更不复见。明季清初，女性词家虽多，词作繁盛也称空前，然而词论不见出于闺阃。但求只言片语尚不可得，更无论如易安《词论》者。此间，唯有几家选集，可以透露出女性选词者的词学观点。另有零星几阕论词词，表达女词人些许见解。这里试以之为据做以分析。

第一节　王端淑的词学观

王端淑，明末清初的著名才女，字玉映，号映然子、青芜子，山阴（今浙江绍兴）人，著有《吟红集》三十卷，《名媛诗纬》三十八卷，《玉映堂集》、《恒心集》、《史愚》，辑有《历代帝王后妃考》、《名媛文纬》等。王氏的词学思想则主要体现在她所编选的《名媛诗纬初编》卷三十五及卷三十六之"诗馀集"中。是集共选录83位女性词家（包含托名仙幻）的90首词作，并逐次加以评点，从这些选词及评论中，可以窥见其词学主张。从这些词学主张中可以看出明代词学批评风气在女性词人中的影响。人们历来多注意王端淑的诗学观念，而对其词学创见缺少评论。

一、"尊体说"与"诗老词秀"观的提出

在词体渊源与体性方面，王端淑提出了"词骚同源"的尊体说和"诗老词秀"的辨体说。就词学界历来较为关注的词体源流及诗词辨体问题，提出了自己独特的观点。

一方面，王端淑首次提出了"词骚同源"说，为推尊词体开拓了新的局面。她在评孟淑卿《减字木兰花·幽怀》时说："诗馀继《离骚》最为近古；闺阁多粉艳，更难乐府。欲得澹远轻新、曲尽情致，正未易得。淑卿以'剩明月'作'幽怀'殊出，词在百尺楼上。"[①] 即端淑认为：词发源于《离骚》，并且比其他文学形式更贴近古意。这与明人大多倡导的词导源于汉乐府（徐师曾、王世贞、何良俊等论）以及词为诗之变体（汤显祖、孟称舜等论）的说法不同，她认为词不仅不是近体诗之余，更不是六朝乐府与汉乐府之余，将词体的溯源直接接到了先秦时期的《离骚》，把词体推尊到与韵文学之祖——《诗经》几乎同时期的高度，从而确立了另一种词体源流说。这比常州词派张惠言推尊词体，引进《风》、《骚》的内涵早了至少一个半世纪（嘉庆二年即1797年张惠言所编的《词选》行世）。然而即便是张惠言，也没有明言词"继《离骚》最为近古"的勇气，只是通过几首词来附会词中所可能表现的《离骚》意蕴。比如众所周知的评温庭

---

① ［清］王端淑：《名媛诗纬初编》卷三十五，清康熙六年（1667）清音堂刻本，第1页。

筠《菩萨蛮》认为有"《离骚》初服之意"。也有理论说浙派的朱彝尊曾早于张惠言提出过"善言词者,假闺房儿女子之言,通于《离骚》、变《雅》之意",甚至比之更早的邹祗谟也提出过类似的观点①。但是,首先他们提出的观点不是明确的词体接续《离骚》的观点,只是说善作词者,词中的微言大义应该有《离骚》的寄托性和比附性在其中,而不是平铺直叙。再者,这三位的观点较王端淑都为后出。由此看来,王端淑是有推尊词体意识以来将词体推到最高地位的第一人,即便与后来的清代各个词论派别相比较,她的推尊词体言论也是具有领先性和独创性的。而上述这些有意或无意间对词体的推尊提法都不如明末王端淑的理论见解新颖。

另一方面,王端淑提出了"诗老词秀"说,对词体的体性特征进行了高度概括。她在评论刘佩香《传言玉女·赠友》一词时说:"作词与诗不同,诗老词秀,总之,此词不离一秀字。"②细究其所谓"诗老词秀",应有两方面含义:一是就创作手法而言,诗需在章法熟悉、积淀深厚的前提下技巧迭出才见高妙,词则贵在创新、贵在巧思;二是就语言运用而言,诗要引经据典、意蕴深厚,词则贵在贴切、心口相应。诗要作得老成才见功力,词则须别出心裁才见妩媚。从其评论中可以注意到,许多词作都被加以"秀"字进行褒奖,仔细分析这些被评定为"秀"的词作,可揣摩出王端淑"词秀"的含义。比如评孙月《恋情深·念友》:"香嫩处正是其秀艳"③,评顾諟词《菩萨蛮·春日思归》:"平铺中时露尖秀"④,评郭湘云词《瑞鹧鸪·寄友》:"娟秀欲滴,真可称浣花中人"⑤,杨晓英《感恩多寄友》:

---

①　张宏生:《清代词学的建构》,江苏古籍出版社 1998 年版,第 201 页。

②　[清]王端淑:《名媛诗纬初编》卷三十六,清康熙六年(1667)清音堂刻本,第 18 页。

③　[清]王端淑:《名媛诗纬初编》卷三十六,清康熙六年(1667)清音堂刻本,第 19 页。

④　[清]王端淑:《名媛诗纬初编》卷三十五,清康熙六年(1667)清音堂刻本,第 11 页。

⑤　[清]王端淑:《名媛诗纬初编》卷三十六,清康熙六年(1667)清音堂刻本,第 11 页。

"轻清秀媚"①。王端淑所说的"秀"应是包含上述意思，词句的华美、新巧，不平铺、有新意，同时还包含着对于女性词所特有的秀美、可爱的称颂，多指词作的超拔精妙之处。不然何以将"秀"与"媚"相连，将"秀"与"浣花人"相连呢？由此看来，王端淑的词体观基本上可溯源于李清照的词学观点，李清照主张词"别是一家"，其诗词创作遵循"豪放作诗、婉约成词"的原则，明确区分了诗体与词体的概念，划分出诗与词各自不同的用途。王端淑继之而起，进一步指出诗与词应给人直观感受上的不同特点。她的"词秀"观也是对刘勰《文心雕龙》"隐秀"观的继承与评论实践。后来清代的刘熙载也在《词概》中提到了"词须隐秀"的概念，文中说："词以炼章法为隐，炼字句为秀。秀而不隐，是犹百琲明珠，而无一线穿也。"②这显然与王氏的"词秀"观有相承之处。

二、"轻丽"、"朴切"词风的提倡

王端淑称赏以口语入词的清新写作风格，并创新性地提出词亦应"朴"、"切"的词学风格理论。从而打破了传统的词体风格论。

一方面，王氏提倡"词家口头语"，主张以口语入词的"轻松流丽"词风。以寻常语、口语入词是易安体的特色，明代杨慎在《词品》中称赞李易安词"皆以寻常言语，度入音律。炼句精巧则易，平淡入妙者难。山谷所谓以故为新，以俗为雅者，易安先得之矣"③。身为闺阁词人的王端淑仍然提倡这种创作风格。她在评论叶小鸾《捣练子·春暮》一词时说："词家口头语，正写不出。在笔尖头写得出便轻松流丽，淡处渐浓，闲处耐想，足以供人咀味，何必苏、刘、秦、柳始称上品。"④这里她说明以口语

---

① ［清］王端淑：《名媛诗纬初编》卷三十六，清康熙六年（1667）清音堂刻本，第 15 页。
② ［清］刘熙载：《词概》，唐圭璋编：《词话丛编》，中华书局 1986 年版，第 3699 页。
③ ［明］杨慎：《词品》，唐圭璋编：《词话丛编》，中华书局 1986 年版，第 450—451 页。
④ ［清］王端淑：《名媛诗纬初编》卷三十五，清康熙六年（1667）清音堂刻本，第 8 页。

入词并不容易，因为大多词家不能做到将口语描摹心意自然传神；若是能够将口语写出入词的必定是"轻松流丽"的佳作，点明以口语入词的好处是"淡处渐浓，闲处耐想，足以供人咀味"，这样的词作并不比大家的上品逊色。由此可知，王端淑认为以口语入词是女性词的特点之一，也是词调清新所必备的要素。类似地，王端淑在评赵彩姬《长相思》词时说："似现成语，然不如此，不是儿女子。"① 为什么说"不如此，不是儿女子"呢？因为以口语入词与引经据典的词作相对照来看，会稍显浅白直露，这与年轻女性天真烂漫的心性相符。也许她们积淀不足，学养不深，但同时也说明她们与城府很深的腐儒不同，她们不假思索地剖白着自己的感受，真切自然，无须寻章摘句，自是浑然天成。王端淑对于口语入词的称赏当是对易安词风的继承和接受。

另一方面，王端淑首倡"朴"、"切"词风。端淑在评述徐媛的《渔家傲·郊居》词时说："词不难于艳，而难于朴。不难于填，而难于切。若《郊居》词，朴矣切矣。隐居林况，舟旅重阳。似道子画水，壁上有声。至采石蛾眉，写景寓言，隽爽高华，过于鱼李。"② 这段评论即清晰地阐释了端淑的词学观点：尚"朴"、"切"，轻"艳"、"衍"。她认为填词想做到"艳"并不难——这与明代词论崇尚婉丽流畅的"本色"不同。比如何良俊《草堂诗馀序》就曾有："柔情曼声，摹写殆尽，正词家所谓当行、所谓本色者也。"③ 李葵生在《兰皋明词汇选》序中也用"情非直致，贵托体于缠绵"④来说明词体尚艳的主张。王端淑却标新立异地主张词难于"朴"，认为朴拙浑厚之词更是难得的词中珍品。如这首描写郊居所见的词，写的"清

---

① ［清］王端淑：《名媛诗纬初编》卷三十六，清康熙六年（1667）清音堂刻本，第5页。

② ［清］王端淑：《名媛诗纬初编》卷三十五，清康熙六年（1667）清音堂刻本，第3页。

③ ［明］何良俊：《草堂诗馀序》，施蛰存：《词籍序跋萃编》，中国社会科学出版社1994年版，第670页。

④ ［明］李葵生：《兰皋明词汇选》序，张璋、职承让、张骅、张博宁：《历代词话》，大象出版社2002年版，第801页。

溪"、"花屋"、"庄田"、"桔槔"、"茅檐"、"青山"、"村泉",均是田郊之物,自然淳朴的气息扑面而来,加上语言上的浑朴天然,贴切反映出此时作者的内心感受,不加雕饰而生动逼真。而一个"切"字既是指描写景物、意象真切,又是指内心感受表达贴切,不敷衍、不矫饰,能够做到这两点实在难得。这一词风的提出本质上也与词为"艳科"的理论针锋相对,说明词不仅可以"艳",同样可以像诗一样有"朴"、"拙"的风格。

三、"韵庄"、"入情"、"灵慧"、"可思"的技巧观

在评点词作的同时,王端淑还进一步阐述了女性词人在写作词作时应当注意的创作技巧。主要有"韵"、"庄"结合的创作方法,以"情"铸词的创作核心,"灵慧"、"可思"的创作内涵。

首先,王氏提出了"韵"、"庄"结合的创作方法。关于词的"韵"与"庄"的讨论,是词论中长久不衰的话题。"诗庄词媚"一语既出,仿佛早有定论,词就应是多韵而妩媚的,但王端淑在她的词选中却多次强调"韵"、"庄"结合的填词方法,在评述郝湘娥《清平调》词时说:"许多绮翠,浮动笔端。有韵处,有庄处,韵是事实,庄是理路。"[①]明确指出,填词之道应以"庄"为词章的根本,即思路及立意以端庄为基础,用语及描摹要婉转而流宕,衬托出词的多韵风格。她在评点马淑祉的《捣练子》词时再次强调:"高老清孤,光风霁月,此是词家风流濂洛。"[②]这里提到的"濂洛"为北宋理学的两个学派——"濂"指濂溪周敦颐;"洛"指洛阳程颢、程颐。可见"濂洛"即意味着"庄"的存在,"风流濂洛"既是妩媚与庄重相结合,依然是妩媚为表象,以庄重为根本之意。她评述景翩翩《好事近·咏凤头簪赠友》词时又说:"幽媚中带庄重,所以读之使人击节叹赏。"[③]可见,这令人

---

① [清]王端淑:《名媛诗纬初编》卷三十五,清康熙六年(1667)清音堂刻本,第11页。
② [清]王端淑:《名媛诗纬初编》卷三十五,清康熙六年(1667)清音堂刻本,第10页。
③ [清]王端淑:《名媛诗纬初编》卷三十六,清康熙六年(1667)清音堂刻本,第12页。

"击节叹赏"的关键正是由于该词"幽媚中带庄重"，亦庄亦媚的词作风格和庄韵结合的创作方式，才促成了如此佳作。

其次，王氏主张以"情"铸词，强调"入情"。王端淑评张倩倩《蝶恋花·漠漠轻阴笼竹院》词时说："情至之词，自然感于心胸，随欲脱略，而伤心自见。"[①] 主张唯有萌于自然、感于心胸的"情至"之作，哪怕只是随意轻轻释放出来也会让人看到她的伤心痛楚。她评述陈玉娟的《如梦令》时也说："未语入情。"评述素贞《西江月》时说："用情之正，惟恨其情之不多。若此一词，蕴藉惨切，猿闻肠断，自当年年寒食向虎丘作冢上连理曲，以慰九原可也。"[②] 进一步提出词中之情以"正"为要，词中情虽不乏，能以"正"称的却不多，要"乐而不淫，哀而不伤"，又能支撑全篇的情确实难得。她在评述吴贞闺《临江仙·春闺》词时称："形容一个'痴'字，多情多韵。"[③] 因为吴贞闺此词两度用到"痴"字，王端淑点出此词让人感受到作者的"痴"，正是因为她的情感倾注多、韵致丰厚的缘故。她在评论明末名妓呼举的词时说："情至之语，如肠曲泻，寻得去，忘去路，断波分影，使人欲泣。"[④] 由此可见，至情之词可以打动人，更容易让读者领会到作者的情感。由此看来，王端淑强调的"以情铸词"主要是"用情要正"、"自然感于心胸"、"多情多韵"以及情至语真。

再次，王氏对填词构思的"灵"、"慧"尤为重视。前面说过，王端淑在称赞词作风格的时候喜欢以"秀"来称道。相对应的，在称赞词的创作心思的时候，她喜欢用"灵"、"慧"来赞美。因为女性词人与男性词人不同，由于生活空间的局限，眼界往往不如男性词人开阔，受教育程度也较男性词人逊色，可以凭借争胜的往往是她们的灵心慧性。如评刘元珍《应

---

① ［清］王端淑：《名媛诗纬初编》卷三十五，清康熙六年（1667）清音堂刻本，第4页。
② ［清］王端淑：《名媛诗纬初编》卷三十五，清康熙六年（1667）清音堂刻本，第2页。
③ ［清］王端淑：《名媛诗纬初编》卷三十五，清康熙六年（1667）清音堂刻本，第6页。
④ ［清］王端淑：《名媛诗纬初编》卷三十五，清康熙六年（1667）清音堂刻本，第5页。

天长·追忆往事》时说:"敏捷无匹,慧心自见。"① 在评王微《捣练子·青夜送远》时说:"落想空灵,吐句慧远。他人说尽千行纸,不若修微寥寥数字。绝非温李,谁说苏辛,词家胜地,已为修微占尽。胸中若无万卷书,眼中若无五岳潇湘,必不能梦到、想到。"② 评陆卿子"慧心逸手"③,评杨文俪词"情思灵动"④。用这么多的"灵"和"慧"来赞美词作者的创作情思和创作过程,这与《文心雕龙·神思》篇的宗旨接近。首先要有好的情思,也就是"落想空灵"、"情思灵动";然后经过"慧心"的酝酿,方可升华出美妙的词章。然而王端淑在这里又不是简单地以创作当时的情思灵动来评价这些女性词人的创作过程,而是想说明这些女性词人本身所具备的兰心蕙性。

另外,王端淑主张词作当"可思"、含蓄,如在评论武氏《如梦令·戊申夏日》词时说:"小令悠然可思,无人着想。"⑤ 说明小令要耐得住品味,经得起咀嚼,值得反复吟赏、玩味。这与张炎强调的"一字一句闲不得"⑥ 用意相近,但更进一层,解释了"闲不得"的具体含义。她在评述陈氏《如梦令·寒食》时说:"词愈少,断不可尽情作完,完反觉嚼蜡矣。"⑦ 指出作小令应含蓄蕴藉,不可直露,意思说尽、不留余地就会味同嚼蜡了。这一论点承张炎"末句最当留意,有有余不尽之意始佳"⑧ 而来,张为正

---

① [清]王端淑:《名媛诗纬初编》卷三十六,清康熙六年(1667)清音堂刻本,第13页。

② [清]王端淑:《名媛诗纬初编》卷三十五,清康熙六年(1667)清音堂刻本,第3页。

③ [清]王端淑:《名媛诗纬初编》卷三十五,清康熙六年(1667)清音堂刻本,第3页。

④ [清]王端淑:《名媛诗纬初编》卷三十六,清康熙六年(1667)清音堂刻本,第1页。

⑤ [清]王端淑:《名媛诗纬初编》卷三十五,清康熙六年(1667)清音堂刻本,第5页。

⑥ [宋]张炎:《词源》,张璋、职承让、张骅、张博宁:《历代词话》,大象出版社2002年版,第196页。

⑦ [宋]张炎:《词源》,张璋、职承让、张骅、张博宁:《历代词话》,大象出版社2002年版,第13页。

⑧ [宋]张炎:《词源》,张璋、职承让、张骅、张博宁:《历代词话》,大象出版社2002年版,第196页。

说，端淑反说，正反字面虽异，用意却同一，端淑从反面直陈利害，较之前者则更具说服力。在评述张娴婧《如梦令》词时说："小令如此，可称楚楚"①，即要求小令创作要娇媚可爱，风韵情致可以动人。

综上所述，王端淑在词作风格方面提出了"韵"、"庄"结合的创作方法，以"情"铸词的创作主张，同时重视填词构思的"灵"、"慧"，主张词作当"可思"、"含蓄"。这些都是王氏独特的词学技巧观。

四、兼容并蓄的词史观

王端淑有着兼容并蓄的词史观。词学界历来有尊"周、柳"抑"苏、辛"，或尊"苏、辛"抑"周、柳"之争。在有派系之别的男性词评家视野里，周、柳与苏、辛势不两立，李白与李煜、易安异路，姜夔、张炎为尚清空一派独尊。王端淑的词评则不然，她崇苏、辛，尊周、柳，且以"三李"为宗，又贵"清空"。

王端淑崇苏、辛，尊周、柳，表现在评论谢瑛《渔家傲》词作时说"情景逼露，却又自然，苏柳之作，复见于今日矣"②，评论张文词作时又云："辛苏周柳，词家宗匠。读此可以掩映前人。"③由这两处评论可以得出的结论是：第一，王端淑奉苏、辛、周、柳为造诣高深，成果卓著、为众人所宗仰的巨匠；第二，她认为这四家作品的特点是"情景逼露，却又自然"。

王端淑对词中"三李"也各有评论。其对姚青娥词的评论云："竹枝词以俚谑得妙，此等轻脱是太白鼻祖宗风。"④这里肯定李白是填词之鼻祖，且李白词风近于"俚谑"、"轻脱"。王端淑评点刘氏《浪淘沙·新秋》词云："夭折不禄，可谓伤心矣。诗文散佚，则更惨然。词似李后主声口

---

①　[清]王端淑：《名媛诗纬初编》卷三十六，清康熙六年(1667)清音堂刻本，第2页。
②　[清]王端淑：《名媛诗纬初编》卷三十五，清康熙六年(1667)清音堂刻本，第14页。
③　[清]王端淑：《名媛诗纬初编》卷三十六，清康熙六年(1667)清音堂刻本，第19页。
④　[清]王端淑：《名媛诗纬初编》卷三十五，清康熙六年(1667)清音堂刻本，第3页。

套出。"① 王端淑提到李煜是用以表彰刘氏的词作，以此可见她对于李煜词风的欣赏。她在评价黄修娟《玉连环·春闺》一词时流露出对于易安词的态度："疏疏落落，字字合拍，易安以后未能多得。"② 李清照在其《词论》中反复强调的"歌词分五音，又分五声，又分六律，又分清浊轻重"，即便在李清照同时也有大多数词人做不到谐律，这一点李清照已经指出了。宋亡之后词乐不存，到了王端淑的时代更是难以做到了。因此，王端淑对于黄修娟词肯定的同时，透露出对于易安《词论》的尊奉和易安词作的宗法。

对姜夔"清空"词风的赞赏。王端淑评述王玉英《念奴娇·赠李昭》时说："俊朗孤渺，流丽严密，以笔锋写情事，自是幽细人声口。"③ 评尚紫兰《醉蓬莱》时说："柔肠俊骨，下笔惊人，填词上品。"④ 评刘胜《苏幕遮·示友》时云："落笔灵动，暗藏机锋。"⑤ 张炎在《词源》中曾说："清空则古雅峭拔"⑥，钱建状、刘尊明进一步做清晰阐释说："所谓'清空'，即古雅峭拔，表现在写作技巧上就是以健笔写柔情。"⑦ 这句阐释与王端淑的点评不谋而合："以笔锋写情事"、"柔肠俊骨"正和了"以健笔写柔情"的意思，从而可以说这里的点评从侧面表明王端淑对于姜夔"清空"词风的赞赏。这一评论与明代的词学观点有明显的不同，有自己的独到之处，不囿于明代唯以言情为尚的赏鉴理论，对后世词论也有启迪的作用。同时驳斥了长期以来闺阁词作与姜夔风格绝缘的说法。

由上述王端淑的评论可见，在这位女性词评家眼里，没有派别与正变

---

① [清]王端淑：《名媛诗纬初编》卷三十五，清康熙六年(1667)清音堂刻本，第16页。

② [清]王端淑：《名媛诗纬初编》卷三十五，清康熙六年(1667)清音堂刻本，第14页。

③ [清]王端淑：《名媛诗纬初编》卷三十六，清康熙六年(1667)清音堂刻本，第15页。

④ [清]王端淑：《名媛诗纬初编》卷三十六，清康熙六年(1667)清音堂刻本，第16页。

⑤ [清]王端淑：《名媛诗纬初编》卷三十六，清康熙六年(1667)清音堂刻本，第17页。

⑥ [宋]张炎：《词源》，张璋、职承让、张骅、张博宁：《历代词话》，大象出版社2002年版，第192页。

⑦ 钱建状、刘尊明：《尊词与辨体：宋词独特风貌形成中的一对矛盾因子》，《湖北大学学报》2000年第3期。

的分歧存在，取各家之所长，不避讳地加以称扬。这种做法不仅仅表现出她不含学术偏见的宽广胸襟，更表现出这是她跳出派系之外得出的真正客观评价。而这一理论本身也足以令那些做百年争执的男性词评家汗颜。

五、重寄托、倡"黍离"的词作题材观念

在词作题材方面，咏物词、节序词以及表达黍离之悲情感的词都是明代及以前词评家较多关注的词作题材。对于此类题材，王端淑也提出了自己的观点。

其一，王端淑强调咏物词是"无可奈何"之作，当有寄托在。关于咏物词，王端淑之前的张炎在《词源》"咏物"条中曾有专门论述。[①] 沈义父《乐府指迷》也三处提到咏物，认为要用事证、用情意、不直说题字。王端淑对于咏物词却有自己的见解，在评吴静闺《虞美人·兰》一词时说："咏物咏思各有一种无可奈何处，竟实落道破。"[②] 这里的"无可奈何"可以用后世男性词论家的两种观点来解释：一种观点是指有寄托而言。正是因为不能明言，即无可奈何，无可奈何之甚，唯有借咏物道出，因此，咏物词道出的正是这不能明言的寄托之情。一方面，清代中期谢章铤的《赌棋山庄词话》与王端淑的理论相合。谢章铤说"咏物词虽不作可也。别有寄托如东坡之咏雁，独写哀怨如白石之咏蟋蟀，斯最善矣"[③]，同样是提倡咏物必有寄托，无寄托而咏则"味同嚼蜡"。另一方面，王端淑的"无可奈何"可以用况周颐的"万不得已"来解释，那就是真情实感，不吐不快，若不能直吐则外托于物，借物讽心，成为绝佳的咏物词作。正如况周颐在《蕙风词话》卷一中所说："吾听风雨，吾览江山，常觉风雨江山外

---

① [宋] 张炎：《词源》，张璋、职承让、张骅、张博宁：《历代词话》，大象出版社2002年版，第193页。

② [清] 王端淑：《名媛诗纬初编》卷三十五，清康熙六年(1667) 清音堂刻本，第6页。

③ [清] 谢章铤：《赌棋山庄词话》，唐圭璋：《词话丛编》，中华书局1986年版，第3343页。

有万不得已者在。此万不得已者，即词心也。而能以吾言写吾心，即吾词也。"①"无可奈何"与"万不得已"所表达的意思，应该说是接近的。

其二，王端淑进一步将咏物词重寄托与杜甫诗史精神联系起来，在评论柴贞仪的《桃园忆故人》时主张："新词志物，手腕芳妍，如光之于红兰，其犹天宝之《哀江头》也。红兰不死，存于纸上。"②因为柴贞仪此词自述时说："迨乙酉岁，人惊仳离，花遭翦拜，荡然无复存矣。"所以，对于此花的赞咏便寄托着对于往昔幸福生活的回忆，以及对于战乱的控诉，因此王端淑才点出柴贞仪（如光）对于美人蕉（红兰）的吟咏中寄托的感情，可比天宝年间杜甫所作的《哀江头》中寄托的哀思。因为哀江头是将安史之乱以前的华丽景象与乱后的凄惨悲凉相对比，柴贞仪的咏美人蕉也是借美人蕉当年的繁盛与后来的不复存来痛斥乙酉兵祸的残暴。刘熙载说，"昔人词咏古咏物，隐然只是咏怀，盖其中有我在也"③，这也正是咏物词的价值所在。观柴贞仪此词，正是所谓"有所寄托"的咏怀之作。

其三，王氏颇重词中"黍离"之悲。对"黍离之悲"的题材，王端淑给予了最大的关注。朝代的更迭、战争的残酷往往使女性词人经历身体和心灵的双重摧残，她们永远不会是战争的发起者，却永远都是战争灾难的承受者。因此，她们对于这类题材的写作有着自己深刻的体会。明代词评者们也关注到了这一现象，主要表现在对于流传的"王昭仪词"及文天祥和词的关注。明代词话中提到过该词的就有陈霆的《渚山堂词话》④、杨慎的《词品》卷之六⑤等。在评述"黍离之悲"题材的词作时，王端淑是借两首仙幻词来说明的。其一是托名郑婉娥的《念奴娇》。王端淑曰："读婉

---

① 况周颐：《蕙风词话》，唐圭璋编：《词话丛编》，中华书局1986年版，第4390页。
② [清]王端淑：《名媛诗纬初编》卷三十五，清康熙六年(1667)清音堂刻本，第9页。
③ [清]刘熙载：《词概》，唐圭璋编：《词话丛编》，中华书局1986年版，第3704页。
④ [明]陈霆：《渚山堂词话》，唐圭璋编：《词话丛编》，中华书局1986年版，第359页。
⑤ [明]杨慎：《词品》，唐圭璋编：《词话丛编》，中华书局1986年版，第526、527页。

娥词，余不禁掩袂而泣下也。燕殿灰飞，吴宫春冷，岭头鹦鹉，筵前舞象。文文山改题驿壁句，此词恨不令文丞相一见耳。黍离麦秀，遂有接手。惜也，为伪陈婕妤，名遂不显，词自足与行迈同意，取此黍离二字焉。"① 另一首是托名王秋英的《满江红·枕上》。王端淑曰："字与泪俱，才同峡倒，江山风雨等句，可与日月争光。女士中何能有此！其感慨悲怆之词，盖目击心酸，怨思萦结，殆太液昭仪之流亚也欤。"② 虽然，两首词作的来源未必可信，但从评论中均可见王端淑对以词体来书写"黍离之痛"予以肯定。因为词可以作得"字与泪俱"，可以"目击心酸"、"怨思萦结"，而不必遵循"怨而不怒、哀而不伤"的教诲。她对女性书写此类题材予以肯定。对曾经书写过此题材的宋末王清惠是持褒奖态度的——"文文山改题驿壁句……黍离麦秀，遂有接手"是说文天祥改题王清惠词一事，"太液昭仪之流亚"也是与王清惠并提的意思，从而进一步对女子作黍离之词予以肯定。可见王端淑对于"黍离之悲"题材的书写是大力提倡的。这主要缘于王端淑自己对于"黍离之痛"的深切感受。选此二词，不仅是对于"黍离之悲"题材的认同，更有"余不禁掩袂而泣下也。燕殿灰飞，吴宫春冷，岭头鹦鹉，筵前舞象"的共鸣心理，以及令心底"目击心酸，怨思萦结"的悲痛和借此"感慨悲怆之词"一吐为快的心态。

其四，王端淑主张节序词应是词人当时当地的真实感受，有自己的情感注入，也就是说应有寄托在其中，才能独出新意，免于沦为应时纳祜之作。关于节序一类词作，张炎《词源》曾说："昔人咏节序，不惟不多，付之歌喉者，类是率俗，不过为应时纳祜之声耳。"③ 在其看来，节序题材词作易落俗套，是应时纳祜的，没有什么创作价值。"七夕"题材词的创

① ［清］王端淑：《名媛诗纬初编》卷三十六，清康熙六年(1667) 清音堂刻本，第7页。
② ［清］王端淑：《名媛诗纬初编》卷三十六，清康熙六年(1667) 清音堂刻本，第8页。
③ ［宋］张炎：《词源》，张璋、职承让、张骅、张博宁：《历代词话》，大象出版社2002年版，第194页。

作历来为闺阁词人所青睐，词作数量之多不胜枚举。王端淑不仅注意到了这一现象，并且敢于悖逆前人的评论，在这类词作中选取她所称道的佳篇入编——其单单选取了项兰贞的《鹊桥仙·七夕和女冠王修微》词，激赏其"冰词玉调，一涮尘套，不是河鼓黄姑梦里笙箫"。此句评语包含两层深意：一是指出"七夕"题材历来为闺阁填词多用，若想不落窠臼实为难事；二是指出此词能独出新意的关键在于作者以"冰词玉调"写七夕情境，只诉眼前茕茕身影，寄托自己的怀人之情，不去模拟双星相会时的"梦里笙箫"，名为"七夕"实写相思，将虚拟的神话故事幻化为实在的人间离合，机杼独出。由此"七夕"题材一类词作的优劣自见。

六、王端淑词学观的独特价值和意义

王端淑的词学观点具有其独特的价值和意义，特别是对女性词论和女性词选史的发展方面贡献了较为卓越的理论见解。可以说，她是词学史上第一位有创作、有理论、有选本的女性词学家。

第一，王端淑的词学观点具有其独特的价值。在词体方面，王端淑的"尊体说"将词体溯源到《离骚》，确立了新的词体源流说，将词体推尊到前所未有的高度，抬高了词体的地位。而"诗老词秀"说又在明确诗词辨体的同时，将"隐秀"的观点第一次引入词评中来，供后世词评家借鉴。在词作风格方面，她提倡闺阁词人"轻松流丽"的词作风格，并欣赏"朴"、"切"的词风。这与当时宗奉"花间"、"草堂"，推重"艳婉"风格的时尚大相径庭，具有扭转时弊的意义。在词史观方面，王端淑摆脱宗派之见，跳出"正变"之争等窠臼，取各位词家所长加以推崇和肯定。这种公允的评判，作为独立的词学态度，对后世有启迪作用。除此之外，王端淑在词的创作方面，还总结出了"韵庄结合"、"以情入词"、"灵慧"作词、"可思"含蓄的创作技巧，为后世词人特别是闺阁词人提供了可以遵循的填词门径。并针对当时的社会情况提出重寄托、倡"黍离"的词作题材观，

与明清易代之际的词人创作心理相吻合。王端淑的词评实际涉及词体、词风、词史、技巧、题材等诸多方面，较为全面地观照了词学评论的各个领域，在女性词人的词论中，可谓难得一见。

第二，王端淑的词学观昭示着女性词论在明清之际出现了新的变化。一方面，从其自身发展来看，向着更为具体、广泛的关注角度拓展。尤其是对于女性词人自身的创作关注增加，强调闺阁词人选题及创作技巧的特殊性。这种在词学创作方面的性别意识，有利于开创出女性词人特有的成长道路，在女性词学界有着积极的意义。另一方面，女性词论在此时已经具备自己的独立性，敢于跳出男性视野另立观点。她们不再囿于男性词评家传统的审美观和词史观，提出自己独特的理论观点，而这些观点来源于她们自己审美实践和创作实践的总结，是真实的心灵体验，而非人云亦云，从而在词坛上形成不同的声音，为词坛注入新的力量。

第三，王端淑的《名媛诗纬初编·诗馀集》，在女性词选史上具有重要的意义。从王端淑《名媛诗纬初编》的凡例可知，王端淑曾读过沈宜修的《伊人思》、季娴的《闺秀集》，以及方维仪的《宫闺诗史》。需要强调的是，明末以至清代以前，女性选集尚不多见；到了明清之际，女性性别意识逐渐觉醒，渐渐出现由女性自身编选历代女性诗词或自己作品的集子，比如柳如是的《古今名媛诗选》、季娴的《闺秀集》、王端淑的《名媛诗纬初编》。正因如此，王端淑的女性词选具有为女性词人"存史"的时代色彩。不但如此，比起她之前几部女性词人选集初初觉醒、随意"存史"的起步姿态，以女性视角来描写"女性的精神追求和苦闷，女性的国家关怀和她的痛苦，女性对于爱的盼望的深度、强度与纯度，女性在缺乏存在分量的生活位置中的载浮载沉，女性在对自然美的极度敏感中所流露的自我体认和关怀"[1]，等等。王端淑对女性词选史上的贡献在于，她通过编选

---

[1]　邓红梅：《女性词史》，山东教育出版社2000年版，第233页。

女性词作或者说诗、词、曲的努力，更多的是在进行一种以女性身份、女性视角积极投入男性的、大众的领域的尝试。

第四，王端淑的词学观反映了她对女性话语权的渴望。结合前文论述，就会发现，她的努力实在有种"曲线救国"的意义。她要出版她的选集，要证明不输于男性，必须先"入驻"，才能拥有话语权。比如她选词有主情的一面，主张以"情"铸词，强调"入情"，其实也就是对晚明以来男性主导的词坛"主情说"的接受，与其说是一种迎合，毋宁说是通过"入驻"男性的领域反过来展演女性地位，女性词学的一种身份象征。在这个基础上，她触及了词学理论领域最让人关心的一系列问题：其一，关于尊体与变体。其二，关于"词别是一家"。其三，关于协律。其四，关于寄托。这些可以说是对明代词学理论的总结，又开启了有清一代词学理论的建构。这使得她在明清女性词坛上也有了一种里程碑式的地位。

第五，通过对王端淑的词学观的梳理，可见其词学启迪意义。一方面，她的理论既渗透着明代词学理论观点，可以看作明代词学理论的总结，同时对于清代词学理论又有启迪的作用。王端淑的词论虽然只是词评间只言片语透露出的词学观点，没有系统的理论体系，但是其中某些观点的提出具有开创性和前瞻性，在明清词学界有着重要的影响和积极的意义。另一方面，启示我们当有女性词史的撰著。有了王端淑这种觉醒的、有意的尝试，此后女性词人别集、总集编选之风日盛，随后即有归淑芬等人编选《古今名媛百花诗馀》问世。如果说王端淑还曾为了迎合男性站在男性领域对女性词作进行评断的话，那么到了归淑芬，则更多的是站在了私我领域来更为细腻地展演女性自我的创作情感，一如缔造属于女性自我的文本。再之后百年，有钱斐仲的《雨花庵词话》问世，这就是一部系统的女性词论著作了。

综上所述，王端淑的词论是在明代词学批评之风日炙和明清之交女性自我意识觉醒的大背景下形成的具有鲜明特色的女性词论，可以看作李清照之后女性词论的继响。

第二节　"词坛主持"归淑芬、黄德贞及其他
女词人的词学观

周铭《林下词选》说："月辉工诗赋，与归素英辈为词坛主持，共辑《名闺诗选》行世。"① 既为"词坛主持"，必定有自己对于词学独特的见解。今天可以见到的二人共同的词学活动不多，共同倡导的词学观点也难以寻觅；但是从二人共有的同题同调同韵作品《锦帐春·元夕观灯》来看，她们确实有过共同的词学活动。可以通过其词学选集及作品来探析她们的词学主张。

一、从《古今名媛百花诗馀》看归淑芬等人的词学观

《古今名媛百花诗馀》是继王端淑《名媛诗纬初编·诗馀集》之后，又一部由女性词人主持编选的女性词集，编选者为当时有"词坛主持"称谓之一的归淑芬以及沈栗、沈贞永、孙蕙媛三位才女，而孙蕙媛又是黄德贞（月辉）的女儿，她的词学思想在一定程度上反映着其母的思想理念。

归淑芬，字素英，嘉兴人。文学高阳继室。与才媛黄月辉、申兰芳、孙蕙媛等为诗友，著有《云和阁静斋诗馀》、《名闺诗选》及《古今名媛百花诗馀》四卷。

沈栗，字恂仲，号麟溪内史，嘉善人。明南昌司李沈玉虬次女，陈仲严妻。工词，与姊端孟齐名。绮窗联句，刻烛拈阄，称一时佳话。其诗多正始之音，著有《麟溪内史集》。

---

① ［清］周铭：《林下词选》，《四库全书存目丛书补编》第二册，齐鲁书社2002年版，第641页。

孙蕙媛，字静畹，秀水人。孙曾楠次女，桐乡举人庄国英妻。早寡。幼从母黄月辉（德贞）学诗，擅长小令，能与姊兰媛争胜，姊妹并享诗名，著有《愁余草》。

沈贞永，字琼山，浙江嘉兴人。

《古今名媛百花诗馀》共收宋至清代女词人91家，咏花词333首。其中，收宋代词人15家，词34首；元代5家，词9首；明代26家，词69首；清代45家，词221首。依春夏秋冬四季，按十二月令排列。所收词作虽局限于吟咏百花，但从选词的目的和风格来看，依然可以窥测出选者的一些词学观点。

（一）推尊词体

归淑芬等人遵从明代大多数词论家的观点，认为词体导源于乐府。归淑芬在《古今名媛百花诗馀序》中说："盖诗馀继乐府而作，自汉魏郊庙诸章废，而六朝靡丽，何足为法？"① 沈栗所作序中也说："盖惟诗馀原于乐府抑扬之致。"② 在此之前，徐师曾在《论诗馀》中言道："按诗馀者，古乐府之流别，而后世歌曲之滥觞也。"③ 王世贞也说过："词者，乐府之变也。"④ 何良俊在《草堂诗馀序》中亦采用此说。然而，这些男性词评家并没有阐明这一说法的来源和依据。归淑芬等人不仅明确将词体推尊到上接乐府的地位，而且从两方面分析了"乐府起源说"的根据。其一，她们强调，这种说法不是无视六朝乐章，而是因为它们格调不高，不足与词并论。虽然从时间上看，词的出现距离六朝更近，但是，它绝不是由六朝乐

① 林玫仪：《〈古今名媛百花诗余〉校录》，《中国文哲研究通讯》2005年第3期。

② ［清］沈栗：《古今名媛百花诗馀序》，林玫仪：《〈古今名媛百花诗余〉校录》，《中国文哲研究通讯》2005年第3期。

③ ［明］徐师曾：《论诗馀》，张璋、职承让、张骅、张博宁：《历代词话》，大象出版社2002年版，第338页。

④ ［明］王世贞：《弇州山人词评》，张璋、职承让、张骅、张博宁：《历代词话》，大象出版社2002年版，第341页。

章演变而来的，而是直接承接汉乐府而来。因为，靡靡不足取的六朝乐章已经没有生机和活力，不能与词这一新生的文体相提并论，也不可能孕育出如此蓬勃向上的新文艺形式，它只能是走向衰落。其二，她们认为，词的宛转流宕源于汉乐府的"抑扬之致"。汉乐府采自民间，歌于庙堂，萌蘗田间垄上，成熟乐师之手，声律音韵堪称妙绝。即便不见歌唱，仍可读出其中的节奏与韵律。"词"节奏鲜明、错落有致，声律宛转、情感流动，堪称在音乐性上最接近汉乐府特点的文体。

（二）奉李白为词祖

"李白词祖说"，始于宋代。在归淑芬之前，曾有徐师曾说："盖自乐府散亡，声律乘阙，唐李白氏始作《清平调》、《忆秦娥》、《菩萨蛮》诸词，时因效之。"[①]而王世贞不同意此观点，认为"隋炀帝已有《望江南》词"[②]。针对这样的争论，归淑芬在《古今名媛百花诗馀序》中言道："迨唐李青莲创《忆秦娥》、《菩萨蛮》、《清平调》数体，为词之祖。"[③]表明赞同"李白词祖说"、创调说的态度，推尊李白在词史上的地位。而她略过隋炀帝《望江南》词，再次证明其之前的观点——类似六朝靡丽之乐章，不足以为词之祖。

（三）尊崇《花间集》的地位

归淑芬在《古今名媛百花诗馀序》中说："至赵崇祚有《花间集》，其词遂繁兴。"很明显，将《花间集》的编选看作是词这一文体形式繁盛的关键因素。这与前面所说的有明一代以《花间》、《草堂》为宗不无关系。因为归淑芬同样是历明入清的，应当受到过此类词学观念的影响。而《古

---

① ［明］徐师曾：《论诗馀》，张璋、职承让、张骅、张博宁：《历代词话》，大象出版社 2002 年版，第 338 页。

② ［明］王世贞：《弇州山人词评》，张璋、职承让、张骅、张博宁：《历代词话》，大象出版社 2002 年版，第 341 页。

③ 林玫仪：《〈古今名媛百花诗余〉校录》，《中国文哲研究通讯》2005 年第 3 期。

今名媛百花诗馀》编选的初衷，也与《花间集》有一定的关系，那就是她要编选真正意义上的"花间集"。

（四）纯美的闺秀词学观

归淑芬在"序"中言道："（《花间集》）虽云'花间'，然未尝以花起见，不若专咏诸花，尽出诸闺闱，则婉媚流畅，似可媲美逾'花间'也。"①

从这段话可以看出两点：其一，主张作词"婉媚流畅"，唯有如此风格才可以媲美"花间"。其二，以闺秀作家吟咏诸花，也即以人间之"花"吟咏自然之"花"，这样纯美的文学意象下造就的文学作品，方是严格意义上的"花间集"，可以逾越赵崇祚以艳情、色欲打造的有悖于女性审美的《花间集》。

孙蕙媛《百花诗馀题词》中亦称："斯真花史而女史，词韵而人韵者也。"②指出《古今名媛百花诗馀》的特质在于，它不仅是一部歌咏四季百花之史，同时还是记录女性词人之史；书中不仅表现出契合女性的文体——词之韵律，还映射出词之作者——女词人的韵致。

于是，在这里，花、词、女子三个代表阴柔之美的意象结合在了一起，作为人类美的代表——女词人，用极具音韵之美的文体——词，来歌颂自然界最美丽的生灵——花朵。通过编选者的精心安排，使得这三者的遇合带给人以纯美的精神体验。

（五）华美香艳的格调

与归淑芬"婉媚流畅"的观点相呼应，孙蕙媛也在她所作的序中说："选句则锦字珠霏，撷藻则玉台琼积。且香且艳，可咏可叹。"③点明她们编纂此词选的选择标准是字句华美，词章香艳，便于咏叹，这与《花间

---

① 林玫仪：《〈古今名媛百花诗余〉校录》，《中国文哲研究通讯》2005 年第 3 期。

② ［清］孙蕙媛：《百花诗馀题词》，林玫仪：《〈古今名媛百花诗余〉校录》，《中国文哲研究通讯》2005 年第 3 期。

③ 林玫仪：《〈古今名媛百花诗余〉校录》，《中国文哲研究通讯》2005 年第 3 期。

集》的编选格调相近。《花间集》在字句上"镂玉雕琼"、"裁花剪叶"①（欧阳炯《花间集序》），音韵上力求"声声而自合鸾歌"、"字字而偕偕凤律"，足以当得"华美"二字。归淑芬等人编选《古今名媛百花诗馀》，注重"选句"、"撷藻"，甚至追求"且香且艳"，都是以《花间集》为参照标准的。然而，这里的"香艳"与《花间集》的"香艳"意义有别，《花间集》的"香艳"是指以女性和闺房为描摹对象，是男性审美主体眼中的"香艳"，拟定的唱词场景也是"绮筵公子，绣幌佳人，递叶叶之花笺，文抽丽锦；举纤纤之玉指，拍按香檀"②的"香艳"景象；《古今名媛百花诗馀》的"香艳"则是指万紫千红之色彩、四时花卉之馥郁，是女性审美主体眼中的"香艳"，"便于咏叹"者的定位也是闺阃中人。

（六）认为词作的功用是娱乐

归淑芬在"序"中还强调："故闲中展卷，细心静阅，可使愁人解颐，佛祖微笑。"很明显，这里她强调选此词集的目的，是使阅者在闲暇之时能够娱悦身心，发挥消愁解闷之功用。这依然是在将阅读对象定位为闺中人的前提下设计的功用。孙蕙媛甚至模拟出闺中人展卷微吟时的情景："置集案头，闲评窗下，展卷飞想，封姨不妒，开簏艳发，雨横仍鲜。"③在雨横风狂的日子，仍能安坐闺中，阅读吟咏之作，百花便如盛放目前。

（七）忌过分雕琢

归淑芬在《古今名媛百花诗馀序》中还强调自己与同伴们所选的作品不同于"剪裁雕镂"之作，认为女性词作应该偏重于性灵，发自肺腑，与那些以技巧争胜、刻意为之甚至堆叠典故的镂金刻采之作完全不同，反问的语气更表现出对于那些作品的不屑。

---

① 华钟彦：《花间集注》，中州书画社 1983 年版，第 1 页。

② 华钟彦：《花间集注》，中州书画社 1983 年版，第 1 页。

③ ［清］孙蕙媛：《百花诗馀题词》，林玫仪：《〈古今名媛百花诗余〉校录》，《中国文哲研究通讯》2005 年第 3 期。

（八）存史意识

孙蕙媛在《百花诗馀题词》中说："然而金闺之媛，尚未著闻，惟《花间》、《草堂》，仅载一二，恒拘格调，混列骚人，又往往感怀别思，摹写闺情，何异顾芍药而题章，指蘼芜而制曲哉！"① 她不满于历来选集中女性词仅仅是点缀其中的状况，甚至不愿将女性词"混列骚人"之中。她要为女性词存史，并且是存纯美之史（"今而后得以配合花史"②），摒弃男子作闺音之词，以女性词人吟咏百花这样清雅的意象编辑成集，为女性词在词史上留下历久弥香的气息，达到"花史而女史，词韵而人韵"③ 的存史存美目的。

不难看出，《古今名媛百花诗馀》所展现的编选者的词学观念仍然存在很多问题：她们将女性词人与百花绑定，简单地认为这些咏花之作中表现的即是女性词人的全部情思，疏忽了她们其他的情感和更为广阔的生活层面；她们一味以"花间"婉媚的词风遴选词作，忽略了那些或清空，或旷达，甚至豪放风格的词作，而这些词作中往往反映了词人更独特的人格魅力和不凡的写作水平。

二、从词作看归淑芬、黄德贞的词学观

除了在女词人的词论中可以看到她们的词学主张外，从她们自身的词作中也可以窥见其词学倾向。

（一）归淑芬

从归淑芬现存词作来看，的确得语天然，不加矫饰，比如她的《深院

---

① 林玫仪：《〈古今名媛百花诗余〉校录》，《中国文哲研究通讯》2005 年第 3 期。

② ［清］归淑芬：《古今名媛百花诗馀序》，林玫仪：《〈古今名媛百花诗余〉校录》，《中国文哲研究通讯》2005 年第 3 期。

③ ［清］孙蕙媛：《百花诗馀题词》，林玫仪：《〈古今名媛百花诗余〉校录》，《中国文哲研究通讯》2005 年第 3 期。

月·闺怨》：

> 黛眉蹙，减容光。历尽风霜苦未央。斛剩余愁动斗量。还须
> 车载付沧浪。

不仅不矫饰，反而有李白的狂放，余下的愁还是要车载斗量，付诸沧浪，夸张堪比李白的《秋浦歌》；且"苦未央"、"动斗量"、"付沧浪"音节流美，合辙押韵，堪称是天然韵致的小令。除了这首典型的词作外，还有一些反映这一特点的词作，如《菩萨蛮·秋水》"一色映长天，峰青江上烟"、"不碍木兰舟，枫飘万点秋"，《满宫花·初夏》"荼蘼架上争开绕。又是采桑时了"，《踏莎行·春日永丰村庄访女》"不算寻芳，非游南浦。行舟只把津梁数"等。

能反映她尊奉"花间"的词作目前看来却只有一首《点绛唇·晨妆》：

> 漫展香奁，镜前巧画青山远。绿鬟粉面。宝髻添珠
> 钿。　　秀袂红绡，玉臂双金钏。轻罗扇。花羞难见。落雁低
> 声唳。

作品从晨妆开香奁写起，一点点描摹，至妆成为止，以羞花落雁的评点作结语，似有模拟温庭筠的意味，刻画也堪称精致。

归淑芬并不囿于闺阁词作的规范，也不完全尊奉自己的词选理论原则。她有一首极为豪放的词作《东坡引·瓶山》：

> 只因愁税重。杜康遁何处。酒帘曾化轻云去。瓮头空叠起。
> 瓮头空叠起。　　春衣漫典，花神莫祭。徒远听黄鹂语。行人若
> 到孤城里。余香闻亦醉。余香闻亦醉。

这首词不仅豪放，而且狂荡，与辛派词人之后劲，堪称伯仲。嘉禾的瓶山，相传是宋时置酒务于此，废罂所弃，积久成山；又传说南宋名将韩世忠破金兵后，在此犒赏三军，弃酒瓶于此，遂成山。而归淑芬此词别开生面，她抛开"瓶山"的旧典，而说酒瓶堆叠如山之饮酒的原因是"愁税重"，杜康也隐遁无觅。曾经的酒肆不在，酒帘也化云飞去。只剩下空酒

瓮堆叠成山。酒资不够时漫典春衣，自己饮酒可以不祭花神。如此不顾外物，酒中消愁的态度堪比刘伶；而以"余香闻亦醉"的反复作结，更像是酒醉之呢喃。如此形神逼肖的醉酒篇目出自闺阁，令人难以置信。写饮酒的豪爽态度，无人能及。

（二）黄德贞

徐乃昌《闺秀词钞》载："德贞，字月辉，嘉兴人，司李守正孙女，孙曾楠室，有《劈莲词》。"①《林下词选》言："月辉工诗赋，与归素英辈为词坛主持，共辑《名闺诗选》行世。二女兰媛、蕙媛俱能文。"②钱岳、徐树敏《众香词》载："通五经、博汉魏，字端楷、品高卓，有奇男子之襟，期设帐绿窗，门多问字。辑《名闺诗选》、《彤奁词选》。"③王端淑《名媛诗纬初编》载："黄德贞，字月辉，嘉兴人，文学孙让生妻，早寡，黄皆令为其作诗序。"并评点说："月辉诗名久著，黄皆令尝亟称之，今止见鼓吹所选一律，悲壮、雄健，写得生动。"④

由于其编选的《彤奁词选》今已不可见，黄德贞的词学思想未见文字留存。从现存词作来看，情朗词旷，不喜婉媚，擅长调，而风韵独绝，铺排辞藻似周柳，豪迈劲健又类苏辛。如《飞雪满群山·咏雪》：

> 烟霭空濛，彤云惨冽，江山四野吹绵。长空漠漠，凭栏高
> 望，归鸦几阵冲寒。喜悠扬模样，轻妆点、疏梅冻妍。满林皋、
> 任萧萧瑟瑟，压损碧琅玕。　　却尽说、六花腾瑞好，农夫相庆，
> 稔岁丰年。波横素练，银澄溪水，一天柳絮漫漫。看渔舟野渡，
> 荷簑笠、携尊玉川。谁家妙手，倩他写幅画图传。

---

① ［清］徐乃昌：《闺秀词钞》卷六，清宣统三年（1911）刻本，第6页。

② ［清］周铭：《林下词选》，《四库全书存目丛书补编》第二册，齐鲁书社2002年版，第641页。

③ ［清］钱岳、徐树敏：《众香词》卷二，上海大东书局1934年版，第19页。

④ ［清］王端淑：《名媛诗纬初编》卷十五，清康熙六年（1667）清音堂刻本，第16页。

此词上阕从雪前的景色着手渲染，将雪中的天空之晦暗、景物之萧索与雪花的轻盈相对比，刻画出雪的灵性，是实写。"烟霭"、"彤云"、"长空"、"归鸦"轻起徐吟，调虽长而气足以贯始终，有柳永之风。下阕由雪展开联想，遥思田间、江上的景象。这是中国画似的全景构图模式，将看得到的景象与看不到的联想尽收眼底，集中于同一篇幅展现出来。

更能显现其语言特色的还有一首《莺啼序·西湖怀古》，其中有"叹西陵、卖断繁华，两峰黛螺如扫。忆昔日、香车油壁，六桥三竺青骢好"等语饶有柳永《望海潮》风味；又有"但满眼、刍牧樵苏，极悬崖、控绝岛。遍亭皋、桃林歇马，采莲歌换关山调"，颇具辛稼轩《鹧鸪天·壮岁旌旗拥万夫》意蕴。而"楼开妆镜，舟移芰浦，南屏爽气排林表。羡通仙、笑指梅花老"，语近刘过《沁园春·斗酒彘肩》；"斜阳一曲瑶琴，放艇湖心，水香月皎"，又使人思及东坡。她以闺阁词人身份，能够效仿众家词，而得其气法神韵，实在难得。

由词作可见，黄德贞的词学主张并不是具体化的某种风格、某种尺度，而是兼习众家之长并为我所用，不分别婉约与豪放，不从于流派，不囿于朝代，体现出通融并包的特色。

三、朱中楣等人的词学主张

除了以上致力于编选词集、大张旗鼓地展现自己的词学主张的女词人外，尚有一部分女词人将自己的词学理论隐匿在词集序跋、与友人的赠答词以及论词词中。

朱中楣的词学见解主要通过她的一些词作反映出来。明确表达朱中楣词学见解的是她的一首《凤栖梧·自嘲》词：

　　　但学填词称绮语。未按宫商，那识其中味。一艳次工三体制。飘飘勿带纤沉滞。　　闺阁拈题尤不易。字讳推敲，争得尖清句。试问古今谁足誉？二安徐卓夫人魏。

第一，她从整体上区分主次："一艳次工三体制"。意即填词首重"艳"，其次是追求工稳，最后才看体制规范与否。

所谓"艳"，实际上是指词的创作要在整体风格上符合词的风格特点，即前人常常提到的"本色"、"当行"。在此也可以看到朱中楣对于"本色"论的认同，将词体风格放在"一艳"的位置进行强调，说明她对于词"上不类诗下不似曲"的独特韵体形式的把握，以及对词所特有的韵味的重视。

有了风格上的定位，词便在创作上开始有了词的模样和气势，接下来就是求造句用语的工稳了。"次工"之说，用语造句的细节决定着词的整体风貌，对于词句工稳的重视正是从细节处求词境的妙法。

最后才是注重词的体制。小令与长调不可用同样的作法：小令蕴藉，长调漫衍。两者各具特色，不能相混。

以上三点是填词创作所必须具备的标准。朱中楣的三点创作标准也可以用李清照《词论》的"好女"比喻来比附："一艳"好比远观女子的整体气质，给人以醒目的第一印象，在观者心目中有一个大体的定位；"次工"好比衣饰、妆容等细节要精致，这也是当眼前女子慢慢接近观者时，必然引起人们注意的地方；"三体制"则好比对于该女子社会地位、身份等的定位。这也是朱中楣作为女性词人与众不同的视觉关怀——由整体风格到细节，再从细节到框架的观照顺序。

第二，细节上注意选题、字句与气格：她特别强调词作应轻盈，不要有丝毫沉滞的感觉。闺阁中人受到眼界与阅历的局限，选题尤其不容易。在字句上应该避免尖新的字句，并不主张女性词人过分推敲词句。

第三，推尊的词家：朱中楣点出古今词坛值得学习的词家主要有："二安徐卓夫人魏"。这里"二安"指李清照（易安居士），辛弃疾（字幼安），"徐卓"指明末清初相唱和的徐士俊与卓人月，"夫人魏"则指北宋曾布妻魏夫人。她另有词《如梦令·悼妇陈氏》，中云"欲效希真清照"，并且自己填词也有"效希真体"。可见，上述词家都是朱中楣钦佩、学习的对象。

　　第四，以词存史的主张。常州词派周济说："诗有史，词亦有史。"①
而这种认识早在清初女词人朱中楣这里就已经产生了。她在《满江红·丁
酉仲夏，读陈素庵夫人词感和》两首中，还明确表达了词应如诗，可以
具备述史、存史功能的见解。词云："字字香传今古愤，行行画破英雄
策。"正是说徐灿词真切表达了易代之悲，实时记录下那一特定时期的心
灵感受。

　　朱中楣通过三首词作，用寥寥数语将自己的词学主张清晰地表达出
来。朱中楣在词学上的难得之处在于，她是少有的既有词学理论又有大量
词学创作的女性词人。

　　顾贞立的词学主张主要表现在为女性词正名和存史方面。她在《满江
红·赠薛夫人》中说："算词坛、端合让裙钗"，并称"看他年、丽句满香
奁，传千里"，表现了女性词人创作态度上的自信和存词传世的愿望。

　　徐灿的词学主张则是通过其夫陈之遴的《拙政园诗词序跋》表现出来
的，陈之遴称其"所爱玩者南唐则后主，宋则永叔、子瞻、少游、易安，
明则元美。若大晟乐正辈，以为靡靡无足取"②。这里借陈之遴之口说出了
徐灿的词家论。

　　由此可见，顺康时期的女性词人并非无目的地进行创作，她们都有自
己的词学见解和主张，这就促使她们在词艺上追求臻于至善，无限接近自
己的理论目标，客观上提升了顺康女性词的质量和水平。

---

　　①　[清]周济：《介存斋论词杂著》，唐圭璋编：《词话丛编》，中华书局2005年版，第
1630页。
　　②　[清]陈之遴：《拙政园诗词序跋》，程郁缀：《徐灿词新释辑评》，中国书店2003年
版，第220页。

第 五 章

顺康女性词的题材特征及艺术特色

顺康时期的女性词作在题材上表现出多样性的特征，不仅对前代闺阁词作题材有所继承，还增加了许多前代未见闺阁词人创作的词作题材，使清代女性词题材趋于丰富。在艺术特征方面，顺康女性词人并不囿于闺阁词作范畴，不仅对各个流派都有继承和发展，更重要的是大多女性词人的词作都有自己独特的风格。特别值得一提的是，那些以大量词作传世的女词人，词作往往并不是以闺阁面目示人，而是具有比男性更为刚健或沉郁的词风。顺康时期的女性词另一大特征是，女性词人对于某些特殊意象有着共同的偏好，这也是值得注意的一个现象。

第一节　幽微纤婉与洪钟大吕共存的题材特征

顺康时期的女性词人大多经历了由明入清的易代，这种社会的大动荡在她们的词作中必然有所反映。因此，一些女性词人在词作中勇于表达"黍离之悲"，还有一些女性词人借咏史怀古来表达同样的情感。除此之外，另有一些女性词人经历了战乱之痛，对桃源生活甚至神仙世界产生向往，田园题材开始走进女词人的词集，游仙也成为常见的女性词作题材。为避乱而辗转流徙的女词人们，用词作记录下她们路途中的风霜疾苦，便成为女性的羁旅行役词。以上这些题材都是以往女性词集中不常见到的，是清初女性词题材的新特色。除此之外，还有一部分女性词人在传承着传统闺阁词作的题材。

一、家国之痛、黍离之悲空前突出

顺康初期的女词人中许多是身遭兵燹的，亲身经历过这场惊心动魄的变革，在词中留下血泪的笔墨。董如兰的《大江东去·午日和韵》"炫日葵榴疑是泪，触景偏增呜咽。三载离乡，两经兵火，辜负芳时节"，卞梦珏的《齐天乐·湖上午日》"愿兵辟灵符，尘清烽缕"，表达出对兵火连年的厌恶和对和平环境的渴望，面对满目疮痍又发出"试问湖山，今可还如古"（卞梦珏《齐天乐·湖上午日》）的慨叹。在桂林就义的抗清诗人瞿式耜的儿媳陈璘作《满庭芳·丁巳端阳过春晖阁述怀》："伤心事，沉湘殉粤，今古恨难平。"直书对殉节义士们的伤悼之情。

李眺，字冰影，江苏华亭人。沈岩生室。通经史，具文武才略，曾随征闽海。入清，诗皆哀伤，有《鹃啼集》。其词中最能表现黍离之悲的是一阕《寻芳草·不寐》：

> 赢得千愁逼。闲抛却、许多月色。寒烟窗、外碧正梦到，旧家园、谁吹笛。　　腰瘦不关秋，天河似、我啼痕积。又哀哀、孤雁鸣沙碛。魂去也、江山黑。

词牌《寻芳草》为辛弃疾所创，李眺单单选此词牌表达故国之思不可谓无由。宋亡于蒙古族入侵，明亡于满清入侵，犹如历史的重演。词中点明"腰瘦不关秋"，指出此非一般闺秀悲秋词，告知读者不要误读。那么是什么使词人消瘦？她愁深哀重，啼痕之多唯有天河可以比拟。悲声似

"孤雁鸣沙碛"，又是什么使词人悲痛至此呢？末句终于道出原委：她的魂已随旧江山而去。

张鸿述，字琴友，浙江慈溪人，姚筹室，有《清音集》。在她的词集中有记述历乱经历的词作《减字木兰花·避乱》：

> 山空村静，但见飞雪依乌定。绣陌花城，尽是悲笳带月鸣。

> 桃源有洞，流水多情堪我共。恨付东流，搔首青天独倚楼。

本是"绣陌花城"的繁华人间，由于兵乱变成"山空村静"的萧瑟世界，月夜之中偶尔响起的悲笳之声，更添无比凄楚。作者渴望的永远不闻战乱的桃源早已不存在于世间，如今只有搔首叹惋了。从女词人的词中可以看到她心中的恐惧、凄怆和无奈。这是战争带给无辜受害者的痛苦。此外，葛宜《江城子·午日》："独有三闾湘水阔，流不尽，古今悲"，明悼屈原，实写易代之悲。

更有一些身历兵乱，成为受害者的女性词人留下了凝聚血泪的题壁词。如杨毓贞在康熙十三年（1674）遭遇福建耿精忠之乱，被掳入清军，途中自缢而死。留下两首绝命词《如梦令·题羊留村壁》。除了一首交代自缢过程之词外，另一首便是对自己无辜遭难的控诉：

> 羁锁深闺翘笄。消受离愁滋味。烽火起烟尘，惭愧明妃胡
>
> 地。流涕，流涕。泉路爹娘难遇。

词中充满哀怨，诉说了身遭兵戈的无奈与无辜，心中的悲苦和无助，以及身临死地的处境。如此词章，可谓"写哀凄厉"[①]，正是只有动乱时代，才可见到的血泪凝铸之作。

汤莱《忆旧游·夜深浑不寐》小引称："夫何历数中更，河山顿易？昔日重楼画阁，今成乌巷东陵。"词中有云："只帘外青山，窗前流水，阅

---

① 金天羽：《文学上之美术观》，邬国平、黄霖：《中国文论选·近代卷（下）》，江苏文艺出版社 1996 年版，第 369 页。

尽沉浮。休休。荒台余垒，三径全休。纵使梦魂飞越，欲说也无由。料当年燕子，飞飞犹自觅南楼。"归隐之地尚不能免祸，青山绿水几遭荼毒，令人叹惋。

　　陈洁词《一枝花·蓝蔷薇，海昌别业有此种》云："记当初、湖山成岫。绿竹堪为友。恁消磨、碧地蓝天秀。忽陵谷更迁，此际还存否。四十余年久。"是借着对往昔花木——蓝蔷薇的怀念来叙写自己的易代之悲，当初的河山在词人的记忆里是湖山明媚、碧水蓝天的，而经过血雨腥风的摧残，不仅蓝蔷薇已不在，灵山秀水也已蒙尘。女词人痛悼的不是蓝蔷薇，而是"陵谷更迁"、山河易主已四十余年的事实。她的另一首词作《念奴娇·秋闺》更是隐曲表达了故国之思，有"玉树凋残花落尽，都剩寒藤枯拙"写乱后景象，又有"西宫南内"、"长生殿里"等语，以天宝之事比附。

　　与此相同，柴贞仪的《桃源忆故人·自绘美人蕉》序称："余性耽异卉，文殊兰别号美人蕉者，色艳含苞，皆非人性恒有。移种而植之于庭，数年成林焉。迨乙酉岁，人惊仳离，花遭蹙拜，荡然无复存矣。而情之所钟，宛有斯兰鲜妍绰约于寤寐。自属穷其情态而绘之，爰以新词，用志不忘云而。"表面上是对乙酉变乱"花遭蹙拜"的痛惜，然而词意之下却有深意：想甲申之变后"荡然无复存"的岂止是斯兰? 草木尚且涂炭，人、物更不复言。而往昔的人事、往昔的山河以及许许多多美好的记忆，也都只能如斯兰一般"绰约于寤寐了"。

　　从以上两首词来看，女性词人更善于借助咏物词来表现自己的黍离之悲，因为他们较男性词人而言，情感更加细腻，对于细微的东西倾注的情感更多。当这些她们所珍爱的小生命被摧毁的时候，内心情感就不可抑制地迸发出来，倾吐的感情自然而流畅。由于这是真实存在的，细心观察过的，所以对于寄托情感的物象之昔日风貌就描摹得异常真切动人。比之那些为了寄托黍离之悲而临时拈来特定物体进行吟咏的男性词人的作品（如南宋末诸人咏蝉、咏白莲之作）而言，更容易引起读者的共鸣，因为这不是简单的比附，而是美好生命被摧毁的真实记录。与此相同的还有周琇的《卖花声·风雨惜梅》，词结尾处说"历乱寻何处。难触目、粘泥藉土"，虽然此"历乱"指梅经风雨，但焉知没有更深一层的寓意呢？

二、咏史怀古题材入词

以咏史怀古题材入词在明清之前的女性词中并不多见，随着女性词人的增多，词的题材逐渐扩展，咏史怀古题材也成为女性词人日常书写的内容。

清代词人吴绮室黄之柔有《百尺楼》词，词序说："明月楼，元时赵氏建，子昂题诗：'春风阆苑三千客，明月扬州第一楼'。"词云：

> 往迹已难成，胜事犹能说。只为王孙两句诗，今古留明月。
>
> 金罍亦寻常，彩笔真奇绝。如此楼台岂一家，寂寂都灰灭。

此词道出名胜因文而名的道理，楼台类此者多，但唯有此一处不灰灭，正是因为有"明月扬州第一楼"的诗句成全。

张芸的《桃源忆故人·柳丝摇曳东风袅》题曰："南池济宁城外，唐时杜工部与贺监唱和处，称一州之胜。"词下阕慨叹道："一泓春水漾回绕。断碣残碑堪表。遥寄芳名春早。春色催人恼。"当年杜甫与贺知章唱和之处堪称"一州之胜"，如今只剩下"断碣残碑"，古圣先贤遗迹尚且如此，碌碌之辈，更是无迹可寻了。

沈榛有《河传·隋堤》写隋宫旧事：

> 容与。江浦。隋堤深处。碧水依然，落花如雨。炀帝歌舞
>
> 三千。闲游携绛仙。　黄鹂宛转垂杨老。琼花好。忽失西京道。
>
> 徘徊肠断，昔人永绝迷楼。恨扬州。

作品咏叹隋朝旧事，感慨世事无常，"琼花好。忽失西京道"，这一转折发人深省，正是怀古词的写作之法。

汤莱也有《春风袅娜·隋堤烟柳》词，作品以隋堤烟柳为题，词中有

"龙舟歇，管弦消"、"塞外一声，征夫泪满"、"门前五树，隐士风高"等语，历数与柳相关的古代典故，而以"骊歌送尽，任今来古往，兴亡不管，付与渔樵"作结，抒发兴亡之感、沧桑之叹。

高景芳有《后庭宴·三阁》讽南朝事最为精当：

> 重叠丘墟，零星略彴。当年尽是陈家阁。黍离麦秀不须歌，可怜玉树连根削。　　胭脂废井，荒凉何处，更能寻索。丽华去后，繁艳全销却。冷雨湿香魂，古寺闻铃铎。

临春阁、结绮阁、望仙阁为陈后主时三阁，如今只剩下"重叠丘墟"。"黍离麦秀"的易代之歌本是自然，可怜《玉树后庭花》所生之土壤已经倾覆了，虽然胭脂井遗迹尚存，张丽华等人的香魂却早已无处寻觅，只剩下一派萧索岑寂。

苏始芳有《望海潮·钱塘怀古》，词中历数钱塘今古事：

> 星分斗野，地连江海，提封万井喧阗。三竺云霞，六桥花柳，重呼郭外游船。吴越旧山川。想钱王纳土，故国依然。万弩连江，射潮人去已千年。　　回思南渡偏安。有楼台歌舞，沉醉湖山。十里荷花，三秋桂子，谁将乐府流传。恨煞柳屯田。把酒边绮语，惹动投鞭。零落冬青六陵，何处锁含烟。

词作先写钱塘地势、景色、风物，接着想到发生在这里的典故，下阕抨击偏安江南的南宋统治者。想到关于金人侵宋的传说，一句"谁将乐府流传"问得无理却情感外露，表现出对此事的恨意。末句说南宋被元灭后的凄凉，正是怀古词常用的结法，以此方式结语，发人深省，达到以古事警醒今人的目的。

高景芳有《摸鱼儿·燕子楼》怀古词，写关盼盼事，道是"尚书古墓无从觅……真酸楚"，称赞她"芳心恋主"，"柔肠甘受饥饿，香魂一缕应犹在，衰柳夕阳天暮"；更批评白居易"生怪题诗白傅"，表现出对于关盼盼的同情，并从女性角度责怪白居易的做法不近人情。另有《祝英台近·莫愁湖》、《曲游春·清凉山》两首寄托兴替沧桑之叹：人世间"花开花谢、帆来帆去"（《祝英台近·莫愁湖》），当年"六朝宫阙"（《曲游春·清凉山》）而今只剩"古寺残碑"（《曲游春·清凉山》），人世间的炽热与苍凉最终都将化为沉寂，"尘世繁华，似浮云变幻，不多时节"（《曲游春·清凉山》），语惊意警，充满空幻之叹。

就咏史题材来说，最能引起女性词人共鸣的，当然是那些青史流芳且才高命蹇的女性，如远嫁塞外的王昭君、自刎帐下的虞姬、无辜被弃的梅妃、辞辇赋扇的班婕妤、以身报国的西施等。吴山有《减字木兰花·题画屏梅妃》：

> 宫闱落叶。金风团扇悲时节。玉漏迟迟。翠辇遥传太液池。　　君恩浩荡。瘦影寒香如妾样。明月升除。谁奏新声一斛珠。

开篇以秋为季节背景来铺垫萧索的气氛，"金风团扇悲时节"暗用班婕妤《团扇歌》中"凉飚夺炎夏"意，说明她所歌咏的是已经失宠的梅妃。"君恩浩荡"用的反语，是说"君恩"为最不能固者。《一斛珠》是传说中梅妃失宠后为答谢明皇赐珠所作诗题，明皇以之入曲，乃有此曲目。此词以梅妃的视角为写作角度，对失宠后梅妃的处境和心境进行了刻画，对其表现出无限的同情。

苏始芳也有一首《鹧鸪天·梅妃词》：

> 冰雪清姿绝代稀。君王偏爱玉环肥。自从按彻霓裳曲，零落惊鸿旧舞衣。　　珠一斛，泪千挥。多时憔悴闷容辉。翠华东阁行云散，肠断中貂早送归。

与吴山词相同的是，苏始芳写的也是失宠后的梅妃，她为梅妃的绝世之姿输与杨玉环而不平，认为梅妃自创的惊鸿舞本不逊于杨玉环的霓裳舞，却因为帝王的移情而备受冷落，只剩下梅妃憔悴容颜终日垂泪，由此表达对梅妃貌美多才而无辜被疏的同情。

钱凤纶有《虞美人·本意》词歌颂虞姬：

> 楚歌画角声声发。吹落边城月。八千子弟久从龙。一夜雕鞍金甲散长空。　　宁教玉碎君王侧。血染征袍赤。贞魂不肯入关中。岁岁吴江波涨泣春红。

全词虽是伤悼虞姬，但并不哀婉，气势雄浑。上片从当时情势的危机写起，"一夜雕鞍金甲散长空"，见出军情的危机。下片描写虞姬的高尚品格和气度——"宁教玉碎君王侧"、"贞魂不肯入关中"，称扬虞姬是足令须眉汗颜的巾帼英雄。

高景芳有《虞美人》二首，词意同词调，以歌咏虞姬："妾身分作沟中瘠，拔剑飞腥血。至今花瓣染深红，犹是当年翠袖、恋重瞳"，赞美虞姬在危机时刻的决绝；"人生自古皆如梦，况是君恩重。一枝独立自亭亭，留取虞兮二字、简编青"，化用文天祥《过零丁洋》诗原意，将虞姬抬高到同忠臣、骁将一般为君尽忠、青史留名的地位。

庞蕙缠有《塞垣春·代明妃怨》：

> 塞马嘶平野。看四处、悲风卸。天南极望，乱云满目，泪珠偷泻。正黯然乡思满怀也。更羌管、鸣秋夜。想蛾眉、汉宫欲妒，沙场巧相嫁。　　无计问君王，可犹把婵娟萦挂。纵汉使频回，奈长恨难写。叹何时、故园重见，待安排、归梦清宵下。怨寄琵琶里，单于应泪洒。

全词代王昭君吐怨恨，先是渲染塞外环境的恶劣，想到昭君必定"乡思满怀"，然后指出昭君远嫁的原因其实有二："汉宫欲妒"才是深层次的本质原因，"沙场巧相嫁"只是直接原因即表面原因。昭君命运不偶是一种必然，即便不被远嫁也可能是幽闭长门或久居长信。她的哀怨寄托在琵琶曲中，连不懂汉语的单于也会为之涕零，而她的愁怨无法由汉使传达，倒不如将单于视为知音来解这琵琶中的忧愤。此词在众多咏明妃诗词中也算独具新意。

苏始芳的《生查子·西施词》说：

朝浣越溪纱，暮作吴宫女。甲士三千衣水犀，不及纤腰舞。

台下越兵来，台上灯千炬。长夜吴王醉梦中，暗逐鸱夷去。

词作开篇用王维《西施咏》诗意，接着说越国的兵士空有人众、甲坚之虚名，却要依靠西施来取胜。词作主要赞扬西施的机智、忠勇，也有讽刺男子无能的意味。

堵霞的《金缕曲·题西子思归图，即代西子自叹》是一首翻案词，将在后文"堵霞"一节作详细解读。词作从女性的心理、女性的视角重新品读西施。她认为西施作为越国亡吴计划的实施者，在离间吴国君臣成功，顺利完成灭吴任务的同时，却深深爱上了娇宠她的吴王。以至于她愿意在埋骨荒郊之日，在墓碑上镌刻"夫差室"的名号。显然，此时的西施爱上的是曾经日夜相守的"夫差"，而不是往昔叱咤风云的"吴王"。堵霞的解读可能不如前人为西施设想的同范蠡泛舟五湖之结局美丽，但是却更接近一个有血有肉、有情感思维女子的内心世界。

三、田园词

闺秀写作田园词在清代以前几乎不闻，入清后随着闺秀活动范围的扩大，词作视野更加开阔，题材范围也更广泛，出现了一些田园词甚至劳动词。

顺治时词人吴绮室黄之柔《南乡子·村望》词下阕说："隔岸酒旗偏。半枕垂杨半枕烟。遥望夕阳红处也，桥边。无数行人争渡喧。"水村、渡口、酒旗、夕烟……浓浓的水乡田园风情展现在女词人的笔下。

以劳动场景入词在男性词人中尚不多见，而在清初女性词家的词作中却出现了，如董如兰《忆王孙·庭前新水色如蓝》有对蚕桑劳动的描写："庭前新水色如蓝。谷雨初旬共浴蚕。山家少妇指纤纤。各携篮。日照桑桑露叶含。"清新纤巧，气息淳朴。

钟筠有《渔家傲·渔村夕照》二首，其一云：

洞口桃花烟雾绕。渔舟两两争归棹。鸡犬人家秦汉老。风波少。羡鱼结网从谁笑。　　一片斜阳高树杪。晚来沽酒听山鸟。醉后那知昏共晓。鼓掌啸。月明不觉和衣倒。

词人笔下的渔村如世外桃源，鸡犬相闻、渔舟唱晚，村民过着"不知有汉，无论魏晋"的生活。这只不过是作者偶然一瞥下理想中的渔村罢了，但是这短短一瞥所记录的渔村里却寄托着作者的希望。

沈榛的《菩萨蛮·越城晚眺》也是对渔村生活的描绘：

茫茫薄霭横如雨。高低夕照穿芳树。红蓼映清波。渔人挂网多。　　雪沤堤畔起。几点孤舟里。明月忽飞来。悠扬画角催。

作品更像是一幅静止的图画，处处展现出渔村生活的宁静与祥和。

徐元端《南乡子·村望》下阕说："隔岸酒旗偏。半枕垂杨半枕烟。遥望夕阳红处也，桥边。一对鹥黄小犊眠。""酒旗"、"炊烟"、"夕阳"、"小犊"构成了田园生活特有的美丽画面。苏始芳的《点绛唇·湖乡初夏》下阕描写田园风光："浅碧僧衣，水田是处分秧马。松棚下。日斜休暇。两两村姬话。"真实的农田劳动场面、劳作工具以及劳作闲暇时的情景都清晰地描摹出来，展现在读者面前。

冯体婧《采桑子·本意》则是对采桑女子的劳动场面进行的真实描写：

乡村四月柴门闭，桑树鸣鸠。玉笋枝头。月下提筐采不休。

乌云懒整金钗坠，陌上含羞。莲步轻兜。天气温和绿正稠。

作品中采桑女"月下提筐"，"含羞"奔走于"陌上"，紧张的劳作令她们无暇整理已略微蓬乱的发髻，只顾着快移莲步，采摘这些绿意正浓的桑叶。采桑女紧张的劳作在作者笔下呈现出唯美的画面，令人似乎不觉这是劳动场面，而是一场大型的舞蹈。

四、游仙词

"游仙"这一文学题材发端于《楚辞》,《离骚》、《远游》都有离尘出世的游仙情节描写。之后,秦有《仙真人诗》,汉乐府有《日出入》、《天马》,至东晋郭璞被视为游仙诗的鼻祖,游仙题材开始被大量创作。此后历代游仙诗作不绝,如唐代有李白、曹唐、李贺等人创作的大量游仙诗,意象奇诡、气度恢宏。游仙词的创作始自晚唐几阕《女冠子》,至北宋柳永《巫山一段云·六六真游洞》臻于成熟,李调元《雨村词话》卷一"游仙词"条云:"诗有游仙,词亦有游仙。人皆谓柳三变《乐章集》工于闺帐淫媟之语、羁旅悲怨之辞。然集中《巫山一段云》词,工于游仙,又飘飘有凌云之意,人所未知。"①随后,苏轼《戚氏·玉龟山》、《水调歌头·明月几时有》,黄庭坚《水调歌头·游览》,秦观《雨中花·指点虚无是征路》,周邦彦《满庭芳·白玉楼高》均为游仙词作。到南宋游仙词的创作增加,但始终不能成为词体创作的主要题材。即使这一很少为人重视的题材,女性词人也有所涉足。在女性词人作品中,以李清照的《渔家傲·天接云涛连晓雾》一首梦游仙词为最。明清女性词人中,以游仙入词者佳作不多,唯有明末叶小鸾一组调寄《鹧鸪天》的游仙词非常出色。清初孙兰媛女陆宛椒有游仙词二首,其《竹枝词·拟游仙》有句"小宴初阑罢玉笙。东风庭院梦将成。流莺啼向墙东去,闲却梨花伴月明",实际上是闲适人家生活的描写。其二中的"淡黄衫子映朝霞。不是吹笙子晋家。一自美人乘鹤去,海棠零落不生花",描写类似仙女的生活,却有十足的游仙味道。

吴皎临也作有一首《齐天乐·游仙》,表达的却是不一样的情绪:

---

① [清]李调元:《雨村词话》卷一,唐圭璋编:《词话丛编》,中华书局 2005 年版,第 1391 页。

凤凰台上吹箫侣。同伴月明凤舞。十二楼台，三千世界，眼
见微尘如许。高寒逼处。浸肃肃肌肤，不胜凉露。桂影摇寒，清
辉濯苦更风御。　　冷冷环佩济楚。望瑶京缥缈，步虚声下。露
湿云鬟，光莹玉臂，遍蒸天香衣素。拟身何处。逐神仙伴侣，琼
宫玉宇。便欲骖鸾，两两踏云归去。

作品上阕化用佛教典故和语汇描摹神仙世界，想象飞腾至天宫后的景
象，回望世间"十二楼台，三千世界"都如微尘般大小；然后想象自己飞
腾时的感受，天上一定是寒冷的，凉露浸肌、桂影摇寒，此时御风而行更
觉清冷。下阕说天宫清冷，瑶京可望不可即，想去追逐自己的神仙伴侣，
"踏云归去"。与纯粹的游仙词不同，她并不真正渴望飞升到清冷孤寂的仙
界，成为不食人间烟火的飞仙，实际上是想在清冷的神仙世界寻觅人间的
快乐。

王琛的《鹧鸪天·题山园，和束佩君》也颇类游仙，下阕言道："云
作盖，芰为衣。山容黯淡水光低。鸟啼花落消长昼，小立空阶月到西。"
虽是描述自己的生活状态，却是地道的神仙装束、神仙生活。

这一时期女性词人的游仙词虽然数量不多，但却有自己的突破，一方
面是前代女性写作游仙词的较少，而这一时期人数有所增加；另一方面，
是与以往的游仙词隐遁、逃避的创作意图不同，这一时期的游仙词实际上
表达的多是对美好人间生活的向往。

五、羁旅词

清代以前女性词作中很少见到羁旅词，清初一部分女性由于易代之乱
被迫走出闺门，还有一部分由于随宦的需要有了羁旅的经历，她们将行程
中的感受诉诸笔端，于是成就了闺阁词人的羁旅词作。

袁彤芳的《长相思·旅思》：

风满楼，月满楼。月白风清动客愁。旅况不堪留。　　灯半

篝，香半篝。香沉灯尽漫凝眸。天际问归舟。

月白风清本是难得的美景，曾几何时，苏轼得意于"江上之清风与山间之明月，耳得之而为声，目遇之而成色"，奉之为"造物者之无尽藏也"（《前赤壁赋》）；而羁旅中的女词人却因之触动心中之愁，更觉"旅况"之苦。词的下阕通过夜深客船凄清景象的刻画，读出作者内心的孤寂——"香沉灯尽"后凝眸天际，心系归舟。所展现的画面如同电影结束时定格的镜头：灯火阑珊的船头，美丽女子的剪影，远处是片片船帆在黑色夜幕下起伏。这首词的下阕又不得不让人联想到数年后满清才子纳兰容若的《长相思·山一程》一词，虽然一个江南，一个塞北，然而同样是羁旅劳顿，同样是诉说心中的愁苦，同样是深夜景象，同样是灯火阑珊，料想心中的苦楚也应相当。羁旅途中对于家园的思念不因性别、地域的差异而改变。而从纳兰的词中似乎可以感受到：羁旅环境的恶劣更容易催生男性词人的思乡之愁，正是由于"山一程，水一程"的劳苦疲惫和"风一更，雪一更"的艰苦环境，使得词人想到故园的温暖和宁静。女性词人则不同，相对于男性词人，她们的家庭归属感更为强烈，因此，即便是在"月白风清"的动人夜色里，还是会勾起她时时涌动的思乡情绪。

沈榛有《点绛唇·旅思》及《雨中花·旅怀》，后一首写道：

帘外冰蟾光的。良夜永、重门寂寂。看烛影轻飘，凉飔微度，抚景悲羁客。　　云际翩翩排雁翼。频怅望、故乡消息。助我凄凉，几声清漏，泪并铜壶滴。

词作渲染旅途的夜晚，凄清的月色。词人远眺天边的雁阵，想到故乡家人杳无音信，更添凄凉，不由得泪珠暗垂。

丁瑜《蝶恋花·舟中》云："满路浓阴伤客眼。雨雨风风，暗把流年换。"在旅途上不知不觉年华流逝，"雨雨风风"摧打着女词人的身体和心灵，周围的景色是"月挂孤帆山影乱。归鸦无数啼荒岸"，乱横的山影、孤帆边的残月、荒岸上乱啼的归鸦，种种意象更加重了词人心中的凄凉，于是词人发出感慨："千叠沧波，不抵离愁半。"

章有湘《浣溪沙·旅怀》咏道：

> 此夜难分怨晓钟。梦魂偏又到吴淞。愁情先上两眉峰。
>
> 弱质一身临远道，布帆千里破长风。可怜回首隔江东。

她在旅途的梦境里依然眷恋着故乡，醒后自然更感愁苦；想到自己闺阁弱质却无奈漂泊天涯，千里驱驰，不免有自伤身世之感。

贺裳之女贺禄有多首羁旅词，最典型的有《点绛唇·舟中即事二首》和《念奴娇·夜泊黄河》。《点绛唇·舟中即事二首》其一云："水阔天空，晚霞飞尽星斗横。猛然回首。身在江南否？"由这一问使人慨叹女词人颠沛流离的生活，由于经常辗转于路上，使她自己产生空间错乱感，不知置身何处。但是她对未来还充满着希望，乐观地说："记得叮咛，会合终须有。频斟酒。且开怀抱，莫把眉长皱。"如果说那时的贺禄心底还充满着希望的话，在《念奴娇·夜泊黄河》中剩下的就只是绝望的眼泪和不平的傲骨了：

> 一生如梦，历尽了、无限伤心时节。还去流光曾一瞬，愁多难向人说。笑掷红颜，惊看白发，独拥牛衣泣。问谁知己，扁舟今夜明月。　堪叹三载孤踪，天涯浪迹，闺阁原无力。暗向西风增怅望，蹙损眉峰千叠。世事浮沉，吾今老去，白眼还如昔。黄河天上，浊流相对凄恻。

女词人漂泊一生，历尽心酸，到头来红颜已成白发，已经懒向人诉说愁绪了，却还是扁舟独对明月夜。她本是闺阁弱质，却不得不承受浪迹天涯的命运，生活的不幸令她蹙损眉峰、红颜不再，然而无论怎样经历世事浮沉、岁月老去，孤高的性格令她依然不愿对这个污浊的世界以青眼相加，而是宁愿独拥牛衣、对黄河凄恻。虽然今天已不可确考贺禄漂泊的真正原因，但是这首词让读者充分体会到她的漂泊之苦，甚至可以推而广之想到那些羁旅词作者在路途上的心境。这首词作不仅在闺阁羁旅词作中堪称上品，即便置于男性羁旅词创作的大范围内也是难得的佳作。全词哀伤而无颓废之气，气格颇高，隐隐有气贯长虹之势，甚至可以说她的某些词句道出了男性词人在羁旅途中想言而未敢言之语。

六、传统闺阁题材

传统闺阁题材在顺康女性词人中依然被承续着，伤春悲秋、相思闺怨、离愁别绪、思亲词与寄外词仍是她们最常写作的题材，也被女性词人寄予了较多的情感。

（一）伤春悲秋

吴山的伤春词表现得与众不同，如《百字令·戊子春暮，寓西湖坐雨有感》结句云："何事天涯蝴蝶梦，留连客舍难退。啼鸟多情，落红不管，领略无滋味。暮春也，动归思来诗内。"没有传统伤春词的悲切，有的只是春天的易感，于是词人将春天的感触与归思转入诗章词篇之内。

陆真伤春词《点绛唇》说道：

> 春已无多，杜鹃又欲催归去。落红如许，一夜风和雨。　　独倚楼头，望里斜阳暮。情难诉，绿芜深处，可是春归路。

词人怕春归早，觉得杜鹃声声似乎是催着春天归去的信号，只可惜事与愿违，还是有一夜风雨催落残红。于是，她不甘心地登上楼头眺望"绿芜深处"，想看看那远方可是春天归去的地方。词极简短，却感情真挚，惜春之意溢于言表。

严沆女儿严曾杼伤春词有《忆秦娥》二首，其一有云："春云郁郁飞春雪。春闺寂寂春愁切。春愁切。几多心事，欲陈难说。"将自己的情绪与伤春情绪相融合，也是常用的表现手法。周慧贞的《菩萨蛮·经年对镜朱颜改》则把伤春与伤华年相联系，发出青春易逝的哀叹，有"经年对镜朱颜改，伤春伤梦愁伤害"及"愁绝是伤春，应怜花下人"之语，春花固然叫人爱怜，正值韶华之人更比春花当惜。

宋凌云《采桑子》写悲秋，一如辛弃疾同调词思路：

> 从来不识悲秋意，爱月登楼。爱月登楼。玉笛横吹天际浮。　　而今识尽悲秋意，独倚香篝。独倚香篝。两点春山只驻愁。

不过辛词是写少年到老年逐渐增长了对于世事的认知和无奈，此词则写少女到少妇，由天真无邪到愁思满怀，不仅是写女性的心灵成长，更是写无情的岁月将一个热爱生活的女孩摧残为满腹哀愁的怨妇。

马福娥《南乡子·立秋》词更将象征肃杀的秋气与自己的病体、凄恻的离情打并在一起，使秋的意绪越加浓重：

> 凉气逼罘罳。骤雨蛙声撼晓池。罗帐不堪衾似铁，谁知。秋到梧桐第一枝。　　多病起迟迟。莫把菱花照鬓丝。团扇无言空自感，凄其。一半离情付与伊。

名妓的这类题材创作也颇多，花妥的伤春词《生查子·春色已飘零》写道："春色已飘零，心事和谁诉。含泪泣残红，素袜愁沾露。"这里不是哀叹春色飘零，实是哀叹年华飘零，泣残红，实是泣红妆，素袜沾露有何惜？却是主人公心向素洁的愿望表达。其悲秋词如《菩萨蛮·秋思》云："秋来逗起绵绵病。红衣落尽鸳鸯冷。衰柳袅残丝。腰纤不自持。"古来伤春悲秋题材的主人公无论男女皆是多病的形象，此词也不例外，由病起句，转而以自身情绪观照外物——荷花凋零，鸳鸯游于水面也似乎感到寒意。柳色渐衰，摇曳着不多的几缕枝条，枝干纤细一如作者的腰肢，不耐秋风侵袭。这首悲秋词的写作，首先是由作者的病中愁绪为基调，转而观照外物，发现秋天的景物也是一派萧索凋敝的模样，于是产生共鸣：人与物同样不禁秋气肃杀。这样的写作使得悲秋词情景交融，也只有女性有这样的优势，自比花草更引人爱怜。

李端生的伤春词也写得独特，如《蝶恋花·春恨》：

> 被拥余香银烛短。睡起无聊，眉黛从教浅。早是伤春情绪

懒。云鸠更惹离魂远。　　独对东风肠万转。烟雨霏微，苔衬飞
花满。点点妆成花泪眼。花寒不似啼痕暖。

此词上阕谈不上新颖，与一般的伤春词一样，从春睡未足，懒起、念
远入手。下阕陡然一转，写愁肠万转因东风，飞花落苔如泪眼。这一比喻
不仅新巧，而且贴合心境。更为难得的是最后一句"花寒不似啼痕暖"，一
方面是说花凝成的泪眼，不如此刻词人的泪眼啼痕重；另一方面，她迎风
而立，却能感到啼痕是暖的，说明她的身体不禁春寒，心里更比春寒冷甚。

（二）相思闺怨

相思题材占所写词作最多的要数葛宜。《小檀栾室汇刻闺秀词》辑录《玉
窗诗馀》一卷，共收词作 13 首，其中写到相思情感的有 10 首，直接出现
"相思"二字的有 7 首。李因为《玉窗遗稿》所作题辞中称，葛宜此类词
作颇多的原因是："既而东西南北，夫子之踪迹长遥；风雨鸡鸣，深闺之岁
时偏永。溯锦江之眇眇，织并回文；望秦树之盘盘，情周四角。"[①] 其夫朱
尔迈在为《玉窗遗稿》所作的"行略"中也称："燕尔之欢无几，孤鸾掩耀，
命也何如！"长年的夫妻分别，使得葛宜能够感知的相思之痛时时刻刻存
在，并伴有一定的节序性：早春是"肯寄相思玉人，杨柳依依望春"（《转
应曲·和日观并寄》），暮春是"春欲去，海棠时，正相思"（《三字令·春
暮》），深秋是"月，映绮罗寒，愁倚栏。佳人怨，相思隔万山"（《十六字
令·无题》），雨天是"暮雨纱窗人寂寞，愁无托，万里相思重叠叠"（《南
乡子·怀远》），晴时是"无情绿柳系相思，不尽江头流水去迟迟"（《虞美
人·春感》）。葛宜的相思词多用口语，清新爽利而明白如话，如《长相
思·怀远》：

　　　　雨声响，雨声沉，雨涨溪头溪水深，情牵绿柳阴。　　春色

---

① ［清］李因：《玉窗遗稿题辞》，彭国忠、胡晓明：《江南女性别集初编》，黄山书社
2008 年版，第 129 页。

寒，春夜阑。静倚东风不忍看，一天雁影还。

这里虽是词作，却模拟《诗经》的比兴手法，以溪水来起兴，同时也暗示相思情深；用语不避重复，不嫌直白，看似浅近而意味遥深。

对于这一女性寄情最多、最善于表现的题材，女性词人的相思闺怨词呈现出各自的特色。

有的表现出痛断肝肠的怨怒。如姚凤翱的《酷相思·闺情》写相思最为苦痛："把泪磨残墨、题新句。书去也、神随去。神去也、愁难去。"将相思时流泪寄笺、心神不宁的状态如实刻画出来。陆瑶英《阮郎归·西邻歌舞送春愁》写闺怨，甚至有惨烈之言："杜鹃啼血恨无休。离人欲白头。肠百结，解何由。沉吟忆昔游。与君惟有梦绸缪。醒时依旧愁。"怨怒以至有"啼血"之恨，怨恨至极而头白、肠结，令人悲悯。

严曾杼的闺怨词《蝶恋花·病怀》哀婉如诉：

> 早潮扬子舟难舣。一曲湘江，送断微弦指。风雨落花明月底。芭蕉寸寸衔心里。　　粉融湿透风前泪。茶饭谁餐，伏枕知何许。薄幸不来侬自去。游魂顿刻追千里。

作品上阕将闺怨的种种意象组合在一起，奠定全词的基调：象征离别的湘江曲、象征愁怀难舒的芭蕉等。下阕实写自己的情绪：泪痕不干、茶饭不思，只是伏枕而泣。末句则道出了闺中人最大的不幸——心上人许久不来，她想追逐而去，但在那个时代这只能是大胆的设想；唯有魂是不受束缚的，可以追他到千里之外。这首闺怨词的不同之处，在于章法结构严谨，严格区分上阕写景、下阕抒情的写作范式。上阕景中含情。下阕不仅直写自己的相思之苦，还道出了男子与女子在情感追求上面的不平等，男子有绝对的往来自由，而女子只能默默等待。如侯承恩的《一剪梅》写道：

> 无绪严妆独倚楼。愁在心头，愁在眉头。蓼花风起冷飕飕。欲下帘钩，懒下帘钩。　　百和香烟静自浮。琴也慵修，书也慵修。夕阳西坠水东流，怕听更筹，又近更筹。

《一剪梅》的重叠反复句式最宜用来表达愁闷的心绪，此词"愁在心头，愁在眉头"表现愁之多，"琴也慵修，书也慵修"表现心绪不宁，突出对远方伊人的思念情绪。

龚静照的《水调歌头·听漏》抒写无边的恨意："天将曙，帷空曳，泪如溅。漏长漏短，何苦偏向恨人边。"丁绍仪《听秋声馆词话》评曰："女史为明末殉难中书廷祥女，所适非偶，故语多凄愤。"[①] 她心中的怨恨缘由通过一首咏雨中蔷薇词作透露出来："芳菲刚一掷，遂被雨狂风送。正开全放半摧残，总看来如梦。"（《阳台梦·雨中蔷薇》）她自己也正像这"正开全放"的蔷薇，芳菲刚吐，便被国破家亡的风雨断送了幸福，于是感慨繁华消歇、盛衰如梦。

有的则表现得别具新意。如李眺的《采桑子》以雨比拟相思：

> 相思恰似阶前雨，有落无收。有落无收。万万千千滴不休。　　相思不似阶前雨，落下还留。落下还留。到地须知到尽头。

作品通过"相思"与"阶前雨"的正反对比，反复书写，突出主人公相思的痛楚。

俞士彪的妹妹、沈丰垣的妻子俞璟的一首相思闺怨词《临江仙》写得很有特色：

> 一点青灯愁夜永，卧思往事朦胧。小窗人面怯东风。玉阶花影下，私欲诉离衷。　　客子不归归也晚，一声雁叫秋空。楚台暮雨杳无踪。双扉斜掩竹，依约旧帘栊。

词人以怀念往事来衬托眼前的孤寂，"客子不归归也晚"一句含着千百嗔怪。

---

① ［清］丁绍仪：《听秋声馆词话》，唐圭璋编：《词话丛编》，中华书局 2005 年版，第 2780 页。

著名词家彭孙遹的姐姐彭孙婧有《长相思》词两首写相思闺怨，其一云：

> 闷悠悠，恨悠悠，何日花间共笑游。携手不胜愁。　　那堪忧，最堪忧，多情无计问扁舟。空逐水东流。

与俞璒不同，她是用对未来情景的无数次憧憬来衬托眼前的孤寂。她盼着思念的人归来，于是问江上往来的扁舟，却只见它们"逐水东流"，留给她的是更深痛的凄怆。

闺怨类诗词往往融入女性无限的巧思，历来最为人称道的是苏蕙的回文锦（璇玑图）。顺康时期的女性也大量创作回文词，如卞梦珏的《菩萨蛮·秋夜回文》、《菩萨蛮·秋景回文》，华浣芳的《鹧鸪天·回文》等，这里不一一列举。而比这更具巧思的是以药名写闺怨。比如范姝的《夏初临·药名　闺怨，和周羽步》：

> 竹叶低斟，相思无限，车前细问归期。织女牵牛，天河水界东西。比似寄生天上，胜孤身、独活空闺。人言郎去，合欢不远，半夏当归。　　徘徊郁金堂北，玳瑁床西。香烧龙麝，窗饰文犀。稿本拈来，缃囊故纸留题。五味慵调，恹恹病、没药能医。从容待，乌头变黑，枯柳生稊。

这一首短短的闺怨词里竟然镶嵌了竹叶、相思（子）、车前（子）、牵牛、天河（石）、寄生、独活、合欢、半夏、当归、郁金、玳瑁、龙麝、文犀、稿本、（破）故纸、五味（子）、没药、苁蓉、乌头、枯柳二十一味中药，而且文词通顺，平仄押韵得体，表情达意丝毫不受影响，女性词人的聪明才智令人惊叹。

（三）离愁别绪

青楼女子的离愁别绪仿佛总是最多，或许一些是敷衍之作，但也不乏好的作品。比如方是仙的《女冠子·别怀》：

> 晓莺啼罢，起来多少愁绪。钩帘飞絮。水流花落，销魂时

节，抛人归去。玉鞭门外路。和泪看人，更无言语。燕钗烛冷，云鬟花歃，倦临绣户。　　爱风流、几许赚人句。恨此生、却似海棠开无主。佳期难据。怕鱼沉雁杳，寻伊何处。况多病多愁，怎禁零落，这番春暮。空闺今夜，梦魂深锁，半窗烟雨。

此词有姜夔词作风味，清冷多愁；又似柳永词，写离别铺叙转折，回味遥深。先是写人去后的懒起、销魂，然后回忆离别时景象——"和泪看人，更无言语"；接着又写人去后无心打扮，钗冷花歃，"倦临绣户"。下阕慨叹身世，以海棠做比。海棠本是娇媚柔弱的花朵，这里作者用以比拟自己"多病多愁"的身体；而海棠无主正是作者青楼身份的写照。海棠最易为风吹落，往往堆山填壑，其景最为凄美。作者想到一旦"鱼沉雁杳"、"佳期难据"，她将如这春暮的海棠般零落；而眼前景象则只有"空闺深夜"，"半窗烟雨"，更添凄凉意绪。

葛宜的词中有《春光好·送别》全用口语，韵味独特：

梅叶放，桃花明，正啼莺。无奈扁舟君欲行，几含情。愁深不日不月，春寒乍雨乍晴。南北东西芳草路，忍青青。

词人以活泼的语调、浓浓的离愁活画出一个娇俏可爱而眉峰常蹙的少妇形象。

吴绡的词中最多书写的也是满纸离情，如《醉花阴·望远》"游子天涯音信久。盼到西风瘦"写期待的心情，《疏帘淡月·咏怀》感叹人去后的凄凉是"声断玉箫凤远，秦楼如水。凄凄画角残更迟"，写思妇的心境是"叹寂寞、长门深闭"，刻画思妇眼中的事物是"红于泪染，黄花憔悴"，于是慨叹"花笺难缀离情味，记行云驰神千里"，《蝶恋花·送举》有"枕畔星星和泪语。伤心此夜天将曙"、"仆马纷纭，千里京华路"，写丈夫求取功名时送别的情形。《蝶恋花·问第》有"拭尽啼痕千点雨。泥金两字传佳语"、"莫问离情愁几许。壁上屏间，题遍怀人句"，通过"拭尽啼痕千点雨"、"壁上屏间，题遍怀人句"等刻画出对于丈夫的深深思念。

沈丰垣妾杨琇的离别词写得真挚感人，《清平乐·送别》云："征帆恰遇长风。霎时分手西东。恨不将身化石，填他江上青峰。"将送夫离别之际的怨时光短暂、恨身不能随之心情表现得淋漓尽致。

另有《南乡子》：

> 无语泪凝眸。临别空斟酒满瓯。门外玉骢嘶渐紧，难留。一带青山夕照收。　　独自下帘钩。对月看花总是愁。去路关河应隔断，休休。梦不为云到小楼。

用意与上阕相同，写临别时马嘶催促声声，望着消失在夕阳里的背影，无限离愁涌上心间；写人去后的坐立不安，对月看花都难解心中愁绪。遥望去路，却被关河阻断，连梦也难到。

（四）思亲词与寄外词

思亲词与寄外词也是比较传统的女性词题材。寄外词几乎在每位已婚女词人的词集中都可以看到。目前已有学者进行专门研究，这里不做特别说明。

思亲特别是思母词是女性词题材中最为重要的一类。在男性词人的词集中或许可以寻见一两首这样题材的词作，但绝对不会像女性词人那样，几乎每个人的词集里都有几篇这样题材的词作。她们对于母家亲缘关系的依恋，特别是对于母亲的思念成为心中萦绕不去的情感。如丁瑜的《踏莎行·思亲》词说"独我离情，萱闱衰老。那堪弱质风尘道。为谁憔悴更凄然，柔肠寸寸无人晓"，将对母亲的怀念与自身的漂泊之苦相融合，演绎了一曲游子对母亲的思念。卓龄的《菩萨蛮·九日即事》有"故园情最切。梦绕慈亲膝"之语。钱慧珠的《水龙吟·忆家慈客武林》与母亲张淑的《酷相思·忆慧贞、慧珠二女》则表现了人世间的母女深情。贺吟凤的《阮郎归·寄家严客京邸》表达对父亲的思念时说"欲凭清梦到亲边"，龚静照有《望湘人·午日病中怀亲》思念她的父亲——明末殉难中书龚廷祥，陆凤池有《浪淘沙·午日思亲》，姜道顺的《浪淘沙·思亲》写自己的心情是"镇日盼归期。膝下谁依",朱中楣有《望江南·长安忆母》和《南乡子·思亲》表达对母亲和家人的深深思念。对于女性词人来说,姐妹之间的思念也较多表现在词作中:张繁有《江城子·久雨忆姊》,邵笠有《凤凰台上忆吹箫·秋夜怀姊》,林瑛佩有《凤栖梧·忆杜若妹》,张学仪有《长相思·忆古诚六妹、古明七妹》。

比较特别的思亲词有吴文柔寄给其兄吴兆骞的《谒金门·寄汉槎兄塞外》和一首《长相思》,两首词不仅是对兄长的思念,还包含着对于当权者的控诉。《谒金门·寄汉槎兄塞外》写道:

> 情恻恻。谁遣雁行南北。惨淡云迷关塞黑。那知春草色。
>
> 细雨花飞绣陌。又是去年寒食。啼断子规无气力。欲归归
未得。

想起流放宁古塔的兄长,吴文柔情怀凄恻,她质问:是谁决定着本该自由飞翔的雁的命运?想起关外的恶劣气候,想到哥哥欲归不得的凄凉处境,伤心欲绝。全词以"情恻恻"开篇,随后一句紧似一句的控诉,声声泣血、字字含泪,有极强的感染力。

《长相思》虽然没有注明题旨,但是可以看出仍然是思念兄长的词作:

> 关山秋,故山秋。叶落庭槐起暮愁。新凉作意收。 蓼花
>
> 洲,荻花洲。分付蛩吟且暂休。断肠人倚楼。

"关山"与"故山"对举正是说兄长流放地与家乡远隔千里,不知是不是同一个秋天。"蓼花洲"与"荻花洲"仍是一北一南。在这秋风乍起的江南庭院里,吴文柔想到远在关外的兄长不知正经历着怎样的秋天?声声蝉鸣更令她断肠心碎。

这两首思亲词作与政治背景紧密相连,在清初具有典型的代表性,写出了遭受各种名义之"案"与"狱"牵连的家族内部,那些无能为力的女性的悲苦心境。

第二节　海纳百川与斗巧争新并重的艺术特色

顺康女性词在意象的运用、词境的建构、词风流派与艺术手法上具有丰富性、多元性的特点，呈现出不拘一格的特质。具体表现在：传统经典意象与自身重构意象的并用，词境的拓展与回归，词风流派的继承与开拓，艺术手法的传承与创新。从顺康女性词作情况来看，她们对于前代特别是宋代的重要流派和重要词人在艺术表现形式上都有所传承，不仅如此，她们还以女性的思维方式和视角创作出许多独具匠心的词作，显示出不同于以往的独特艺术风格。

一、传统经典意象与自身重构意象的并用

首先，顺康女性词中沿用了许多前代诗歌中的意象，这部分意象看似陈陈相因，实际上寄托着女性词人自身的情感。较为典型的是对《诗经》意象的接受和运用。对于《诗经》中意象运用最多的是《秦风·蒹葭》中的"蒹葭"、《唐风·蟋蟀》中的"蟋蟀"（即蛩）以及《卫风·伯兮》中的"谖（萱）草"（即忘忧草）。

萱草意象，在顺康女性词中有两类寄寓：一是对"解忧"、"忘忧"理想的期待。因为萱草有"忘忧草"之称，女性词人以萱草意象表达自己摆脱忧愁的愿望，同时也暗示她们在现实生活中的幽怨情绪。如许华存的《锦堂春·忘忧草》有"绿草深深庭院。夏午初开石畔。种号忘忧未肯忘，千转回肠绊"，赵承光的《惜分飞·时寓苏台别业》有"尘满瑶琴调少。开尽忘忧草"，严怀熊《满庭芳·初夏》有"北堂外，成畦萱草，忧极怎能忘"，袁寒篁《虞美人·春感》词有"眼前萱草不忘忧。兼是一丝杨柳一丝愁"，张学象《浣溪沙·春日》言"自有游丝长惹闷，谁言萱草可忘忧"，

叶宏绾《望江南·和篆鸿弟端午词六阕》其二"臂缚彩丝祈续命，鬓簪萱草要忘忧"，《南柯子·午日》有"闲来摘草觅忘忧"，顾贞立《多丽》词有"栽萱草、可得忘忧"，且有《浪淘沙·萱草》词。二是象征对于母亲的思念。因为自古有以萱喻母、以椿喻父的习俗，所以词中提到萱草，也用来象征母亲。如袁寒篁的《减字木兰花·书感》中有"萱草当庭不忍看"，《柳梢青·春感》中有"萱草难留，椿枝易老，无限伤情"，《卖花声·秋日登楼》中有"饮泣呼天。瞻兮萱草白云边"；桂姮《浪淘沙·思家》词有"北堂萱草望悬悬"；刘淑《千秋岁·北堂寿日》有"北堂萱草，南极辉光耀"句；龚静照的《满江红·午日寄居舅家》词有"碧汉几呼萱梦杳，潇湘一望鹃声咽"。

"蒹葭"意象，在顺康女性词中也有两类含义：一种是常见的本意，也就是作为秋天的标志性景物出现。但由于出自《诗经》，因此为词增添了几分典雅之气。如赵承光的《一剪梅·秋感》有"烟卷西风雁落沙。水满蒹葭"，陈璘的《菩萨蛮·秋溪泛棹》有"晚峰无限好。碧漱蒹葭老"。另一种是被作为友情的象征。因为《秦风·蒹葭》原是表达对难以相见的"伊人"的向往与思念，这种男女之间的情感被顺康女性词人巧妙地用来表达女性之间的友情。朱中楣的《千秋岁·别横波龚年嫂南归》词有"新荷碧，残葭翠。秋清人渐远"，吴山的《玉楼春·晚眺，怀闺秀王辰若》词有"极目寸心萦万缕。凭楼默诵蒹葭句"，钱凤纶的《水龙吟·怀柴季娴表嫂，兼谢画梅》云"别后蒹葭水远，正空闺、梨云梦断"，姚凤翔的《满庭芳·送五妹张夫人偕任长安》有"愧蓬门陋质，蒹葭倚玉，相爱相怜"，薛琼的《沁园春·同芥轩赋》词有"篷窗共泛，白露苍葭"，则表达的是与丈夫默契自然的爱情，取"夫妇擅朋友之胜"意。

"蟋蟀"的意象，也有两类含义：一是常见的深秋时令的象征，用于突出萧瑟凄凉的意境。如沈士芳的《渔歌子·凉气萧萧坐久生》云"窗纸响，砌蛩吟"，卓灿的《满庭芳·秋夜写怀》有"衰草迷烟，寒蛩吟怨，蟾光又上帘钩"，吴碧的《巫山一段云·秋怀》有"蛩吟声啧啧，叶落响萧萧"，吴永和《菩萨蛮·玉川舅氏命赋》有"寒蛩吟败叶"，叶宏缃的《一叶落·辛未立秋》有"井梧叶脱条，吟蛩声最早"，陆羽嬉的《卜算子·秋夜寄外》词有"风急雁书空，露冷蛩吟户"，顾贞立的《卜算子·夜雨》"蛩语杂寒碪，欲睡如何睡"。二是在顺康女性词中常常被作为忧愁、哀怨的象征。据粗略统计，"蟋蟀"（蛩）意象在顺康女性词中出现的有36处之多。其中，以"蟋蟀"（蛩）为题的就有6首。它们的鸣叫被作为女词人心内呜咽的外在表达，是女词人在自然界中找到的苦闷共鸣。如陈璘的《剔银灯·夜雨》有"几声蛩语。如向我、愁人悲诉"，孙兰媛的《解佩令·蟋蟀》有"阶前频唤。床头低叹。这情怀、谁堪分辨"，张令仪的《临江仙·虫声》有"寒衣未办，蟋蟀替人忧"，张昊的《虞美人·枫林昨夜多风雨》词云"凭栏不语心如捣。又听吟蛩闹"，《多丽·闻蛩感怀》云"怎禁他、秋光萧瑟，更填着、砌蛩鸣。为谁悲、哀啼不尽，如怜我、怨语难平"，蔡霦的《谢秋娘·秋蛩》词有"夜夜吟寒头欲白，声声咽月叶初黄。宁不断人肠"。

其次，顺康女性词人在创作过程中，根据情感表达需要创造出一些意象组合。"轻巧尖新的意象"是宋词特有的艺术特征 ①，也可以说是词之美的基本特质，顺康女性词人意识到了这一特点，并发挥自己的智慧创造出许多优美且寄托遥深的意象。

创新意象之一：物象组合的奇特构思。吴琪的词是这一方面的典型代表。由于吴琪善画，她在词中常常运用绘画思维，将无理的物象组合在一起，生成奇幻的意象。如《浣溪沙·夜愁》说"烟景蒸蒸锁夕阳，宿鸦啼断暮钟长"，"烟"是缥缈之物，"夕阳"远在天边，如何可以"锁"住？"暮钟"自有人敲，"宿鸦"呜呜自啼，二者何曾相关？经过词人妙笔一点却将它们联系起来，使人如闻如睹，不觉渐渐接近暮色中的愁绪。又如《玉

---

① 谢桃坊：《论宋词的艺术特征》，《天府新论》2006 年第 5 期。

楼春·山楼》写"堤柳荫浓吹作雨",这堤柳形成的树荫再浓再密也只是柳荫,如何能"吹作雨"?这看似不通的表述却让人如同亲身沐浴在柳荫的凉爽与湿润里。《少年游·春恨》绘"紫幔怯风铃","紫幔"如何怕"风铃"呢?词人想表达的其实是身体单薄,不禁春风,即使挂上紫幔,风铃阵阵,更觉凄寒。《踏莎行·咏怀》说"蒲团梦影随云便",乍一看,"蒲团"、"梦"、"云"三个不相关的事物如何能凑到一处;细细品味,是作者意欲打坐蒲团上,过着梦随晓云游的闲适生活,这三个意象正是淡雅闲适的最好代表。还有《捣练子·闺夜》说"菡萏冰荷通绣帐,玲珑碧月下金钩","菡萏冰荷"在屋外,如何得"通绣帐"?"玲珑碧月"在空中,怎能使令"下金钩"?但却令读者感受到夏夜闺阁中的清凉与静谧之美。

创新意象之二:寄托情感的特殊喻体。顺康女性词人选取某些事物来寄托自己的情感,这些事物作为比附的喻体,构成带有情感的意象。如商景兰的"日久时长银瓶落井"(《忆秦娥·忆外,代人作》)是以"银瓶落井"来比喻盼归无望的失落情绪,"孤雁宿沙汀,寒砧梦里声"(《菩萨蛮·忆外,代人作》)是以"孤雁宿沙汀"来比喻想象中丈夫远游在外的凄凉处境。柳如是的《梦江南·怀人》词有"蝴蝶最迷离"句,用雨中翻飞不定的蝴蝶暗喻自己怀人时神魂不定的精神状态。

创新意象之三:浓烈色彩表达的内心情感。女性词人多精于刺绣女红,这培养了她们对于色彩的敏锐感知力。于是在词作中她们善于运用色彩来表达内心的情感,创造出以浓烈色彩暗示情感的独特意象。如黄媛介的"嫩绿离烟,微红吐秀"(《踏莎行·为闺人题文俶扇头》)表现文俶高超画技所画花卉带来的内心喜悦,"落红粘碧草,飞絮满清潭"(《临江仙·春思》)通过视觉强烈的冲击力表达伤心失落的情绪。吴胐的"轻霞老树长天碧"(《虞美人·答弟》)则以浓淡分明的色彩表达秋天澄净的心态。朱中楣的"绿浓翻燕剪红轻"(《行香子·上巳》),则是通过语序的颠倒配合浓烈色彩的撞击,造成活泼轻快的感官效果。

二、词境的拓展与回归

干戈烽火、动荡漂泊与闺阁生活并存造成词境的多元化。顺康初期，女性词人受神州板荡的影响，词中出现兵戈气、志士气、迁客思、骚人忧和哲人语。兵戈气如刘淑，作为曾挥兵讨逆的女英雄，她的词中拥塞着金戈铁马的豪宕之气。如"门墙重整，才逐、英雄半生青血"（《雨霖铃·青雨》），"乾坤留此孤忠烈，《来复》萧条一笈"（《西江月·感先君遗稿》），"并语碧流，猛触心头壮"（《醉薰风·采莲曲》），"几年沥血，犹在花梢滴"（《清平乐·菡萏》）等。志士气如顾贞立，她具有与生俱来的刚直不阿之气，她的词如志士般肆意抒发亡国之痛。如《满江红·楚黄署中闻警》有"江上空怜商女曲，闺中漫洒神州泪。算缟綦、何必让男儿，天应忌"等词句，《虞美人·暗伤亡国空弹泪》词中有"暗伤亡国空弹泪，此夜如何睡。月明何处断人肠？最是依然歌舞宴昭阳"。而朱中楣、徐灿等人由于随宦沉浮，甚至迁播流徙则书写了大量寄托迁客之思的篇章，将在后文详加论述。遭遇家国之变的女词人则多骚人之忧，这在此前题材一节中已有详细说明，这里不再赘述。顺康时期的女词人，晚年大多皈依佛教，这与早年经历坎坷动荡不无关系，于是出现许多洞悉事理、思考人生的哲人之词，比较具有代表性的如顾贞立晚年的一些作品。晚年的顾贞立在经历了颠沛流离、易代之悲、病痛缠身、生离死别等种种坎坷之后变得淡定而从容。自己释怀道："多少悲欢冷暖，黄粱熟、一笑茫然。今惟有，闲身尚在，子孝与孙贤。"（《满庭芳·乙丑元旦立春》）人生的悲欢、世态的炎凉，回头看都不过是黄粱一梦，她满足于眼前的身闲、子孝、孙贤。再也没有了愤世嫉俗的顾贞立，没有了"暗伤亡国"的顾贞立，也不再自言"仆本恨人"。她坐看云展云舒，意识到改朝换代是必然的——"光景尽随流水去，江山原是沧田海。算百年、三万六千场，休惊怪。"（《满江红·廿年前为人题小影，复见之，感而为赋此》）于是她开始了哲学层面的思考，词中出现了那个千古吟咏的主题——时间的永恒与人生的有限："陈家宫阙汉家陵。都被东风斜日，送还迎。"(《南歌子·秋李还消歇》)"多少朱颜绿鬓，空耽误、粉怨脂愁。何须问，唐宫汉苑，总属沉浮。"(《满庭芳·弱絮轻尘》)多少辉煌都禁不住岁月的尘封，多少恩怨荣辱都禁不住岁月的冲刷。当规定这个奖惩制度的王朝都已成为陈迹的时候，承载这份荣辱的个人又何足论呢？"何事惊心岁月，弹指便、四十余年。"(《满庭芳·四姑话旧》)人生无论经历多么激烈的动荡，多么巨大的辉煌，在经历过后回头看时，都成为平常。至此，顾贞立的思想成熟了，不再是自负才学的少女、"句极凄婉"的怨妇、痛悼故国的遗民。她更像立于云端的麻姑，可以平淡地说出"已见东海三为桑田"。这种淡然不是人人都能具备的，这是在经历了大风浪后沉淀在心底的澄澈与平静的显现。她在《满庭芳·弱絮轻尘》词中说"空花幻影，分明身世虚舟"，在《满江红·赠薛夫人》词其二中再次提到"空花幻影尤难寄"。她不止一次地使用"空花幻影"这个词，是其新的世界观的流露。她认为自己已看到了这个虚华世界的本真，是真正的哲人之词。

顺康后期的女性词，又向着闺阁化的方向回归，这一方面是由于承平日久，女性词人不再有机会经历闺阁外的生活和体验现实身份的转变；另一方面也是由于清廷统治稳固后，开始加强思想文化方面的控制，女性词人被更深地禁锢在闺阁之中。女性词的词境向着更加日常化、琐细化的方向发展，如后文提到高景芳词的日常词境书写和张令仪词的生活愁境抒写。

三、词风流派的继承与开拓

顺康女性词人对于此前的流派和词风都有所继承和发扬，她们注意学习前代词家所长，结合女性词人身份，为各个流派注入全新的独特活力。与此同时，一些女词人将亡国之思与身世之感融入词中，为后世常州词派等流派的形成起到启迪的作用，成为常州词派的先声。

（一）花间传承与艳体词风

《花间集》在词史上一直占有重要的地位，历代皆有词作家宗奉和效仿，特别是有明一代有以"花间"、"草堂"为宗的说法。顺康女性词人，大多由明入清，很多人受到这种传统的影响，喜作花间风格的作品。

王毓贞，字月姝，江南江都人，有《幽兰阁集》。《众香词》评其"毓贞为诗各体皆工，而声情流丽，如珠之圆，如玉之润，真闺阁妙手"[①]。试看其词作，确是香奁风味。如《南歌子·浴罢明肌雪》有"浴罢明肌雪，妆残舛鸦。娇怯欲扶花。花枝扶不得，倚风斜"，《如梦令·月影被花摇碎》词有"月影被花摇碎。掩映隔帘红袂。倚醉殢春娇，狼藉满头珠翠"，描摹肌肤、体态，香艳欲滴，杂入《花间集》几乎不能辨出。另有两首《生查子》词，花间特色更为鲜明：

> 兰沐绮窗凉，红汗酥胸溅。倦倚玉栏杆，蜂呕娇花颤。

> 红沁被池香，翠滑眉心现。挥尘扑青蝇，伴拂檀郎面。

上阕仔细描摹女主人公的静态和局部特征，弥漫香艳的气息；下阕写动态和神情，表现她的顽皮和娇痴。还有一首《生查子·拟艳》也与之相类，有"亏得种芭蕉，日闪红窗暗"之语。

王朗，字仲英，著有《古香亭词》。《妇人集》载："金沙王朗，学博次回（名彦泓）女也。学博以香奁艳体盛传吴下，朗亦生而夙悟，诗歌书画，靡不精工，尤长小词，为古今绝调。"[②]《浪淘沙·闲情》三首有"几日病淹煎，昨夜迟眠。强移心绪镜台前。双鬓淡烟低髻滑，自也生怜"及其"为甚双蛾长翠锁，自也憎嫌"等语，刻画容貌神态如《花间集》风味；描写情思有"绣帏人倦思恹恹。昨夜春寒眠不足，莫卷湘帘"等句，慵懒

---

① 〔清〕钱岳、徐树敏：《众香词》卷三，上海大东书局1934年版，第27页。

② 〔清〕陈维崧撰，〔清〕冒襄注，〔清〕王士禄评，王英志校点：《妇人集》，王英志主编：《清代闺秀诗话丛刊》，凤凰出版社2010年版，第17页。

之态跃然纸上。《妇人集》又载:"又王吏部为余言,夫人有《春愁》《浣溪沙》词,前段云:'抱月怀风绕夜堂,看花写影上纱窗。''抱月怀风'四字,非温尉、韦相不能为也。"① 由此,可见陈维崧也是将王朗的词风划作"花间"一派的。

"艳体"始自"花间",而"自刘改之以《沁园春》咏指甲、咏小脚后,词家刻画闺秀,辄从其体"②。有些词评家以为"宋刘改之以《沁园春》咏美人指甲及美人足,体验精微,一时传送。词体本卑,虽纤巧无伤也"③。从叶小鸾"艳体连珠"专咏美人身体、发肤等局部之后,闺阁词作多有仿效。

李怀、曹鉴冰母女即以《沁园春》原调作艳体数首:《沁园春·咏发》、《沁园春·目》、《沁园春·口》、《沁园春·腰》;浙江胡玉莺有《菩萨蛮·咏发》词;叶辰也有《青玉案·咏手》。其中尤以周琼的《浣溪沙·纤手》词在此类词作中最为典型:

> 嫩玉纤纤整素弦,惯弹别鹄最堪怜,几回私语把衣牵。
>
> 爱插鲜花时掠鬓,怕沾飞絮故掀帘,漫笼双袖倚栏杆。

此词不同于以往男性词人咏肢体的单纯形态描摹,而是从手的功用来加以吟咏,抓住几个由手来传递的最有感染力的美丽瞬间:弹琴、牵衣、掀帘、插花掠鬓、笼袖倚栏,这些都是女性所特有的动作,词中无一句描摹"手",却字字有"手"在,兰花翻转、玉笋纤纤如在目前。相比之下,无论是韩偓的《咏手》诗"腕白肤红玉笋芽,调琴抽线露尖斜",还是赵光远的《咏手二首》"妆成皓腕洗凝脂"及"撚玉搓琼软复圆"都显得轻佻,

---

① [清]陈维崧撰,[清]冒褒注,[清]王士禄评,王英志校点:《妇人集》,王英志主编:《清代闺秀诗话丛刊》,凤凰出版社 2010 年版,第 17 页。

② [清]谢章铤:《赌棋山庄词话续编》,唐圭璋编:《词话丛编》,中华书局 2005 年版,第 3549 页。

③ 雷瑨、雷瑊辑,王玉媛校点,王英志校订:《闺秀词话》,王英志主编:《清代闺秀诗话丛刊》,凤凰出版社 2010 年版,第 1433 页。

难以卒读。而秦韬玉的《咏手》"因把剪刀嫌道冷，泥人呵了弄人髻"简直是俗不可耐，入淫词一路了。因此，男性的代言体始终不是女性心声，如果没有女性作家出来为自身证明，那么词中永远只是男性的审美世界，那将是人类文学的悲哀。

钱贞嘉的《天仙子》有"宝髻蓬松羞翠镜"，《月笼沙·新犯曲》有"纤手低笼宝钿，银纱微掩酥胸。旧时相见画屏中。重向月光花影下，总是朦胧"句，都是如花间手法般对女性身体、装束的描写。孙瑶英《玉楼春·闺情》也有相似的描写，如"睡起午窗开镜匣。纤纤素手整云鬟，银粉淡消红映颊"、"双峰锁翠眉愁压"等。商采的《虞美人·赠表妹胡小姐》也用了花间笔法："秋兰为佩彩衣新。潇洒风流疑是月中人。销魂最羡倾城笑。弱柳纤腰嫩。"

少时受业于方泰、号称工声律的黄幼藻《美人香·本意，自度曲》是十足的艳体词：

柔肌艳质发芳芬，似贾如荀。生香岂为麝兰薰。自是天然百和，捻就轻盈。　　东风荡起石榴裙，散出氤氲。萧郎几度欲销魂。一种柔情深处，蜂蝶难争。

词作从外貌到气息、从神态到体态，以局外人的视角客观描摹女性特征，画面香艳，与《花间词》笔法相同。

严怀熊的《天仙子·拟艳》从题目上就确定了艳体的风格，词云："娇似梨花浑未吐。画裙么凤盘金缕。含香豆蔻欲生香。离绣户。移莲步。瞥见秋千墙外路。"从体态到衣着，从气息到动作都是香艳的。

吴森扎的《菩萨蛮·晚沐，和韵》也是传统香艳词常用的题材：

晚风乍引新凉人，卷帘慵向妆台立。日影下西厢，小池菡萏香。　　解鬟轻贴地，兰沐香萦臂。莫便弃残膏，还将润玉搔。

这是对于女性沐发过程的描摹，不是直白的香艳描摹，却最易引发香艳的联想。

除了以自身作为描写对象的花间风格词作外，也有女性词人以花间手法来歌颂其他女性的词作。如徐元端《浣溪沙·赠美人》有"袅娜风前翠袖偏。宫鞋三寸绣双莲。朱唇新点内家圆"，许冰玉《菩萨蛮·美人午睡》有"绿云缭乱堆红袖。粉香零落胭脂瘦"，《菩萨蛮·美人秋浴》有"含羞含笑起，对我盈盈语。到底是秋波，春波不及他"等。

这些词作似乎是因循于男性词人对于女性的描写，视觉角度和欣赏标准也是男性式的。不得不说在这些女性词人的思维方式里，仍然存在着男权世界根深蒂固的影响，但同时也说明她们对于自身性别的认同和欣赏。

（二）浙西词派的宗奉

梁乙真在论述"浙江词派之女作家"时，从清中叶以后论起。而事实上，清初浙西词派大行其道，绵亘康、雍、乾三朝，姜、张作品家喻户晓。因此，顺康时期一部分女性词人在写作与他们同题材的作品时，便会在风格上受到深刻的影响。

卞梦珏词多数清冷似姜夔，她在词中常用"冰姿"、"凉透"、"尘清"等字眼，最为典型的是《菩萨蛮·咏梅》：

> 繁香浸月冰魂醒，鹤惊风动窗横影。清梦逼寒帏，疏英点翠
>
> 衣。　　苔明函润玉，冷艳生芳骨。露面一枝新，开来到处春。

这一首词中涵盖了数个清冷的意象，明说的如"冰魂"、"清梦"、"寒帏"、"冷艳"，暗写的如"浸月"、"翠衣"、"苔明"等，给人以清幽凄冷之感。

曹鉴冰的《台城路·蟋蟀》是姜夔《齐天乐·咏蟋蟀》的同韵继响：

> 井梧飘后愁堪赋，俄闻这番凄语。接砌花根，连阴树底，那
>
> 不消人魂处。高吟低诉。恰经断回文，指寒停杼。灯影清荧，夜
>
> 深怪尔撩愁绪。　　苔茵露浓过雨。似休还又杂，月下鸣杼。唧
>
> 唧荒村，喓喓静馆，作出秋声无数。何当递与。惹鹤步挨来，骇
>
> 儿痴女。盆盎携归，逞余音更苦。

　　此词韵脚与空间变换基本与姜词相同，所不同的是女词人自己化身词中的思妇，从女性的角度来写蛩鸣带给她的感受。她"俄闻"、"凄语"，起寻蛩鸣，从"花根"寻到"树底"。从处所上来看，就与作为士人的姜夔不同，姜词里蟋蟀鸣叫的地方是"铜铺"、"石井"，女词人听到蛩鸣后的感受是"消人魂"。她没有像姜词中写到的思妇那样，听到"促织"的声音便"起寻机杼"；相反，她从女性自身的角度告诉世人，听到这销魂的鸣叫，思妇反而会停下机杼，中断正在织着的回文锦，开始对远方征人的思念。可以说，在姜夔的《齐天乐》词中，看到的是怀古伤今的失意士人形象；在曹鉴冰的《齐天乐》中，看到的是柔肠百转的凄苦思妇形象，二者相得益彰，表现出蟋蟀带给不同性别群体的各自感受。曹鉴冰此词可以说是对姜夔词近五百年后的呼应。

　　曹鉴冰另有一首《疏影·雁影》也是效仿姜夔词风的作品：

　　　　行行点点，问谁将清墨，凭空洒遍。雪压危桥，月晕闲庭，描写春愁秋怨。芦花港浅参差过，还认是、掠波归燕。带斜阳、时近南楼撇向绮窗留恋。　　总使悬针垂露，只模糊不辨，隶虫符篆。写上征衫，落到寒砧，可也寄封书便。惊弦任尔高飞起，原依约、晴川荒甸。最销魂、暮雨朝云，吹堕平沙难见。

　　全词意境清淡杳渺，淡墨洒空、"雪压危桥"、"月晕闲庭"都是清空的意象，下阕"悬针垂露"、隶书符篆、"写上征衫"、"落到寒砧"更是想落天外。这些清空的意象与天马行空的想象结合在一起，便形成了"去留无迹"（张炎《词源》评姜夔语）的词风。

　　此外，卓龄《满庭芳·秋夜写怀》有言"衰草迷烟，寒蛩吟怨，蟾光又上帘钩"，意境清冷萧索，类姜夔词境。张芸《菩萨蛮·短垣曲曲遮人面》词云"短垣曲曲遮人面。□□漠漠岚光暗。涧水响潺湲。山深觉鸟喧"，也有清寂的气息。

　　查清有《暗香·落梅》，全词用姜夔《暗香》词意，且清冷更甚。如姜夔原词写"算几番照我，梅边吹笛"，查清词亦言"第一番风信，吹来轻劣"；姜夔词用"唤起玉人"，查清词亦说"唤起新妆"；姜夔言"又片片、吹尽也，几时见得"，查清亦言"使片片、犹恋在，画裙百褶"。这是效仿姜夔词处，但是查清词云"惹古驿荒村，梦魂凄绝。胆瓶冻裂。揉碎寒姿可禁折"，较姜词更多清冷之气，使人读之有寒彻肌骨之感。

李怀、曹鉴冰母女皆有《南浦·春水，步玉田词韵》，以浙西词派所宗奉的张炎的成名词作《南浦·春水》为范本进行写作。

谢章铤《赌棋山庄词话辑录》曾言："姜、史之清真，源于张志和、白香山。"[1] 闺秀词中有一部分可以直接溯源于此。如吴永和《浪淘沙·咏雪，和外子玉苍韵》："万里撒银沙。蝶翅风斜。骞驴何处问梅花。江上渔翁簔笠晚，独钓寒槎。"钱凤纶"绿水萦回石径斜，绕溪一带种梅花"也同此风韵。

除此之外，徐灿后期词以清笔写浓愁的词作风格，以及柳是《金明池·寒柳》词中对于姜夔《暗香》、《疏影》结构的模拟，也可见对于姜夔词风的继承。

由此可见，在顺康女性词人中，浙西词派所推重的姜、张清空词风还是有所偏爱和传承的。

（三）易安体的承袭

李清照是词界的女性领袖，后世才女无不以之为榜样，比如张学象的《减字木兰花·病中》有"写恨盈篇。几度追思李易安"语，将李清照视为异代知音。明清时期，大抵能词的女子，多将《漱玉词》烂熟于胸，因而，女性词人对于易安体的承袭成为无意识的自觉现象。对易安体的承袭首先表现在语言的承袭。

一种是直接化用。吴山的《百字令·戊子春暮，寓西湖坐雨有感》即

---

① ［清］谢章铤：《赌棋山庄词话》，唐圭璋编：《词话丛编》，中华书局 2005 年版，第 3444 页。

以"绿肥红瘦"四字开篇。钱凤纶的《传言玉女·帘卷西风》开篇亦用李清照的《醉花阴·薄雾浓云愁永昼》词句"帘卷西风"四字。颜绣琴《武陵春·一春人病浓如酒》上阕写道："一春人病浓如酒，无力倦梳头。闲情默默几时休，睹物泪难收。"与李清照《武陵春》"风住尘香花已尽，日晚倦梳头。物是人非事事休，欲语泪先流"，从意境到用语都极其相似。孟湛的《烛影摇红·秋思》中有"瑞脑烹金兽"，用李清照《醉花阴·薄雾浓云愁永昼》"瑞脑销金兽"语；有"昨夜雨轻寒骤"，用李清照《如梦令》"昨夜雨疏风骤"句。陆凤池《如梦令·落梅》云："细雨斜风才到。一树寒梅残了。试问扫花人，苔上点来多少。难晓。难晓。无数落英飞绕。"从创作构思到词语运用全部模拟李清照的《如梦令·昨夜雨疏风骤》。吴绡的《凤凰台上忆吹箫·别绪》词句"见锦帆高举，去也难留。可惜酒浓春暖，阳关唱、一霎成秋。……休休。归期知记否，枉自凝眸"，化用李清照《凤凰台上忆吹箫·香冷金猊》词下阕所云："休休。这回去也。千万遍《阳关》，也则难留。……惟有楼前流水，应念我、终日凝眸。"是李词词句及意象在相同氛围、意境下的重新组合，过片两字则完全相同。

一种是以寻常语、口语入词，如吴山的《百字令·戊子春暮，寓西湖坐雨有感》"无那两峰如髻"、"没来由、只与愁相对"。

康熙时进士张符骧妹张瑛的《行香子·花朝》较为典型：

> 雪霁瑶台，日暖瑶台。好时光、畅我心怀。一般造化，几样
> 安排。见桃花敛，梅花落，杏花开。　　才过东阶，又转西阶。
> 湘帘外、再四徘徊。满园春闹，谁做诗媒。有蝶儿舞，莺儿唤，
> 燕儿来。

此词全是口语，不用典故，却不显粗糙，自然风韵，造语天然，特别是上下阕的末句在巧妙的语言安排中展现出花朝日的繁盛，在听觉及视觉上均给人以应接不暇的热闹感和清新欢畅的愉悦感。

钱慧贞的《忆江南·咏雪》语调明快活泼，亦有易安风味：

帘外雪，密洒似银沙。飞去隋堤疑柳絮，飘来庾岭认梅花。

春思落谁家。

此词全用口语，小巧别致，比拟妥贴，处处透出灵秀之气；结束处一问，余韵无穷，堪称仿效易安体的佳作。

薛琼的《小重山·晓过山塘》写道：

晓风吹我过山塘。山藏烟霭里、影微茫。红阑翠幕白堤长。

轻舟动，人在画中行。　　满路斗芬芳。携筐争早市、卖花忙。

家家楼阁试新妆。拈鲜朵，点缀鬓云香。

此词尤其像李清照年轻时写的《双调忆王孙·湖上风来波浩渺》，同样是写舟行的快乐，同样是没有过多装饰的语言，同样是格调清新灵动，充满着欢愉的气氛。

她另有一首《春光好》：

抛菱镜，罢晨妆。倚南窗。风洒桐花点笔床。彩毫香。

梦里曾拈佳句，醒来更费思量。一半模黏思不起，系人肠。

作品写晨起不事梳妆，急着回忆梦里得到的佳句，却有一半已经记不起了。这本是常见的生活场景，却被薛琼描写得清新可爱，显出女词人的执着纯真心性。

其次是词风格调凄婉悲怆，这在许多女词人的词集中都可以看到。比较突出的有吴绡的词，如《满江红·乞叙》"噩梦几番掷过了，半生心事毫端上"及《满江红·述怀》"叹风风雨雨度余年，凄凉状"，《东坡引·听弦》"愁多怕听，春山暗蹙。恨往事、心头触。廿年噩梦将人促"，《忆王孙·秋夜》"月午凉阴满地愁。恨悠悠。一夜江南千里舟"，《蝶恋花·病怀》"粉融湿透风前泪。茶饭谁餐，伏枕知何计"等，这些词与易安后期词作一样，是经历了人生悲苦后的书写。

再次，是对易安体倜傥有丈夫气的词风继承。比如顾贞立的"仆本恨人，那禁得、悲哉秋气"（《满江红·楚黄署中闻警》）、"傲骨自来贫亦好，丘壑尽供潦倒"（《清平乐·元宵前二日，重过东皋，见残雪未消，梅花欲绽，遂赋此词》），又如吴绡的"小鼎中，轻云漾。险韵句，频频唱。也胜它、黄公垆畔，共斟村酿。细雨曾催老杜诗，华闳不待三郎杖。看群贤、满座似神仙，兰亭状"（《满江红·和曹顾庵年伯》）、"笑韵成金谷，漫倾醇酿。何如风雪苦情思，不劳蜡屐携筇杖，比芙蓉、出水更天然，难形状"（《满江红·读曹太史原词，再和端阳之作》）等。这些都是女性词人所作，或嬉笑怒骂，或壮词宏声，给人以慷慨纵横之感。

顺康女性词人对于易安体的继承和发扬，不仅对当时女性词风格的发展起到了推动作用，对顺康之后女性词作也有所启迪，席佩兰就是沿着这一思路创作了为人称道的《声声慢·萧萧瑟瑟》。况周颐《玉栖述雅》载："张正夫云：李易安《声声慢》，'寻寻觅觅，冷冷清清，凄凄惨惨戚戚'。乃公孙大娘舞剑手。本朝非无能词之士，从未有一气下十四个叠字者。后段又云：'到黄昏点点滴滴。'又使叠字，俱无斧凿痕。妇人中有此奇笔，真间气也。昭文席道华佩兰声声慢题风木图云：'萧萧瑟瑟。惨惨凄凄。呜呜哽哽咽咽。……'易安词，只是枨触景光，派遣愁闷。道华此作，尤能绵缠悱恻，字字从肺腑中出。虽浑成稍逊，不当有所轩轾也。道华一字韵芬，适常熟孙子潇（原湘）夫妇并耽风雅，时人以管赵比之。"[①]

（四）苏辛词风的高扬

苏辛词风在女性词人中得到接纳和效仿，是一件十分罕见的事情。然而明末清初的特殊社会环境，使得侠女辈出。她们提枪上马、手刃仇敌，心中涌动着家仇国恨之思，笔底翻腾着金戈铁马之气。较为典型的是侠女词人刘淑的词作。刘淑本人精于琴棋书画、通晓兵法剑术，其父刘铎在她幼年时被魏忠贤党羽罗织冤狱致死。刘淑在家乡沦陷之初毁钗起兵，虽因遭人算计，终告失败，但从留存的词作中可以看到她坚贞的气节和豪迈的

---

① 况周颐：《玉栖述雅》，唐圭璋编：《词话丛编》，中华书局 2005 年版，第 4612 页。

气概，是苏辛词风在女性词人词作中的较好体现。如《清平乐·菡萏》云："几年沥血，犹在花梢滴。流光初润标天笔，聊记野史豪杰。"将未放之菡萏比作记载豪杰入野史的巨笔，而这巨笔的书写是要以血来润泽的。由于正统王朝的覆灭，记载这些豪杰的只能是野史，刘淑自己正是这些豪杰中的一员。又如她在《减字木兰花·秋暮怜怨，次韵寄康夫人其二》中说"回竿拂动沧浪梦。觉后鸣琴，怯指弹来不是音"，表达的是复国之梦破灭后的悲伤意绪，让人不禁想起辛弃疾"却将万卷平戎策，换得东家种树书"（《鹧鸪天·壮岁旌旗拥万夫》）之言。继刘淑之后，遗民词人吴山有"且把双眉解放，领略些、水色山光。衷肠事，思亲忧世，别作一囊装"（《满庭芳·秋遣》），则是故作旷达的无奈；顾贞立有"今古事，醉而已。死归也，生如寄"（《满江红·滴碎花魂》），此乃正话反说的豪放语。这些都是苏辛风格在女性词人词作中的继承。

（五）周邦彦的影响

前面提过的名妓童观观，其所写《夜合花·花锁风低》词直用周邦彦的《少年游·感旧》词意，下阕写道："杏梁双燕呢喃。生妒双飞双舞，把泥衔。擎妆独坐小窗，针线慵拈。愁漠漠，闷恹恹。取金刀、细劈黄柑。心酸似妾，不胜齿软，更点吴盐。"以燕子的双飞双栖与人的"擎妆独坐"相对比，凸显出孤单、寂寞，而这样的心境又用"愁漠漠，闷恹恹"的双字相叠表现出来，更增情哀词苦之感。后面虽用周邦彦旧典，却另辟蹊径，以柑酸喻己心，"吴盐"与"无言"双关，谓独尝心酸滋味。

高景芳《浣溪沙·浮萍》词有"夜来风雨葬西施，翠钿零落少人知"句，化用周邦彦《六丑·蔷薇谢后作》中"夜来风雨，葬楚宫倾国。钗钿堕处遗香泽，乱点桃蹊，轻翻柳陌"之意。当然高景芳是找到了周邦彦词的原出处——韩偓《哭花》诗，其诗原句是"夜来风雨葬西施"。但是后面一句就是用周词的意象了。高景芳借用周词对风雨过后蔷薇的描摹来写杨花的零落，可谓运用得体。

黄媛介的"落红粘碧草,飞絮满清潭"(《临江仙·春思》),则是周邦彦"人如风后入江云,情似雨余沾地絮"(《玉楼春·桃溪不作从容住》)失意情绪的弱化表达。

此外,卞梦珏有《玉烛新·咏茉莉,用周美成韵》及《惜春余慢·湖上饯春,用周美成韵》,都是仿效周邦彦词的习作。

(六)朱淑真诗境词境模拟

朱淑真由于《清平乐·夏日游湖》、《生查子·元夕》、《元夜》等诗词书写大胆的爱情观,为后世道学所诟病。然而她的词作不仅一直为世人所青睐,词风在清代闺阁中也有所传承。

黄杜若之妻邵笠的词作《虞美人·金菱密缀桐花凤》有语:"半遮团扇眼波斜,多恐养娘偷检守宫砂。……问伊底事忽娇嗔,道是采花掠乱鬓稍云。"《步蟾宫·中秋》有云:"桥边错认玉人来,惹裙带、暗香偷嗅。"语言直白,书写的是有悖于当时传统的爱情观,惊世骇俗程度堪比朱淑真。此外,名妓刘仙有《卜算子·傍水袂俱香》词云:"不倚二分痴,不用三分醉。娇态如风不自持,倒在人怀内。"全用朱淑真《清平乐·夏日游湖》"娇痴不怕人猜,和衣醉倒人怀"词意。

朱淑真《中秋闻笛》诗云:"谁家横笛弄轻清,唤起离人枕上情。自是断肠听不得,非干吹出断肠声。"诉说着笛声唤起思妇心中的千般感伤。徐元端在词中也有类似的表述,如《南乡子·闻笛》说"何处笛声长,那管深闺听者伤",《踏莎行·秋夜》说"几番辗转不成眠,谁家玉笛声三弄",情意、格调同出一辙。

(七)常州词派的先驱

据梁乙真《清代妇女文学史》第六章第一节《常州词派之女作家》言,清初常州词派之女作家有:徐元端、顾贞立、王朗、浦映绿。[①] 而以张惠

---

① 梁乙真:《清代妇女文学史》,中华书局 1927 年版,第 102 页。

言为代表的常州词派兴盛于嘉庆时期，梁氏所言应是指这些女作家的词风不同于浙西一派，或清刚劲韵，或别有寄托，实为常州词派之先驱，开一派之先河。王朗所存词作寥寥，很难窥见全貌，其余三人词作可以很好地证实梁乙真的观点。

徐元端的词不能算严格意义上的常州词派，不过她的词风与众闺阁词人不同，虽写闺怨，却略带号呼呐喊，是闺中的"骚人之歌"。如其《行香子·春暮》说："不贴花钿。不画涵烟。在愁中、昼永如年。……拈来帘下，试告苍天。问有谁评，有谁和，有谁怜。"她用自己的行动诉说对于婚姻的不满，妆容的不加修饰已经表示无心取悦于人；又连用三个反问句诉诸苍天，宣泄自己闺阁冷落的不幸，淋漓畅快地直诉自己心中的不悦和离人之思。她盼望丈夫归来，常常"独坐数归期"（《南乡子·春情》），听到惹起相思的笛声，会想"央及西风吹去也，他乡。不信无情不断肠"（《南乡子·闻笛》）；用"风前泪眼几时晴"（《临江仙·送春，和陈简斋韵》）诉说自己的孤独与凄凉；感叹"枝上海棠都谢了，倩谁临作凄凉稿"（《蝶恋花·惜花》），是惜花更是自惜。她"镇日恹恹只是恼春迟"，缘于丈夫"归期曾说柳青时"（《虞美人·冬闺》）的许诺；无端怨怒"无情灯惯把人欺"，只因为这灯"夜夜虚开花一穗，赚我归期"（《卖花声·春暮》）；探问"春色依然归去，为谁留下愁来"（《清平乐·春归》），呼号"新诗题遍无人和。稽首怨天公，生成薄命侬"（《重叠金·春恨》）。总之，由于丈夫的远行不归，她恼怒、怨恨，在词中肆无忌惮地释放着自己的情绪。

梁乙真将徐元端归入常州词派，或许还有一个原因，就是徐元端的一些词体现了常州词派张惠言的所谓"《离骚》初服"之意。徐元端的这些词有特定的场景和画面，很像仕女画，而画中的主人公正是她自己，从这些图画中可以窥见其内心的向往。如《点绛唇·沐发》词说："自解香云，俯首临风篦。花阴碎，枝枝斜坠，薄露侵罗袂。"描写了晨起在花阴下梳理香云、准备洗发的美丽情景，是一幅"自沐图"，其中表露的是她对于自己高洁情操和美丽外表的自珍情绪。《画堂春·春懒》描绘的画面"绣绷闲阁绿窗前，羞刺双鸳"是一幅"闲绣图"，表现的则是对于美好爱情的渴望。《苏幕遮·春晓》描绘的画面是"小园深，人不到。昨夜东风，捻去春多少。独倚雕栏寻句好。半晌无言，自把花枝拘"，俨然一幅"独吟图"，表现的是自赏自怜、疏世不群的清高情绪。雷瑨、雷瑊《闺秀词话》激赏其词，曰："广陵女子徐元端，工填词，有入易安之室者。如'珠帘轻揭'、'起来慵向妆台倚'、'小园昨夜西风劣'、'独坐数归期'、'闲倚画楼西'、'看西风吹起'、'残灯挑尽'。"① 所举词句也基本都是上述一类含有主人公的静止画面描摹。

浦映绿词中最能体现常州词派特色的有《阳关引·江村夕望》一首：

四望寒烟结。黯淡秋容越。孤舟短棹，人来往，心凄切。念故乡生处，却是云山接。奈多愁、又隔云山第几折。　　水漾明霞影，乌啼彻。最关情事，天边雁，楼头月。只斜阳树树，与当年无别。试临风、回首空见江流咽。

此词句句有寄托，"孤舟短棹"喻不肯屈节的遗民，"心凄切"并非悲秋容黯淡，而是悲山河黯淡，"水漾"寓故国之影，"乌啼"引故国之思，"斜阳树树"正是追悼覆亡朝代的意象，"与当年无别"正是说应该有别于"当年"，"江流"为何事而鸣咽？ 自是作者明了，读者会意。

清初女性词人中最具有代表意义的常州词派先驱应属顾贞立。《词苑萃编》评其"诗词极多"，"句极凄婉"②，《灵芬馆词话》评顾贞立词"语带风云，气含骚雅"③。其《栖香阁词》旨承《离骚》，语言"清刚劲韵"而寄托遥深。

---

① 雷瑨、雷瑊辑，王玉媛校点，王英志校订：《闺秀词话》，王英志主编：《清代闺秀诗话丛刊》，凤凰出版社2010年版，第1416页。

② [清]冯金伯：《词苑萃编》，唐圭璋编：《词话丛编》，中华书局2005年版，第1957页。

③ [清]郭麐：《灵芬馆词话》，唐圭璋编：《词话丛编》，中华书局2005年版，第1537页。

四、艺术手法的传承与创新

顺康女性词人在词作的艺术手法运用上，既有传承，也有突破。遣词造句上接受了宋词融典入篇及化口语为典雅两方面的因素，结构章法上继承了紧凑而绵密的词章特点，表现手法上运用象征、比兴等多种艺术方法。特别值得强调的是，她们还结合女性思维的特点，创造性地在词中广泛运用对比手法及虚实相生的手法。

（一）对比手法的巧妙运用

对比手法，可以给人以强烈的感官冲击，从而起到增强词作表现力的功用。毛媞的《满江红·晓起》云："东风却比，西风还劲"，"最堪怜、半好半残花，春如病。寒共暖，相为政。蜂与蝶，应争胜。只青青帝子，坐来端正"。这几句全用对比手法，将春天寒暖不定、变幻莫测的天气勾勒无余。而对于这些类似争斗的变换，主宰者青帝似是在作壁上观，只是正襟危坐，看着这些东风与西风、寒与暖、蜂与蝶、好花与残花的对峙，而欣然自得。运用这种对比手法令词境生动的例子，还有顾长任的《浣溪沙·燕引新雏傍画檐》"半雨半晴天黯黯，乍寒乍暖病恹恹"。

汉乐府有《上山采蘼芜》诗，描写弃妇遇见故夫的情景，其中有今昔对比、新旧对比。后来的词作中少见类似艺术手法的运用，陈契的《菩萨蛮》词用与已有新欢的丈夫寄书的形式描写弃妇心理，匠心独具：

> 今生浪拟来生约，从今悔却从前错。腰带细如丝，思君君不
> 知。　　五更风又雨，两地侬和汝。着意待新欢，莫如侬一般。

陈契也有回文词，才情可谓不减苏蕙，然而却终究不能挽回丈夫的心意，清代女子的命运由此可见一斑。

（二）虚实相生的艺术手法

虚实相生的艺术表现手法更易被久处闺阁的女性词人所接受和运用，因为她们大多足不出户，这种生活方式在局限她们视野的同时，却客观上

促成了她们丰富想象力的培养。咏物词在闺阁词人中虽多见，但能别出心裁、写照传神的不多。郭琭的《南乡子·池荷》借荷花写自心，可谓有寄托在。一句"意在莲心谁向问，情长"，运用双关，"莲心"即是"连心"，表露对情人的思念。这既是晴日里荷瓣簇生包裹莲心的形态描摹，又是词人内心情感的外化。下阕写道："雨过秋塘。翠盖深深露半妆。一似低头娇不语，思量。泪浥红腮不记行。"将雨后的红荷比作思念爱人而低头垂泪的闺中人，简直神态毕肖。全词实写红荷，虚写思妇，以思妇之神托于红荷之形，虚实相生，给人感觉处处写荷花，却处处有思妇在，这种独特的艺术构思在此前词作中较为罕见。

徐尔铉的《踏莎行·春闺》词说："好问归春，春归何处。归途应是郎来路。不然何事送郎归，回来便见春无数。"构思奇特，将寻春之意与送别之情结合起来，末句的猜测新巧别致。这里也是运用虚实相生的手法，将虚拟的猜测与实际看到的情形作对比，给人以无限遐想的空间，堪比唐诗妙句"蜂蝶纷纷过墙去，却疑春色在邻家"（王驾《雨晴》）。

顾信芳《浣溪沙·柳色销魂草带烟》有"梦里好花空自惜，愁中春色若为怜"句，也将梦中的虚境与现实的春愁相对照，凸显出梦中的美好，反衬现实的残酷。词句中透露出的是女性自我欣赏、自我认同的存在感和价值观，她们的梦中美景自己珍藏，她们的春恨自己哀伤，不需要别人的称赞与认同，说明此时的女性早已是灵魂独立的个体了。

（三）愁苦心境外化为容颜体态

顺康女性词人的心愁外化与李清照融心愁入典故、入景物不同，而是将内心的愁绪，写成自己容颜、身体上的表现。因此，在顺康女性词人中大量出现诸如憔悴、瘦损、愁病等形象描摹，用以表达自己内心的痛苦情绪。写憔悴的如侯承恩的《画堂春·夕阳时候薄寒生》："揽镜暗伤憔悴，背人偷落红冰"，徐元端的《清平乐·忆别》云"憔悴怜黄叶"、《醉春风·秋闺》云"憔悴谁相问"，全洁的《玉团儿·春晓病起》"最难堪、病余憔悴",等等。写消瘦的如孟湛《玉楼春·闺情》中说"病里腰身弱水细",袁寒篁《柳梢青·即景》"人瘦衣宽,一襟幽恨,蹙损眉山",严怀熊《卖花声·春闺》有"消瘦香肌"句,柳声《踏莎行·推窗好月明如昼》(词调应为《醉花阴》)有"赢得腰肢,更比黄花瘦"句,张令仪《如梦令·步梅村先生韵》其二有"瘦尽春前模样",顾长任《点绛唇·病中咏菊》云"人瘦黄花共",顾贞立《一剪梅·春寒》有"吹断秋腰,瘦减裙腰"、《菩萨蛮·绿杨烟锁深深院》有"愁来无计却,腰瘦浑如削",《天仙子·翡翠难披妆未卸》有"晚寒料峭入重围,腰可把",《金缕曲·对月能闲坐》词有"只梅花、清瘦还如我",姚凤翔《风中柳·和外韵》词有"羞对菱花,瘦影堪怜堪笑",《菩萨蛮·对月》词有"消瘦若为怜",《卜算子·雨窗》词有"晓梦怯春寒,病骨腰围褪",彭淑的《鹧鸪天·闺情》词有"秋波盼断愁成浪,十指闲垂瘦似羮",堵霞的《惜分飞·寄怀月山女伴》词有"愁病交侵消瘦更",等等。总之,在顺康女词人的词作中,刻意描摹憔悴、瘦弱的形象,其实是为将内心的愤懑与孤寂展露在世人面前而自我摧残的一种艺术手法。这种表现方式更容易引起世人的爱怜与同情,同时又更具有女性化的特征,增加了词体偏柔的特质。后世文学作品中以愁病、瘦损为美的审美崇尚,未必没有它的影响。

总之,顺康时期的女性词,可以看作是对前代女性词艺术形式的总结,对前代女性词从意象、词境、风格、艺术手法等各个方面都有所继承,同时,也开启了有清一代及后世女性词绚丽多彩的艺术局面。

下 编

女性词在顺康时期呈现出由闺阁走向家国，再从家国回归闺阁的发展脉络。基于这样的发展脉络及其走向，下编分别选取李因、刘淑、吴山、黄媛介、堵霞、朱中楣、顾贞立、徐灿、高景芳、张令仪十位词人展开论述，她们的身世经历都具有所在时期的典型性，她们笔下的词章都真切地反映了她们的所历、所感。

其中，李因与刘淑因为易代之变被迫从闺阃走向战场，一个穿行箭雨中、一个跃马疆场上，她们的词中有兵戈铁马，有血雨腥风；吴山、黄媛介与堵霞则从安闲静好转而流寓钱塘，或陷于兵革之祸，或迫于生活之窘，她们的词中有风餐露宿，有羁旅漂泊；朱中楣、顾贞立、徐灿为时代裹挟，由旧朝入新朝，前朝贵胄也好，新朝命妇也罢，都心念故国，心为遗民，她们的词中有黍离之悲和故国之叹。至此，八位词人展现的是女性词从闺阁到家国的变迁，改变了女性词从诞生以来专注于伤春悲秋、相思闺怨的情况，从闺帏绣榻、亭台池榭转向家国天下、山河万里。而高景芳、张令仪的词则让我们看到动荡平息之后，女性词又从家国社稷转回闺阁生活的琐细繁复与闺阁情思的幽怨哀愁。

下编详细分析了她们的生平经历、创作背景与词作特征，以期通过她们展示顺康女性词坛的总体发展脉络和走向。

第 六 章

侠女击筑的家国词

明亡清兴的这场大动荡，持续了半个多世纪，其间血雨腥风，山河呜咽。从崇祯帝的煤山自缢，书写"君王死社稷"的昭昭烈烈，到"扬州十日"、"嘉定三屠"，高奏民族义士奋勇不屈的慷慨激昂；从南明小朝廷企图偏安江南、实现中兴，到郑成功、张煌言、陈子龙湖海起事，一幕幕惊心动魄、风云激荡。身逢这一时代的女性词人，唯有两种选择：或被裹挟而入，或挺身应战。相较之下，后者更为可歌可泣，她们的一些词作，反映了神州板荡之际的家国情怀。这里，先从两位侠女词人谈起。

第一节　以身挡矢的李因

李因（1611?—1685?），字今是，又字今生，号是庵，又号龛山亦史、海昌女史，钱塘人，葛徵奇侧室。

一、李因字号辨

关于李因的字与号，存在一些争议，目前，比较有针对性的观点是杨秀礼的以"是庵"为号说和蒋艳芳的以"是庵"为字说。"是庵"为号被《李因传》、《清代闺阁诗人征略》、《历代妇女著作考》、《全清词·顺康卷》、《杭郡诗集》、《海宁州志稿》等文献采用,"是庵"为字被《名媛诗纬初编》、《静志居诗话》、《妇人集》、《四库全书总目·芜园诗集》、《国朝闺秀正始集》、《清诗记事》、《杭州府志》、《宝绘图鉴续纂》、《中国妇女文学史》等文献采用。本章取字今是,又字今生,号是庵,原因有三:其一,从黄宗羲的《李因传》来看。《李因传》是黄宗羲为李因所作,"传"中,黄宗羲称"吾友朱人远以管夫人比之。……人远传是庵欲余作传,以两诗寿老母为贽"①。这里提到的朱人远即朱尔迈,朱尔迈的妻子是葛宜,葛宜是葛徵奇的从孙女。也就是说,朱尔迈为李因的侄孙女婿,他代为转达李因希望黄宗羲为其作传的要求,同时转赠了李因为黄宗羲母亲贺寿的两首诗。正是应了李因的要求,黄宗羲的《李因传》才诞生出来,可以想见,之后,朱尔迈将该传转交给李因,李因欣然珍藏,因此,《李因传》是在李因生前所作,并得到了本人的认可。"传"中的信息应该准确无误。其二,从李因名、字、号的关系来看。很显然,名、字、号均取自佛经和佛教教义,笔者咨询有佛学造诣者,指出"过去因,今生果;今生因,来生果"为佛教中因果关系的常用阐释。因此,"因"与"今生"更符合名与字的紧密联系。另外,《华严经》中有"心如工画师,能画诸世间。五蕴悉从生,无物而不造"。又云"生亦有二种业,一能起诸蕴,二与老作生起因"。联系李因自幼受父母之命学习绘画,在绘画方面造诣极高,以至于"三十年以来,求是庵之画者愈众,遂为海昌土宜馈遗中所不可缺之物,是庵亦资之以度朝夕。而假其画者,同邑遂有四十余人"②。以此推测,她据《华严经》这两句认为"五蕴"

---

① [清] 黄宗羲:《李因传》,[清] 李因撰,周书田校点:《竹笑轩吟草》,辽宁教育出版社 2003 年版,第 104 页。

② [清] 黄宗羲:《李因传》,[清] 李因撰,周书田校点:《竹笑轩吟草》,辽宁教育出版社 2003 年版,第 104 页。

既然可以从心画出，更可由她这个真正的"工画师"画出，而"五蕴"悉从此生，"生"又可以造"业"，其中之一便是"与老作生起因"。因此，从这一角度理解，"因"与"今生"或"今是"关系更为密切。"是庵"则是又外一层的"二报"，既指身体依附的房舍等"依报"，也指灵魂依附的"五蕴之身"的"正报"，因此，吴本泰才会在《竹笑轩吟草叙》中说"庵是，识二报之是"①。其三，从款识看。李因作于辛巳年（1641）的《梅雀图》（斗方）曾现身雅昌拍卖行，款属："辛巳春日写。西湖李因"，左下角有"芥菴"朱印一枚清晰可见。另有李因《水墨花鸟图》长卷，今存浙江省博物馆，为绫本，纵28厘米，横763厘米。款属："丁亥花朝写于竹笑轩。李因"。钤"芥庵"朱文长方印、"李因之印"朱文方印、"是庵"白文方印②。《梅雀图》作于葛徵奇与李因两情相笃之时，印证了相传葛徵奇每于李因画作加以题跋，并以"芥菴"两字私印钤之的说法。《水墨花鸟图》作于丁亥花朝，即顺治四年（1647）花朝节，农历二月十二日，此时李因37岁，葛徵奇已逝，李因仍用此印，表现了对丈夫的怀念。而"芥菴"两字的"芥"字取自葛徵奇之号——"介龛"，另一字"菴"则取自李因的"是庵"，既然葛徵奇是从自己的号当中取了一字，必然相应地也从李因的号中选取一字，以相呼应，合二人之号为一款识，以示夫妇情深。从而肯定了"是庵"为李因的号。

二、李因侠气说

在葛徵奇为李因所作的《叙竹笑轩吟草》中，讲述了两人遇合的过程："余偶得其梅诗，有'一枝留待晚春开'之句，遂异而纳之。"③轻描淡写，

---

① ［清］吴本泰：《竹笑轩吟草叙》，［清］李因撰，周书田校点：《竹笑轩吟草》，辽宁教育出版社2003年版，第2页。

② 蒋琳：《李因〈水墨花鸟图〉卷考》，《东方博物》2013年第1期。

③ ［清］葛徵奇：《叙竹笑轩吟草》，［清］李因撰，周书田校点：《竹笑轩吟草》，辽宁教育出版社2003年版，第4页。

又富有诗意。然而，现实并非如此美好。晚明时期，名士封官纳妾是一种风尚，文人与名妓结合更是一时的美谈，因此，才有柳如是先订交陈子龙，后委身钱谦益；才有冒辟疆订盟陈圆圆不成，后纳董小宛；更有李香君与侯方域演绎"桃花扇"的悲欢离合；甚至，连武官孙临也迎娶葛嫩为侧室……由此可知，文人名士流连秦楼楚馆，与名妓订盟纳娶是一时的流行，葛徵奇作为擅诗画的名士，又是崇祯元年的进士，当然不肯落人后。所以，葛徵奇也不止一次定情于风月场，与李因的结合应是两相选择的结果。试看《竹笑轩吟草》中有诗题为《较书王玉烟订盟于介龛，后复败盟，简笤中得其小似，代为解嘲》（四首），可知，葛徵奇在李因之前曾与名妓王玉烟订盟，而从诗题看，应是王玉烟主动解除婚约，虽然，这里并不知晓王玉烟出于何种考虑，但她最终放弃了葛徵奇这个选择。而这时，葛徵奇正好遇到了同为名妓的李因，从后来李因追忆当年事所写的《赠王畹生较书》（二首）可知，李因当时的名气应不及王氏姐妹，于是，葛徵奇适时地将其迎娶为侧室，才有了后来"当是时，虞山有柳如是，云间有王修微，皆以唱随风雅闻于天下。是庵为之鼎足"[1]。而李因的擅识人、果决不犹疑，很有"风尘三侠"中红拂女之风，这是其侠气的第一次展露。

其侠气的第二次展露，则是"以身挡矢"。关于这次事件，大致有四种描述：第一种，黄宗羲的唯美型描述。黄宗羲在《李因传》中写道"癸未出京，至宿迁，猝遇兵哗。是庵身障光禄，兵子惊其明丽不敢加害"[2]。很显然，这是用了传奇的笔法，说在遇到兵变的时候，李因挺身而出，用自己的身体遮蔽住葛徵奇，而兵变的士兵们看到李因如此美丽，惊为天人，不敢加害，竟自退去。这个说法太具有戏剧性，不足为信。若果真

---

① ［清］黄宗羲：《李因传》，［清］李因撰，周书田校点：《竹笑轩吟草》，辽宁教育出版社 2003 年版，第 104 页。

② ［清］黄宗羲：《李因传》，［清］李因撰，周书田校点：《竹笑轩吟草》，辽宁教育出版社 2003 年版，第 104 页。

李因的美丽可以退敌，当年恐怕也不会有"宛转蛾眉马前死"的杨玉环了。第二种，朱嘉徵的英勇型描述。朱嘉徵为朱尔迈之父，与李因为亲家关系。因此，他在为李因的《竹笑轩吟草三集》写叙时说"余忝戚末，为书数语弁之"①。在该叙中朱嘉徵描述当时的情形为"及南还遇哗卒之变，矢石交下，夫人独以身蔽光禄，被创特甚，其生平志节概见"②。这里说遇到兵变，李因为了保护丈夫，以弱小的身躯遮挡葛徵奇，以致自己遭受弓箭和垒石的袭击，受伤十分严重。这段文字应该是黄宗羲唯美型描述的来源。这段描述中，兵卒没有因为李因的美丽而惊退，而李因却为了保护葛徵奇身受重伤。且不说葛徵奇作为男子，如何忍心让弱小的女性挡在自己的身前做保护，就李因娇小的身躯为葛徵奇遮挡雕翎这个描述本身也略显滑稽。当然，这里朱嘉徵是为了歌颂李因的节烈行为，可能是受到《女史箴》中冯媛挡熊的启发。第三种，吴本泰的壮烈型描述。吴本泰为葛徵奇的门生，他在为李因《竹笑轩吟草》所作的叙后面补叙了葛徵奇遭遇兵变一节，里面说吴本泰在为李因即将付梓的《竹笑轩吟草》写完叙之后不久，陪同葛徵奇一行来到宿州，在这里他们遭遇了兵变。当时的情形是"凶锋猋突，飞镝如雨，白日昼曀舟中，错愕不相顾。夫人亟走出，迹师所在，越一二艘，踉跄而入余舟。呼曰：'主人何在，主人何在！'时被贼椎击，丛矢创胸，且贯其掌。血流朱殷，不自觉痛。追余遣侦师还白无恙，夫人意始帖然，而后乃知羽镞之及体也。夫变起咄嗟，奋身矢石之下，而欲护其主，惶恤其躬，烈哉！"③吴本泰作为亲身经历者，详细描述了当时的情形和事件的始末，从他的叙述中可知，兵变当时，葛徵奇和李因并不在同一艘船

---

① ［清］朱嘉徵：《竹笑轩吟草三集叙》，［清］李因撰，周书田校点：《竹笑轩吟草》，辽宁教育出版社 2003 年版，第 49 页。

② ［清］朱嘉徵：《竹笑轩吟草三集叙》，［清］李因撰，周书田校点：《竹笑轩吟草》，辽宁教育出版社 2003 年版，第 49 页。

③ ［清］吴本泰：《竹笑轩吟草叙》，［清］李因撰，周书田校点：《竹笑轩吟草》，辽宁教育出版社 2003 年版，第 3 页。

上，李因看到兵变，急忙从自己舟中跑出，寻找葛徵奇所在，她越过几艘船来到吴本泰舟中，询问葛徵奇的下落，而此时吴本泰看到的李因已经"丛矢创胸，且贯其掌"，即胸前和手臂都已经中箭，却因为担心葛徵奇的安危而不觉痛，直到吴本泰找到葛徵奇下落并转告李因，李因才放下心来，感觉到自己受伤。吴本泰的这段描述，应该比较接近真实情况，因为他是事件的亲历者，但是为了表现李因的"欲护其主，惶恤其躬"即奋不顾身的护主精神，他稍微夸张地描述了李因的伤情，"丛矢创胸，且贯其掌。血流朱殷，不自觉痛"很明显是受到了《左传·鞌之战》的启发。而"奋身矢石之下，而欲护其主"一句也就成了后来朱嘉徵"矢石交下，夫人独以身蔽光禄，被创特甚"的来源。第四种，葛徵奇的写实型描述。葛徵奇在《叙竹笑轩吟草》中对于李因此次经历的描述是："道经宿州，哗兵变起仓卒，同舟者皆鸟兽散。是庵独徘徊迹余所在，鸣镝攒体，相见犹且讯且慰。手抱一编曰：簪珥罄矣，犹幸青毡亡恙。"① 从葛徵奇的视角看，事件发生的经过是，由于兵变的突然到来，大家猝不及防，各自逃命，同船者也丢下葛徵奇，唯有当时并未和葛徵奇同船的李因到处寻找丈夫下落，葛徵奇见到李因时，她浑身是箭，却还在询问和安慰葛徵奇，并且抱着唯一抢救下来的一卷自己的手稿。关于李因的伤势，葛徵奇没有吴本泰描述得那般惊心动魄，只一句"鸣镝攒体"带过，细想之下，却也触目惊心，不知道葛徵奇是不善于描绘，还是惜墨如金，但他重点是想强调李因在紧急状况下，除了对自己的关切外，还有舍弃首饰而抢救诗稿的行为，这一举动不同于一般世俗中女性，可见李因对自己创作的珍视。这也成为葛徵奇为其付梓的原因。

　　其侠气的第三次展露，则是于葛徵奇殉国后②，称未亡四十余年。明

---

　　① 　[清]葛徵奇：《叙竹笑轩吟草》，[清]李因撰，周书田校点：《竹笑轩吟草》，辽宁教育出版社 2003 年版，第 4 页。

　　② 　关于葛徵奇殉国死节的考证详见何永志：《恨无图史记贤臣：葛徵奇考》，《嘉兴学院学报》2016 年第 4 期。

朝为清朝所取代，在当时被视为异族入侵，亡国灭种。因此，很多有气节的忠臣良将、文人名士选择殉国或做遗民。相应的，作为他们的妻妾，或殉夫，或守节。李因，作为葛徵奇的侧室，从名分上说，不是必须守节；从实际来看，葛家也没为李因的守节提供应有的物质支持。但是，李因自愿守节的行为，一方面是对葛徵奇的深情，另一方面是对明王朝的怀悼。首先，李因身上早有家国大义。葛徵奇在《叙竹笑轩吟草》中提到李因见到明季乱局时常"扼腕时事，义愤激烈，为须眉所不逮"①。李因在早期的《吊虞姬》诗中就有"十年磨得剑犹腥，一日酬知天欲暝。侠骨不教尘土掩，时时风雨泣冬青"的句子。因此，李因在葛徵奇城破殉国后，独自以卖画为生，苦志守节。黄宗羲说："光禄捐馆，家道丧失。而是庵茕然一身，酸心折骨。""三十年以来，求是庵之画者愈众……是庵亦资之以度朝夕。"② 在《竹笑轩吟草续集》中已经可见葛徵奇捐躯后李因追悼的作品："杜鹃血染千家泪，杨柳愁含万缕丝"、"今将光禄前朝酒，漫为君歌寒食诗"（《寒食忆介龛有感》），其中"杜鹃血"、"前朝酒"、"寒食诗"都是歌颂忠臣的意象。而《悼亡诗哭介龛四十八首》更是随处可见将悼亡之情与黍离之悲交织在一起的情感，如：

　　青烟四野一孤舟，家国飘零壮志休。有泪空教谈剑侠，忠魂

无主泣皇州。

　　长安市上欲埋轮，此日铜驼遍棘榛。只有丹心徒涕泣，恨无

图史记贤臣。

　　这两首的前两句中"家国飘零"和"铜驼遍棘榛"都是慨叹明王朝覆灭、山河不再的悲凉，随后表达了对于葛徵奇的埋轮之志和一片丹心不能彰显于

---

　　① ［清］葛徵奇：《叙竹笑轩吟草》，［清］李因撰，周书田校点：《竹笑轩吟草》，辽宁教育出版社 2003 年版，第 4 页。

　　② ［清］黄宗羲：《李因传》，［清］李因撰，周书田校点：《竹笑轩吟草》，辽宁教育出版社 2003 年版，第 104 页。

世，更无图史可记的悲愤之情。然而，她似乎安慰似的在第三首中又说"忠魂莫向夜台悲，他日争传堕泪碑"，对将来抱有不灭的希望；后两句更是将葛徵奇与伯夷、叔齐并提，以示对故明的忠贞。另一首诗中"誓报先君发不髡，宫袍犹羡旧朝绅。喜逢泉下新相识，俱是当年死难人"则是激赞葛徵奇不肯剃发易服做贰臣而殉国的忠勇之举。更有将葛徵奇比作屈原的"劲节孤忠殉国殇，搴芙蓉兮芰荷裳"。由此可知，李因对于葛徵奇的殉国之举虽然痛心伤怀，但同时又为其感到骄傲自豪。在她后期的《感怀》诗中亦有"澄清有日悲吾老，平寇无能舞宝刀"语句。这是其侠士之风的又一表现。

三、竹笑轩诗馀

《竹笑轩吟草三集》（后附诗馀）刊刻于康熙癸亥，此时距离葛徵奇殉国已经近四十年，可以说"三集"中满纸都是李因对葛徵奇追念的倾诉，以及对自己孤寂心酸生活的书写。葛徵奇逝后，李因的生活失去保障，她的生活境况是"黄齑菜饭布衣裳，单被风寒冻欲僵"，居住环境是"满径蒿莱瓦砾场，数间破屋倚颓墙"（《悼亡诗哭介龛》），"四壁蜗牛满，一庭鼫鼠飞"、"一望无长物，颓垣瓦砾馀"（《忆昔扶榇归来有感》），睡在"竹榻支离"之上，慨叹"无限穷愁只病魔"（《悼亡诗哭介龛》）。然而，就是在这样的环境下，李因吟咏不辍，"三集"中仍可看到她每逢节令，特别是寒食，对葛徵奇的祭奠，看到花朝月夕对丈夫的怀念，看到对四季风物的吟赏。但是随处可见其家国之恨的映射，就连咏《玉兰》诗也以"歌残亡国千年恨，留与今人佐酒殇"作结。所以，黄宗羲称"是庵方抱故国黍离之感，凄楚蕴结，长夜佛灯，老尼酬对，亡国之音与鼓吹之曲共留天壤"①。

而词作为异于诗的一种文体，其特点不仅在于讲求音律、别是一家，

---

① ［清］黄宗羲:《李因传》，［清］李因撰，周书田校点:《竹笑轩吟草》，辽宁教育出版社 2003 年版，第 104 页。

更在于独抒性灵、宣情导款。所以，在李因的《竹笑轩诗馀》中更能看到她的真情流露：无论春天还是秋天，孤寂的她愁容不改，秋天是"自是恼人愁里听，怪他偏会弄秋声"（《捣练子·秋夜》），春天是"撩人芳草，细数愁多少"（《点绛唇·春归》）。在《竹笑轩吟草》的许多序跋中，多次将李因与李清照相比拟。而丧夫之后的李因在词境中也有与李清照相似之处：她的《卜算子·秋雨》词中说"滴碎五更心，偏是芭蕉雨。叶叶随风响纸窗，点点添愁绪。……捱过今宵明日晴，依旧愁难去"，意似李清照的《添字采桑子·芭蕉》；《南乡子·暮春》有"可惜春光将尽也，伤情，燕子新来认旧庭"与李清照《声声慢》"雁过也，正伤心，却是旧时相识"一般情境，一般伤情。此时，形单影只的李因甚至不愿见到双双对对的燕子，有书画研究者说李因在葛徵奇逝后，画作中再没出现过双栖的禽鸟，她的词中也说"怪他双燕语雕梁"（《浣溪沙·春闺》），"妒他双宿燕，故把重门键"（《菩萨蛮·春归》）。而她孤寂的生活常常是"独对残灯愁夜短"（《浣溪沙·送春》），"绣幕湘帘无意卷，凄清，香断薰炉冷画屏"（《南乡子·暮春》）。除此之外，在李因的词中常常出现孤雁的意象，而这雁的叫声必以"嘹呖"来形容。看下面两首：

鹧鸪天
秋闺

傍槛萧萧疏竹横，秋窗风雨酿愁成。感怀独是天边雁，嘹呖哀音失隧鸣。　　灯半灭，睡频惊，谯楼钟鼓夜三更。绣帏寂寞炉烟冷，增得阶前落叶声。

南乡子
闻雁

嘹呖过南楼，字字横空引起愁。欲作家书何处寄，谁投，目送孤鸿泪暗流。　　忆昔共追游，荻岸渔汀系小舟。又是那年时候也，休休，开到黄花知几秋。

　　第一首描述在一个秋天的风雨黄昏，作者听到天边凄厉的雁叫声，引起她的感伤，很显然，这雁是失队（"隧"为通假）的、孤独的，才有这样的鸣叫声；下阕写睡下后仍然会惊醒，或许是梦见丈夫的缘故，惊醒后的她听到此刻三更鼓响，看到眼前的寂寥清冷，唯有落叶声声。第二首中出现的虽然有雁阵，但叫声仍是"嘹呖"的，作者的关注点仍然在掉队的"孤鸿"。她想起鸿雁传书的故典。也想写封信，无奈亲人已逝，没有人可以投递。这词意不禁让人想起李清照的《孤雁儿·藤床纸帐朝眠起》中"一枝折得，人间天上，没个人堪寄"。一样的悼亡，一样的处境。于是下阕转到回忆两人同游时的美好，如今又是同样时节，然而物是人非，距离那时已经过去不知多少个秋天了。两首词中同是秋景，同是孤雁，同是"嘹呖"的叫声，作者偏爱这些意象，正是她内心情感的选择，她苦涩的内心，正如这萧疏的景色，单飞的孤雁，意欲发出凄厉的哀鸣。

　　如果说李因的这两首词还沉溺在失去丈夫的哀怨痛苦之中的话，她最后的两首《临江仙·九日二首》则表现出痛定思痛后的一种释然，颇有陈与义《临江仙·忆昔午桥桥上饮》的风采：

其一

　　重九催开黄菊早，霜林染就丹枫。何须直上最高峰。紫萸仍遍插，令节古今同。　　把盏篱边供独醉，不劳馈酒王弘。遥看秋色月朦胧。欲将亡国恨，细说与归鸿。

其二

　　信步登高频整帽，恐防先露秋霜。扶筇着屐到篱傍。疏林云黯淡，野色树苍茫。　　笑把黄花何处酒，前村新酿开缸。仰天长叹感时伤。闲评今古事，默坐记兴亡。

　　两首词，上阕都是实写，第一首上阕写景致，以"黄菊"、"丹枫"、"紫萸"等特定风物点出重九节令。第二首上阕则写行动，以"频整帽"、"恐防先露秋霜"、"扶筇着屐"点出自身的衰弱状态，而黯淡的疏林、苍茫的野树与暮年的李因两相呼应。李因是一位画家，她的词也犹如一幅徐徐展开的画作，如果说第一首的景致恰如一幅五彩斑斓的秋景图，那么第二首则是唯有墨色氤氲、勾勒皴擦的秋光图。两首词下阕都转为抒情，都以陶渊明自比，都寄予深切的黍离之悲，所不同的是，第一首的下阕，李因似乎对于身历沧桑仍然难以释怀，她写自己的独醉，化用王弘馈酒陶潜的典故，意在说明自己的遗民隐士身份，此时的她面对朦胧月色，依然有一腔"亡国恨"想要诉与"归鸿"，然而，也只是"归鸿"，不是任何真正的人。但是，到了第二首，她有了一个"笑"字，这是在葛徵奇亡故后的词篇中唯一一次出现的，这说明，她释然了，经历国破家亡后，她"笑"对江山易主。此时的李因，"仰天长叹"、感时伤逝，然而，她意识到这一切都已经成为历史，此刻的她能做的只是"闲评今古事，默坐记兴亡"。作为一个身历家国之变、有过刻骨铭心之痛的当事人，李因此刻可以以旁观者的角度和平静的心态去谈论那场变迁，她不再想诉与任何人，只是默默独自记下兴亡更迭。这与陈与义的"古今多少事，渔唱起三更"何其相似！然而，李因作为一个女子，经历远比陈与义艰辛得多，其胸襟之豁达，不知胜过须眉多少！因此，葛徵奇曾经以佛经语赞她的"大雄氏所谓无挂碍恐怖也"，并非过誉。或许正是由于这样的情愫，李因才在她七十岁的时候坦荡地写道"幸无身后儿孙累"、"泉下寻君话白头"（《七旬初度日有感二首》）。

第二节 "刺破丹心"的刘淑

刘淑是明清之际一位具有传奇色彩的人物。纵观整个中国文学史，文能提笔赋诗，武能挥戈统兵的人物寥寥，唯有南宋辛弃疾可称佼佼者。让人意想不到的是，在女性文学史上，也有这么一位可与辛稼轩相媲美的人物，她就是生于明季阉党乱政之时，长于末世风云激荡之中的巾帼翘楚——刘淑。

一、生平经历

刘淑（1620—1658？），字静婉（胡文楷《历代妇女著作考》注"字淑英，一字静婉"，淑英或为淑之误，静婉为字与"淑"名更洽），号个山人（依《个山集》自叙有"个山人刘淑识"字样），江西安福三舍人。王泗原认为："（刘淑）展转山谷，不止一处，有个山，有梭山，有木平……个山盖其较常居之处，故自号个山人。"[1] 注意到同为遗民的明皇室遗胄朱耷也有"个山"之号，有的画上也署"个山人"。显然，并不是说朱耷和刘淑同到过一处名为"个山"的山，而是"个山"或"个山人"带有明显的遗民标志。无论是刘淑的《个山集》还是朱耷的款署，都写作"个"而非"個"。《康熙字典》解释"个"又通作"介"，有"独"、"偏"的意思。《庄子·养生主》有言："是何人也？恶乎介也。"并言："天之生是使独也。"[2] 因此，以"个山"或"个山人"为号，正表达了上天使其茕茕孑立的遗民情结。

关于刘淑的生平经历，见诸一些文献和研究成果。如诗话及史料类有施淑仪《清代闺阁诗人征略》、宋之盛《江人事》、李瑶《南疆绎史摭拾》、杨陆荣《三藩纪事本末》、汪有典《前明忠义列传》、倪在田《续明史纪事本末》、李天根《明末清初史料选刊·爝火录》、徐鼒《小腆纪传》、抱阳生《甲申朝事小纪》、孙静庵《明遗民录》等；地理志类可见于雍正《江西通志》、《大清一统志》，同治《安福县志》，光绪《吉安府志》、《湘潭县

---

[1]　王泗原校注：《刘铎刘淑父女诗文》，人民教育出版社 1999 年版，第 387 页。
[2]　陈鼓应注译：《庄子今注今译》，中华书局 1983 年版，第 100 页。

志》，今人著作如胡文楷《历代妇女著作考》，钱仲联《清诗纪事》、《梦苕庵诗话》，柯愈春《清人诗文集总目提要》，江庆柏《清代人物生卒年表》，邓红梅《女性词史》等均有相关条目或论述，研究成果从民国开始即出现刘寅《刘木屏传》、王泗原《刘淑》，后有赵伯陶《明末奇女子刘淑及其〈个山集〉》、胡迎建《刘淑英的生平及其词作》等，而以刘李英的硕士学位论文《志烈秋霜，心贞昆玉——刘淑〈个山集〉研究》考证最为详细清晰，因此，这里不再进行重复论证，仅依现有资料作叙述。刘淑原本生于书香门第，长于官宦之家，其父刘铎少有才名，博学善文，为万历四十四年进士。曾任刑部主事、郎中，后调任扬州知府。天启六年，刘铎因遭魏忠贤陷害，被逮入狱，身遭酷刑，至死不屈。《东林列传》载："扬民闻之，为之罢市，巷哭者七日夕。"崇祯初年，追赠刘铎太仆寺少卿（关于刘铎的事迹，《明史·熹宗本纪》及列传、《东林列传》等史料中均有记载）。刘铎死难时，刘淑年方七岁，逾一年，崇祯帝除阉党，为刘铎冤案昭雪，刘淑才与母亲萧恭人扶柩回乡。由母亲亲授诗书，长大后的刘淑不仅精通诗词翰墨、音律佛经，还习得一身武艺，尤擅剑术、兵法，更重要的是她承袭了父亲的高尚人格和气节风骨。成年后嫁与父亲友人、故宁夏巡抚王振奇之子王蔼为妻，翌年，生下一子，并激励丈夫北上抗清。第三年王蔼在抗击清军的战斗中牺牲。1646年，清军再次攻陷吉安，这年秋，刘淑遣散奴仆，"挥珥鬻钿"，募军起兵。本欲与何腾蛟联合抗清，却先遇驻扎在永新的楚将张先壁，张先壁表面说愿意联军抗清，实则按兵不动，并欲纳刘淑为妾。刘淑愤怒之下，看清明军腐败，知败事已定，不能挽回，便遣散所部，回乡独辟一小庵，名之曰"莲舫"，养母课子，奉佛以终。著有《个山遗集》，为其后世保存，于民国年间刊刻出版。《个山遗集》前有这样一段自叙：

> 明泉绘日，皎雪笼霞，翻碧落而吹清籁，抚素徽而睹游鱼。
> 虽掩映堪标，恐山河影缺也。玉毫浣泪于澄波，银管结芬于青
> 汗，叹斯风之既邈，亦碎首以留题。厕月刓天，不假蠹鱼故纸；

墨阵管锋，弗窥公孙击剑。嗟乎！锦水沈仙，塞云泣雁，自断此
生，天问奚答。乃细辗霜蕊，函之冰笺。愧补斋坛之风雪，聊寄
漆室之悲操耳。

个山人刘淑识

可见，刘淑一直不能释怀山河破碎（影缺）的悲痛，在不能逆转局势
的情况下，选择寄情于笔墨，不能重整山河，便"劂月刳天"；不能冲锋
陷阵，则"墨阵管锋"。她也有屈原"天问"之痛，也有漆室女之悲，然
而这些只能赋予"玉毫"、"银管"、"青汗"、"冰笺"。刘淑的志不得伸、
才不得施，郁郁而终，不是她个人的悲剧，而是时代酿就的悲剧。可以
说，她与那个以一生之行藏入词的辛弃疾有许多相似之处，因此，她的词
作虽然仅占遗集的七分之一，应当也可窥见其心声的流露。

二、词中侠气

《个山遗集》今存词一卷，词作七十余首，其豪迈旷达处，不输苏辛。
如《西江月·感故》中有"瑶琴漫且赋江流，兰下铿然一奏"，表达词人
一生心愿付诸东流，一腔愤恨唯有借琴音倾诉的怨怒情绪。刘淑词用语皆
豪壮，就连一向以柔婉风格著称的"采莲曲"在刘淑笔下也被写成"酒醒
明月波心访，并语碧流，猛触心头壮。人生四海任所之，空惆怅。勺水浮
沉何足量"（《醉薰风·采莲曲》）。如此气魄雄浑，不像采莲女之言，更像
弄潮儿之语。她曾表达过自己"追霞琢月，欲把青天拭"（《清平乐·秋意
呈峨人叔》）的愿望，可惜志不能遂，于是发出"奔月狂牛谁系，雾长岚
深，满空枝节"（《雨霖铃·青雨》）的哀叹和"山川虽荡岂沉溺？日将雏、
莫把浮烟冽"（《雨霖铃·青雨》）的自勉之言。其词中也曾有"刺破丹心，
一寸金流血"（《蝶恋花·端阳焚寄先君》）这样苏辛词中都不曾见的惨烈
语和"轻狂也非昔，芒鞋疏影谁为客"（《一落索·络纬娘》）这样的洒脱
语。

除此之外，刘淑的词里较多出现的是"痴"、"孤"、"懒"的字样，如

"我懒犹怜半蕊装"（《鹧鸪天·秋咏》）、"长天无那痴愁展"（《菩萨蛮·秋夜》）、"痴鸳懒飞"（《减字木兰花·离风别雨》）、"忽将懒云拘住"（《清平乐·秋意呈峨人叔》）、"孤星吐寂寥"（《菩萨蛮·秋夜》）、"乾坤留此孤忠烈"（《西江月·感先君遗稿》）、"孤生天地宁有几……惟有孤生是"（《黄莺儿·感怀禾川归作》）、"堤边孤域水半山"（《踏莎行·惊秋》）、"镜匣人孤轻比目，罗衣点染群花"（《临江仙·早春暮远》）等，这三个字正突出表现了她起兵失败后，只能坐视山河破碎的无奈，因为她心中有一份对故国不舍的"痴"情，所以，她眼中的外物也是"痴"的；因为她在重击下心灰意懒，所以，无论是自己的行动，还是眼中的事物，也都呈现出"懒"的状态；而一心为国尽忠，却无人应和，空余一腔报国志和经天纬地之奇才，却不为人理解，因美貌反招欺侮等经历，让她感到孤独，感到世间无有可同行者。她在与康夫人的《秋词四首，答康夫人》之《菩萨蛮·秋夜》中吐露出起兵失败隐居莲舫后内心的苦闷孤寂：

> 离离碧径重域掩，长天无那痴愁展。意欲学寒梅，梅花况不开。　　唾壶清兴满，野外居人散。落影似霜飘，孤星吐寂寥。

上阕写她回到隐居的"三径"之中，仰天长叹，愁眉不展，而刘淑认为，这种愁是一种"痴愁"，因为她知道那是败局已定、无力回天，却放不下故国的一种"痴"，想要学寒梅一样的风骨、一样的标格，却连这样的榜样都看不到。下阕抒发内心的无奈，雄心壮志已满，却无人同行，形单影只，如天上的孤星。词境很像辛弃疾《青玉案·东风夜放花千树》中那份失落和无人同行的寂寞，也表明此词应作于起兵失败后，心灰意冷之时。这里用了"唾壶击碎"的典故，在刘淑的诗中也是多次运用这一典故，只有张元干、刘克庄等以豪放词风见长的男性词人才会用，可见刘淑的胸襟和气魄，其词之豪放处不输辛派词人。有研究认为此词作于早期，但从第三首有"颖秃潦倒朱颜暮"（《蝶恋花·秋晤》）来看，还应判定其是归隐后作。

然而，她的词中最让人印象深刻的还是处处回荡着的侠气，这份侠气里既有李白诗中的任侠豪纵之气，又有辛弃疾词中的侠肝义胆之气。

前者如"追霞琢月，欲把青天拭"（《清平乐·秋意呈峨人叔》）与李白的"俱怀逸兴壮思飞，欲上青天揽明月"（《宣州谢朓楼饯别校书叔云》）有异曲同工之妙，不过，李白只是想揽月，而刘淑却嫌月亮不够精致，青天不够干净，她要自己去雕琢月亮，亲手去擦拭青天。可见，此时的刘淑心志极高，应作于未起兵前。而起兵失败，归来后的那种失意的愤怒，则在《黄莺儿·感怀禾川归作》里集中表现出来：

洒泪别秦关，木兰舟寄小湾。丹心不逐出笼鹇。桃花马殷，屠龙剑闲，长祛片月裹羞颜。病屝屝，岂堪殉国？宜卧首阳山。

孤生天地宁有几，已占了天之二。从容冷瞰尘寰事，半缕佯狂，一函愤烈，恼得天憔悴。买刀载酒空游世，笑看他蟊虫负李。长天难卷野无据，惟有孤生是。

词作整体上给人以李白《行路难》的失意感，但是这份失意比李白的怀才不遇似的伤感更为沉痛，这是一种报国无门的心灰意冷。被张先壁囚禁放归的她，此时就像刚刚放出笼的白鹇，被迫抛却之前的报国丹心，空余桃花马、屠龙剑，却再无用武之地，只能做个伯夷、叔齐式的遗民。于是仰天长叹：为什么上天让自己孤独地生于天地之间？当然，这种孤独既有父亡夫丧的现实中的孤寂，也有一片丹心无人和的心灵上的孤寂，她所做的只能是"冷瞰"尘寰生灵涂炭，笑看"蟊虫负李"小人乱国，装出一丝"佯狂"，藏起满腔"愤烈"。本想做个买刀载酒的英雄侠士，却被现实恼怒到似乎天也跟着憔悴了的地步。

刘淑词中之所以给人以李白似的飘逸侠气，还因为她频繁使用星、月、云等意象，以及道教和佛教人物与象征。如"门墙重整，才逐英雄，半生青血。紫皇笑倒何曾泣，蕊宫和伊说"（《雨霖铃·春雨》），这里的"紫皇"、"蕊宫"都是道教人物和意象。而这些意象与"逐英雄，半生青血"连起来，便有了李白诗中的任侠和仙气。另外，其词中写莲花、荷花的意象也颇多，如"晴舒菡蕊红"（《眼儿媚·携儿就读于黄田之野》）、"何时得赴青莲楫"（《蝶恋花·端阳焚寄先君》）、"一水莲楫笑"（《巫山一段云·喜雨》）、"苞萼银花，蕊菡珠凤"（《踏莎行·多雨》）等。她后来隐居之处又题为"莲舫"，众所周知，此为佛教中意象，这一意象的广泛运用，也使得她词中弥漫着飘逸的气息。而这一意象运用的最为明显的是《清平乐·菡萏》一首：

> 几年沥血，犹在花梢滴。流光初润标天笔，聊记野史豪杰。
>
> 碧笺稿阅千章，拈来无那成行。散作一池霞雾，空余水月生香。

池中鲜艳的荷花既是记载豪杰入野史的巨笔，同时也是"几年沥血"的词人自己，此刻的她仿佛与菡萏合二为一，化作一支巨笔，而这巨笔的书写是要以血来润泽的。由于正统王朝的覆灭，记载这些豪杰的只能是野史，刘淑自己正是这些豪杰中的一员。她以沥血的经历记录自己，也记录和自己相似的英雄们。满池的荷叶仿佛正是用来记载野史的碧绿色纸笺。这是刘淑恍惚间的想象，当她清醒过来，意识到唯有一池荷香，而无法被记载的野史恐怕也很快会散作霞雾，不为人知，但野史豪杰们的气节却如这一池荷香，永不覆灭。

后者如她在《减字木兰花·秋思盈尺》中说"难向江头击远舟"，"回竿拂动沧浪梦。觉后鸣琴，怯指弹来不是音"，本有江头击水之志，如今只能归隐垂钓歌沧浪，看似闲适的"觉后鸣琴"，流淌出的却是压抑难鸣之音。词中表达的是复国之梦破灭后的悲伤意绪，让人不禁想起辛弃疾"却将万卷平戎策，换得东家种树书"（《鹧鸪天·壮岁旌旗拥万夫》）之言。与此感情相类的还有《巫山一段云·喜雨》：

> 一水莲楫笑，两岸叶帆薰。微翻烟雨带朝云，随意访湘君。
>
> 晋代才华渺，唐家沧海濆。逸民无系放歌耘，移植北山文。

上阕写小舟叶帆、莲楫兰浆、烟雨朝云……壮江上风物之优美；下阕表面上追悼晋唐风华不再，实际上写异族入主中原的悲哀，而词人自己作为遗民，只能放歌山间，效仿《北山移文》，做一个真正的隐士，然而这种归隐实为无奈之举。这阕词表面上看清新明快，实际上写的是内心的无奈，很像辛弃疾在信州（今江西上饶）时期创作的一系列闲适词的风格，辛弃疾彼时也写过村居的闲适、青山的妩媚，也写道"待学渊明，更手种、门前五柳"，然而这一切都压抑不住内心的苦闷和一腔报国之志。

如果说前面所列举的都是反面展现压抑的爱国之情的话，那么下面这首《蝶恋花·季春雨》也如辛弃疾说出"男儿到死心如铁"般，正面唱出女词人自己的豪言壮语：

乱红飞尽春山小，瘦锷弹云，如哭还如笑。可堪芳草连天杳，梦魂空曳长安道。　　乳梅滴滴莺声老，病怪贫魔，驰逐无休了。浓雨送春歌到晓，愁心都倩碧天稿。

上阕写花尽春残，又是一年芳菲落尽的时节，因为报国志不得伸，只能弹剑而歌，歌声如哭如笑，是面对世事哭笑不得的心伤（与朱耷的"哭之笑之"异曲同工）。此刻，魂牵梦萦的依然是故国的都城。而如今眼前物是人非，连莺声都显得老了，词人此刻也不复年轻时手持"屠龙剑"、驰骋"桃花马"时的英姿，而是要常与"驰逐无休"的"病怪贫魔"搏斗。而这份赤胆化作的愁心只有请碧天来代为书写和解读。与辛弃疾后期词中"腰间剑，聊弹铗"（《满江红·汉水东流》）、"可怜白发生"（《破阵子·醉里挑灯看剑》）、"春风不染白髭须"（《鹧鸪天·壮岁旌旗拥万夫》）、"归来华发苍颜"（《清平乐·绕床饥鼠》）等句对看，虽是异代，情却相同。

之所以说《个山遗集》中的词作与辛弃疾《稼轩词》中的词作相似，一方面是如上所述的情感表达上的相似，这源于两位词人的身世经历接近、才华修养相似：同是文武兼备、经天纬地的奇才，都有满腔热血却报国无门的经历；另一方面是写作中酷爱用典的相似，辛词用典数量之多已为大家所熟知，刘淑留存的词作中也是广泛用典，甚至有一首词作中多处用典，以及用生僻典故的情况，比如仅在《黄莺儿·感怀禾川归作》一词中，便用了"秦关"、"木兰舟"、"白鹇出笼"、"桃花马"、"屠龙剑"、"首阳山"、"孤生"、"蟛虫负李"八个典故，而其中"白鹇出笼"出自唐朝雍陶的诗《和孙明府怀旧山》"五柳先生本在山，偶然为客落人间。秋来见月多归思，自起开笼放白鹇"，后世诗词很少用此典。"蟛虫负李"出自《孟子·滕文公下》，词作中用此典故亦不多见。

历来称赞刘淑者，都为其事迹所动，有赞其为奇女子者，有为其扼腕叹息者，却没有注意到她留存下来的诗文也有较高的文学价值。今就词作一项来看，或有可追步辛稼轩之处。可惜，早年演兵习武，尽人臣之忠，后来奉母课子，尽妇道之德，始终没有全力创作诗词的时间。今世间仅存《个山遗集》一部，寥寥七卷，以供后人追思这位文武忠孝、叱咤风云，最终却归于平淡、散作霞雾，空余"水月生香"的巾帼豪杰。

第 七 章

载笔钱塘的流寓词

明末的大动荡，使原有的社会等级、观念制度等被颠覆。一些原本禁锢在闺阁中的女词人，或因失去护持，或因生计所迫，流寓江湖。清初的这类女词人多属遗民性质，怀念故国、寄情山水，当这一奇特现象被社会所接受后，许多自身有才气又为生计所迫的女词人也纷纷效仿。钱塘一地，因优美的自然风光和人文风光，又尤为这类女性词人所钟爱。这里以三位较为典型的女词人为例，说明她们载笔钱塘的人生经历和词作风格。

第一节　吴山与黄媛介

吴山，字岩子，安徽当涂人，太平县城卞琳室，著有《青山集》。《杭郡诗辑》载："卞君楚玉夫人吴岩子，家青山，即转徙江淮无常地。有《西湖》、《梁溪》、《虎丘》、《广陵》诸集，最后类次之，以《青山》名。"① 前

---

① 　［清］吴颢辑，［清］吴振棫重编：《杭郡诗辑》卷三十，清道光间钱塘吴氏刻本，第 47 页。

文"遗民"部分对其身世等情况有详细交代，此处仅对其词作加以分析。

吴山词从题材上看，多写亡国之悲。如《鹊桥仙·戊子广陵七夕有感》是亡国后四年，词人寄寓扬州的作品，词的下阕写道："今年萍寄，隋宫咫尺。叹异代、烟花寥寂。情同旅燕起归思，何处是、谢家王宅。"这里借"隋宫"来悼念故明的用意十分明显，因为"谢家王宅"不在广陵在南京，而南京正是朱明王朝的象征。词人的"归思"也不是归乡之思，而是归国之思，但故国已亡归不得，于是有"何处是"之问。同是在这一年，女词人又来到钱塘，写下一阕《百字令》，这首词题作"戊子春暮，寓西湖坐雨有感"，这首词表面上看是寻常的伤春词，其中却蕴含着深深的故国之思。上阕有"倚栏凭眺，三径故园荒未"之语，下阕有"何事天涯蝴蝶梦，留连客舍难退"句，二者相连，便是说她心中惦记的归隐之路，正是通向故国的心灵栖息之径，而这只能是她的心之所系，梦之所牵，现实生活中她漂泊天涯、留连客舍，因为故国不存，所以无处可退。正因为这挥之不去的家国之悲，她才说"堪怜美景良辰，没来由、只与愁相对"。词末以"暮春也，动归思来诗内"作结，进一步诉说其心无所寄、长歌当哭的无奈。

但就词作风格来说，无论是从选词用语上，还是从声音节律上，吴山词总给人以旷达、爽利之感，从不拖泥带水。如"思母"这样的题材，一般女性词人写来一定缠绵幽怨、呜咽声声，而吴山的《减字木兰花·思母》在开篇渲染了"连宵风雨。黄叶林间秋几许"这样萧瑟的气氛之后，笔锋陡转，一句"大地清凉。游子惊心忆故乡"，胸襟开阔，雄浑高亢，为多少男儿不能道。她有两阕《罗敷令》描写西湖风光，词境开阔，无纤毫闺阁气。其中《罗敷令·夏日西湖雨霁》云："遥山壁立高云汉，不许云函。此境谁谙。羡他飞鸟远能探。"《罗敷令·夏夜湖中访荷》亦曰："棹破烟波。碧汉迢迢淡玉河。"一个"破"字已经霸气外露，接下来又说"清凉人在双峰底，翠景婆娑。风月如何。夜色平分月较多"，既有辛弃疾《太常引·一轮秋影转金波》的豪迈，又有苏轼《赤壁赋》的洒脱。即便是悲秋词，吴山也作得潇洒倜傥。如《满庭芳·秋遣》上阕写秋景云："雨晴天朗，诗思入潇湘。秋染重林瑟瑟，更何处、疏远清香。"渲染雨晴天朗、层林尽染的旷远景象，却无丝毫颓唐秋气。下阕虽有情绪低落的慨叹："支离病骨，潦倒贫乡。叹人生有几，况遇沧桑。"但只是一闪念，便自我开解道："且把双眉解放，领略些、水色山光。衷肠事，思亲忧世，别作一囊装。"仿佛可见词人眼噙的泪珠尚未落下，即又换作一脸笑靥。她将国仇家痛都别装一囊，暂时封存了。这笑对人生的豁达，会令多少男儿汗颜！

黄媛介，字皆令，浙江秀水人。沈季友《檇李诗系》有"闺塾师黄媛介"①条目详述其生平经历。据胡文楷《历代妇女著作考》记载，其钞辑有《梅市唱和诗钞稿》，著有《南华馆古文诗集》、《越游草》、《湖上草》、《石阁漫草》、《离隐词》等。②

王蕴章《燃脂余韵》记载："清初才媛，首推禾中黄媛介。媛介字皆令，髫龄即娴翰墨，好吟咏，工书画。楷书仿《黄庭经》，画似吴仲圭，而简远过之。其诗初从《选》体入，后师杜少陵，清隽高洁，绝去闺阁畦径。适士人杨世功，萧然寒素，皆令黾勉同心，恬然自乐也。乙酉鼎革，家被蹂躏，乃跋涉于吴、越间。困于檇李，踬于云间，栖于寒山，羁旅建康，转徙金沙，留滞云阳。其所记述，多流离悲戚之辞，而温柔敦厚，怨而不怒。既足观其性情，且可以考事实，盖闺阁而有林下风者也。"③施闰章的《黄氏皆令小传》也说黄媛介幼时"闻兄鼎读书声，欣然请学"④，她"髫

---

① 〔清〕沈季友：《檇李诗系》卷三十五，〔清〕纪昀、永瑢等：《文渊阁四库全书》集部 1475 册，台湾商务印书馆 2008 年版，第 829 页。

② 胡文楷：《历代妇女著作考》，上海古籍出版社 1985 年版，第 663 页。

③ 〔清〕王蕴章：《燃脂余韵》，王英志点校：《清代闺秀诗话丛刊》，凤凰出版社 2010 年版，第 713 页。

④ 〔清〕施闰章：《学余堂文集》卷十七，〔清〕纪昀、永瑢等：《文渊阁四库全书》集部 1313 册，台湾商务印书馆 2008 年版，第 216 页。

龄即娴翰墨"①，"初从《选》体入，后师杜少陵，清洒高洁"②。黄媛介初许杨世功，杨"聘后贫不能娶，流落吴门"③，其间，张溥曾闻黄媛介才名而欲求为妾。媛介不肯背盟，终归杨氏，"黾勉同心，恬然自乐"④。按照周铭《林下词选》载，黄媛介尝作《离隐歌序》云："予产自清门，归于素士。兄姊（原注：名媛贞）雅好文墨，自少慕之。乃自乙酉逢乱被劫，转徙吴闾，羁迟白下，后入金沙，闭迹墙东（原注：琴张居士园名）。虽衣食取资于翰墨，而声影未出于衡门。古有朝隐、市隐、渔隐、樵隐，予殆以离索之怀成其肥遁之志焉。将还省母，爰作长歌，题曰《离隐》。归示家兄，或者无曹妹续史之才，庶几免蔡琰居身之玷云尔。"⑤她"跋涉于吴、越间，困于檇李，踬于云间，栖于寒山，羁旅建康，转徙金沙，留滞云阳"⑥。从这些身世记载可知，黄媛介不仅担负起以诗画养家的重任，载笔钱塘，"卖画自活"⑦，还曾身遭兵乱，被劫持羁系。她的身世之坎坷，在顺康时期女词人中也属少见。毛奇龄曾有《黄媛介入越感赠》一诗，对黄媛介的遭遇表达深切同情，诗云："漂泊明湖又一年，寒花相对意茫然。三秋病入蒹葭路，八口贫随书画船。南国从无刘妹赋，东征应有惠姬篇。"⑧从此诗可以看出黄媛介辛苦漂泊的生活状态。

　　黄媛介的词作风格主要表现为"愁心托与外物"和"落拓而富贵态"。首先来看她是如何表现"愁心"的：经历了如此多的人生痛苦，在黄媛

---

① ［清］姜绍书：《无声诗史》卷五，清康熙观妙斋刻本，第 8 页。

② ［清］姜绍书：《无声诗史》卷五，清康熙观妙斋刻本，第 8 页。

③ ［清］阮元：《两浙𬩽轩录》卷四十，清嘉庆仁和朱氏碧溪草堂刻本，第 21 页。

④ ［清］姜绍书：《无声诗史》卷五，清康熙观妙斋刻本，第 9 页。

⑤ ［清］周铭：《林下词选》，《四库全书存目丛书补编》第二册，齐鲁书社 2002 年版，第 630 页。

⑥ ［清］姜绍书：《无声诗史》卷五，清康熙观妙斋刻本，第 9 页。

⑦ 梁乙真：《清代妇女文学史》，中华书局 1932 年版，第 9 页。

⑧ ［清］毛奇龄：《西河集》卷一百九十，［清］纪昀、永瑢等：《文渊阁四库全书》集部 1321 册，台湾商务印书馆 2008 年版，第 938 页。

介的词中却很难看到她悲愁的一面。黄媛介善于将愁思打并入外在景物之中。这里面有两种情况，第一种是她的词中即便有愁，也将愁心化解，说到愁时，特意宕开一笔，将愁心归束到自然风物中作结。比如《捣练子·送姊皆德二首》其一云："心耿耿，叶飔飔。水静山横敞一楼。"女词人本是百感交集，觉心中"耿耿"，身感凄楚，观叶也"飔飔"。然而，她没有接续前面的思绪，写心中缘何"耿耿"，身边怎样凄楚，却用"水静山横敞一楼"的开阔意象，来化解心中的愁闷和掩饰身边的凄楚。第二首所云"满窗风露数残星"也是如此。"满窗风露"本是给人凋敝之感的意象，女词人却以"数残星"来作结，她的苦中作乐的乐观态度令人赞叹。再如《菩萨蛮·秋思》云："往事结眉心，无言弄绮琴。"并不说什么样的"往事"令眉心不舒，而是描写她的下一个动作——将心事付与瑶琴。与此相类似的还有《长相思·春日黄夫人沈闲靓招饮》云："倚栏干，对栏干，随在云山日一竿。离心江上看。"这里"倚栏干，对栏干"本是要表达一种情绪，但是却没有直言，而是将这种心绪"随在云山日一竿"，并将离情诉诸"江上"。

第二种是心中愁苦化不开时，便托于外物，以外物来比附，并不直写愁心。如《菩萨蛮·春夜》云："芙蓉花发垂香露，白云惨淡关山暮。愁思惹秋衣，满庭黄叶飞。"《临江仙·春思》亦云："愁消未已酒恹恹。落红粘碧草，飞絮满清潭。"将心中之愁比作芙蓉垂露、白云惨淡、满庭黄叶、落红粘碧、飞絮满潭，与贺铸的《青玉案》所云"试问闲愁都几许？一川烟草，满城风絮，梅子黄时雨"用法相似。这种比附既增加了词的艺术色彩，又给读者以想象的空间，比直接叙述愁苦更具感染力。较为典型的词作有《一剪梅·书怀》：

> 无故轻为百里游。不住桃源，却棹渔舟。故园桐子正堪收。
> 归似云浮，住似萍流。　　才过乞巧又中秋。境也悠悠，梦也悠悠。思亲忆子忽登楼。山是离愁，水是离愁。

黄媛介没有直接叙述自己的漂泊之苦，而是将自己寄寓湖上，说成

"不住桃源，却棹渔舟"；将自己的去留无定，说成"归似云浮，住似萍流"。"浮云"与"飘萍"都是无根之物，随风随水，去留不定，命运不能自主，要由外部力量所决定。这两个喻体像极了黄媛介的身世经历，她无须自言，却令人皆见其心中之苦。佳节里"思亲忆子"之愁更甚，她不明言这种愁思有多么浓烈，却说登楼之后的目中风景依然是离愁的堆叠。登楼而不能舒怀，见山"山是离愁"，见水"水是离愁"，离愁之重，不言而喻。

其次，是黄媛介词中表现出来的"富贵态"。从黄媛介的身世经历来看，她的生活境遇应该并不富裕，甚至可以说是落拓，但是在她的词中却找不到一点寒酸、贫苦的痕迹，相反，却处处可见富贵而闲适的词境。比如《临江仙·庭竹萧萧常对影》词中说："罗衣香裀懒重薰。有愁憎语燕，无事数归云。"很难想象要为生计奔波的黄媛介会有"无事数归云"的时候。《蝶恋花·西湖即事》亦曰："放鹤栽梅诸胜歇，我来唯共湖头月。"她来西湖一定不是仿效林逋"放鹤栽梅"来的，但也不会只为那湖头的明月美景而踟蹰流连此地。词中的黄媛介似乎是一位富贵闲适的世外隐士。比较典型的是《临江仙·秋日》：

> 高树鸣蝉秋已至，昼长人静香清。径花难记旧时名。闲蕉分绿影，幽竹起秋声。　　独坐无言空悄悄，碧山何处初晴。隔枝犹是转残莺。望中春柳断，水上夏云轻。

词中描写"昼长人静"、"闲蕉"、"幽竹"一派闲适气象，仿佛无事可忙的游人，养尊处优的贵妇。"望中春柳断，水上夏云轻"，令人感到词人心上无比的宁静，仿佛餐霞饮露的仙人，没有世事的烦扰。

这与现实生活中的黄媛介形成鲜明的对比，她寄寓西湖卖画自活，甚至为生计而涉险泛舟，遭遇兵乱，以致被羁系。这种在旁人看来人生最大的苦难，她都经历过，在词中却表现出平和的心态、闲适的风度和富贵的气象。之所以呈现出这种词风，有两种可能：一种是女词人在经历了大的风浪后，看淡了世间的一切，可以平静地面对云卷云舒；另一种就是女词人在经历了人生坎坷后感到身心疲惫，在词境里求得一种解脱，为自己营造出一个纸上的世外桃源。无论是哪一种情况，都恰恰反映了黄媛介在现实生活中的苦闷与凄怆。

第二节　堵霞

堵霞，字绮斋，号蓉湖女士，江苏无锡人。《历代妇女著作考》及《清人诗文集总目提要》中均有记载。

堵霞的父亲堵廷棻，字伊令，顺治二年乙酉科举人，顺治丁亥年进士①，曾官历城知县，"以诗名"②。幼年的堵霞过着衣食无忧的闺阁生活。她的丈夫是同邑庠生吴元音。据《含烟阁诗词合集序》所言："吴君虽不遇于时，而鹿车共挽，眉案联吟。"③冒襄《含烟阁诗集跋》亦称："乃旅况凄寒，冬春忽度，餐冰嚼蘖，共对斋厨。花屿竹炉，不离药裹。羽而安焉，不见异物而迁焉。元音伉俪可谓固穷真隐矣。"④由这些序跋可知，由于堵霞的丈夫不得志，堵霞婚后过着颠沛流离、贫病交加的生活；但是能够伉俪相携，不改初衷。堵霞著有《三到堂稿》（今已佚），《含烟阁诗集》附词一卷，南京图书馆藏其《含烟阁诗词合集》一卷，为玉烟堂钞本⑤。关于堵霞在诗、

---

①　［清］于琨修，［清］陈玉璂纂：《康熙常州府志》卷十六，《中国地方志集成·江苏府县志集》，江苏古籍出版社 1991 年版，第 340 页。

②　［清］裴大中、倪咸生修，［清］秦缃业等纂：《无锡金匮县志》卷十六，《中国地方志集成·江苏府县志集》，江苏古籍出版社 1991 年版，第 244 页。

③　［清］高舆：《含烟阁诗词合集序》，［清］堵霞：《含烟阁诗》，清玉烟堂旧抄本，第 1 页。

④　［清］冒襄：《含烟阁诗集跋》，［清］堵霞《含烟阁词》，清玉烟堂旧抄本，第 13—15 页。

⑤　南京图书馆以"稿本—钞本"类别著录，有边框、鱼尾、象鼻等，版心下方有"授经堂丛书"字样。《清史稿艺文志拾遗》载"《授经堂丛书》六种十三卷，沈德寿编，清浙东沈氏传抄本，清抄本"。

词、画方面的造诣，冒襄尝跋其诗集云："其诗之雕锼景物，陶冶性情，大雅体裁，迥非闺阁。"遂安毛际可曾评其曰："绮斋之诗清婉韶秀，高出晚唐，有烟霞想，无脂粉气。画法宋人，深造徐黄没骨化境，而艳丽闲雅胜之。"从这些评论来看，读过堵霞诗词的人都认为其诗达到了晚唐诗的境界，而词作隽秀，清新婉丽，有北宋风味，画作臻于北宋徐、黄化境。其《含烟阁词》共存词46首，内容均为出阁以后所作，且与《含烟阁诗》所咏题材、内涵颇为类似，从堵霞的诗与词中都可窥见其身世行藏。

一、穷通跌宕的人生经历

堵霞的生活，以出嫁为界，分为前后两段，这两段生活可以说有天壤之别。未嫁之前，她是书香门第的闺秀，官宦人家的小姐，衣食无忧，吟赏烟霞。她的词作及诗作中很大一部分是对这段美好生活的回忆。如《满江红·忆昔》：

> 历署风光，惜少小、未知领略。还记得、堂名三到，含烟颜阁。早起教调鹦鹉粒，夜阑戏挽秋千索。想依稀、曾也学吟哦。浑忘却。　　消昼永、闲庭鹤。惊宵梦，山城柝。遥望著、插天岱岭，雾浓烟薄。仙迹晴崖窥彩凤，幻形片石藏城郭。忆明湖、十里芰荷香，今何若。

此词是《含烟阁诗词合集》中较为详细回忆堵霞少年生活的作品，从词境的欢快中可见词人对少小时光的留恋。那时的她无忧无虑，每日里从事的事情是：早起调教鹦鹉，夜阑戏挽秋千；为了打发白天的时光，静赏闲庭鹤舞；夜晚偶尔惊起酣梦的是山城中的击柝之声。王蕴章《燃脂余韵》云："(堵)廷棻官山东历城县，绮斋幼时随侍署中……绮斋词即以'含烟阁'名。"[1] 历

---

[1]　[清] 王蕴章撰，王英志校点：《燃脂余韵》，王英志主编：《清代闺秀诗话丛刊》，凤凰出版社2010年版，第760页。

城南依泰山，北临黄河，风光优美，历史悠久，自古就有"齐鲁首邑"之称。南部山区与泰山一脉相承。因此，堵霞记忆里的儿时风光是"插天岱岭，雾浓烟薄。仙迹晴崖窥彩凤，幻形片石藏城郭"。同时，清季历城隶属济南府，堵霞曾经目睹芰荷十里，香韵悠长的大明湖旖旎风光。这里也是南宋词人辛弃疾的故乡，堵霞更因易安居士李清照幼时寓居于这里的灵山秀水而倍感自豪，这也成为激励她不断提高诗、词、画造诣的内在动力。虽然这段美好的时光太过短暂，以至于只"依稀"记得学过吟哦，内容已经"浑忘却"了，但是那份留存心中的美好，总让她时时挂怀，于是她连作了四阕《望江南·寄怀故园闺友》来对她难舍的少年生活进行追忆描摹，同时又在诗中多次表达对于故园、对于儿时女伴的怀念，如《春日感怀》中说"故园女伴空相忆，春树春云一惘然"，《寄故园女伴》中有"花前携手记当年"，这些是对于少年情谊的怀念；《留别故园女伴》中说"燕睡空梁声寂历，莺飞别院影参差。家园别后应如此，挥手东风去路迟"，这是对故园的牵挂。出于对那段美好时光的留恋，她下意识地追逐那些曾经的遗迹。如《谒金门·舟行遥望先姑旧园》描写一次舟行偶尔经过她亡故的姑姑曾经居住过的园子，关注园子如今的风光是"隐隐重门烟锁。风舞樱桃墙外簌。遥看红似火"。虽然园内依然春光如昔，重门却不再向她开启。她陷入往昔情景的追忆中，直到"瞥见双鬟袅娜。笑折荼蘼花朵"，才意识到故园易主，早已物是人非。

　　人们往往是在现实生活难以得到满足，追求与梦想暂时搁浅的时候才会愿意生活在回忆或憧憬中，因为那样会给他们带来片刻心灵的慰藉。堵霞也是如此，她不断地追忆已经模糊的少年时光，可能正是由于她眼前的生活太过困顿。

　　堵霞婚后的生活较之从前，不啻天壤之别。她常常因生活所困以至于乞米、乞煤，并要作诗填词以为答谢。比如，在诗集中就有《雪中草堂夫人惠炭，诗以谢之》、《巢民太年伯见贻米炭以诗代谢》、《女尼师见贻乳腐索句》等。让一位出身官宦、饱读诗书的才女向人俯首乞怜并写诗作谢，这是难以想象的，不知堵霞内心经受着怎样的痛苦。在其词作《减字木兰花·除夕》中就曾直言"懒学颜公乞米帖"。然而，生活的艰辛又令她不得不屡次低头。她主动承担起家庭的生计来源：她教授女弟子——《含烟阁诗词合集》中有诗作《女弟子午睡，诗以晶之》、《哭女弟子邵涛》，有词作《醉花阴·赠女弟子慧姑归里》；她卖画卖诗养家——《含烟阁诗词合集》中有诗作《题菊寿蒋杨夫人》、《杨夫人招游湖上索赋》（万寿诗率此谢答）、《题戴吴夫人遗像》、《钱夫人出赵文淑芙蓉秋景属题》、《题杨夫人双榴画箑》、《许夫人见惠并头兰索题》，有词作《减字木兰花·题丁奕孺人遗像》、《相见欢·王夫人索画芭蕉并题》。其中当然有一部分是朋友间往来馈赠，但也不排除有卖画卖诗的可能，其生活的艰辛可以想见。

她寄寓西湖，漂泊鸳湖，"萍居无定"；生计艰辛，以卖字画为生，词中曾有"题不了，名公轴。写不尽，陶家菊"（《满江红·上当湖高夫人》）之语。长期困苦奔波的生活使得她贫病交加，以病为题的词即有《金缕曲·中秋病起》、《蝶恋花·病起》等。而《南柯子·留别西湖》则最能反映她的生活情况：

> 去住原无定，羁栖黯自伤。轻衫典尽为湖光。只把柳绵蝶粉，一囊装。病骨耽残月，饥躯怯晓霜。莫嫌胜地小趑趄。尚有送人征雁，两三行。

她漂泊无定，为了留恋西湖风光典衣卖画，而离别西湖的时候却只能带走一囊"柳绵蝶粉"，依然"病骨"、"饥躯"，为她送行的唯有"征雁"、"两三行"。

二、以菊自况的豁达心性

堵霞生性旷达，主要表现在她广泛结交诗侣和安贫若素两个方面。生活的困顿没有影响她结交诗侣。冒襄为其《含烟阁诗词合集》作序，诗词中也可以看到堵霞夫妇与冒襄一家常有往来。堵霞词作《秋波媚·寄怀如皋闺友冒嬅婉》及诗作《新正谒巢民冒年伯不值口占赠二位如君》，即是分赠冒襄女儿和两位如夫人的。从现存诗词来看，堵霞与"蕉园诗社"成员有所往来，也可能参加过社中的活动。《含烟阁诗》中有《将之鸳湖，留别又令冯夫人二首》，冯夫人即"蕉园诗社"的冯娴，字又令，这两首诗说明堵霞漂泊钱塘时与其有交往。另有诗题为《金阊闺友静仪以札慰问，尚未裁答。后进香天竺，将欲过访，又因予抱沉疴，不及一谈，赋此寄答》，这里提到的金阊闺友"静仪"或许就是蕉园结社的成员之一柴静仪，因为柴静仪确在钱塘，"进香天竺"而"过访"具有可能性。至于为什么称之为"金阊闺友"，大抵指其父柴云倩的郡望而言。《含烟阁词》中又有《满庭芳·悼遂安方烈妇毛夫人》，后注曰："顾樊桐云：即方渭仁之子，毛际可之女，陈迦陵有《坠楼诗》序之人也。"这位方烈妇正是"蕉园诗社"主要成员毛媞的同胞姐妹，堵霞为其写悼词说明与毛媞交往莫逆。由此可见，堵霞至少与"蕉园诗社"的三位成员有往来，并以诗笺作为往来酬答的工具，因此，也极有可能参与过诗社的创作活动。

堵霞心性旷达，还表现在她安贫若素。《含烟阁诗词合集》中不乏叙写堵霞贫寒生活之作，较为典型的有《减字木兰花·除夕》：

匆匆岁毕。懒学颜公乞米帖。拂拭窗棂。还取梅花插胆瓶。

行厨何有。记木兰诗一首。并臼空操。扫叶煎茶带雪烧。

从词作中可以看见其贫寒的生活境况：除夕之夜仍然无米下厨，茶叶也不丰裕。然而她却取梅插瓶、拂拭窗棂，以美好的心境来迎接新春。甚至，她还好言劝慰神情沮丧的丈夫"乞来如愿终归幻，送得奇穷即是仙"，"牛衣莫对天涯泣，刻烛还看落纸烟"（《叠除夕诗韵慰外》）。堵霞并非感觉不到除夕无米下炊时倍于往昔的酸楚凄苦，但她心中的坚忍让她最终笑对这一切。这时，传统的妇德教育似乎显得优于君子之学。

另一首《满江红·秋感》也很能突出表现堵霞在贫困处境中的坚忍性

格。其下阕写道："全仗那，生花笔。偏不向，天涯乞。任风风雨雨，虫鸣败壁。西子湖头波似黛，南屏山下枫如血。笑行厨、近午未晨炊，花钿折。"她有生花妙笔，却偏偏忍饥受冻，不愿作"天涯乞"；已是"近午"，尚未"晨炊"，她却能笑对。这样的气节风度，恐怕"五柳先生"也要自愧不如。

堵霞安贫乐道或许正是以陶渊明为精神偶像的，她的诗词中多咏菊之作。自晋之后，陶渊明不为五斗米折腰的气节与秋菊的傲霜品性相结合，为人称道。这也成为堵霞孜孜以求的高尚人格。如词作《减字木兰花·题菊》中借菊花表述贞洁高尚的品格，有"岂学春葩艳冶妆"、"未许蝶蜂窥半面"及"甘老残烟冷雨中"句。另有《题菊》诗三首，身世感慨尽托其中。如其一说"天然一种悲秋性，满地霜风竟不知"，以菊之品性喻己之心性；其二咏"一自陶家香散后，至今摇落尚无家"，以菊之来历喻己之身世；其三云"色娇偏不媚春光，骨傲常凌九月霜。纵使金风憔悴后，尚留清节晚余香"，以菊之气节喻己之节操。两两映射，以花及人，更显坚贞傲品。堵霞之前女词人善咏菊者多着眼于菊之外观，如李清照有"莫道不销魂，帘卷西风，人比黄花瘦"（《醉花阴·薄雾浓云愁永昼》）、"满地黄花堆积，憔悴损，如今有谁堪摘"（《声声慢·寻寻觅觅》）。前者以菊瘦的形态比拟自身的消瘦，后者以菊花的凋零比拟自身的憔悴，皆是取其形以为喻。堵霞取菊之品性、气节来比拟自身，在女性词人中应有首创之功。她开启了一代风气，后世坚贞、刚毅的女词人也多以菊自喻。如鉴湖女侠秋瑾《咏菊》诗句"铁骨霜姿有傲衷"，正是对其自身品格的真实写照。

这份气节表现在现实中，就是无论在何种难堪的处境下，堵霞都不曾放下自己的尊严。她只接受那些出于善意的接济，并且以平等的心态来对待。在常年奔波的贫困生活中，她体会到的世态炎凉多于常人。如她在《南柯子·留别西湖》中说："莫嫌胜地小趑趄。尚有送人征雁，两三行。"在这繁华富贵之地，人们都忙着"或奔走权门，或趑趄富室"，无人为这个贫病交加的才女送行，但是她却乐观地望着天空说不是这样，还有征雁尚有人情。又如她在《满江红·新秋》中说"世情恶，今非昔。人情薄，悲何益"，不卑不亢地对待这些世态险恶与人情淡薄。这样的态度在《新正谒巢民冒年伯不值口占赠二位如君》诗中表现最为突出："礼数相忘惯，经过莫厌频。扬眉如有日，琼报愧夫人。"诗中透露出她相信自己的困窘是暂时的，有朝一日会扬眉吐气，这份淡定与自信实在难得。可惜的是，若想扬眉有日，堵霞只能依赖丈夫，而她的丈夫却令人失望。他所做的只是在朋友面前"出其阃夫人《含烟阁一编》见示"[1]，令友人知其有一位才女夫人；或者"出《含烟阁诗》读之"，令人"始知坦腹名门"[2]。这样一位想依赖夫人与岳父名气出名的男子怎堪托付？所以堵霞"扬眉有日"的希望也终究成空。

三、豪放酣畅的词风

钱塘高舆在序中称："长短句清新婉丽，若出水芙蓉，非同雕缋。……不让晓风残月。"退茧老人评其"词颇隽秀，由其天分高也。比诗胜十倍。才女！才女！"[3] 由此可见，堵霞的词作具有独特的风格和精深的造诣。

堵霞自身禀赋着不群的才华和清高的气质，"穷通跌宕的人生经历"磨炼出她旷达的心性和不拘泥于细节的行事风格。这些因素相融合，便促成了堵霞特有的豪放酣畅词风。

堵霞的词风豪放酣畅，首先表现在她毫无顾忌地抒写自己内心的情感，不加比附，不用隐语。比如，她对阻碍自己探看友人的风直接怨怒

---

① ［清］高舆：《含烟阁诗词合集序》，［清］堵霞：《含烟阁诗》，清玉烟堂旧抄本，第1页。

② ［清］冒襄：《含烟阁诗集跋》，［清］堵霞：《含烟阁词》，清玉烟堂旧抄本，第13—15页。

③ ［清］退茧老人：《含烟阁词跋》，［清］堵霞：《含烟阁词》，清玉烟堂旧抄本，第15页。

道:"恨杀无情风雨急"(《减字木兰花·片帆初挂》),对于世态炎凉的控诉也是直书:"世情恶,今非昔。人情薄,悲何益。奈客窗清悄,百忧纷集。"(《满江红·新秋》)而在《踏莎行·悼鹦鹉》中,则借指斥鹦鹉表明自己对于"声名"全是虚妄的认识:"魂去陇西,身归墙罅。而今应悟声名假。"在《明妃怨·海棠》这一咏物词中,没有像常见的咏海棠词那样描绘她的柔媚与慵懒,而是一言概括道:"想也为春愁。懒抬头。"她的词直白而酣畅地表达了作者心中的情绪和想法。读者无须费力解读,便可一目了然。

其次,这种风格还表现在由夸张语言造成的豪放气势。在《秋波媚·寄怀如皋闺友冒嬿婉》一词中说:"染香阁上重携手,曾数一天愁。"在《满江红·上当湖高夫人》一词中说:"卧病只添词几调,疗疾空有愁千斛。"前者将"愁"与"天"比大,后者说其愁可用"千斛"来称量。《南乡子·闰五日》词中"重向汨罗江上望,煎煎。应有惊涛欲拍天",《多丽·柳》词中"明月下,几声残笛,遗恨诉长空",这种冲天的气势在女性词中实为罕见。另如《凤凰台上忆吹箫·七夕》词云:"那似我,泪穿绿缕,肠刺金针。"将自己心中的苦痛用夸张的言语描摹出来,造成痛彻心扉的抒情效果。《满江红·秋感》比拟枫树用"南屏山下枫如血",一个"血"字着力极深,给人以视觉上的冲击感。《如梦令·月夜》:"独自步苍苔,满地花阴踏碎。如醉。如醉。怪杀海棠先睡。""踏碎"、"怪杀"用语粗放,皆不同于一般闺阁词风,颇具陈维崧词的豪宕格调。

另外,这种词风也表现在词人作品中敢于表达自己与众不同的观点。如《南乡子·秋窗独坐有感》说:"何事野花多艳目,寻常。偏惹蜂狂蝶也狂。"慨叹那些世俗所重、为之癫狂的人与事,不过是看起来炫目,实际上微不足道的鄙俗之物。《江城子·题虞美人草》说:"最惜香魂犹未死,依蔓草,尚嫣然。"认为虞姬肉身虽灭,灵魂尚依芳草而存。这是对虞姬凛然之举流芳百世的赞叹。

堵霞的《金缕曲·题西子思归图，即代西子自叹》则是一首翻案词。历来写西子的诗词很多，此阕却能独出新意：

> 争奈秋将暮。遍深宫、秋容惨淡，秋声凄楚。堤畔芙蓉娇欲语，月浅烟深争妒。那似我、随风飘举。遥望若耶何日返，怎苍天、独待红颜苦。无限恨，凭谁诉。　　溪沙一缕成虚度。没来由、娇丝翠竹，清歌艳舞。尽道吞吴无上策，武将谋臣如许。偏用着、温柔乡女。他日香凋粉瘦也，瘗荒郊、莫把标题误。夫差室，夷光墓。

词中描绘的西子心恋若耶故园，埋怨苍天偏妒红颜，令其凄苦；控诉武将谋臣"无上策"，以她作为牺牲品。待到灭吴之日，她也早"香凋粉瘦"，被埋骨荒郊。末句抒情最令人震惊：此时的西子心境到底如何呢？她早已不是昔日的越女，在与吴王朝夕相处的岁月里，她对于自己的身份有了重新的认知：如今的她愿意称自己是"夫差室"。这是历来的诗人词家们不曾有过的言论，堵霞从女性的心理去品读西子，才能得出这样的结论。的确，对于女性而言，国家间的恩怨荣辱、朝堂上的大是大非离她们是那样的遥远，她们所期盼的只是简单的"愿得一心人，白首不相离"，这个人好也罢歹也罢，她可以不闻不问，只要待自己好就足够了；而这一点，夫差对于西施做到了，于是西施有足够的理由爱上夫差，心甘情愿成为"夫差室"。堵霞从女性自身解读西施，这一翻案词作得惊世骇俗又令人叹服，那些男性诗人词家恐怕绞尽脑汁也难以想到。

由此可见，堵霞词展现在世人面前的是豪放语言书写的豪宕气格，是女性词人酣畅淋漓的情感宣泄。这在清初及清以前的女性词人词作中是极为罕见的，因此，《含烟阁词集》保存的词作弥足珍贵。

《含烟阁诗词合集》留给世人的，是堵霞的清逸超凡之气和不卑不亢的人生态度，以及对于时代造就的一代才女不幸命运的无限悲悯。

综上所述，这类漂泊江湖，自谋生计的女词人，词作风格较为接近，她们往往比其他女词人更多地关注自然风光，这种自然风光不同于一般闺阁词的伤春悲秋和亭台池榭等小风光、小山水的摹写，而是对四时风物、名山大川等宏观风光的抒写。除此之外，她们的词作普遍呈现出开阔的胸襟、豁达的情怀和非凡的气魄，在以往的女性词中尤为少见。在女性词史上具有独特的价值和研究意义。

第 八 章

沉郁顿挫的朱中楣词

朱中楣，字懿则（其子李振裕《显妣朱淑人行述》载"先淑人……外
王父奇之，命字曰懿则"①），号远山（顾贞观、纳兰性德《今词初集》卷
下称"号远山夫人"），江西南昌人。陈弘绪《石园全集序》解释李元鼎南
归后以"梅山"名其小隐之所时说"梅以自喻，山以喻夫人。字用托于鹿
门携隐之意"②。这里的"喻"与"字"都是动词，"喻"为比附意，"字"
为命名意，因李元鼎号梅公，由此可推测"山"是以夫人之号来命名。朱
中楣之父辅国中尉朱议汶，字逊陵，系出瑞昌王府，为镇国中尉朱统第三
子，为朱中楣择婿李元鼎。朱中楣于庚辰年（明崇祯十三年）随任京师，
壬午年生子振裕于都门。癸未年（1643）夏，李元鼎推光禄卿，至甲申年
（1644）二月始得旨，这一年李自成农民起义军攻陷京师，明亡。清兵入
关，搜罗遗老，启用李元鼎为太仆寺卿，乙酉年（1645）擢兵部右侍郎。
后以坐荐人事落职。昭雪后欲举家南归，江西烽火未靖，于是侨居江苏宝
应县氾社湖。辛卯年（1651），李元鼎复原官，旋晋兵部左侍郎。然第二

---

① ［清］李振裕：《白石山房文稿》卷八，《四库全书存目丛书》集 243 册，齐鲁书社
1997 年版，第 468 页。

② ［清］陈弘绪：《石园诗集旧序》，《四库全书存目丛书》集 196 册，齐鲁书社 1997
年版，第 6 页。

年（1652）冬，复因总兵任珍事牵连被逮，脱罪后于癸巳年（1653）南归，侨居鬓社湖邸舍。丁酉年（1657）冬举家南还，卜宅南昌，庚子年（1660）生女六六。庚戌年（1670）十月李元鼎去世，壬子年（1672）二月十九日朱中楣卒于家（以上据其子李振裕《显妣朱淑人行述》载）。

朱中楣的一生，随着李元鼎的宦海沉浮而经历了三次人生的危机时刻，其子李振裕《显妣朱淑人行述》载，第一次是"甲申二月，流寇陷京师"，李元鼎的从叔总宪公殉难，李元鼎"誓相从焉"。此时朱中楣的表现是"亟请曰'公赴大义何敢言？但传张献忠贼兵踞江楚，所过杀人无噍类。今南北隔绝长，家问未卜，所存仅呱呱泣耳。君以身殉国，予必以身殉君，且先封公马鬣未封，稚子孤身谁抚？宗祀安可忽也？'"①然后携子避难津门。第二次是李元鼎以"荐人事被诬"。朱中楣的表现是"引义命自信，而寄不孝孤萧寺"。第三次是"壬辰冬，总兵任珍不法事露"被牵连入狱，"仳离惊窜，无完室"。朱中楣的表现是一方面"毅然曰：'大夫行事皦如白日，圣明在上断无不霁之威'"，以此来安抚家人；另一方面"日率诸童婢潴井、篝灯草书，血涕横襟"。又对李振裕说："汝父脱有不讳，我惟拼一死叩九阍，以鸣汝父冤。倘天听难回，（指所潴井曰）此即我葬身之所。汝好读书，毋坠先志，吾事毕矣。"这三次惊变，每一次都显现了朱中楣临危不乱的过人胆识，精细缜密的处理问题方式和超凡气度。

朱中楣著有《石园随草》，存词 70 首。《石园随草》题曰"诗馀九十三首"，其中李元鼎词 23 首。据熊文举为《石园随草诗馀》所写题跋末书"辛丑春日"来看，词集成书不晚于顺治十八年（1661）。翻开朱中楣的词集，充斥着漂泊无依的感情，几乎到处可见思乡恋家的意绪，从她的身世来看，这并不一定是身体的漂泊，而是一种心灵的漂泊。

---

① 〔清〕李振裕：《白石山房文稿》卷八，《四库全书存目丛书》集 243 册，齐鲁书社 1997 年版，第 468 页。

第一节　遗民心态

朱中楣的词作是在复杂的创作心态下完成的，她的词风之所以呈现出沉郁的特色，很大程度上缘于她内心的痛苦不能淋漓畅快地宣泄出来。朱中楣的痛苦表面上看分为三种：归隐之愿、思亲之情和沧桑之感，归根结底却只有一种，就是前朝宗女对于故国的眷恋——她归隐是因为不愿与新朝合作，她思亲、思乡实质上是对于过往生存状态的思念，而她的沧桑之感更不同于一般的沧桑之感，她不是站在旁观者的立场上去看这场沧桑巨变，而是作为易代变革中的失败一方去品味其中的痛苦。这种痛苦经过酝酿和淘漉，表达在词作中，就形成了沉郁顿挫的词风。

一、归隐之愿

由于朱中楣的特殊身份，和对于宦海沉浮的厌倦，她心底时时有归隐江南的想法，并屡次在词中表现出来。比如《捣练子·晚眺秋汀》："何处小楼吹玉笛，天涯游子叹飘蓬。"谁是"天涯游子"？自然指李元鼎和朱中楣自己。这"游子"既是故乡的游子，亦是故国的"游子"。故国既已不能回，那么就回故乡归隐吧。但是已经入仕新朝的李元鼎未必能理解朱中楣的苦衷，于是朱中楣写了大量的词向其诉说自己的心声。

她的《如梦令·怀归》说："又是中秋时候……消瘦，消瘦。惟有燕山依旧。"很明显，她是在慨叹又一年中秋佳节不能在家乡度过，依然滞留燕地。面对"燕山依旧"，心中惆怅，归隐故乡之愿难成，于是为此消瘦神伤。

但是李元鼎似乎不解妻子心中的忧伤，他的和词说"正是月明时候"，这不仅是景色的描写，同时也是对于自己仕途蒸蒸日上美好前景的得意。

而他的慨叹只是"消瘦，消瘦，那得容颜如旧"，是对于自己或妻子年华不再的惋惜，慨叹的只是这份荣华的晚到。

李元鼎的归隐情绪只有在仕途上不得志的时候才表现出来，在众多与朱中楣的和词中只有一首他的归隐情绪高于朱中楣。朱中楣原词题作《如梦令·无题》。古往今来，被提作"无题"的词作往往不是没有词题，而是藏着巨大的主题却不便明说。朱中楣此词亦然。原词说"水落岸痕深，还恐鱼龙嗔怪"。这里的"水落"指什么？"鱼龙嗔怪"又指什么？末句"个个菰菱满载"又是什么意思？再比照李元鼎的和词："梦到浔阳九派，依旧云山遮碍。浪阔雁鸿遥，堪笑燃犀照怪。欸乃，欸乃，夜夜楼船空载。"这里的"燃犀照怪"说的是在什么事件里发生的？两相对照可以知道二人的词说的可能是在改朝换代或清初其他大的政治事件中，有人从中得利"菰菱满载"，而李元鼎则虽然洞察幽微，无奈还是"楼船空载"。而唯有这个时候他才会梦到家乡的"浔阳九派"。

最能表现朱中楣力劝丈夫归隐的词作有《长相思·思归》和《菩萨蛮·立秋戏赠梅君》。其中，《长相思·思归》词说：

> 忆家山，盼家山。世乱纷纷求退难。罗衣泪染斑。　　昔为官，又为官。甚日归兮把钓竿。空看枫叶丹。

此词不比前面提到的《无题》词，没有含糊遮掩，而是直接表述心中的不满，她心中"忆家山，盼家山"，想要的是"求退"，为不能退居家山而泪染罗衣。指责丈夫"昔为官，又为官"，语气中表现出厌恶与不耐，责问何日归隐。历数女性词作，能够在其中直接责问丈夫的还不多见，可见朱中楣性情中直露大胆的一面，也可以想见她对于丈夫入仕新朝的怨恨。

李元鼎的和词尴尬地诉说着自己的为官缘由："说辞官，又之官。"是因为"身似羝羊进退难"，为此他也"青衫泪点斑"。他说的是否是真实情况暂且不论，但他愿意向妻子作出解释，至少说明他还是在意朱中楣的感受并深爱着她的。

在《菩萨蛮·立秋戏赠梅君》词中，劝隐之意也十分明显：

凉风款款惊愁客。萧萧短发衣衫窄。秋色入园林。新蝉鸣夕阴。　　江南莼正美，欲趁芦花水。帘卷月痕收。砧声和笛悠。

朱中楣想用《晋书·张翰传》"因见秋风起，乃思吴中莼羹鲈鱼脍"的典故诱发李元鼎的归隐之志，希望他也能像张翰一样说出"人生贵得适志，何能羁宦数千里，以邀名爵乎"的壮语。果然，这一次李元鼎给以积极的回应，他的和词说："梧声夜促他乡客。干戈满路天涯窄。"时局的不利使其无心继续求宦，于是也对"菰羹村酿美，好钓秋江水"有所向往，终于在词里应允了朱中楣的心愿。朱中楣此词题作"戏赠"，其实是非常郑重的请求，是多次讽劝后的又一次正式规劝。当她将此词呈给李元鼎求和的时候，一定是心情复杂的，满怀期许又担心再次失落，于是以"戏"命题，以免去尴尬之情。

朱中楣对于归隐的渴望也表现在题画词中，如其《行香子·题小册美人》所云"羡一溪水，一林石，一双禽"。现实生活中不能归隐的她，羡慕画册中的美人尚可拥有自己宁静的生活氛围，而自己只能过着纷繁芜杂的随宦生涯。

朱中楣不仅劝丈夫归隐，在经历沧桑后对于世事的认知也有了新的感悟。这种感悟由一阕《满路花·寒食》词表达出来：

雷轰雨若倾，电画天疑破。苔鞍翻锈甲、沉江锁。疾风至矣，寒食今朝果。笑子推坚卧。性拗冰霜。扑不灭无明呵。　　古今高士，与世咸相左。汨罗堪配祀、迁水火。酣烟竞酪，也著应时过。吹毛难铸错。且醉春光，濯缨漱石縣我。

朱中楣从"寒食"这一节令想到它的源头——隐居高卧的介子推，慨叹可怜介子推性情冷傲如冰霜却扑不灭这无明之火。于是得出结论："古今高士，与世咸相左。"原来古往今来的"高士"都是与时局不合之人。

以一个闺阁女子的身份能够得出这一结论实在难能可贵。用现在哲学的观点分析，这些"高士"与他们所在的时局"相左"的原因，正是他们的思想意识具有超越时代的前瞻性；而当时的世人却看不穿，于是他们成为时代的悲剧。千百年来没有人揭示这一悲剧的原因，朱中楣却一语道破，可见其洞悉世事的能力非同一般。接下来她更是提出新奇的观点，认为介子推与世不合亡于火，屈原难容于世间亡于水，如果说寒食节的主祀是介子推，那么屈原则应该在寒食节得飨配祀，因为这二者都是不甘与世同流合污而自绝于世的圣贤。作为弱女子的朱中楣虽然钦佩他们的作为，但还是说随俗些好（"也著应时过"），不要表现得太与众不同，这样才能让人即便吹毛求疵也找不到错处。为此她再次表明自己坚定的归隐之心，能够与之相匹敌的只有濯缨的孟子，漱石的孙楚，以及三国时屡征不就的刘繇，展现出自己安分随俗的外表下清如冰玉的高洁品性。

二、思亲与思乡

文人多愁，女子善感。作为拥有文学才华的女性，朱中楣的情感是异常丰富的，许多词作表现思乡、思亲情绪，尤其对于母亲的思念最为强烈。较为典型的是一首《望江南·长安忆母》：

> 女如燕，幼时绕芳院。欣逐东风入帝京，漫邀莺侣依宫苑。闲趁花飞片。　不如燕，有翼还犹便。子规何必向窗啼，旅邸愁怀自缱绻。南浦迢迢不见。

词前小序说："闲署无聊，春光又度，偶睹梁燕有感。"梁间翻飞的燕子引发朱中楣内心无比的伤感，她感觉自己作为女儿就像是梁间的燕子，不能出巢单飞的时候依偎在母亲身旁，嫁人后就像羽翼丰满的燕子依傍宫苑一样，随丈夫宦游京师，而远离了母亲。接着她又想到自己还不如燕子，燕子有翅膀，来去自由，可以回巢探望母亲，而自己只能听着子规的啼声，思念着远方的母亲。这首词由于融入了真挚的感情极具感染力，能够让每一个有过切身感受的游子泪落沾襟。

她除了思念母亲以外，对于公婆也表现出惦念。比如一首题为"思亲"的词其下阕说"却忆画眉俦。故把新词寄远游。又望白云归且尽。添忧。何日承欢戏彩楼？"（《南乡子·思亲》）问远游在外的丈夫什么时间归来侍奉双亲？并希望用家乡的记忆唤起丈夫对于家的眷念，试图以自己对于思乡情绪的理解运用来引起丈夫心底的共鸣。李元鼎当然明了她的这份心意，在和词中称颂她是自己的"凤凰俦"，并表示自己渴望"舞彩板舆"，归乡侍亲。朱中楣的词果然唤起了李元鼎对于家中父母的思念，他表示出对于父母"白发龙钟独倚楼"的愧疚。朱中楣的词可谓达到了预期的效果。

另有《满路花·春日寄外步方千里韵》写道："迢递思江左。画檐风警玉、眉频锁。宾鸿去也，社燕穿帘过。量周旋似我。早挂归帆，勿只耽山水呵。"因为思念羁留江左的丈夫，她眉黛频锁。穿帘纷飞的社燕盘旋于屋梁，她觉得这只燕子一定和自己一样在焦急等待雄燕的归来。末句劝丈夫"早挂归帆"，不要沉湎在佳山秀水里忘记归家。这首词如普通的家信，说出对丈夫的思念和望其早归的心愿。刻画自身的思妇形象贴切又惟妙惟肖。

三、沧桑之感

朱中楣在词作《浪淘沙·雨中感怀》中明确谈到自己曾经历三次时代沧桑：

> 香度小窗中。燕啄花丛。雨声滴碎远来钟。家信杳然何处觅？且待新鸿。　　睽越此情同。归念匆匆。湿云迢递锁明宫。为问沧桑无限事，今已三逢。

据其子李振裕《显妣朱淑人行述》所载，朱中楣经历的沧桑三变应该是指：1644年随宦京师期间目睹的李自成农民军攻陷京师，清军入京，1648年清朝江西总兵金声桓、王得仁于江西起兵反正这三件事。干戈满路，烽火不断，在这种情况下收不到家信是最痛苦的事情，她盼望的急切心情可以想见。这种惊恐加载在一个女子身上已经三次了，她的内心该是怎样强大啊！虽然平淡地说出"为问沧桑无限事，今已三逢"，但这平淡之下藏着的血泪与呐喊又有多少呢？她单单强调"湿云迢递锁明宫"，一个"锁"字深埋下自己作为前明宗室对于故国的深切感情，那"湿云"包裹的也不是雨滴而是眼泪。并且在《石园随草》中用的是"明"的异体字，是不是为了特意强调自己作为前明宗室对于故国的深切感情而为故国讳？另一首词作《连理枝·重九和韵》中也提到"叹吾曹、曾定几风波，难名状"。

在沧桑之后，朱中楣不能忘却的是自己的宗国覆亡之痛。在词中因碍于身份，无法明确地表述，却处处传递出犹如《闻笛赋》般的声音。她的《满庭芳·花朝，偕陈浣花君、朱女琴士谶集熊姑母东湖草堂，随过杏花村第，风雨骤作而归，因订尼庵之约》词下阕写道：

> 闲评。伤往事，王孙草绿，帝女花芬。渐苔侵蒋径，蒿满张门。胜有方池碧涨，凝眸处、树古亭新。还堪叹，惊雷迅作，风雨杏花村。

"闲评"二字从淡处着笔，让人感到与她无关的态度，实际上是为障眼而写。"王孙草绿，帝女花芬"既是点明自己的身份，也是说这些身份已成过往，唯余草绿花芬。旧朝望族如今已是苔侵经、蒿满门，而作为这些望族出身的她，目睹此景该是何等的伤怀？唯一可以寻见旧模样的"方池"古树依旧，亭台已新，说明旧园早已易主。这"惊雷迅作"好比当年忽然到来的战争，风雨摧残的也不仅仅是"杏花村"。

这种对于故国伤悼的情绪在另外一首题画词《行香子·有以画箑绘沉香亭景索题偶赋》中也有所表达。上阕说："应惜芳辰。宫院沉沉。……羡当时遇，花时景，醉时吟。"这里是对盛唐的怀念，又怎知不是对曾经故国记忆的缅怀？下阕末句说"记霓裳曲，淋铃雨，荔红尘"，是她所记得的安史之乱的导火线、盛世的覆亡音和怀悼曲，而明朝覆亡的这些记忆又是什么呢？

在朱中楣词中表现其经历变乱时心境的还有《南歌子·秋宵不寐，时闻海警多讹，月下偶拈山谷南歌子，和以舒怀》两首和《南歌子·中秋微雨待月，时江南捷音适至，喜叠前韵》。

第一首说"风动如鸣角，时危懒画眉。惊秋目断雁来迟。除是龥天，重定治平时"。第二首说"石怪风疑虎，峰高木似兵。何时醉月酒频倾。惟盼欃枪尽息海波平"。两首用语虽别，意思却一样，都是写以自己为代表的动荡中的人们犹如惊弓之鸟，听风动如鸣角，看石怪像老虎，草木皆兵的畏惧心态。在这样的情形下心情沮丧也无心整理妆容。作为在大动荡中随时可能被涂炭的黔首黎元，他们只能"龥天"祈求赐予"重定治平"，祈求象征兵乱的"欃枪尽息"，让海波回复宁静。

末一首更是直接表现了对于多年战乱的厌恶："羽檄频传捷，天应厌甲兵。嫦娥空敛露茎倾。且放今宵，月朗庆升平。"这是在得到江南捷报的时候又写的一首词，一颗悬着的心暂且放下了，又恰逢中秋佳节的时刻。她叹息多年战乱频仍，恐怕连苍天也厌烦了，难能有一个祥和的中秋，嫦娥也应因此喜事特地收起微雨，让明月朗照来庆祝难得的升平气象。这里可以看出，朱中楣也许对故国是有眷恋的，但是对于太平的渴望压倒了她心中眷恋，这次复明的力量失败了，但是她依然欢喜，因为官军的胜利可以给予她期盼的太平。在这一点上，她的词与其夫的和词对照看就显得更为真实，完全是自然情感的流露。李元鼎的和词"澄鲜赖甲兵。凯歌风送斗斜倾"明显带有歌功颂德的意味。

而朱中楣在经历数次沧桑后，身心的疲惫更加唤起她对于家乡的思念。可以说，三历沧桑也是促成她归心日炙的原因。

第二节　沉郁词风

朱中楣填词与一般闺阁词人的消遣、排解目的不同，她是有意为之，词中不仅寄托着她的哀怨情仇、家国之思，也因此形成了独特的沉郁词风。

"沉郁"这个词通常用来说诗，在谈到词作时或许可以用哀感顽艳来代替，但朱中楣的词中并不是简单的哀感顽艳，而是一种哀思的内化，因此用"沉郁"来说似乎更为准确。在词论中首倡"沉郁"的是陈廷焯。他在《白雨斋词话》卷一中说："作词之法，首贵沉郁，沉则不浮，郁则不薄。"且言："舍沉郁之外，更无以为词。"他对于"沉郁"的解释是："所谓沉郁者，意在笔先，神余言外，写怨夫思妇之怀，寓孽子孤臣之感。凡交情之冷淡，身世之飘零，皆可于一草一木发之。而发之又必若隐若见，欲露不露，反复缠绵，终不许一语道破，匪独体格之高，亦见性情之厚。"[①] 这番话语用来阐释朱中楣的词作再恰当不过了。

朱中楣这样的词作风格缘于两个因素：首先，从诗作来看，朱中楣受到杜甫的影响较深。《燃脂集》卷二十三评朱中楣诗有"高调得杜筋节"[②]之语，肯定了朱中楣曾受到杜甫的影响。这从诗作用语可以窥见一斑：其诗有云"巢寻旧宇悲前代，粒哺新雏慰晚饥"（《题燕》），很明显是用了杜诗"香稻啄余鹦鹉粒，碧梧栖老凤凰枝"的句式。从句式的相同可以看出杜甫对朱中楣潜移默化的影响，加之共同的历乱经历，朱中楣的心底一定时时有杜诗的影子在。

---

① 〔清〕陈廷焯：《白雨斋词话》，唐圭璋编：《词话丛编》，中华书局 2005 年版，第 3776—3777 页。

② 〔清〕王士禄：《燃脂集》卷二十三，清康熙年间稿本，第 7 页。

其次，是内心的幽怨寄托于词中，化为特有的沉郁词风。朱中楣的身世经历使得她心中不可能无恨。而这种不能明言的哀怨必然寄托于作品中。正如况周颐所说："身世之感，通于性灵。即性灵，即寄托。"又说："问哀感顽艳，'顽'字云何诠。释曰：'拙不可及，融重与大于拙之中，郁勃久之，有不得已者出乎其中。"① 这是况周颐的解释，实际上他所言的词体的"重拙大"与诗中的"沉郁"是相通的。

朱中楣表现这一风格的词作以"雨声滴碎远来钟"（《浪淘沙·雨中感怀》）一句最为典型，又如"西风几度芙蓉发，试问归鸿知不知"（《花月词·本意》）用意深厚，"何处小楼吹玉笛，天涯游子叹飘蓬"（《捣练子·晚眺秋汀》）绝类士人之作，又有"清霜有意妒芳华，故使年光容易换"（《木兰花·秋雨》），"泪眼看花浑若梦"（《南乡子·纳凉》），"心随残梦远，意搅烦英碎"（《千秋岁·春雪》）等语可谓得杜甫沉郁顿挫之旨，更甚者有"除却诗怀无可慰。江南梦破人千里"（《蝶恋花·春暮》）。

她的这种风格归根到底还是情绪使然：作为宗女对于前朝覆亡的锥心之痛，身为妻子看到丈夫入仕新朝的彷徨无奈。如是种种激荡着她心底的怨恨，在行动上则表现为迫切的归乡愿望，当这种愿望不能达成时，便体现为词中的沉郁。这种情感甚至流露在咏物词中，其《千秋岁·春雪》一词中叹道："春去也，人归不似春归易。"而《御街行·九日》一词是这种风格的代表：

> 霏霏细雨凑轻寒。诗兴已阑珊。归鸿只解将秋至，也不管、燕去庭闲。黄花暗约，青娥频顾，染就一林斑。　　清烟漠漠锁层峦。飞鸟倦知还。西风兀自吹人醉，也休笑、帽落觥残。登高眺远，江山如故，云敛暮天宽。

---

① ［清］况周颐：《蕙风词话》，唐圭璋编：《词话丛编》，中华书局 2005 年版，第 4526—4527 页。

从表面看朱中楣在词中并没有哀怨凄恻之语，但却使人感到处处有哀怨的气氛在其中。"九日"的标题首先就是思乡意绪的代名词，"轻寒"与"细雨"又铺垫了凄清的氛围。"诗兴"缘何"阑珊"？这"染就一林斑"的景色可也是李煜所说的"离人泪"？"飞鸟倦"且"知还"，人又何如？"江山"果真"如故"吗？风光一定是"如故"的……但这里强调"江山如故"，让敏感的读者感到的却是其中的异样，如"故"是指哪个"故"？不经历变革何以言"如故"？既经历变革又怎能"如故"？说"江山如故"正是说人事已非之意。整首词像欲雨前的浓云，饱含泪水而终不释放出来，压抑着人的心灵，让人感到沉重，正是其词沉郁风格的最好例证。

朱中楣的词作风格以沉郁为主，但并不囿于这一类。由明入清之际她的词风沉郁，归隐后特别是晚年词风闲适，另外有些词作风格粗犷，还有一些词作风格诙谐。

闲适。在归隐愿望得以实现之后，朱中楣的词作有的呈现出了闲适的风格。如她刻意为之的《西江月·效希真体》，该词洒脱地说出"何须待漏与披霜。醉卧三竿日上"。再如《行香子·上巳》：

> 小小园亭，百卉芳馨。水边花下任怡情。凭谁妙手，绘幅丹青。仿王摩诘，吴道子，倪云林。　　风动波平，景物撩人。绿浓翻燕剪红轻。欣逢上巳，共赏良辰。拟兰亭禊，飞英会，鹭鸥盟。

一句"水边花下任怡情"，悠闲、安适之态跃然纸上。而如置身王维、吴道子、倪云林等人画中的感受说明她对于此处景色的喜爱，对于此时生活的满足。"绿浓翻燕剪红轻"语句清丽雅致。

还有一首特别选用《连理枝》词调的词描写她同丈夫李元鼎归隐后的生活：

> 不效游仙去，且向尘中住。半构新轩，旧园名石，足成佳趣。看芙蓉隔岸锦屏开，胜湖山云树。　　往也何须慕，今也何

须鹜。幸识投林，傍观宦海，容谁道故。赋归来酿酒有黄花，与
高人警悟。

从她认为石园之美"足成佳趣"，而不必"效游仙去"之语可见其萧
散自适的快乐。下阕更是有陶渊明的情思，想到往昔的荣华不足追慕。原
作倦鸟投林，"傍观宦海"，不管旁人"道故"。正是陶诗所说"羁鸟恋旧林"
终得归的心情。而"归来酿酒有黄花"正合了陶潜常用的酒与黄花的意象，
"与高人警悟"正是庆幸丈夫终于同陶渊明有了一样的认知。朱中楣以隐
士自居，不羡游仙，不慕富贵的心性不仅铸就了她清高不群的人格，更形
成了她清丽闲适的词风。

豪放。朱中楣不同于一般的闺阁词人，其夫李元鼎在《石园随草序》
中称其"绝无脂粉，如列须眉"。特别是她的词作中出现的一些带有豪放
气息的词更能反映这一特质。比如《西江月·咏雪》词中"寒梅偏欲斗芳馨。
倩谁与君决胜"有凌人之气，似闻叫嚣之声。《南歌子》词有"俱是悲秋客，
清光独照谁"的豪迈一问。

诙谐。朱中楣的性情原本应该有天真调皮的一面，如果不是经历太多
坎坷的话，她的这一特性会更多地释放出来。而今就只有几首词表现了。
如《西江月·闲庭睹小猫数个，洁白可人，戏拈以博一笑》词描写小猫的
动作可爱惟妙惟肖——"弥月狸奴堪玩，新池鱼婢应忙。时时偷觑水中央。
或在蔷薇架上。……穿林个个染清香。扑着虫儿谁让。"她的诙谐甚至出
现在常引世人含泪的七夕题材词上——她的《鹊桥仙·七夕》词结尾竟说
"为邀神女费青蚨，二千万、年年一见"，利用这一传说增加了词作的幽默
感。而最能代表朱中楣诙谐词风的还是那首《浪淘沙·七夕前一日，晚坐
纳凉，忽闻隔墙王玉娘抚鸾鸣鹤舞之音，戏拈小词》：

新月映眉妆，露滴花房。香风暗透薄罗裳。何处清音偏著
耳，恰在西厢。　　切切指生香，雅韵悠扬。愿天速变我为郎。
竟作牵牛他织女，来日成双。

王士禄曾指朱中楣词"语不雅驯",可能与这首词有一定的关系。但是这种近似戏谑的用语既幽默诙谐,又恰到好处地烘托了王玉娘琴艺的精湛。后来的文学作品中也常常用到这种奇妙的心态写照,比如《聊斋志异》中的《绩女》篇中绍兴寡妇的臆想。

从朱中楣的词作来看,并未完全遵照她的词学观点创作,比如大多数评家依然认为"词皆隽永有致,得一唱三叹之妙,而不为妍媚之笔"①。这与她填词以"一艳"为要的主张不尽相同。但是这并不影响朱中楣在清初女性词坛上的地位。

熊文举辛丑春日为《石园随草诗馀》跋称:"唯夫人诸作雄浑方严,具有丈夫之槩,至偶缀诗馀,秾纤倩丽不减易安。陈伯玑、李云田遴选《国雅》,海内闺秀,仅得二人,惟夫人与黄皆令良有以也。"将她推到了与李清照匹敌的高度,并认为海内闺秀唯有她与黄皆令称胜。《听秋声馆词话》则称:"宋时词学盛行,然夫妇均有词传,仅曾布、方乔、陆游、易袯、戴复古五家。……我朝自李梅公侍郎朱远山夫人后,指不胜屈矣。"②认为朱中楣与其夫李元鼎对于清代夫妻共著词集模式的兴盛有着开山的作用,引领了一个时代的风尚,其地位不容小觑。

综上所述,朱中楣是清初女性词坛的领军人物之一,她不仅以其独特的词作风格和颇具个性的词学主张昭显于当世,更以其宠辱不惊、临危不乱的人格魅力流芳后世,可以说是巾帼史上光照千载的杰出人物。

---

① [清]沈雄:《古今词话》,唐圭璋编:《词话丛编》,中华书局 2005 年版,第 2108 页。
② [清]丁绍仪:《听秋声馆词话》,唐圭璋编:《词话丛编》,中华书局 2005 年版,第 2670 页。

第 九 章

屈骚传承的顾贞立词

在梁乙真的《清代妇女文学史》中，谈及"清代妇女词学之盛"时，曾特别提到顾贞立，认为与其弟顾贞观一样，在清初女性词坛别开生面，有扭转浙西词派时弊的作用。[①] 邓红梅先生在《女性词史》中对顾贞立也予以特别的关注，称其"以力大思深的内蕴与劲爽苍凉的品貌，而翘然独立于繁红丽绿的清初女性词坛上"[②]。不仅后世词论家对于顾贞立有如此高的评价，即便在有清一代，对于顾贞立的关注也从未停歇过。如《梁溪诗钞》称其"庇荫清华，涵濡风雅。故栖香一集，直堪与匏园、庐塘鼎峙艺林"[③]。王蕴章《燃脂余韵》赞其"屹然为闺阁女宗"[④]，顾愈在道光五年（1825）为即将刊印的《栖香阁词》作序时评道："宜于弹指、庐塘外，别树一帜，无庸轩轾其间也。"并因陈维崧《妇人集》有著录而称其"当时负盛名已若此"[⑤]。由此可见，顾贞立在清初乃至整个清代女性词坛都有着

---

① 梁乙真：《清代妇女文学史》，中华书局1923年版，第269页。

② 邓红梅：《女性词史》，山东教育出版社2000年版，第258页。

③ [清]顾光旭：《梁溪诗钞》卷五十一，清宣统岁次辛亥（1911）孟夏续刊，文苑阁排印，第24页。

④ [清]王蕴章撰，王英志校点：《燃脂余韵》，王英志主编：《清代闺秀诗话丛刊》，凤凰出版社2002年版，第829页。

⑤ [清]顾贞立：《栖香阁词》，道光四年（1824）山阳李氏闻妙香室校刊，"序"第1页。

十分重要的地位，为当时及后世词评家所推重。那么，顾贞立究竟何许人？又是凭借怎样的词风对清初女性词坛产生如此巨大的影响呢？

顾贞立，顺康时期女词人，原名文婉，字碧汾，自号避秦人，无锡人。中书顾贞观姊，同邑考授州佐侯晋室，诗词极多，常与同时期女词人王朗相唱和。存有《栖香阁词》二卷。

顾贞立出生在明代末年的诗书望族。曾祖顾宪成，晚明东林党领袖之一。父亲顾枢，才高博学，为东林学派另一领袖高攀龙的门生。徐乾学《顾庸庵先生墓表》载其在明末黑暗政治时期"键户诵读，不复问当世事"，称其"学本程朱，以无欲主敬为宗"。清兵入关后，隐居乡里，"深自敛迹，不问生产，不事干谒，亦不入城市，不赴讲会"①，成为真正的隐士。而这种隐士，实际上是以不作为的方式对满清当局的一种抗争，与其说是隐士，不如说是斗士。曾祖的刚正不阿、正直敢言，父亲的洞悉世事、节操自守，在顾氏家族特别是顾贞立的身上得到了很好的传承，这也是为什么顾贞立感受的亡国之痛会如此锥心彻骨的原因。

由于家族传承的关系，顾贞立对自己的才学颇为自负。她在《满江红·中秋寄梁汾弟》中说："愿重来、还补谢家吟，人无恙。"她自豪于自己家族是文学世家、书香门第，毫不掩饰地将家世与东晋的谢氏家族相比；而她作为顾家的才女，自然堪比谢道韫了。在经历了变乱之后，她说"忆侯门、繁华何在"、"便经营、乌衣逆旅"、"谢家风景旧池塘"（《多丽·笑栖香》），仍然是以谢氏家族自比。在她心里，对于自己的家族荣耀始终怀有一份眷恋，时常会想起"漫凝眸。亲帏何处，梦里难留"（《玉蝴蝶·苕溪署中》）；若逢佳节，这份思念更是难以遏制："秋水伊人家万里，白云亲舍山重叠。是谁啼、红泪溅霜林，枫如血"（《满江红·重九日》）。

---

① ［清］徐乾学：《顾庸庵先生墓表》，《憺园文集》卷三十二，清康熙刻冠山堂印本，第9页。

她对于自己的文采充满自信，宣称："还谢天公深有意，便生就、粗疏丘壑才。"（《沁园春·掠鬓梳鬟》）慨叹自己"五色管，今闲却"（《满江红·中秋旅泊》），俨然以江淹文采自喻。她无论在多么凄凉的境遇下，对于自己的文学造诣都自矜自珍，如云"收拾起，凄凉况。向牙签堆里，自寻幽赏"（《满江红·堕马啼妆》）。她还将自己的学识和襟怀比拟魏晋名士，自称"莫去泛扁舟。潇洒应无我一流。向日豪怀依旧在，能酬。诗满涛笺酒满瓯"（《南乡子·雪》）；甚至可以藐视男性、睥睨词坛，说出"何必羡儒冠"、"扫眉才子是鸣鸾"（《浪淘沙·和纤月，倒用原韵》）的豪言壮语，声称"算词坛、端合让裙钗，低头矣"（《满江红·赠薛夫人》），坚信闺阁词人不让须眉："看他年、丽句满香奁，传千里"（《满江红·赠薛夫人》）。颇有当年李清照的风采，要让佳词丽句传咏千里，并在词坛与男性一争高下，毫不惧怕这种言论会被看作狂妄的异类。应该说顾贞立的这份自信是恰当的，她后来的词学成就果然独树一帜，不仅"屹然为闺阁女宗"①，更以自己别具一格的词风令男性词人望尘莫及。

顾贞立词作的发展基本经历了三个阶段。第一个阶段是闺中少女时期。由于祖父与父亲的政治地位，顾贞立少年时期的家境优越，父母的宠爱也使她颇为自负。这一时期的词作清新爽快，虽具有较多的女性特质，但也不属于婉媚一路，以《望江南》十一首为代表，如"望去有庭皆叠石，看来无树不梅花。即此是烟霞"（其一）、"晚妆楼外辋川图"（其三）以及"元览阁前题白雪，三余阁上驻婵娟。一望似神仙"（其六）等词句虽清新巧致，但已微微可见豪爽之气。第二个阶段是婚后到明亡之前。词风转为幽怨，更多见其自伤憔悴、自悼凄楚之言。或许是因为她对婚后生活的不满，如其《满江红》词中有"堕马啼妆，学不就、闺中模样。疏慵惯、嚼

---

① ［清］王蕴章撰，王英志校点：《燃脂余韵》，王英志主编：《清代闺秀诗话丛刊》，凤凰出版社 2002 年版，第 829 页。

花吹叶，粉抛脂漾。多病不堪操井臼，无才敢去嫌天壤"等语，说明她不仅不喜欢婚后"妆成只是薰香坐"的闺阁生活，也不惯柴米油盐地操持家用，更痛心的是所配非偶，让她有"天壤王郎"之叹。《词苑萃编》评其"诗词极多"，"句极凄婉"，[①] 大抵指这一时期。第三个阶段是在易代之后，词风臻于成熟，其词旨远绍屈骚，近承李杜，遣词用语豪如疾风，沉如重云。郭麐在《灵芬馆词话》中对顾贞立这一时期词风的评论可谓切中肯綮："语带风云，气含骚雅，殊不似巾帼中人作者，亦奇女子也。"[②]

第一节　屈骚意象在顾贞立词中的运用

　　屈原因出众的才识为世俗所不容，亡国的哀痛又令他对现实的世界产生疏离感。这是伟大诗人的悲剧，他的遭遇引来后世人的同情。人们更从屈原的遭遇里照见了自己的影子，引发出情感的寄托。顾贞立作为闺阁文人的翘楚，必然有为世俗所诟病的清高。她不屑操持家务，这在当时尚以"爨余"、"绣余"名集的风气下，显然是不合时宜的。她经历了明清鼎革的巨变，深切的忠贞之怀、亡国之痛、易代之悲，都在屈原那里找到了共鸣。因此，在她的词中最多看到的就是屈骚意象的运用。

　　首先，是屈骚"家国情怀"的主旨意象在顾贞立词中的体现。《卜算子·木叶下庭皋》词开篇句"木叶下庭皋"，表面上看是用南朝柳恽《捣衣诗》"亭皋木叶下，陇首秋云飞"句，溯其源却是屈原《九歌》"袅袅兮秋风，洞庭波兮木叶下"，寄托着不遇的哀愁和亡国的感伤。词中另有"孤

---

① 　[清]冯金伯：《词苑萃编》，唐圭璋编：《词话丛编》，中华书局 2005 年版，第 1957 页。
② 　[清]郭麐：《灵芬馆词话》，唐圭璋编：《词话丛编》，中华书局 2005 年版，第 1537 页。

雁泣楼头，明月人千里"句，与张煌言《舟次中秋》"月明圆峤人千里，风急轻帆燕一行"诗句极为相似，共同表达出孤臣义士的悲切之情。这种亡国之痛在顾贞立的词作中触目皆是，比如《满江红·楚黄署中闻警》写道："江上空怜商女曲，闺中漫洒神州泪。算缟綦、何必让男儿，天应忌。""空怜商女曲"说明此时明朝已亡，而如她一样的闺阁豪杰正在为神州板荡而漫洒热泪。她认为在抒发亡国之痛的感伤与家国兴亡的愤慨时，女子和男子拥有平等的权利，而这种整个民族的感天动地的悲泣，连上天也会有所忌惮的。这种进步的思想，或许只有二百多年后说出"问几个男儿英哲！算只有蛾眉队里，时闻豪杰"（《满江红·肮脏尘寰》）的鉴湖女侠秋瑾能与之匹敌。顾贞立无视清初严酷的思想钳制，明白直露地表达自己亡国的哀思。她在《虞美人·暗伤亡国空弹泪》词中说："暗伤亡国空弹泪。此夜如何睡。月明何处断人肠。最是依然歌舞宴昭阳。"毫不隐晦其为亡国而彻夜难眠的情绪。她不仅明确表示出自己亡国的断肠之痛，还讥讽那些"依然歌舞宴昭阳"的权贵阶层不知廉耻的屈节行为。

顾贞立心慕高洁，不愿与俗同流也与《离骚》的主旨相同，比如她在《临江仙·梧叶飘香时别去》一词中说"一池新涨水，好洗耳边猜"，这是用了许由洗耳的典故，许由只是把尧聘其为天子的话称为恶语而已，顾贞立则将新朝之政比作犬吠了。这种誓不辱节的操守，在明末清初的士人中亦不多见，顾贞立身为女子能有此言，着实令人钦佩。

顾贞立的《满江红·忆远，时蓉滨北游》词颇具《离骚》风味：

> 雁泣西楼，天亦瘦、惨黄愁翠。难消受、长歌当哭，孤灯泻泪。典尽难留嫁日衣，醉来却喜书空字。问断肠、吟就是何题，长门句。　　屏山静，炉香细。听不了，寒蛩砌。数离愁多少，撑天塞地。故国迷漫残照外，美人宛在潇湘里。坐闺中、对此可怜宵，人憔悴。

身之凄苦、心之孤寂，为夫所疏，心系故国。作品上阕写身世之悲：

用宋代严日益《题汪水云诗卷》诗"读书万卷贫难救，天若知情天亦瘦"句意，说自己空有满腹诗书却仍然不能挽救"典尽难留嫁日衣"的贫困命运，一如空有治国韬略却只能坐视亡国的屈原。中国民间素有"好女不穿嫁时衣"的说法，然而顾贞立却连"嫁日衣"也要典当出去换钱度日，可见其贫寒程度。如果说物质上的贫困还不能令这位女词人伤怀的话，那么精神上的孤寂则是令她断肠的真正原因，因为"孤灯泻泪"，所以她"长歌当哭"。她的"长歌"所吟咏的主题唯有一个——那就是《长门赋》主题，就是失意者的哀伤。整个上阕，顾贞立的形象就像刚刚失意之时在江边披发行吟的屈原；物质上固然是贫困的，但更严重摧残他们的却是来自心灵的打击：为人所谗导致君主或丈夫的疏离。

下阕表达自己的亡国之痛："数离愁多少，撑天塞地。"这里的"离愁"并非全是离别远游之人的愁绪，更多的是离别故乡、悼亡故国的情绪。不然何以大到"撑天塞地"的程度呢？接下来顾贞立的词句恰道出了个中深意："故国迷漫残照外，美人宛在潇湘里。"她的"撑天塞地"的愁绪正是因为她的故国已经无处寻觅了，连它的影子也消失在夕阳外的天际。"美人宛在潇湘里"用的是屈原《离骚》中"恐美人之迟暮"的意象，表明她对于逝去的美好事物的怀念，这逝去的事物已经遥不可及——"宛在潇湘里"，或许是岁月，或许是情感，当然必定还有故国。这时的顾贞立又像亡国后的屈原，悲痛万状而又无所寄托。

顾贞立对于《离骚》意象的运用，还表现在词中多处以"纫秋兰以为佩"来表现自己高洁的品性，如《多丽·笑栖香》词中有"纫幽兰、犹堪为佩"句，《南乡子·赋得瘦竹如幽人，秋花如处女》词中有"九畹芳兰佩可纫"句，《剪湘云·剪秋罗》词中有"结茱萸，双带佩秋兰，浥愁人泪点"句，《百字令·东风一笑》词中有"九畹芳兰，凌波仙种，瑞可成三绝"句。如此多次反复地运用这一意象，不仅仅说明屈原是顾贞立精神的引领者，其中还有另一番深意：《离骚》所抒发的是自己怀才不遇的悲愤情绪，佩兰更是表明自己不容于浊世的高洁品性。不仅如此，正如邓红梅先生评吴藻词时所云："（她）以读《骚》的方式传达'有才无命'的悲愤和牢骚"①。顾贞立虽然没有像吴藻那样将男装的饮酒读骚图画出来，但是她心里涌动的是和吴藻一样的情绪，可以说她是吴藻行为的先驱。这点从她的词作中有清晰的表现：

她在词中给自己的定位从来都不是闺英闱秀，而是儒冠或隐士。比如她在总结自己命运时说："啸傲生成，薄游身世，惨淡情怀"（《沁园春·啸傲生成》），自己平日里"掠鬓梳鬟，弓鞋窄袖，不惯从来"（《沁园春·掠鬓梳鬟》）。她喜好读书，虽表面称"休傍牙签频掩映，不是儒冠"（《浪淘沙·新粉堕琅玕》），实际上表达的却是对于"儒冠"身份的羡慕和对于己身性别的不满。她参透生死，以酒解愁，一如魏晋时的竹林七贤："今古事，醉而已。死归也，生如寄。任旁人炉口，或怜或鄙"（《满江红·滴碎花魂》）。她淡泊名利，不问穷通，一如隐士："笑浮生幻影，一场蕉鹿"（《满江红·剪彩为花》），"都休也，蝇头蜗角，于我何哉"（《沁园春·掠鬓梳鬟》）。领悟世间万事的空幻和虚妄。她在词中更作堪比阮籍的狂放不羁之隐士，屡发"长啸问明月"（《贺新凉·中秋见有以月为韵者，谩赋》）、"向晴空、长啸寄登临"（《满江红·为访烟霞》）的清越之音。她也像梅妻鹤子的林和靖"不向东风斗丽华"（《南乡子·思亲其三》），"有金樽、檀板酬佳月"（《贺新凉·中秋见有以月为韵者，谩赋》），独守幽贞清雅的精神气节。

总之，顾贞立的词中常常可以看到《离骚》的影子：她为人所妒，为夫所疏；她有亡国之痛，有黍离之悲；她怀才不遇，品性高洁……如此种种将行走在《栖香阁词》中的顾贞立，幻化成了徜徉在《离骚》里的屈原。

---

① 邓红梅：《女性词史》，山东教育出版社 2000 年版，第 430 页。

第二节　李白"以庄骚为源"对顾贞立词的影响

李白曾用"屈平词赋悬日月，楚王台榭空山丘"（《江上吟》）来表达自己对于屈原的认同。刘熙载《艺概·诗概》曾说："太白诗以庄骚为大源。"① 一直以来的学者认为李白从屈原那里继承的是浪漫主义的表现手法，而实际上，李白首先是传承了屈原的某种内在情感和独特精神气质。唯其如此，才能够在外在表现上与屈骚有相同的特质，而这也正是他的诗具有不可模拟性的原因之一。因此"李白无疑的是屈原的继承人"，但他的"狂放不羁的态度"和"豪迈飘逸的风格，比屈原又向前发展了一步"②。顾贞立或许正是被李白这种内在富含的精神气质所吸引，对于李白的"豪迈飘逸"与"狂放不羁"特别乐于接受和运用。

李白的"豪迈飘逸"在顾贞立词中举目皆是。如她在《满江红·中秋寄梁汾弟》词中说"望去金波惊万里，愁来白发三千丈"，是用李白《秋浦歌》中"白发三千丈，缘愁似个长"的夸张意象，并对以"金渡惊万里"，以此来诉说对于远方弟弟的关切和思念。屈原感受到了世俗的"迫厄"，于是"愿轻举而远游"（《远游》）；李白感受到了世俗的不公，于是"举杯邀明月，对影成三人"（《月下独酌》）。顾贞立也有与屈原和李白相同的感受，例如她说"西窗月，邀人瘦影成三绝"（《忆秦娥·忆嫂氏》），这份孤独感受与当年邀月对影而饮的李白何其相似。李白的孤寂缘于男儿的怀才不遇，壮志难酬；顾贞立的孤寂缘于女子的所适非人，情无所归。而这两种遭际，恰恰是对于这两种性别最为致命的打击。于是，这两种情绪在相

---

① ［清］刘熙载：《艺概》，上海古籍出版社 1978 年版，第 57 页。
② 黄海章：《试论构成李白诗歌积极浪漫主义的因素》，《中山大学学报》1960 年第 2 期。

隔千年后遇合了，顾贞立找到了她的异代知音。不过，与李白的诗比，这里增添了两个柔婉意象："西窗"、"瘦影"，托显出女性特有的凄楚、哀怨情绪。正同李白感受到的"月既不解饮，影徒随我身"一样，顾贞立对影与月感受到的，也只是"清愁虚冷，都无话说"（《忆秦娥·忆嫂氏》），因为他们终究是孤寂的。顾贞立对于这一意象的运用不是偶尔为之，她心里的认同已经融入自身的血液里，在情感触及时便会自然流泻出来，在另一首词《金缕曲·对月能闲坐》中也出现了相同的意象："看遍小屏风上画，只梅花、清瘦还如我。邀素月，成三个。"很明显，她所选取的与己相伴的生活意象，一定与自己有着一点相同的特性，这一特性就是——高洁。这首词中顾贞立弃"影"而取"梅"，是因为她在经历了沧桑之后，对梅的坚毅和清高有了更深的体会。她在《清平乐·闲愁未扫》一词中写道："闲愁未扫，拟向梅花告。傲骨自来贫亦好。丘壑尽供潦倒。"梅花的安贫守道、潦倒于丘壑让顾贞立看到了自己的影子，于是她选择与屏上梅花、空中素月为友。说到底，还是李白精神的反映。

李白的"狂放不羁"具体到其诗歌内容中，可以理解为意象的奇诡怪谲，笔调的夸张恣肆，思绪灵动，想落天外，这是对屈原开创的浪漫主义诗歌传统的最好继承。这一点在顾贞立词中也有所借鉴，比如她在《满江红·中秋旅泊》中说："倩回风、迢递寄愁心，随漂泊。"面对着流向天际的滔滔逝水，顾贞立也想效仿李白"寄愁心与明月"（《闻王昌龄左迁龙标遥有此寄》）随风而去，但她却不像李白有明确的目的地，于是她的愁心只能是"随漂泊"。而这种无处可寄的愁心，更显出她"天涯羁旅，鬓丝零落"（《满江红·中秋旅泊》）的凄凉。顾贞立再次化用这一典故是在《贺新凉·中秋见有以月为韵者漫赋》词中，她说："除是沉香人醉后，曾记愁心与月。"顾贞立对于这种浪漫主义的继承，来源于内心深处的归属感和外在气质的相似感，因此，她在《栖香阁词》中较多运用这种艺术手法。比如：李白说"斗酒十千恣戏谑"（《将进酒》），顾贞立说"千石酒，谁斟酌"（《满江红·中秋旅泊》），"有酒可忘忧。何难饮百瓯"（《重叠金·重祸锦幄原无福》）；李白还只是说"抽刀断水水更流，举杯销愁愁更愁"（《宣州谢朓楼饯别校书叔云》），顾贞立的豪气却胜过李白："安得长流俱化酒，千觞。一洗英雄儿女肠"（《南乡子·消尽夜来霜》）；李白自信时说"长风破浪会有时，直挂云帆济沧海"（《行路难》），顾贞立说"向日豪怀依旧在，能酬。诗满涛笺酒满瓯"（《南乡子·雪》）。从这些极富夸张的语言可以看出顾贞立心中涌动着的浪漫主义情怀。

可以说，顾贞立是词中的李白，闺阁里的谪仙。李白有《梦游天姥吟留别》，顾贞立《南乡子·纪梦》与之同调，词曰：

> 昨梦到瑶京。仙女飞琼花下迎。曲径回廊香拂袖，闲行。满架琴书近画屏。　　绮阁剪银灯。彤管香奁细与评。独有桂花天上句，偏清。一洗春愁秋怨情。

在梦里，她恢复神仙的地位，来到"瑶京"，有仙女许飞琼相迎，她与群仙品评诗词，即景联句；醒后还依稀记得吟诵的词句。如此通灵于仙幻世界的梦境，实际上是顾贞立对于自我文学造诣的肯定。与李白一样，在人世间不能实现自己人生抱负的时候，她便想到梦里去追求一种慰藉，这是一种压力的释放。

顾贞立看到了李白诗歌里飞动着的屈原式的愤懑与不平、飘逸与灵动，从中继承了豪迈的气魄、天才的想象和不羁的洒脱，熔铸在自己的词里，成就了独特的词风。

第三节　杜甫诗中屈原精神在顾贞立词中的表现

杜甫与屈原的诗歌渊源关系，学界早有论述，这里无须赘言。顾贞立于众多杜甫诗篇中特别钟情《佳人》一篇，其《南乡子·轻雨洒松筠》所云"瘦影萧疏谁得似，幽人。翠袖天寒倚夕曛"《天仙子·梅花界断阑干影》，所云"牵萝补屋幛轻寒，珠箔影"，都明显化用了杜甫《佳人》中"天寒翠袖薄，日暮倚修竹"及"侍婢卖珠回，牵萝补茅屋"两句诗意。

关于此诗的本意，历来存在较大的争议：比如王嗣奭的《杜臆》认为"大抵佳人事必有所感，而公遂借以写自己情事"①。仇兆鳌的《杜诗详注》提到之前有认为此诗是"托弃妇以比逐臣，伤新进猖狂"②用意的言论，而他则认为"天宝乱后，当是实有是人"③。《杜诗言志》则说："此先生自喻之诗。自古贤士之待聘于朝，犹女子之待字于夫，其有遭谗间而被放者，犹之被嫉妒而被弃。一部《离骚》，多托此以自喻，如'众女疾余之蛾眉'等语是也。老杜自省中出为华州，明非至尊之意，则其受奸人之排挤者，已非一日。一生倾阳之意，至此无复再进之理。故于华州犹惧其难安，是以弃官而去，其于仕进之途绝矣，复何望乎！乃托绝代之佳人以为喻。"④笔者认为"借以写己"、"托此自喻"说较为符合顾贞立对此诗的态度。顾贞立看中的正是《佳人》诗中这许多与《离骚》极其相似的表述方式。倘使顾贞立见到《杜诗言志》这段关于《佳人》的论述，她一定是赞同的。

顾贞立偏爱《佳人》诗，不断重复地使用这一意象，除了因为它与《离骚》的相似外，最根本的原因还是顾贞立个人的遭遇与心灵追求。

首先，《佳人》中的主人公在历经丧乱之后感到世态炎凉，家族的败落使得她的命运像风中的烛光飘摇不定。顾贞立在经历了易代之悲与辗转漂泊之后，同样见识了太多的人情冷暖。正如其《玉蝴蝶·苕溪署中》词

---

① ［明］王嗣奭：《杜臆》，上海古籍出版社1983年版，第84页。
② ［清］仇兆鳌：《杜诗详注》，中华书局1979年版，第555页。
③ ［清］仇兆鳌：《杜诗详注》，中华书局1979年版，第555页。
④ ［清］佚名：《杜诗言志》，江苏人民出版社1983年版，第98页。

所云："不堪回望，旧家庭院早惊秋。忆当初、栖迟三楚，今日个、落拓湖州。愿难酬。聊凭斑管，写我心忧。"词中暗用《诗经·王风·黍离》"知我者谓我心忧"句，表达了自己对旧时家园不再、山河易主、身世漂泊的哀叹之情。

其次，《佳人》的主人公为夫所疏，不愿寄身浊世，来到山间过上了隐居的生活。顾贞立也常常是"一宵风雨又无眠。起来羞对镜台前。有谁怜"（《忆王孙·何事愁多与病缘》），"玉匣阁轻纨。空闺一样酸"（《菩萨蛮·秋宵不眠》），还时不时会有"旁人妒口，或怜或鄙"（《满江红·滴碎花魂》）。因此，在她的心底也早把自己打造成了身居红尘的"隐士"，潜藏闺阁的"幽人"。其词《眼儿媚·一痕新月挂疏桐》写道："一痕新月挂疏桐。人倚画楼东。徘徊独自，黯然无语，目断归鸿。"又俨然契合了苏轼《卜算子》"缺月挂疏桐"中的幽人形象。因此，《佳人》中的主人公"幽居在空谷"成为顾贞立向往的生活状态。

最后，也是最为重要的一点，便是顾贞立欣赏《佳人》诗里承载着的众多高洁意象了。"在山泉水清，出山泉水浊"，是坚贞自守、高洁自持，顾贞立的词句"曾向雪中开，没点尘埃，肯随桃李逐波来"、"不羡人间双并蒂，愿化青莲"（《浪淘沙·青衣从波浪中得梅花一枝》）用意与之相同，是说"不肯随逝水"之梅，更是说不肯随俗而化的自己。顾贞立的《南乡子·赋得瘦竹如幽人，秋花如处女》词中用到的"瘦影萧疏"的翠竹意象、"秋花"意象、"翠袖"、"天寒"意象与"夕阳"意象都来源于杜诗《佳人》。那是因为这些同《离骚》里的"江离"、"辟芷"、"秋兰"一样，是象征美德的芳洁之物。"秋花"芳香美好而能拒严霜，以喻品性高洁不屈；"瘦竹"质弱而有节，以喻贞洁安贫；"翠袖"、"天寒"、"夕阳"的组合意象则说明主人公在恶劣的环境下坚定自己信仰的决心。《天仙子·梅花界断阑干影》中借用"牵萝补屋"的意象，则有敝帚自珍的意味。

顾贞立与杜甫精神的契合，源于屈骚精神的传承，这其中有高洁的志向，有炙热的爱国之情。《佳人》篇正反映了杜甫"卜居必林泉"（《寄题江外草堂》）的精神追求，这依然是秉持高洁的态度。除此之外，"杜甫诗歌中涉及鸟兽草木的比兴意象"是"继承了《诗经》及《楚辞》托物咏志的文学传统"①。顾贞立在这一方面也有很好的传承，她"填制了 30 余首咏花草词"，"寓情于物"。② 比如她的《采桑子·丝丝细雨盈盈泪》说"不受尘埃半滴泉"，正是借秋海棠来言志的。杜甫的拳拳赤子之心与爱国情怀在顾贞立词集中则有更多的体现。她"暗伤亡国"（《虞美人·暗伤亡国空弹泪》），"空忆着、雕栏玉砌东风里"（《摸鱼儿·惜年华》）。她借哭花来伤悼故国，泣血言道："花落人亡哭一场"（《采桑子·愁来只有秋花好》）。

由以上分析可知，正是由于顾贞立词从屈原、李白、杜甫三位伟大的诗人那里汲取了众多优良的素材，而这三位伟大的诗人又是在风骚的传统下一脉相承的。于是，屈骚的主旨、李白的气质与杜甫的忠贞酿就了《栖香阁词》"语带风云，气含骚雅"的独特韵致。

李文媛赞顾贞立道："今吾观梁溪节母顾太夫人文婉氏《栖香阁词》，而知巾帼亦有英雄，脂粉无惭纪传也。"③ 由此评语可见顾贞立词中洋溢着的雄浑豪宕之气。沈祥龙在《论词随笔》中说："离骚之旨，即词旨也。"又云："屈、宋之作亦曰词，香草美人，惊采绝艳，后世倚声家所由祖也。故词不得楚骚之意，非淫靡即粗浅。"④ 顾贞立之词正可谓得"离骚之旨"，不仅在清代词坛风格独具，即便从整个词史上看，其词亦可媲美两宋，而不失名家风范。

---

① 邓乐群：《杜甫的别类才情及其诗歌表现》，《江海学刊》2011 年第 6 期。
② 高峰：《江苏词文化史论》，凤凰出版社 2011 年版，第 248 页。
③ ［清］顾贞立：《栖香阁词》，道光四年（1824）山阳李氏闻妙香室校刊，序第 1 页。
④ ［清］沈祥龙：《论词随笔》，唐圭璋：《词话丛编》，中华书局 2005 年版，第 4047—4048 页。

第 十 章

姒蓄清照的徐灿词

徐灿，字深明，一字明霞，号湘蘋，晚年更号紫箂，吴县人。约生于1617年，卒于1718年。[①] 徐灿为明光禄丞徐子懋次女，海宁大学士陈之遴继室。《雨村词话》载："近来才女，应以徐灿为第一。……所著有拙政园词，皆绝工艳流丽。"[②] 可以说，徐灿词代表了顺康女性词的最高水平，是顺康女性词坛的集大成者。

徐灿的人生悲喜是与陈之遴的宦海沉浮相系的。陈之遴的一生三次进京，两次出塞，以卒于戍所。三次进京分别是：第一次，陈之遴在崇祯十年（1637）春中进士后授翰林院编修；第二次，陈之遴在顺治二年（1645）投诚后授秘书院侍读学士；第三次，顺治十三年（1656），陈之遴以原官发辽阳居住当年的冬天又被诏令回京入旗。两次出塞分别是：第一次，（顺治）十三年（1656），因植党徇私，确有所据，以原官发辽阳居住；第二

---

① 关于徐灿的字号及籍贯、生卒年可参见赵雪沛《关于女词人徐灿生卒年及晚年生活的考辨》一文（载于《文学遗产》2004 年第 3 期）以及浙江大学刘双庆的硕士学位论文《徐灿考论》。刘文曾依据徐灿晚年画作来推断其卒年，虽然百岁高龄让人难以置信，但作者有画作实物为证，故暂从其说。

② ［清］李调元：《雨村词话》，唐圭璋编：《词话丛编》，中华书局 2005 年版，第1440 页。

次，"（顺治）十五年（1658），（陈之遴）复坐贿结内监吴良辅，鞫实，论斩，命夺官，籍其家，流徙尚阳堡"①。关于徐灿的生平事迹《清史稿》卷五〇八"列女传"有寥寥数语的介绍："陈之遴妻徐，名灿，字明霞，吴县人。之遴自有传。徐通书史，之遴得罪，再遣戍，徐从出塞。之遴死戍所，诸子亦皆殁。康熙十年，圣祖东巡，徐跪道旁自陈。上问：'宁有冤乎？'徐曰：'先臣惟知思过，岂敢言冤？伏惟圣上覆载之仁，许先臣归骨。'上即命还葬。徐晚学佛，更号紫箬，有《拙政园诗词集》。词尤工，陈维崧推为南宋后闺秀第一。画得北宋法。"②从这简短的介绍中可以看到徐灿诗词画方面的造诣以及她的坚忍、勇敢、机警、聪慧。《海宁州志稿》卷二十九载陈之遴二次出关的处境是"则竟与军伍杂处矣"③，其境遇之艰难可以想象。今天所看到的徐灿词收录在《拙政园诗馀》中，而《拙政园诗馀》是其夫陈之遴编次于顺治七年（1650），并由她的几个儿子付梓于顺治十年(1653) 的。因此，其中所能看到的只是徐灿出关前的一些作品。虽然，这些词作不是徐灿一生行藏的写照，但是此时的徐灿思想和词风都已经成熟，可以说，这些词作已经代表了徐灿词的最高造诣，具有重要的文学价值。

第一节　徐灿词的题材与创作心态

陈维崧《妇人集》曾评徐灿云："徐湘蘋（名灿），才锋遒丽，生平著小词绝佳。盖南宋以来，闺房之秀，一人而已。其词娣视淑真，姒畜（蓄）

---

①　赵尔巽等撰：《清史稿》卷二四五，中华书局 1977 年版，第 9636 页。
②　赵尔巽等撰：《清史稿》卷五〇八，中华书局 1977 年版，第 14050 页。
③　李兴盛：《东北流人史》，黑龙江人民出版社 1990 年版，第 147 页。

清照。"① 这句评语不仅仅说明徐灿词作造诣之高，同时还指出她与李清照在词艺方面的继承关系。叶嘉莹先生也指出"徐灿为清初之著名女词人，评者多以李清照为拟比"②。徐灿与李清照的渊源关系可以归纳为词艺上的追慕和生平经历的相似。早期的徐灿词可以明显地看到易安体的痕迹，主要表现在那些以书写闺阁情思为主要内容的词作中。在生平经历方面，徐灿与李清照也存在很多相似性，比如婚后不久丈夫另觅新欢给她们带来的烦恼，神州板荡、鼙鼓烽火给她们带来的悲苦，等等。但是，徐灿不同于李清照，她在追步李清照艺术成就的同时，不再囿于诗词之间的藩篱，将身世行藏写入词中，从而进一步开拓了女性词的词境。如果说其闺阁词的创作是以追步易安为创作动机的话，那么其易代之后的词作则充满了故国之思和归隐之志。可以说，徐灿词体现了清初女性词的两大重要主题，对于分析清初女性词坛具有十分重要的典型意义。

一、闺阁情思与易安情结

徐灿的闺阁词与李清照一样，书写的是怜春的情绪和离别的愁苦。徐灿对于自己的才华颇为自负，她曾在词作中肯定自己的"咏絮才情"（《惜分钗·旅怀》），于是在创作中便有以易安为目标的争胜心理。她的许多闺阁题材词作明显流露出与李清照一争高下的创作心态。徐灿有八首写闺思的《如梦令》，就透露出追步易安词的用意。如第一首《如梦令·闺思》言"试问倚栏人，愁锁一天春望"，既用了李词的语气，又巧妙地把对话式转换为自问式，通过词人自己即"倚栏人"的感受，将春愁的压抑和漫无边际表现得淋漓尽致。第二首《如梦令》场景设定与李词相同，所表现的都是词人在雨后的清晨睡梦初醒时的情景，徐灿以"雨过几枝红倦"开

---

① ［清］陈维崧撰，［清］冒褒注，［清］王士禄评，王英志校点：《妇人集》，王英志主编：《清代闺秀诗话丛刊》，凤凰出版社 2010 年版，第 13 页。

② 叶嘉莹主编：《历代名家词新释辑评丛书·总序》，中国书店 2003 年版，第 3 页。

篇，明显有压倒易安词"绿肥红瘦"的用意，"红瘦"还只是写形，"红倦"则是对神的刻画。随后言道"半梦半醒时，谁向绣衾低唤"，将女主人公的春倦情态展露无遗，由于困倦，她分不清谁在低声呼唤她，甚至不知道是否有人呼唤她。这是从主观感受来描写，较李词的"浓睡不消残酒"之陈述式更具感染力。这种春天带来的身体与心灵上的疲倦怎能不令人销魂？于是，结尾有"魂断，魂断，花也为人长叹"之句，不写人怜花，反写花怜人，构思巧妙。整首词写花倦即是写人倦，通过人花的共有状态写出春愁的无奈。第三首《如梦令》题为"春晚"，精妙之处在于首句"花似离颜红少，梅学愁心酸早"之语，将词人的愁容与愁心通过对晚春景物的刻画表现出来，表面写晚春花将凋零、梅树结子，实际暗喻词人容颜憔悴、愁心酸楚。第四首《如梦令》依然写雨后的清晨，延续易安词的句式："昨夜雨添春重，滴到眉端愁动"，写的却是春雨加深的愁绪，这愁浓到什么程度呢？词人结语言道"梦里心儿还捧"，令人读后倍觉怜惜。第七首《如梦令》写的是惜别时的场景，词言"肠断听阳关，珠鞍玉骢催控"，表现送别者的伤感、不舍和征人催发时的急切与决绝。句意与李清照的"千万遍阳关，也则难留"（《凤凰台上忆吹箫》）相同，但情感表达更为强烈。

另外，徐灿闺阁词中也有大量的抒"愁"写"瘦"之作，可以看作易安情结的表现。徐灿的99首词作中有53首写到愁，"愁"字在其作品内总共出现了67次之多①。这是明写之"愁"，更有暗写之"愁"，如《醉花阴·春闺》词末句"腻白夭红，凄雨先偬偬"用典唐代罗隐诗《金陵思古》，诗言"夭红腻白愁荒原"，又一"愁"字暗含其中，诸如此类不胜枚举。此外，"瘦"字也频频出现在徐灿词中，如用来描写自身形象的就有"叹征途憔悴，病腰如削"（《满江红·将至京寄素庵》），"腰瘦不胜春"

---

① 高峰：《明清女性词人的易安情结》，《南京师范大学学报（社会科学版）》2011年第5期。

(《满庭芳·寄素庵》),"云卷微寒入暮,一灯瘦影魂摇"(《西江月·十五夜雨》),"一剪东风寒欲透,渐逼檀眉瘦"(《醉花阴·春闺》),"灯前瘦影,羞把湘帘揭"(《永遇乐·寄素庵》),等等。其中,《醉花阴·春闺》有词句点明她追步易安的心态,词中言道:"一剪东风寒欲透,渐逼檀眉瘦。也拟醉花阴,腻白夭红,凄雨先僝僽。"李词《醉花阴·薄雾浓云愁永昼》有"半夜凉初透"及"帘卷西风"之言写秋风之寒,徐词拟之以"一剪东风寒欲透";李词有"人比黄花瘦",徐词有"渐逼檀眉瘦";徐词直言"也拟醉花阴",表面上看是也拟在花阴下沉醉的意思,但其"也拟"之对象为谁?恰李词有"东篱把酒黄昏后,有暗香盈袖"之言,可知其为实至名归之"醉花阴"。而徐词"也拟"之"醉花阴"正是李词之《醉花阴》。

　　徐灿闺阁词的易安情结还表现在惜春词中炼字用语的煞费心思。比如《捣练子·春怨》开篇以"依旧绿,为谁红"六字锁定读者视线,用新巧别致的语言打动读者,接下来用"草草花花满泪丛"的叠字句加拟人笔法将新巧的意象推向又一高度。易安以一阕《声声慢》中十四叠字的巧妙连用声震词坛,徐灿词也常常着意炼句,有意为之。如《长相思·别意》云:"花冥冥,水泠泠。雨雨风风满碧汀。劳劳长短亭。想凄清,倚银屏。点点声声不忍听。盈盈泪暗蕭。"此词虽然不是叠字的连用,却也暗中运用了十六个叠字,轻巧自然、不露痕迹。将送别时眼中景物之晦暗(冥冥)、环境之凄楚(雨雨风风)、心情之感伤(劳劳)精准地表达出来,其才思与文字运用能力令人叹服。又如《声声慢·感怀》采用与李词相同词牌,开篇两句"寒寒暖暖,雨雨晴晴,无端催趱红绿。湿燕双双,语语似怜幽独",连用四组叠字后,又间隔使用了两组叠字,前四组叠字又是对比手法,将春天气候的反复无常渲染、描绘出来。另外,易安体善于融化口语入词,"以俗为雅"①的特点在徐灿闺阁词中也有较多的体现。如《西江

---

① 　[明]杨慎:《词品》,唐圭璋编:《词话丛编》,中华书局 2005 年版,第 451 页。

月·春夜》中有"多愁多闷输他"、"梅销暗自酸牙"、"未到送春先怕"等语，《西江月·感怀》中有"东风愁煞梨花"、"凄声细语奈何它，记得前春曾怕"之句，《洞仙歌·梦江南》有"梦也无多，消得啼乌恁凌迟"。更有化用易安词意之句，如"一种分鸾，两地黄昏雨"（《蝶恋花·春闺》）是用李词"一种相思，两处闲愁"（《一剪梅·红藕香残玉簟秋》）之意，并用贺铸《青玉案·凌波不过横塘路》笔法将心情比拟为物象，用来说明分隔两地之人共同品味着相思的愁苦。

综上所述，徐灿的闺阁题材词中，表达的是闺中恩怨、离别相思，暗中深藏着的却是积淀心底的易安情结。这一情结在后来的清代闺阁词人中普遍存在，可以说，徐灿的这部分闺阁词在清初闺阁词中具有典型意义，为后世女性词向闺阁回归提供了可以遵循的路径和范式。

二、家国情怀与归隐心愿

明清易代之后，虽然丈夫陈之遴在新朝青云直上，但是在徐灿的心中，对于故国始终存在着难以抛舍的情感。谭献在《箧中词》评其道："兴亡之感，相国愧之。"[1]徐灿耻于丈夫出仕新朝的行为，并且心怀故国、不愿羁留北方，这两种情绪交织在一起，成为徐灿词中时时涌动的家国之思和由其衍生的归隐心愿。因此，徐灿表达兴亡之感、寄托故国之思的词作颇多，并且大部分与她的归隐心愿相伴而生。

徐灿词中那部分抒发兴亡之感的词，或哀怨缠绵，寄托遥深；或言辞悲壮，泣血高歌。较为典型的如《少年游·有感》：

　　　衰杨霜遍灞陵桥，何物似前朝。夜来明月，依然相照，还认
楚宫腰。　　　金尊半掩琵琶恨，旧谱为谁调。翡翠楼前，胭脂井

---

[1]　[清]谭献辑，罗仲鼎、俞浣萍校点：《清词一千首·箧中词》，西泠印社2007年版，第217页。

畔，魂与落花飘。

开篇以"衰杨"示亡国，以"灞陵桥"代失地，暗用南宋陆游词"灞桥烟柳，曲江池馆，应待人来"（《秋波媚·七月十六晚登高兴亭望长安南山》）句意。"夜来明月，依然相照"用刘禹锡《金陵五题》中"淮水东边旧时月，夜深还过女墙来"之意，表兴亡之感。"还认楚宫腰"用深宫旧事以映盛衰，拟姜夔词《疏影》笔法。"金尊半掩琵琶恨"谓以和平的外表掩饰向外族屈身辱节的行为。"翡翠楼前，胭脂井畔，魂与落花飘"明着看起来是写典故，无新意，但若注意到并非只有"胭脂井"，还有"翡翠楼"，便可知此词是在控诉清军"扬州十日"、"嘉定三屠"等在江南犯下的种种暴行。整首词可谓句句含恨、字字泣血。陈维崧曾评此词"缠绵辛苦"①，陈廷焯《词则·大雅集》卷六评其"感慨苍凉，似金元人最高之作"②。除此之外，借隋喻明，抒发兴亡之感的还有《虞美人·感兴》："隋堤弱絮年年舞，谩惜今和古。长江凄咽为谁流，难道雨花春色片时休。""长江凄咽"谓血洗江南之劫，"雨花春色片时休"谓兵祸之惨烈，生灵之涂炭。表现同一内容的词作还有《青玉案·吊古》：起句便言"伤心误到芜城路。携血泪、无挥处"。为什么偏偏是"芜城路"？因为"扬州十日"。下阕"烟水不知人事错，戈船千里，降帆一片，莫怨莲花步"，连写两件亡国之事，所亡之吴国与南齐都曾是以金陵为都的王朝，而朱明王朝兴起于金陵，灭亡于金陵，徐灿此词名为"吊古"实则伤今的用意不言而喻。清倪一擎《续名媛词话》评此词曰："跌宕沉雄"，"非绣箔中人语"。③其音韵铿锵、言词悲壮可见一斑。

---

① [清]陈维崧撰，[清]冒褒注，[清]王士禄评，王英志校点：《妇人集》，王英志主编：《清代闺秀诗话丛刊》，凤凰出版社 2010 年版，第 13 页。

② [清]陈廷焯编选：《词则·大雅集》卷六，上海古籍出版社 1984 年版，第 24 页。

③ 程郁缀编著：《徐灿词新释辑评》，中国书店 2005 年版，第 122 页。

徐灿表达亡国之痛常常不加掩饰，她不仅追和王清惠的《满江红》①（《拙政园诗馀》有《满江红·和王昭仪韵》），还在词中痛骂"君不见，河山几叠谁为买"（《千秋岁·感怀》），暗指吴三桂等一干降臣以江山做交易，向外虏换取世禄荣华的无耻行为。在同一首词中，她悲痛于家国之沦亡，慨叹自己"留得惺惺在"，要感受"天有恨"、"春心碎"的伤感，而不能"哺其糟啜其醨"（屈原《渔父》）与世人同醉于新朝。这里，她有屈原一样的感伤，表现出不同于其夫的民族气节。

另有一阕寄托兴亡之感的《踏莎行·初春》为历来词评家所称道：

　　芳草才芽，梨花未雨。春魂已作天涯絮。晶帘宛转为谁垂，金衣飞上樱桃树。　　故国茫茫，扁舟何许。夕阳一片江流去。碧云犹叠旧河山，月痕休到深深处。

开篇"芳草才芽，梨花未雨"正是踏青赏春时节，而女词人却觉得这春天已经没有了生机，因为春魂已化作漫天飞絮，这是词人心境的投射。"晶帘"典出李白《玉阶怨》"却下水晶帘，玲珑望秋月"。《玉阶怨》属乐府《相和歌·楚调曲》，今存辞均为宫怨内容。"金衣"典出《开元天宝遗事·金衣公子》"明皇每于禁院中见黄莺，常呼之为金衣公子"②。二者均是用深宫旧事以映盛衰的笔法，写兴亡之感。词的下阕徐灿不再采用寄托、隐晦的笔法，直接叹道："故国茫茫"，她心中的故国自然是前明，而这"故国"已成为"夕阳一片"随水逝去。在女词人的想象中，那故国的"旧河山"仍存于遥不可及之天尽头，天边的"碧云"依依不舍地遮掩着它。因此，她说"月痕休到深深处"，怕那不谙人情的月辉偏偏照到碧云掩映下的故国河山，令她看见，引起哀痛。在这首词中，词人除了悼亡

---

① 南宋末年，昭仪王清惠随恭帝及帝宫三千人作俘北上，途经北宋时的都城汴梁夷山驿站，在驿站墙壁上题《满江红·太液芙蓉》，文天祥、邓光荐、汪元量等皆有词相和。

② ［五代］王仁裕：《开元天宝遗事》卷二，［清］纪昀、永瑢等：《文渊阁四库全书》子部 1035 册，台湾商务印书馆 2008 年版，第 851 页。

故国外，面对无法改变的现实、难以逆转的局面，她吐露了自己的归隐心愿——"扁舟何许"。这一问，即昭示词人有效范蠡泛舟五湖之意。这既是表明自己从此不问世事沧桑的态度，也是说明与统治者不合作的立场。词人此后所作的词中一直以这种心态贯穿着，明显表露心声的是那阕《唐多令·感怀》，下阕言道："小院入边愁，金戈满旧游。问五湖、那有扁舟。梦里江声和泪咽，何不向、故园流。"写生养自己的江南故乡亦遭兵火，想要效法范蠡归隐都无处可去，唯有梦里的家园是她心灵的栖息之所。钱仲联选注《清词三百首》，认为此词作于"陈之遴处在贬谪回京的忧危处境"之时，"下片实写边愁金戈，慨叹负罪之身，无缘归隐吴门"[①]。这一分析，实际存在误解。因为《拙政园诗馀》付梓于顺治十年（1653），而陈之遴以原官发辽阳，在顺治十三年（1656）。正因为此时实为陈之遴春风得意之时，而湘蘋有归隐之愿、故国之叹，其气节与操守才更显难能可贵。

随陈之遴二次进京后，徐灿屡有表达故国之思与山河之悲的词作，并将之与江南故乡相联系。如《满江红·有感》以"乱后家山，意中愁绪真难说"开篇。又如《满江红·感事》上阕言道："往事堪悲闻玉树，采莲歌杳啼鹃血。叹当年、富贵已东流，金瓯缺。"《玉树后庭花》是陈后主的亡国之音，也是南朝繁华不再的象征。《采莲曲》则是江南和平、柔美意象的代表，如今却荡然无存，换作啼血鹃鸣。当年江南的富庶已经逝去，原因是金瓯已缺，河山破碎。下阕说而今的江南模样是"风共雨，何曾歇"；词人"翘首望，乡关月"，却望见"金戈满地，万山云叠"。她怒斥满清在江南的血腥政策——"斧钺行边遗恨在"，谴责南明水军的不力——"楼船横海随波灭"。篇终悲叹"空有断肠碑，英雄业"。她的词写江南所遭受的兵祸，写兵祸之后的荒芜。她说"回首江城，高低禾黍，凉月纷纷白。眼前梦里，不知何处乡国"（《念奴娇·初冬》），清兵的铁蹄血洗江

---

① 钱仲联选注：《清词三百首》，岳麓书社 1992 年版，第 38 页。

南，金陵故都等前朝遗迹以及"宗庙宫室，尽为禾黍"（《诗经·王风·黍离序》），唯剩"凉月纷纷白"。不禁令人想起杜甫在《北征》中描绘安史之乱后，战地景象之凄惨——"寒月照白骨"。或许江南遭受屠城后的那些城池，惨状正如杜诗所写，但女词人不忍心让这样的景象出现在自己的词中，只代以"凉月纷纷白"之句。于是，无论是眼前的燕京还是现实中的江城，都已经不再是她梦里念念不忘的"乡国"模样，一种锥心的失国之痛令她神伤。

徐灿屡次向陈之遴表达对于其出仕新朝的不满，如《满江红·将至京寄素庵》词中："满眼河山擎旧恨，茫茫何处藏舟壑。记玉箫、金管振中流，今非昨"。"舟壑"典出《庄子·大宗师》："夫藏舟于壑，藏山于泽，谓之固矣。然而夜半有力者负之而走，昧者不知也。"①原是说世事被不知不觉地改变。徐灿这里则是指故国已逝，她心中的故国之情无处搁置，眼前河山依旧，更加重了亡国之恨。她质问丈夫是否还记得初次授官入京时的景象，虽然与今相类，但那是前朝往事，"今非昨"三字为警醒陈之遴，强调授官性质的不同。特别是词末徐灿特意提到"料残更、无语把青编，愁孤酌"，为什么她深夜难寐，偏偏是去读史书？因为她想告诫自己的丈夫，他现在的行为已经注定了史书会给他怎样的定位，这让身为妻子的她有难言的愁苦，只能独自一人借酒浇愁。陈廷焯曾在《词则·别调集》卷六评此词曰："有笔力，有感慨，偏出自妇人手，奇矣。"②又如《永遇乐·舟中感旧》更是将这份无奈倾诉出来，展现给陈之遴看：

> 无恙桃花，依然燕子，春景多别。前度刘郎，重来江令，往事何堪说。逝水残阳，龙归剑杳，多少英雄泪血。千古恨、河山如许，豪华一瞬抛撇。　　白玉楼前，黄金台畔，夜夜只留明月。

---

① 陈鼓应注译：《庄子今注今译》，中华书局1983年版，第178页。

② [清] 陈廷焯编选：《词则·别调集》卷六，上海古籍出版社1984年版，第12页。

休笑垂杨，而今金尽，秾李还消歇。世事流云，人生飞絮，都付
断猿悲咽。西山在、愁容惨黛，如共人凄切。

开篇说"前度刘郎，重来江令，往事何堪说"，用刘禹锡典故点明自
己与丈夫的尴尬身份，对于所经历的变故羞于言说。然后以"逝水残阳，
龙归剑杳，多少英雄泪血"表达对前朝的哀悼，以及对在变革中抛洒血泪
的真英雄表达由衷的赞叹，二者形成强烈的对比效果；并以"千古恨、河
山如许，豪华一瞬抛撇"结束上阕，表达自己冲天塞地的愤懑情绪，"豪
华一瞬抛撇"更是明白叙述眼前河山在经历战火后的残败凋敝。下阕讽谏
之意更加明显，"白玉楼"、"黄金台"都是与文人相关之典，与陈之遴曾
授明翰林院编修的身份契合。而这些于今都归为沉寂，"夜夜只留明月"。
词人感伤世事如流云般难以捉摸，人生如飞絮般漂泊不定。如今往昔"西
山"还在，却人事尽非，面对故景，只能更增凄楚。词中流露出重来故地
徒增心酸之意，暗示陈不该接受新朝封赠。谭献《箧中词》五评此词"外
似悲壮，中实悲咽，欲言未言"[1]。陈廷焯《词则·放歌集》卷六亦云："全
章精炼，运用成典，有唱叹之神，无堆垛之迹。不谓妇人有此杰笔，可与
李易安并峙千古矣。"[2]

她向陈之遴诉说自己的归隐心愿，常以十年前后为对比来说明。纵观
《拙政园诗馀》可以看到，令徐灿一生为之骄傲的只有丁丑年的那个春天
（即 1637 年），陈之遴高中榜眼，陈父抚蓟奏捷，彼时徐灿曾以一首《满
庭芳·丽日重轮》来抒写自己心中的喜悦。而如今境遇不殊，心境却有天
壤之别。《声声慢·感怀》中写道"十年愁、多到心曲"，为表明自己眷恋
前朝、不与当朝合作的态度，在词中她以"冰纨宝钿"显示自己的高洁，
宁愿与丈夫"吟遍花笺，想也半消清福"，却不愿享受丈夫屈节带给她的

---

[1] ［清］谭献辑，罗仲鼎、俞浣萍校点：《清词一千首·箧中词》，西泠印社 2007 年版，
第 218 页。

[2] ［清］陈廷焯编选：《词则·放歌集》卷六，上海古籍出版社 1984 年版，第 19 页。

尘世洪福。词末更以"料天公、谁妒尘俗。试看取，古今来、嵇啸阮哭"之句，表明自己与尘俗的格格不入，实际上是表明对当政者血腥统治的不满和与新朝政权的对立。同年，徐灿又写下另一首词作《风流子·同素庵感旧》，开篇仍是以"只如昨日事，回头想、早已十经秋"来向陈之遴表示自己对那时美好生活的怀念。此词整个上阕用来回忆当年夫妻和谐、生活美满的景象，向陈氏表示自己对那种生活的留恋。下阕说自己现在的难堪境遇："西山依然在"，却"怕举双眸"。即便能把号称可以解忧的"红萱酿酒"也"只动人愁"。更用不忍相见"前度桃花"、"旧时燕子"来表明身为贰臣之妻的尴尬。而这一切忧愁的成因是什么呢？篇末她向陈之遴怨叹道："悔煞双飞新翼，误到瀛洲。"揭示了正是由于丈夫接受新朝官职的举动，给她带来了挥之不去的心愁。她心中时时牵挂的故乡实际上是理想中心灵的栖息地，于是在她的词中一遍遍诉说着思乡之情。如"秋风试寒初，一片乡心点滴闲。滴到湘江多是泪，珊珊。染得无情竹也斑"（《南乡子·秋雨》），"不须乡泪染江流，倩个燕儿传与"（《一络索·春闺》），"正瑶琴、弹到望江南，冰弦歇"（《满江红·闻雁》），词题有《一斛珠·有怀故园》。她劝陈之遴归隐，曾言道："江上莼丝秋未采，莫怨朱颜改。吴山几曲碧漫漫，还有许多风景待人看。"（《虞美人·有感》）她希望家乡的美味、乡音、风光与彼此该珍重的华年能够成为让丈夫息心归隐的动力，更直言劝道："真个而今，台空花尽，乱烟荒草"，"请从今、秉烛看花，切莫待，花枝老"（《水龙吟·次素庵韵感旧》）。在劝夫无效的情况下，徐灿屡次在词中表明自己高洁的志向和逃离尘俗的心意：如她的词中有象征寻觅仙境与桃源的"凤沼鱼矶何处是"（《满江红·闻雁》）；有象征寻求归隐之路的"路茫茫、东篱在何处"（《永遇乐·秋夜》）；她视屈原为偶像，以"荷衣玉佩"（《满江红·闻雁》）来标示自己的心志；她视嵇、阮为知音，深深理解"嵇啸阮哭"（《声声慢·感怀》）的无奈。如果说徐灿在籍没出关之后经历着身体上的煎熬，那么她心灵上的煎熬在陈氏降清之后就已经开始了。因此，今天看到的《拙政园诗馀》虽然是在顺治七年编写、顺治十年付梓，也就是说还在徐灿的生活境况依然富足的情况下，但她的词中早已激荡着愤懑不平之气与泣血含恨之歌。或者可以说，在明朝灭亡、丈夫陈之遴降清的那一刻，徐灿就已经心死，她看透了世事浮云、宦海沉浮，她只想做一个归隐山林的遗民，用余生去慢慢凭吊她逝去的故国，只可惜连这样的愿望都不能被满足。

第二节　徐灿词的艺术特征

冯金伯《词苑萃编·品藻》曾评徐灿道："诗馀得北宋风格，绝去纤佻之习。"① 徐灿词有其独特的艺术风格，并且从某种程度上来说，徐灿词的艺术特征在顺康女性词坛具有代表性。徐灿词在艺术方面突出的特点是较多对于"云"的意象和梦境的书写，此外，她的词常常以轻灵的笔触表达深沉的寄托。

一、云的意象与梦境书写

徐灿词中出现较多的是"云"的意象，"云"在徐灿的词中常寄托着特殊的含义。首先，"云"常常是她某种意绪的外化，是心灵感受的一种映射。当心中向往的人和事物出现阻碍，不能相见或得到时，词中便会以"乱云"的意象出现，如"梦也不分明，远山云乱横"（《菩萨蛮·秋闺》），"群玉山头仙侣，乱云无处"（《一络索·春闺》），"梦里乡关云满路"（《木兰花·秋暮》），这里的"乱云"象征着阻碍引起的烦闷意绪；当表达所希

---

① 　[清]冯金伯：《词苑萃编》，唐圭璋编：《词话丛编》，中华书局2005年版，第1956页。

冀的事物遥不可及时，便会以"碧云"的意象出现，如"碧云有路须归去，青鸟书无据"（《醉花阴·风雨》），"碧云犹叠旧河山"（《踏莎行·初春》），这里的"碧云"象征着带有离别意绪的深深眷恋；当她表达心中留恋的感情或岁月逝去之快时，便以云消散速度快这一特质来表达，如"飞云流月总无情，有情泪满湘江水"（《木兰花·秋感》），"旧恩新宠，晓云流月"（《忆秦娥·春感次素庵韵》），"回头念、往事浮云"（《满庭芳·丙戌立春，是日除夕》），"世事流云，人生飞絮"（《永遇乐·舟中感旧》），"短梦飞云，冷香侵佩，别有伤心处"（《永遇乐·病中》），这里的云象征着转瞬即逝的事物和情感；当女词人表达怀人念远感情之时，便会出现"归云"的意象，如"绮窗无赖，时把归云碍"（《点绛唇·偶成》），"归云未整春光去，只是在天涯"（《锦堂春·感怀》），两首词作中同时出现"锦字"、"离亭"等意象，可知这里的"归云"并非简单的行云，实际象征着她对远方征人的牵挂。

其次，"云"是女词人印象里家乡图景必不可少的装饰，是家乡的象征。如"窗俯碧河云半裊"（《一斛珠·有怀故园》），"梦魂曾到水云乡"（《临江仙·闺情》），"越水吴云"（《满庭芳·寄素庵》），"日望南云，难道梦归无据"（《风中柳·春闺》）。

再次，她善于借用"云"来表达种种情绪。欢喜时，她看云是"祥云五色"（《满庭芳·丽日重轮》），伤感时，她看云是"凄雨怜云"（《洞仙歌·梦江南》），感到心下凄冷时，是"丹楼云澹"（《御街行·燕京元夜》），感受离别愁苦时，是"离云愁暮"（《满庭芳·寒夜别意》），"澹澹离云"（《永遇乐·寄素庵》），感伤时，是"微云卷恨"（《水龙吟·春闺》），叹息时，是"雨嗟云倦"（《永遇乐·秋夜》），绝望时，是"碧空云尽"（《念奴娇·初冬》）。

有时，在她的词里"云"还可以代表一种束缚。如"云外南鸿音韵好，羡它归甚早"（《谒金门·闻燕》），"且徐飞、莫便没高云，明春别"（《满江红·闻雁》），这里的"云"象征着她要努力脱离的一个阶层或一种环境。

她甚至将自己幻化成词中的"云",在《浪淘沙·庭树》中,那"渺渺濛濛云一缕"正是想要还家的词人自己。在《满江红·有感》中,那"小窗依约云和月"正是理想中的词人自己和与她"心同结"的丈夫。

总之,"云"在徐灿的词中扮演着十分重要的角色,它是女词人心绪的外化,承载着她对故国的眷念、家乡的印象,承载着她的喜怒哀乐,甚至是她灵魂在词中的载体。可以想见,当女词人凭案抚笺之时,常常望向远方的天空,于是天上飘忽不定的云被她采撷入词,赋予情感,成为词中最常出现的客体意象之一。

除了"云"的意象之外,徐灿词中对于梦境的书写也较其他女词人为多。"梦"在女词人的词里表达的都是美好的意境,是她心中向往、现实中又难以实现的情境。其中写得最多的当然还是还乡之梦,梦里的家乡是遮蔽风雨的地方——"几日愁风和恨雨。乡梦教留住"(《醉花阴·风雨》),梦里的家乡春风沉醉——"如梦,如梦,梦到江南春仲"(《如梦令》),梦里的家乡秋月皎洁——"梦里江南秋尚好,般般。皎月黄花次第看"(《南乡子·秋雨》),梦里的家乡让人忘忧——"暂飞乡梦,试看归鸿,也算忘忧"(《诉衷情·暮春》)。于是,她一遍遍在梦里寻找归乡之路——"水咽离亭,梦寻归渡。今春曾向江南去"(《踏莎行·水咽离亭》),一次次在梦中登上江南的船——"春魂黯黯绕兰舟,却是梦中游"(《武陵春·春怨》)。可惜,这归乡之梦也会被打扰——"残灯窥短梦,梦也无多,消得啼乌恁凌进"(《洞仙歌·梦江南》)。她之所以常常梦着江南故乡,正因为她时时感受到羁留燕地的苦楚,她要逃离现实、实现归隐心愿,只能通过梦境。

其次,她的梦中也有对于亲情、友情等种种情感的渴望。她在梦里和闺中旧友相逢——"正红袂分花喜还疑,怕者度相逢,又成梦里"(《洞仙歌·梦女伴》),梦中说梦,正是怕眼前情景成空,说明她对于这份感情的珍惜,于是又有"无端残梦怯相逢,梦破更添愁万绪"(《玉楼春·寄别四娘》)。她的梦中也深藏着与丈夫陈之遴的情感,小别时她有过淡淡的忧

愁——"如梦，如梦，梦里心儿还捧"（《如梦令·和韵》）；受冷落时她感
受深深的忧伤——"梦里怜香，灯前顾影，一番消受"（《水龙吟·春闺》）；
她怀念与丈夫朝夕厮守的那段美好时光——"回首旧游劳梦，离亭几度飞
花"（《锦堂春·感怀》），那时的情景也屡屡在梦中还原——"譬如旧侣，
梦中重到"（《水龙吟·次素庵韵感旧》）。她多次向丈夫诉说自己梦境的美
好，希望他可以与她归隐家乡，回到那时的庭院，重温旧梦。然而，这一
愿望也终究成空。

　　她的"梦"想留住一切的美好，包括春天——"梦魂无计驻飞花，展
转碧阑西下"（《西江月·春夜》），"春梦惜春春几许"（《蝶恋花·春闺》）。
然而，"梦"终究要醒——"梦醒春依旧"（《醉花阴·春闺》）；梦醒后，
春尚在、愁依旧。"梦"再美好，总要如雾霭消散——"梦魂甘，是烟岚"
（《惜分钗·旅怀》）；"梦"寄托着她的希望，却最终成空——"雁声和梦
落天涯"（《浪淘沙·庭树》）。这时，她倍感梦醒后的凄凉——"一帘残梦
醉醒中，禁得这番红雨"（《一络索·春闺》）。

　　正是通过徐灿的梦境，我们可以看到她心底的苦痛，看到她珍藏的幸
福，读出她的希冀，读出她的失意。梦得多了，湘蘋甚至觉得她所寄身的
环境，带给她不真实的感觉。无助的心态与漂泊的心境，让她感叹："怜
侬却似梦中身，梦随蝴蝶花闲雨"（《木兰花·秋感》）。她宁愿留恋梦境的
自在与真实，却不愿感受现实的虚无与模糊，于是她化梦为真，说真是
梦。这种独特的艺术手法给人以美的感受和心灵触动的同时，更让人为女
词人的境遇深深叹惋。可以说，徐灿词中的"梦"是通向她内心世界的桥
梁，要读懂这位女词人，必先读懂她的"梦"。

　　"云"和"梦"是历代女词人喜欢表现的意象，如李清照因为《渔家
傲·记梦》一词有"天接云涛连晓雾"等语记述梦境开阔、气象豪迈，为
历来词评家所称道。但是，能够将"云"和"梦"运用得如此自如，反复
宣泄自己情感的，词坛之上恐怕只有徐灿可以做到。

二、轻灵的笔触与深沉的寄托

陈敬璋《拙政园诗集跋》评徐灿诗词道：“然其乐也宁静可风，其哀也和平有度，洵乎《葛覃》、《卷耳》之遗音，而彤管之极则也。”① 的确，读徐灿词可以感到她的大家闺秀风度，再高兴，她也不会欢呼雀跃；再沉痛，她也不会呼天抢地。

这一点，表现在艺术手法上，就显现为以轻灵的笔触表达深沉的寄托。上溯其源，即是姜夔式的以清笔写浓愁。比如她在《永遇乐·舟中感旧》一词中明明要表达自己的“千古恨”，却从“无恙桃花，依然燕子，春景多别”着笔；要表达思乡之泪日夜流淌，却说“不须乡泪染江流，倩个燕儿传与”（《一络索·春闺》）；要表达亡国的沉痛，却去描绘“芳草”、“梨花”、“晶帘”、“金衣”（《踏莎行·初春》）；存心要痛斥“扬州十日”的惨绝人寰，却以“伤心误到芜城路”（《青玉案·吊古》）开篇，着一“误”字给人以不经意之感；要表达对丈夫出仕新朝的不满，却只说“悔煞双飞新翼，误到瀛洲”，以燕子为喻，在似有似无之间表达讽谏。王蕴章曾评徐灿词曰：“回曲隐轸，可以怨矣。”②

徐灿这种独特的词风，首先缘于她自身隐忍的性格。其次是碍于陈之遴在新朝的身份。但是，当读懂了她这轻灵的笔触下暗藏的深沉、悠远的寄托，则会被女词人强大的内心和灵慧的构思所震撼。她悠然写下“翡翠楼前，胭脂井畔，魂与落花飘”（《少年游·有感》）、“难道雨花春色片时休”（《虞美人·感兴》），实际上要展现给世人的却是清军铁蹄过处香消玉殒的生命、血肉模糊的惨状。她轻轻言说“回首江城，高低禾黍，凉月纷纷白”（《念奴娇·初冬》），实际上要展现给世人的却是宫庙被毁、白骨遍

---

① 程郁缀编著：《徐灿词新释辑评》，中国书店 2003 年版，第 222 页。
② ［清］王蕴章撰，王英志点校：《燃脂余韵》，王英志主编：《清代闺秀诗话丛刊》，凤凰出版社 2010 年版，第 779 页。

野。她欣然爱慕"荷衣玉佩"（《满江红·闻雁》）、"冰纨宝钿"（《声声慢·感怀》），实际上是要表达屈骚之志，羞于与屈节者为伍。她默默沉吟"无语把青编"（《满江红·将至京寄素庵》），实际上是指斥陈之遴的行为将会被史书评论，留下恶名。她打探"凤沼鱼矶"（《满江红·闻雁》）、寻找陶令"东篱"（《永遇乐·秋夜》），实际上是要逃离这令她苦不堪言的尘世。因此，在这看似和缓、平静的笔调之下，却有易水之歌的悲壮、离骚楚歌的忧伤、苏辛词的高亢、杜诗的沉郁；有泣血之悲，有锥心之痛，有亘古长啸，有绵绵忧伤。

徐灿词从题材上看，反映了顺康女性词的两大主题——闺阁与家国。从风格上看，她表现家国情怀之词，囊括了朱中楣的沉郁、顾贞立的苍劲；表现闺阁情思之词，则达到了顺康女性词争相效仿之易安体的清新流美、精巧别致。可以说，徐灿词是顺康女性词坛的集大成之作。正如陈廷焯在《白雨斋词话》中所评的那样："国朝闺秀工词者，自以徐湘蘋为第一。"又说："闺秀工为词者，前则李易安，后则徐湘蘋。"① 徐灿的确可以称得上是与李清照遥相呼应的比肩之人。徐灿之后的女性词又一度向着闺阁词的方向回归，并且变得琐细化、日常化。

---

① ［清］陈廷焯：《白雨斋词话》，唐圭璋编：《词话丛编》，中华书局 2005 年版，第3895 页。

第 十 一 章

盛世悲欢的闺阁词

正如张宏生所说："进入清代以后，女性词的日常化趋势逐渐增强，成为女性文学发展史上的新的发展阶段。"[①] 这一趋势以高景芳为开端，其后的女词人在其引导下不断推广加强。女性词呈现出向闺阁词回归的面貌，开始反映女性日常生活中的悲喜，进而折射出社会的真实情况。女性词的这种新的发展趋势，从文学史的角度来看，是词在入清后同其他文学形式一样，朝着琐细化、日常化的方向发展；从社会学与民俗学的角度来看，它以文学的形式向人们展示了那个时期的社会风貌、闺阁生活，从而为后世保存了大量的研究资料和考察依据。

第一节　高景芳笔下的繁华

高景芳，字远芬，汉军正红旗人。浙闽总督高琦女，清康熙三十八

---

① 张宏生：《日常化与女性词境的拓展——从高景芳说到清代女性词的空间》，《清华大学学报（哲学社会科学版）》2008 年第 5 期。

年（1699）举人袭靖逆侯江浦张宗仁妻。著有《红雪轩稿》，被誉为"清初八旗第一才女"。关于高景芳夫家的情况，据《洋县志》载，张宗仁的祖先张勇本是"陕西咸宁人，明副将，国朝顺治二年英亲王阿济格追剿流贼李自成，勇由淮安率众赴九江投诚"①。后因战功，屡次擢升为靖逆侯。《嘉庆重刊江宁府志》记载："张宗仁，其先陕西人，靖逆侯、太子太保张勇之孙，勇以甘肃总兵官讨西羌、平回逆，又定两湖、取云贵，晋云南提督，又以平三藩功加太子太保，封靖逆侯。子云翼，大理寺正卿，袭爵后，提督闽江，加太子太保、兵部尚书。至宗仁袭封，遂家金陵。赐第于大中桥。圣祖南巡，尝幸其宅。青海之役，宗仁捐马助饷，上嘉其忠。寻卒。子谦少时，当雍正年，尝侍高宗读书，后袭爵。孙承烈，于乾隆二十二年，以勋臣子奏请效力，钦赐蓝翎侍卫，历官甘肃游击，三十一年率西宁、宁夏、固原三镇，屯田新疆，预平遣犯之乱，晋官参将，袭爵，卒于官。"②《清史稿》有传称张勇伐李自成、镇甘肃、攻兰州、讨吴三桂、平准噶尔"身经数百战，克府五、州县五十"，"（勇）子云翼，袭爵，官至江南提督"③。袁枚《随园诗话》称："闺秀能文，终竟出于大家。张侯家高太夫人著《红雪轩稿》，七古排律至数十首。盛矣哉！其本朝之曹大家乎？夫宗仁，袭封靖逆侯。家资百万，以好客喜施，不二十年，费尽而毙。夫人暗埋三十万金于后园，交其儿谦，始能袭职。其识力如此！"④

　　由以上史料可以看出，高景芳生活在清王朝的盛世，公府侯门之家，她的词作正如瞿祐评晏殊词那样："不用珍宝字，而自然有富贵气象。"⑤

　　①　张鹏翼总纂：《洋县志》卷八，成文出版社有限公司 1937 年印本，第 847 页。

　　②　[清] 黄瑞图修，[清] 姚鼐纂：《嘉庆重刊江宁府志》卷三十九，清光绪六年（1880）刊本，第 10 页。

　　③　赵尔巽等撰：《清史稿》卷二二五，中华书局 1977 年版，第 9772 页。

　　④　[清] 袁枚著，王英志批注：《随园诗话》，凤凰出版社 2009 年版，第 49 页。

　　⑤　[明] 瞿祐：《归田诗话》卷上，丁福保辑：《历代诗话续编》，中华书局 2006 年版，第 1250 页。

由于其父闽浙总督的身份及其夫"家金陵"的情况，高景芳不仅幼年及少年时代生活在江南水乡，出阁后也基本上在江南生活。因此可以说她是生活在江南汉文化繁荣之地的旗下女子，这一特殊的地位使高景芳的词作表现出与众不同的特质，她的词作犹如一幅盛世的民俗风物图。

一、江南风物优美

高景芳虽是旗人，却深爱着生养她的江南，在她的词作中曾用五首《江南好》来描绘美丽的江南风物。她描写江南柳是"金线条条风外软，翠眉叶叶雨中低"（《其一》），江南河是"万叠縠纹渔艇去，一篙新涨画船过。满耳听吴歌"（《其二》），江南酒是"竹叶清尊浮蚁小，兰陵佳醖郁金香"（《其四》），江南菜蔬是"一寸韭黄方剪下，千茎芹白乍荠时。滋味少人知"（《其五》）。

除此之外，高景芳还有《河传·河房二首》描绘金陵所特有的建筑——河房的风光，"河房"是秦淮河畔依水而建的特有建筑，粉墙黛瓦，上有露台可倚栏垂钓，下有水门可登船而游。高景芳对这一江南特色的建筑称赞不已，有"雕栏斜倚人如玉。琵琶熟。弹出南朝曲。此时船上遥望，月小灯明。影纵横"及"夹河争看，来往游人，玉箫金管相和，满耳新声"等语，来遥想秦淮河两岸繁华的景象。高景芳伫立在秦淮河边，面对两岸河房，看到的是"秦淮桥畔流水，依旧多情"。清朝建国后严禁官员狎妓，此时秦淮河已不复往昔的繁华，但河房犹存，秦淮河依然美丽多情，具有江南山水特有的柔美。

江南特有的美味在高景芳的词中也有体现。如《河满子·莼菜》说：

水到吴淞更碧，雨过藻荇皆香。惟有莼丝偏脆滑，采来翠釜熬将。未下盐豉更美，不容膻腻排行。　　席上羹汤自妙，淡中滋味尤长。称与鲈鱼同作鲙，季鹰初返江乡。分付湖滨船户，为侬撷取亲尝。

词作将莼菜的美味描摹入微，使读者如见其色，如闻其香，难免有无缘品尝之恨。

高景芳在词中还写了南京的长干塔、清凉山、莫愁湖、燕子矶以及镇江的金山、中泠泉等江南名胜，在她的笔下，处处充满对江南风物的热爱。

二、富贵繁华气象

据《清实录》"康熙四十六年正月至二月"记载："江宁将军诸满副都统鄂克逊、达尔华、京口将军侯马、三奇副都统蔡毓茂、江南江西总督邵穆布、安徽巡抚刘光美、江苏巡抚于准、提督江南学政魏学诚、江宁织造曹寅、苏州织造李煦、杭州织造孙文成、松江提督张云翼、狼山总兵官刘含高、崇明总兵官穆廷栻来朝。"[1] 由此可知，高景芳的公公张云翼与《红楼梦》作者曹雪芹的祖父曹寅曾在同一时期任职江南。生活在盛世的高景芳，在词中记述了许多富贵繁华的景象，从其词中可以窥见那一时代贵族闺阁中的风貌。她的词中更有许多器具、用品与《红楼梦》中的相同，不仅可以佐证那一时期贵族生活的奢华，更可见她们于衣食器物的用心和品位。比如《南歌子·其二》词：

> 月扇云霞丽，冰盘瓜果鲜。纤手整花钿。问伊何处好、水窗前。

在炎炎盛夏，可以有"冰盘"来盛放鲜果，并且有水榭可供乘凉，这样的描写尽显富贵人家闲适华美之态，这在 16 世纪的中国普通人家是难以想象的。《红楼梦》第三十一回里也有用水晶缸湃果子的话。

《南歌子·其四》描写冬天的景象是：

> 雪洒松筠密，尊倾琥珀浓。小部进歌工。此时天易晚、烛

---

[1] 《清实录》卷二百二十八，清康熙实录影印本，中华书局 1985 年版，第 285 页。

光红。

寒冷的冬天，屋外虽然雪满松竹，屋内却是酒酣歌浓，所感到的只是天色易晚，烛光暖红；与白居易《问刘十九》中"绿蚁新醅酒，红泥小火炉"相比，更增歌舞喧嚣、富丽堂皇的气派。

词牌《荷叶杯》产生于五代时期，而高景芳在现实中真的以荷叶为杯来盛酒，词中写道："玉簪刺破碧筒蒂，吸尽绿香卮"（《荷叶杯·一片团圆翠盖》），"琼浆斟处向空饮，身在水晶宫"（《荷叶杯·其三》）。将诗歌中的事物变成现实，足以说明高景芳是有着浪漫生活情调的贵族女子。

高景芳不仅制作荷叶杯，还亲自煮雪烹茶，其《阮郎归·煮雪》说：

> 白花满砌血玲珑，扫时呼女童。铜炉炭火已通红。银瓶渐渐融。　　浮蟹眼，响松风。看看泡影重。素瓷香泛小团龙。一瓯春茗供。

作品细致描写了扫雪、融雪、烹茶的整个过程，令人感受到她诗意而惬意的幸福生活。

她的诗意生活无处不在。在"桃李正轻盈"的季节，她于"街西听见卖花声"，就会"传语闺人连担买，分插瓷瓶"（《卖花声·春梦徒然醒》）。最令人称绝的是高景芳还采花酿酒，此事在《荷叶杯·花露酒》中有真实的记录：

> 采得百花盈斗，蒸酒接取入瓶时。却将良酝细换之。色似嫩鹅儿。　　分与玉浆盛瓮，持送近戚是金张。水窗珠翠晚风凉。斟酌芰荷乡。

这里，高景芳不仅记录了酿造花露酒的步骤——采花、蒸馏、发酵、分装，还写到她要送与的亲戚——金姓与张姓，以及在水阁窗前、面对芰荷晚风细细斟酌的美妙场景。大抵当时贵族家庭有以花酿酒的习俗，如《红楼梦》第三十八回也提到"将那合欢花浸的酒烫一壶来"，脂砚斋评有

"伤哉! 作者犹记矮舫前以合欢花酿酒乎? 屈指二十年矣"①,可为此佐证。

《荷叶杯·纳凉》其二有"衣单增夹纱"句,这也是当时贵族流行的一种夏季服饰——夹纱衣。《红楼梦》第四十回说到用"软烟罗"纱"添上里子,做些夹背心子给丫头们穿",正是这种夹纱衣的做法。

高景芳还有两首词写出其家与皇家的关系密切,如《满宫花·灯屏》二首中有"最爱中间两三幅,写出内家妆来"句及"云中殿阁花间苑,尽是翠眉宫眷",写出这灯屏是御用之物的身份。《满宫花·传柑》则以"泥金盒子送黄柑,个个玉人亲拣",暗示此物为御赐,而"传柑"本身为北宋贵戚、宫人以黄柑遗近臣的一个风俗,此处用来说明张家正是这贵戚、近臣之家。

三、新巧事物与构思

高景芳的词中有对于当时新巧事物的描述,清初时有"鼻烟壶"传入中国,与高景芳几乎同时的《红楼梦》一书第五十二回有关于鼻烟壶的描写:"麝月果真去取了一个金镶双扣金星玻璃的一个扁盒来,递与宝玉。宝玉便揭翻盒扇,里面有西洋珐琅的黄发赤身女子,两肋又有肉翅,里面盛着些真正汪恰洋烟。"高景芳笔下的鼻烟壶则是"腻香匀玉屑。小盖和铫揭。一寸琢玻璃,随身便取携"(《醉公子·鼻烟壶》)。

除了鼻烟壶外,高景芳还描述了一种"云母窗花",这种窗花"云母一层,更比玻璃薄",粘贴后的效果是"处处中间,一片光昭灼。疑是春冰悬绣阁。怕他消化,不敢分明摸"(《苏幕遮·窗花》)。这种窗花,即便在今天也是难以想象的工艺品,康乾时期富贵鼎盛的情形可见一斑。

还有一件东西便是碧纱橱,《红楼梦》第三回也曾提到碧纱橱,说将

---

① [清]曹雪芹著,脂砚斋评,邓遂夫校订:《脂砚斋重评石头记庚辰校本》,作家出版社2006年版,第702页。

初入贾府的林黛玉"暂安置碧纱橱里"。关于碧纱橱的式样，至今仍有许多猜测，高景芳的描述却十分清晰。她在《苏幕遮·碧纱橱》中说："纱一层，窗四面。隔绝浮尘，稳坐清虚殿。三尺香几书数卷。此外惟余，兔颖澄泥砚。"交代了碧纱橱的大体形制和用途，即它是用一层纱做成的极大的罩子，四面有窗户。接着又描述道："雾重重，云片片。縠细烟轻，内外分明见。"这是坐在里面向外看的感觉，犹如隔着云烟，却看得清晰。"白鸟苍蝇齐断遣，闲尝苦茗，笑指香如线"，说夏天坐在里面品茗、纳凉、熏香，悠然自得，隔绝了蚊子（白鸟）和苍蝇，却可以安享户外的清风明月。

高景芳不仅写新巧事物，对于常见事物也有新巧构思，比如《菩萨蛮·莺梭》一词，她就将穿飞于绿柳间的黄莺比作织机上的梭，将黄莺鸣叫比作"交交弄杼声"；又说"黄金谁铸就。抛掷非纤手。绿柳万条垂，是他机上丝"，黄莺像金子铸就的织梭，万条垂柳正像织布机上待编制的丝线，这一构思奇特而富有想象力。

四、表达现实关怀

高景芳自幼生活在锦衣玉食的家庭，但是她对于贫民的生活似乎有所了解，在词作中偶尔会表现出对他们的忧心与同情，如《菩萨蛮·咏雪》有"莫道报丰年。荒村爨少烟"句。她的两首调寄《更漏子》的词更是通过对比的手法警醒世人，使统治阶级了解民生疾苦。

《更漏子·冬夜》描写富家冬夜的情形：

　　锦屏深，桦烛亮。新制地衣铺上。歌管促，舞衫长，水沉闻妙香。　　豹茵重，貂袖窄，兽炭一堆红热。斟玉斝，奏凉州，不知霜满楼。

《更漏子·贫家冬夜》则是另一番景象：

　　瓮虀冰，壶茗竭。门外雪花蓬勃。茅屋破，布衾单。独眠双足寒。　　　弦冻折。竹吹裂。榾柮火星都灭。寨纸帐，剔孤灯。
指僵如冻蝇。

富家冬夜"新制地衣铺上"，贫家冬夜"茅屋破，布衾单"；富家是"斟
玉斝"，贫家是"壶茗竭"；富家"豹茵重，貂袖窄"，贫家"独眠双足寒"；
富家"兽炭一堆红热"，贫家"榾柮火星都灭"；富家"不知霜满楼"，贫
家却愁"门外雪花蓬勃"。这两首词通过鲜明的对比，将雪夜贫富之家的
景象刻画出来展现于世人面前，其震撼的力量不亚于杜甫《自京赴奉先县
咏怀五百句》中的"劝客驼蹄羹，霜橙压香橘。朱门酒肉臭，路有冻死骨"。
高景芳这种笔法也类似《红楼梦》笔法，正如第十九回脂砚斋所评："留
与下部后数十回'寒冬噎酸齑，雪夜围破毡'等处对看，可为后生过分之
戒。"① 且曹寅《和静拙翁围炉原韵》诗有"绝塞穿庐火，山堂榾柮炉"中
有"榾柮"一词，未知高景芳是不是曾受到曹寅的影响。

高景芳存词176首，多选取身边景物及日常生活为题材。其中，描写
日用器物的有《忆仙姿·香筒》、《清平乐·咏砚山》、《醉公子·鼻烟壶》、
《满宫花·灯屏》、《苏幕遮·窗花》、《苏幕遮·碧纱橱》、《定风波·手镜》、
《定风波·罗巾》、《定风波·香囊》、《玲珑四犯·剔墨灯》；描写日常活动
的有《玉蝴蝶·采花》、《阮郎归·煮雪》、《接贤宾·投壶》、《荷叶杯·纳
凉》、《中兴乐·病起，磨镜》、《中兴乐·整书》、《中兴乐·检衣》、《中兴
乐·洗砚》、《中兴乐·簪花》、《中兴乐·尝茗》、《中兴乐·理琴》、《中兴
乐·观剧》、《中兴乐·调鹤》、《中兴乐·礼佛》、《卜算子慢·种荷花》、
《满庭芳·扑蝶》、《玉漏迟·踢球》、《鱼游春水·秋千》、《沁园春·斗草》、
《沁园春·品茶》、《征招·曝衣》；描写昆虫的有《忆仙姿·蝶板》、《忆仙
姿·蜗牛》、《忆仙姿·醯鸡》、《忆仙姿·飞蚁》、《忆仙姿·络纬》、《相见

---

① ［清］曹雪芹著，脂砚斋评，邓遂夫校订：《脂砚斋重评石头记庚辰校本》，作家出版社2006年版，第376页。

欢·蟋子》、《菩萨蛮·蛛网》、《生查子·螳螂》、《生查子·络纬声》、《河
渎神·蛙鼓》、《河渎神·水马》、《西江月·蝉》、《西江月·蜻蜓》、《沁园
春·大蝴蝶》；描写江南名胜的有《祝英台近·莫愁湖》、《曲游春·清凉
山》、《河传·河房》、《后庭宴·三阁》、《金浮图·长干塔》、《满江红·金
山》、《醉江月·中泠泉》、《醉江月·燕子矶》、《台城路·后湖》、《摸鱼
儿·燕子矶》。从这些题材来看，高景芳的词作题材基本局限在自己生活
的圈子之内，咏物则是女子常用的闺阁器物及庭院、居室甚至厨房内常见
的昆虫，纪事则是闺中人常做的游戏及消遣活动甚至是家务劳动，而怀古
词的凭吊地点也是金陵及金陵周边地区。由此可见，高景芳的词作具有写
实性，所关注的是身边事、眼中物，眼力所及方才成篇，身历其境方能有
感。可以说，她的词作是其行止的真实记录，她不厌其烦地将生活细节记
录入词篇，虽然琐细而繁杂，却精致而微妙。在这些词篇中可以看到她缜
密的心思和灵慧的巧思，同时更可以从中了解清初盛世贵族女性的日常生
活全貌，也可以看到正是从这时起，女性被更为牢固地束缚在闺阁中。

第二节　张令仪笔下的危机

张令仪（1668—1752），字柔嘉，自号蠹窗主人，安徽桐城人。康熙
朝文华殿大学士兼礼部尚书张英第三女，保和殿大学士兼礼部尚书张廷玉
姊。著有《蠹窗诗集》十四卷，《蠹窗二集》六卷。又有文集《锦囊冰鉴》、
剧作《乾坤圈》、《梦觉关》，今已散佚。其中《蠹窗诗集》卷十三为诗馀，
存词 89 首。

张令仪的一生，既经历了富庶繁华，也经历了穷困凄凉。她穷通坎坷
的人生经历在其词章中得以显现，从她的经历中已经映射出康乾盛世下隐

藏的危机。《安徽名媛诗词徵略》称其"生于华胄而甘淡泊，中年丧偶习静一室"①。据其《蠹窗诗集·序》称："夫子湘门，怀才不偶，糊其口于四方者，几四十载。予索居穷巷，形影相依。"②后来其夫"以屡踬锁闱，赍志而殁。儿子銮铱衣食于奔走"③。从钟鸣鼎食之家到衣食难周，此时的张令仪处在人生的低谷，虽然身居闺阁，却也领略了人生的沉浮、世态的炎凉。其间她不废吟咏，"触事兴怀间发之于长短句"，"寂寞孤帏，风雨之悲，门闾之望无可抒发，或歌以当哭，或诗以代书"④。于是，她的词作里也就真实记录了康乾盛世的繁华和与之并存的凋敝。值得庆幸的是后来她的两个儿子"皆登仕籍，晚筑南国别业"⑤，她得以颐养天年，两部集子也分别于雍正二年（1724）和乾隆八年（1743）得以出版，让后世能够了解她的生活经历和那一时期贵族及平民闺阁词人的风貌。

一、列鼎重裀的闺中生活

张令仪出阁之前及新婚之初过着优越的贵族女子生活，虽然她天性中带着淡淡的感伤情绪，但是从这一时期描写生活细节的词作来看，她的生活是富足而闲适的。她有八首《踏莎行》，分别以《金盆沐发》、《月夜匀面》、《玉颊啼痕》、《黛眉颦色》、《芳尘春迹》、《云窗秋梦》、《绣床凝思》、《金钱卜欢》命名，详细描述闺中人的生活细节及常有的情态。其中，《金盆沐发》、《月夜匀面》为一组，刻画闺中女子洗发与傅粉时的细节，如"玉镜初开，兰汤沃腻。翠鬟乍解朝来髻。青丝濯处似临池，墨痕直蘸波心里"，用一系列连贯的动作描写来突出女子洗发时的轻盈与流动之美。"淡

① 光铁夫编：《安徽名媛诗词徵略》，黄山书社1986年版，第55页。
② ［清］张令仪：《蠹窗诗集》，清雍正乾隆间（1723—1795）刻本，序第3页。
③ ［清］张令仪：《蠹窗诗集》，清雍正乾隆间（1723—1795）刻本，序第3页。
④ ［清］张令仪：《蠹窗诗集》，清雍正乾隆间（1723—1795）刻本，序第3页。
⑤ 光铁夫编：《安徽名媛诗词徵略》，黄山书社1986年版，第55页。

抹轻施，新妆娇倩。薄霜偏衬夫容艳"，描写女子傅粉理妆时的小心翼翼、对镜自怜，表现她们此时愉悦的心情。《玉颊啼痕》、《眉黛颦色》为一组，刻画闺中女子常有的情态。前者以"两行玉筯"、"珍珠落"、"雨打梨花"、"烟笼芍药"等比喻来烘托女子悲泣时的美丽，后者以"吴宫多病捧心时，清歌听到销魂处"，借由西施与韩娥的典故来使人们领会女子颦眉时的美丽。这固然是闺中人的常态，然而从一个侧面也反映了清代对于女性审美取向的变更，有一种以病为美、以愁容为美的倾向。这一审美取向在《红楼梦》中得到集中的反映，书中寄托了作者爱与美希望的女主人公林黛玉便是眉尖若蹙、泪眼不干的。而张令仪的词作正反映了当时女性对于这种审美取向的认同。《芳尘春迹》、《云窗秋梦》为一组，写闺中人的轻盈与慵懒之美，春天是轻盈地踏遍"斗草闲阶，秋千芳径"，"檀屑铺匀，金莲娇衬。晚风欲起扶初定"，这种轻盈让西施曾经踏过的响屧廊也"枉作千秋恨"。秋天是"雾阙参差，云楼飘渺。芳魂游遍蓬莱岛"，"惊回一枕小游仙，晓风残月鸡声早"，将闺中人的慵懒之美用绮丽的游仙梦境演绎出来，使人感到这份慵懒的美丽所在。《绣床凝思》、《金钱卜欢》为一组，既是写闺中人的动静之美，也是写闺中思妇对于宦游在外的丈夫的思念。写凝思是"半晌神驰，心情无那。不知帘外花阴过"。这里巧妙地用"帘外花阴"的移动来表示时间的流逝，而主人公正凝思出神，没有注意到时间在悄悄划过。这凝思的缘起竟是"怪它有鸟唤鸳鸯，双双戏处青萍破"，鸳鸯唤起她心中的愁绪，闺中人的寂寞与闲适也由此展现在世人面前。《金钱卜欢》则是更强烈地表现闺中人对于丈夫的思念，她以卜筮的方式来表达对于丈夫早归的企盼；因为"鹊语无灵，灯花难卜"，她只好"心期暗向青蚨祝"。因为企盼丈夫早归的心情太炙，在鹊语与灯花给她的喜讯屡次落空之后，她不再信任它们，改用金钱占卜。词中描写她的动作是"龙文掷罢费端详，依稀似许归期速"，她总是把占卜的结果向期许的方向解释，但究竟猜测不准其中的"真意"，于是"高楼独上"，又望见"陌头杨柳参差绿"。这里隐括王昌龄的《闺怨》诗，表达主人公"悔教夫婿觅封侯"的心意。这组词无论是对作者自身生活的描摹，还是对于其他闺中人的刻画，都从细节上真实反映出那一时期闺中人的生活面貌，笔法细腻、情态毕肖。除了这一组词外，张令仪描写闺中闲适生活的还有《临江仙·咏美人放风筝》、《殢人娇·观木偶戏》，前者写闺中人常有的消遣活动，注重细节刻画："玉腕难牵丝万丈，笑移莲步匆匆。身轻先自欲随风。倩人扶不定，微晕脸潮红。"将闺中人放风筝时的欢快情绪、娇弱体态和忙乱神情一一展现出来，如在目前，堪比李清照《点绛唇·蹴罢秋千》中荡秋千的少女形象。《殢人娇·观木偶戏》是以新生的闺阁娱乐形式作为词作题材的尝试，对木偶戏演出情形刻画细致："刻木牵丝，一样红颜白发。翻舞袖、灯前遮曳。悲欢离合，啼笑无些别。"从木偶的材质、外形、演出情况等方面做了详细的交代。而木偶戏给张令仪带来的是人生感悟，她顿感"儿女情场，英雄事业"这些人世间追逐的事物"就里"可以在木偶戏中真切地体会到。那便是：最终人事消歇，一如木偶戏散场，一切不过是"到头来、付与晓风残月"。她这一时期的"愁"还只是"深院重门静索，生憎杀、燕恼莺喧"（《满庭芳·春闺》）、"替花愁绝花知否，空自锁眉尖"（《眼儿媚·雨窗即事》）的一类闲愁，是为了点缀优越闺阁生活而强赋新词。

二、索居穷巷的月夜之叹

在张令仪的词作中以"月"、"夜"为题的很多，如《洞仙歌·月夜书怀》、《庭院深深·晚秋月夜》、《蝶恋花·夜坐闻子规》、《减字木兰花·冬夜偶成》、《两同心·秋夜听虫声》、《减字木兰花·春夜》、《玉楼春·雪夜》、《渔父·夏夜》、《生查子·月夜口占》、《虞美人·雪夜》、《疏帘淡月·秋夜》、《庭院深深·寒夜》、《忆萝月·夜坐忆儿》、《新雁过妆楼·对月》，此外还有《虞美人·元夕》、《望江南·元夕》和《玉楼春·元夕感怀》

三首写于节日夜晚的词作，以及《庭院深深·梦醒》、《蝶恋花·不寐》两首带有明显夜晚时间标示的作品。从这些作品的创作内容可知，它们是张令仪夜深难寐、愁肠百结的不平之鸣，反映的是索居穷巷的平民的闺阁生活，是康乾盛世下的凄凄哀音。

这一时期她的词作表现的是孤寂、凄清甚至穷困和愁苦。面对月华如水，她感叹处境凄凉，"怪年来心绪，别样淹煎，触景处都成烦恼"（《洞仙歌·月夜书怀》）；她听到"寒虫声唧唧"，顿觉"悲凉如诉还如泣。窗里断肠人，低徊泪满巾"（《菩萨蛮·秋夜闻蟋蟀声》）。她的笔下如实描述了生活的贫困状态：秋夜她衣衫单薄，慨叹"时节不怜衣袖薄，峭寒偏向人添"（《庭院深深·晚秋月夜》），称自己家是"栖乌侧侧"所绕的"穷檐"（《庭院深深·晚秋月夜》）；冬夜她和小女儿"独拥寒衾"、床头絮语，感到的是"倦影难支夜气侵"（《减字木兰花·冬夜偶成》）。深秋听见虫鸣，她调侃："寒衣未办，蟋蟀替人忧"（《临江仙·虫声》）；雪夜她忍受着"难成幽梦衾如铁"的寒冷，发出"玉骨能禁几度苦寒侵"（《虞美人·雪夜》）的悲叹。而最能反映她贫寒生活困境的则是那首《庭院深深·寒夜》：

> 霜剪夫容寒刺骨，纸窗破处风严。萧萧落叶打疏帘。药炉灰冷，贫与病相兼。陋巷箪瓢今已矣，一生常乏齑盐。哀鸿吹露堕穷檐。明朝双鬓，白发几丝添。

寒风刺骨的夜晚，陋巷深处贫病交加的张令仪坐在窗破帘疏的屋内，面对着空空的箪瓢，内心满是酸楚。她回首自己近四十年的生活，总结道："一生常乏齑盐。"此时，她的无奈与绝望可想而知。

张令仪的89首词竟有36处用到"愁"字，可以说是名副其实的愁言满纸。正如她在《玉楼春·元夕感怀》中自我总结的那样："五十余年空过了。愁魔缚定不离人，梦魂颠倒添烦恼。"张令仪的这许多"愁"，几乎囊括了那个时代闺阁女子的内心纠葛，具有一定的典型意义。

其一，是伤春悲秋的闲愁。如"替花愁绝花知否，空自锁眉尖"（《眼儿媚·雨窗即事》），"多半因春消瘦，入膏肓，愁病难痊"（《满庭芳·春闺》）等。这是升平时期贵族女子的常态，是她们敏感的神经和善感的心灵带来的，自有女子填词之日起，便有了这种闲愁。

其二，是怀人寄远的离愁。这是亘古不变的话题，从《诗经》中的"愿言思伯，甘心首疾"（《卫风·伯兮》）到唐诗中的"愿逐月华流照君"（张若虚《春江花月夜》），这是嫁为人妇的闺阁女子摆脱不了的愁绪。正如李清照所说"此情无计可消除，才下眉头，却上心头"（《一剪梅·红藕香残玉簟秋》）。由于丈夫糊口于四方，张令仪倍感分离之苦，写下"客路远如天上，空倚层楼凝望"（《如梦令·客路远如天上》）、"忽忽清愁如病，望断天涯归信"（《如梦令·忽忽清愁如病》）、"谢却海棠春老去，愁些。寂寞秋千影自斜"（《南乡子·春暮》）等寄托离愁的词句。

其三，是索居穷巷的苦愁。生活的贫困使张令仪认识到真正的愁为何物。然而这时的她却不愿再去细细描摹"愁"了。她言道："薄衾单褥，数粒而炊支鹤骨。作赋悲秋，远逊骚人善语愁"（《减字木兰花·华曾兄以减字木兰花词见赠，即步原韵》）、"身世浮沤，那得工夫检点愁"（《减字木兰花·残灯耿耿》）。她不是麻木得体会不到愁了，而是愁多到不愿用语言去描摹，不愿用心灵去体味。在衣食难周的时候，哪里有闲暇去说愁呢？

其四，是丧夫失子的哀愁。张令仪有三首《望江南·元夕》写失子之痛，六首悼亡词写丧夫之悲。至此，她的愁绪已经撑天塞地。她泣血言道："宇宙茫茫，没个埋忧地"（《苏幕遮·雨中登楼》）、"纵再对、良辰美景，益断愁肠"（《意难忘·纳凉有感》）。甚至感到"愁无著"，因为"画眉人去伤离索"（《忆秦娥·春暮》）。

其五，是怜爱游子的心愁。丈夫去世后，儿子成了张令仪的依靠和唯一的精神寄托，她时时牵挂为了奉养母亲而奔波在外的儿子。她在《忆萝月·夜坐忆儿》中开篇云"寒风瑟瑟，正是愁时节"，为什么这样说呢？

下阕言道："可怜游子天涯，短衣匹马胡沙。"那是因为天气凉了，依然远奔异地的游子牵动了慈母的心愁，江南如此寒冷，塞外的儿子会怎样呢？该是"须眉料结冰花"了。她在《庭院深深·梦醒》中甚至表达了对于儿子的愧疚："弱息天涯为索米，养亲累尔羁留。"这时的她百感交集，词末言道："穷愁别恨，齐集寸心头。"她心疼漂泊在外的游子，怜惜道："弱羽冲寒，也作天涯客。"一颗慈母之心早已追随游子而去："愁多少，梦魂颠倒，从此长安绕。"（《点绛唇·忆儿铉客长安》）

此外，张令仪对于"愁"的比拟意象独具特色。张令仪一生尝尽了这种种人生之愁，对于愁有深切的体会。人人尽赞李煜"问君能有几多愁，恰似一江春水向东流"（《虞美人·春花秋月何时了》）的比喻为神来之笔，却不知道在张令仪的词中将"愁"几经品咂，数度比拟，更不逊于李后主春水之喻。比如《念奴娇·咏雪》词有"试问青山愁底事，一夜都将头白"，以雪喻愁，重在表现"愁"给人带来的伤害；又如《蝶恋花·不寐》词有"乱愁多似江南树，密密层层，遮断春来路"，以树喻愁，重在表现"愁"之多；《朝玉阶·春晚》词有"愁多如中酒、鬓云松"，以醉酒的状态喻愁，重在表现"愁"造成人精神状态上的萎靡不振；《临江仙·虫声》词有"萧萧络纬织成愁"，以布喻愁，重在表现"愁"的经纬纵横与绵亘不绝……

可以说，张令仪的词依旧是女性日常生活的书写，但她所书写的除了女性日常生活的细节外，更多的是女性内心的愁苦。当然，这些愁苦是张令仪自身的生活遭际和心灵体验，然而却不仅仅是代表张令仪自身的心灵书写，在那个时代甚至整个封建社会，闺阁中的女性一定或多或少地品味着这种种愁苦。因此，张令仪对于"愁"的书写，也是对于女性生活的书写，同样代表着女性词趋于生活化的一面。

如果说高景芳代表了闺阁词的琐细，那么张令仪则代表了闺阁词的愁容。一个展现了闺阁词的外在形式，一个展现了闺阁词的精神实质。总之，从这一时期开始，闺阁词更加具有女性化特征，或者说闺阁词的视角由向外转为向内，女词人更加关注闺帏之内和心灵感受。较之此前的女词人，或许可以说她们少了对政治的关心，少了人生抱负和追求，但是她们却多了对于身边生活和自身感受的关注，这与明末以来王阳明"心学"与李贽"童心说"宣扬个性解放的思想影响不无关系。同时也表明和平时期的女性词人，已经开始在自己既有的社会角色定位下，寻找属于自己生活内容的精神追求。

结　论

　　顺康时期的女性词坛在整个清代女性词史上有着不可小觑的影响力。与一般循序渐进的发展轨道不同，清代女性词一登场就表现出繁盛的局面。这种繁盛首先表现在参与创作的女性词人数量之巨，作品数量之多，词作风格不拘一格，甚至许多女词人有自己成熟的词学主张。关于顺康女性词坛的特点，在这里有几点是值得突出强调的：

　　第一，顺康女性词是基本沿着闺阁—家国—闺阁的路线发展的。在没有受到战乱冲击时的女性词作基本属于闺阁词范畴，题材不离相思闺怨、春恨秋悲，风格上延续着传统闺阁词的婉丽、娟秀以及清新、巧致。受到易代冲击的女性词则表现出风格上的变化，她们纷纷用熟悉的词体抒发易代之悲、故国之思。于是，女性词中出现了跃马扬鞭的铁血丹心之语，如刘淑，出现了掩面吞声的沉郁顿挫之作，如朱中楣，出现了仰天长啸的豪宕高亢之词，如顾贞立，出现了王沂孙式的含蓄隐晦，如柴贞仪的《桃源忆故人·自绘美人蕉》、陈洁的《念奴娇·秋闺》等，更有姜夔式的以清笔写浓愁，如徐灿后期词作，等等。到了康熙朝后期，政治局面渐渐稳定，易代之悲稍稍减淡，女性词又向着闺阁化的方向回归。但是，这不是单纯意义上的回归，而是一种升华，是经过动荡之后女性对于自身生活和心灵感受的关注。它的思想内涵是明末以来的人性解放，外在表现是词作内容的琐细化、日常化和对于自身情感的描写。

第二，顺康女性词人中，许多人有自己的词学主张。这些词学主张有的通过词作表达出来，如朱中楣、顾贞立，有的通过词集序跋表现出来，如徐灿，有的则通过编纂女性词选集有意识地表现出来，如王端淑、归淑芬等。从这些词学主张可以看到，那一时期的女性词人是以"有意为之"的自觉态度来对待词的创作的，而不再像之前的闺中女性那样，将之视为消遣和小技。正是她们的这种严肃态度，使得自身的词学造诣日益精进，造就了顺康女性词前所未有的艺术高度。

第三，顺康女性词人虽依然呈现出以家族为基础的交往关系，但是这一时期出现的第一个女性诗词团体——"蕉园吟社"标明女性词人的交往唱和有向家族外部拓展的趋势。女词人之间信笺赠答、往来唱和也日益增多，随着她们词作的结集付梓，更有许多互题序跋的情况。这些文学交流活动，促进了顺康女性词坛的繁荣，使得这一时期的女性词坛呈现出生机勃勃的活跃状态。

第四，顺康女性词人普遍存在"存史"的意愿。她们注意保护自己的创作成果，大多数女词人的词集是在她们生前就已经编纂成集并刊印付梓的。她们的这一做法，当然得益于男性家人和社会的支持，但是与她们主观上的愿望和努力是分不开的。这种行为客观上为后世留下更多的文学财富，使今天的人们可以看见那个时期女性词作的繁盛，为后人提供了丰富的研究资料。

第五，顺康女性词人中，流派纷呈，有阳羡词派的余音，也有浙西词派的传承，其中最值得关注的是，常州词派也肇始于此：首先，从词学理论层面看，王端淑的某些词学观是后世常州词派理论的核心，如推尊词体的"词骚同源"说，重寄托的创作观念等。周济的"诗有史，词亦有史"①。

---

① 〔清〕周济：《介存斋论词杂著》，唐圭璋编：《词话丛编》，中华书局 2005 年版，第1630 页。

这种认识也早在清初女词人朱中楣这里就已经产生了。她在《满江红·丁酉仲夏，读陈素庵夫人词感和》两首中，明确表达了词应如诗，可以具备述史、存史功能的见解。其次，从作品风格层面看，顾贞立、徐元端、浦映绿以及徐灿的一部分词作都寄托遥深，符合常州词派推崇的格调。因此，可以说常州词派虽然创始于张惠言，却萌芽于顺康女性词人。

综上所述，顺康女性词坛不仅在表面上呈现出繁花似锦的面貌，实际上也确实引领了清代女性词的发展。它的意义不只在于是女性词史上最为重要的一段，同时也对男性词坛产生一定的影响。它是人类词学宝藏中最为光辉璀璨的部分之一，等待着每一位有志者前来开掘。

附录一：顺康女性词作辑佚、勘误、存疑

一、据《闺秀词钞》补《全清词》未录蔡捷词两首：

如梦令

方把银缸吹隐，绣幕风欹不定。好梦总难成，月上花枝交映。　　深省，深省，枕上独吟清冷。

（据《闺秀词钞》卷十六补）

蝶恋花

落后几花皆罢却，仙根，生意留如昨。俗眼但知欺寂寞，等闲错过东风恶。　　随地为家犹自诧，笑杀园葩。若向枝头看，结子泥中甘抱璞，成蹊桃李真轻薄。

（据《闺秀词钞》卷十六补，原题词牌《蝶恋花》，疑"仙根"后脱漏两字）

二、据《名媛诗纬初编·诗馀集》补《全清词》未录柴贞仪词序：

《桃源忆故人·自绘美人蕉》序：

余性耽异卉，文殊兰别号美人蕉者，色艳含苞，皆非人性恒有。移种而植之于庭，数年成林焉。迨乙酉岁，人惊仳离，花遭鬻拜，荡然无复存矣。而情之所钟，宛有斯兰鲜妍绰约于窈寐。自属穷其情态而绘之，爰以新词，用志不忘云而。

三、据《名媛诗纬初编·诗馀集》补《全清词》未录项兰贞《鹊桥仙·七夕和女冠王修微》一首：

> 秋叶辞桐，闲庭爱月，漫道双星践约。人间离合总难期，空对景，静占灵鹊。　　还想停梭，此时相晤，可把别愁诉却。瑶阶独立且微吟，睹瘦影，薄罗轻绰。

四、王倩玉：王士禛《香祖笔记》载："武林女子王倩玉，貌甚美而工诗词，已字人矣，悦其中表沈生通声而越礼焉。母家讼于官，杭守弋班断离，鬻于驻防旗下。沈百方赎归，复为沈生一女而死。传其寄沈《长相思》一阕云'见时羞，别时愁，百转千回不自由，教奴怎罢休。　　懒梳头，怯凝眸，明月光中上小楼，思君枫叶秋'。虽淫奔失行，其才慧亦尤物也。"而沈通声副室杨琇字倩玉，也是浙江钱塘人，二者诸多相似，疑是王士禛附会。

五、《西陵词选》所刊杨琇的《河满子·咏愁》与《众香词》所载董白的《河满子·柬辟疆夫子》词相同。

六、《闺秀词钞》载张学象的《减字木兰花·病中》与《众香词》载童观观的《减字木兰花》词相同。

七、《众香词》载沈宪英的《满庭芳·中秋坐月，和素嘉甥女》与《瑶华集》所载沈兰英的《满庭芳·中秋坐月，和素嘉甥女》词相同。

沈宪英，字惠思，号兰友，一作兰支。吴江（今属江苏省）人。沈自炳长女，叶世俗妻，嫁后二年夫卒，以节闻。

沈兰英，字兰友，湖州人，《历代湖州女史选编》作"字兰支，归安人"[①]。其字与词皆与沈宪英重，疑误。

八、《全清词》所载陆瑶英与孙瑶英两首词相似度较高，疑有误：

---

① 湖州市政协文史资料委员会、湖州市妇女联合会编：《历代湖州女史选编》，《湖州文史》第23辑，湖州文史委2004年版，第40页。

陆瑶英《阮郎归》：

西邻歌舞送春愁。花明独上楼。杜鹃啼血恨无休。离人欲白头。　　肠百结，解何由。沉吟忆昔游。与君惟有梦绸缪。醒时依旧愁。

孙瑶英《阮郎归·湖上送春》：

西陵歌舞送春愁。杨花飞满楼。杜鹃啼血恨无休。闺人欲白头。　　桥六转，荡轻舟。湖山非旧游。乱红摇落淡烟稠。好句锦囊收。

陆瑶英《小重山》：

独坐明窗午梦遥。落花闲覆地、语莺娇。枕前珠泪湿红绡。云鬟乱，眉黛倩谁描。　　日影上芭蕉。离怀无可遣、费推敲。匣中金粉为谁销。人瘦也，寂寞度长宵。

孙瑶英《小重山·秋夜》：

独坐闲窗午漏敲。落花闲覆地、语莺娇。屏山图画自轻描。风阵阵，蟋蟀响庭廖。　　月影上芭蕉。离怀无可遣、费推敲。囊琴长挂为谁调。人瘦也，寂寞是凉宵。

九、据《众香词》补《全清词》未录寇湄词两首：

蝶恋花

眉淡衫轻春思乱，不怪无情，翻受多情绊。怕上层楼凝望眼，落花飞絮终朝见。钗凤暗敲双股断，划损雕栏，一一相思遍。香裛兽炉空作篆，荼蘼开谢闲庭院。

齐天乐
夏日

画楼高处蝉嘶柳，几曲危栏同倚。映日冰心，迎风雪态，清澈香肌无暑。南窗雨洗，乍云隐轻雷，晚凉如水。扇引合欢，斜侵明月枕初欹。　　闲庭起来携手，渐黄昏院落，明河低坠。浴罢妆残，钗偏鬓堕，两点春山余翠。轻绡卸体，怕一搦烟轻，不禁轻吹。簟展湘纹，别有一腔秋思。

十、据《挹清轩诗馀》正误：《全清词》载华浣芳《醉花阴·武林归棹》原书为《望江东·武林归棹》。

十一、据《含烟阁诗词合集》补《全清词》载堵霞词脱漏字句①：

南乡子
秋窗独坐有感

信笔写秋芳。顷刻花姿绕砌香。何事野花多艳目，寻常。偏惹蜂狂蝶也狂。落叶渐飞 黄 。 疏草 深深映夕阳。最怕秋来秋又晚，凄凉。啧啧枝头絮语长。

满江红
秋感

露滴芙蓉，并绕砌、海棠同湿。看一派、绿憔红悴，苍凉颜色。敲断梦魂双杵急，叠成愁绪烟 峦 隔。听一声、塞雁泪长空，归心切。全仗那，生花笔。偏不向，天涯乞。任风风雨雨，虫鸣败壁。西子湖头波似黛，南屏山下枫如血。笑行厨、近午未晨炊，花钿折。

踏莎美人
赠吴门萧姬

抱恨琵琶，含悲团扇。从来怕读佳人 传 。只缘罪过重风流。不是多情多恨即多愁。洗净铅华，偏耽幽寂。生成薄命书生妾。有他春去莫关心。一任风风雨雨拥孤衾。

---

① 方框为《全清词》脱漏字，书中为□符号代替。

附录二：顺康女性词作汇评

一、堵霞

钱塘高舆在《含烟阁诗词合集序》中称："长短句清新婉丽，若出水芙蓉，非同雕缋。……不让晓风残月。"

退蚩老人评其："词颇隽秀，由其天分高也。比诗胜十倍。才女！才女！"

二、龚静照

丁绍仪《听秋声馆词话》评："女史为明末殉难中书廷祥女，所适非偶，故语多凄愤。"

三、葛宜

《闺秀词话》评葛宜："最爱其《长相思·怀远》，又《南乡子》，又《踏莎行·寄书》。"

四、顾贞立

《灵芬馆词话》评顾贞立曰："无锡顾文端公女为梁汾姊。有楚黄署中闻警寄满江红云：'仆本恨人……'语带风云，气含骚雅，殊不似巾帼中人作者，亦奇女子也。"

李佳《左庵词话》："又有天仙子十影，中有'自掬清流怜瘦影'，'梅

305

花界断阑干影'，'繁华梦去难留影'，几与张子野争名。"

冯金伯《词苑萃编》评其："诗词极多"，"句极凄婉"。

王蕴章《燃脂余韵》评其："屹然为闺阁女宗"，并录《浣溪沙》词。

五、侯承恩

陈廷焯《词则·别调集》卷六评其《捣练子·情脉脉》："小令以婉约为宗，须言尽而意不尽，'青鸟'七字极婉约之致。"

六、李香君

冯金伯《词苑萃编》载："李姬名香，秣陵教坊女也。母曰贞丽，有侠气，尝一夜博，输千金立尽。姬亦侠而慧，能辨别士大夫贤否……语小篇载其题邓彰甫细书虞美人词云：'相思莫写上杨花。空被风吹起，满天涯。'可谓妙绝。"

七、李因

《闺秀词话》选《南乡子·闻雁感怀》及《菩萨蛮》，评："语短情长，去北宋未远。"

八、柳是

《赌棋山庄词话》评柳是《金明池·咏寒柳》："味其词，正有无数伤心处也。乃风尘虽脱，而依旧尚非第一流，卒之君负国，妾不负君，苍凉晚节，此尤红颜之薄命欤。使当日不见拒于黄陶庵，则依傍忠魂，岂至留此一重缺憾哉。""明社将屋，青楼女子独多倜傥不群。……若此者，求之《青泥莲花记》中，岂易多觏。"

陈廷焯《词则·别调集》评《金明池·咏寒柳》："情景兼到，用笔亦洒落有致。""言谈甚别致。"

九、尼静照

王端淑《名媛诗纬初编》："月士不特才情双绝，而笔力雄健可敌万人，此等格调惟李杜能之。"

况周颐《蕙风词话续编》卷二评其《西江月》词"体格雅近北宋"。

十、钱凤纶

《闺秀词话》评《忆王孙·与顾仲楣对弈》云："闺中韵事，一经吟咏，觉此中大有人在。呼之欲出，真妙境笔也。"

十一、沈关关

陈廷焯《词则·别调集》卷六评其《临江仙》（春睡恹恹如中酒）："造句精警。""情词并美，笔力亦佳。"

十二、沈宛

丁绍仪《听秋声馆词话》谓"（纳兰）闺中有此姬人，乃诗词中无一语述及，味词意，颇怨抑也。"

谢章铤《赌棋山庄词话》评《菩萨蛮·忆旧》词："丰神不减夫婿，奉倩神伤，亦固其所。"

十三、王朗

陈维崧《妇人集》评："尤长小词，为古今绝调"，"夫人有《春愁》《浣溪沙》词，前段云'抱月怀风绕夜堂，看花写影上纱窗。''抱月怀风'四字，非温尉、韦相不能为也。"

十四、吴绡

《闺秀词话》评："工小楷，善丹青，兼擅丝竹。家有古琴，时抚弄之。其诗清丽婉约。所著《啸雪庵诗馀》一卷，殊有情韵。玉梅词人最爱诵其《鹊桥仙·七夕》云：……然集中佳者甚多。如《河满子·自题弹琴小像》……舒卷自如，无堆砌涂饰之习。又《咏花》十阕，细腻熨帖，工于赋物。"

十五、徐灿

钟筠《西江月·题海昌陈相国夫人徐湘蘋拙政园词后》：

> 灯火平津阁上，莺花拙政园中。五云深处凤楼东，一枕辽西幽梦。　　苏蕙回文锦字，班家团扇秋风。龙吟鹤和几人同，声压南唐北宋。

朱中楣《满江红·丁酉仲夏，读陈素庵夫人词感和》：

> 泪眼愁怀，聊只把、芳词翻阅。句清新、堪齐络纬，并称双绝。字字香传今古愤，行行画破英雄策。倩玉箫、吹彻汉宫秋，声声咽。　　离别闷，仍纠结。旧游处，烟台月。恨一番风雨，乱红愁叠。羡玉树、森森连紫苑，英才尽是人中杰。盼相逢、约略在何年，从头说。

李调元《雨村词话》卷四载："近来才女，应以徐灿为第一。灿字湘蘋，长洲人，归海宁陈素庵之遴，所著有《拙政园词》，皆绝工艳流丽。尤喜其菩萨蛮二词云：'困花压蕊丝丝雨，不堪只共愁人语。斗帐抱春寒，梦中何处山。卷帘风意恶，泪与残红落。羡煞是杨花，输它先到家。''一春谁试桃花雨，游丝只共晴烟舞。燕也不曾来，湘帘空自开。起看花影午。鸾镜双蛾俯。徙倚却黄昏，蜡如红泪痕。'皆秀品也。"

冯金伯《词苑萃编·品藻》载："湘蘋夫人善属文，兼精书画，诗馀得北宋风格，绝去纤佻之习。"

陈廷焯《白雨斋词话》载："国朝闺秀工词者，自以徐湘蘋为第一。李纫兰、吴蘋香等相去甚远。湘蘋踏莎行云'碧云犹叠旧山河，月痕休到深深处。'既超逸，又和雅，笔意在五代北宋之间。闺秀工为词者，前则李易安，后则徐湘蘋。明末叶小鸾，较胜于朱淑真，可为李、徐之亚。"

陈廷焯《云韶集》卷二十二载："湘蘋夫人词，宛转娴雅，丽而不佻，足以并肩李易安，俯视朱淑真。"

陈敬璋《拙政园诗集》跋："然其乐也宁静可风，其哀也和平有度，洵乎《葛覃》、《卷耳》之遗音，而彤管之极则也。"

陈维崧《妇人集》："徐湘蘋（名灿），才锋遒丽，生平著小词绝佳。盖南宋以来，闺房之秀，一人而已。其词娣视淑真，姒畜（蓄）清照。至'道是愁心春带来，春又归何处'，又'衰杨霜遍灞陵桥，何处是前朝'等语，缠绵辛苦，兼撮屯田、淮海诸胜，直可凭衿。"

吴骞《拜经楼诗话》评："尽洗铅华，独标清韵；又多历患难，忧愁怫郁之思，时时流露楮墨间。"

王蕴章评徐灿《永遇乐》（翠帐春寒）词："回曲隐轸，可以怨矣。"

《闺秀词话》："小词绝佳，南宋以来，闺房之秀，一人而已。其词娣视淑真，似畜（蓄）清照，至'道是愁心春带来，春又归何处'，又'衰杨霜遍瀶陵桥，何处是前朝'等语，缠绵辛苦，兼撮屯田、淮海诸胜。又《感旧》二首：《西江月》云：'剪烛闲思往事'……《水龙吟》云：'合欢花下流连'。"

吴衡照《莲子居词话》卷四："徐湘蘋夫人《拙政园词》，清新独绝，为闺阁弁冕。同时如商媚生、朱远山，弗逮也。"

谭莹《论词绝句》："起居八座也伶俜，出塞能还绣佛灵。文似易安人道韫，教谁不服到心形。"

张德瀛《词徵》卷六载"徐湘蘋词"有误："陈素庵室徐湘蘋，晚年皈依佛法，号紫氏。曾制《青玉案·吊古》词，为世传诵，即林下词选所云得北宋风调者。"

徐乃昌《小檀栾室汇刻闺秀词》二集："诗馀得北宋风格，绝去纤佻之习；其冠冕处，即李易安亦当避席，不独为本朝第一。"

朱祖谋《彊村语业》卷三《杂题我朝诸名家词集后》，《望江南》云："双飞翼，悔煞到瀛洲。词是易安人道韫，可堪伤逝又工愁。肠断塞垣秋。"

谭献《箧中词》五评《永遇乐·舟中感旧》云："外似悲壮，中实悲咽，欲言未言。"

谭献《箧中词》五评《永遇乐·病中》云："相国加膝坠渊，愆咎自积，此词殊怨。"

谭献《箧中词》五评《踏莎行·初春》："兴亡之感，相国愧之。"

陈廷焯《词则·大雅集》卷六评《满江红·闻雁》："意惬飞动，姿态绣饶。"

陈廷焯《词则·大雅集》卷六评《踏莎行·初春》："笔意高超，音节和雅，在五代、北宋之间。"

陈廷焯《词则·大雅集》卷六评《少年游·有感》："感慨苍凉，似金元人最高之作。结句外凄警而内少精义。"

陈廷焯《词则·放歌集》卷六评《永遇乐·舟中感旧》云："全章精炼，运用成典，有唱叹之神，无堆垛之迹。不谓妇人有此杰笔，可与李易安并峙千古矣。"

陈廷焯《词则·别调集》卷六评《满江红·将至京寄素庵》云："有笔力，有感慨，偏出自妇人手，奇矣。""措语绝生动，真是奇才。"

陈廷焯《词则·别调集》卷六评《满江红·示四妹》云："炼字炼句，运笔空灵，遣词沉着，不落小家数。""缘情生文，慰叹兼至。"

陈廷焯《词则·别调集》卷六评《满庭芳·寒夜别意》："凄警。""结笔凄婉而温雅。"

陈廷焯《词则·别调集》卷六评《临江仙·闺情》："触物生愁。""绝去纤冶之习，乃见凄绝。"

陈廷焯《词则·别调集》卷六评《风中柳》："意缠绵而语沉郁，居然作手。"

陈廷焯《词则·闲情集》卷六评《浣溪沙·春闺》："凄婉而和雅，无纤佻之习。"

陈廷焯《词则·闲情集》卷六评《水龙吟·春闺》云："绵婉得北宋遗意。""神味渊永，固自不让李易安。"

陈廷焯《云韶集》卷二十三评《踏莎行·初春》："不减北宋诸家。此种笔墨，欧阳公不得专美于前。"

谢章铤《赌棋山庄词话续编》附录一"词学纂说"之"徐媛徐灿诗词"载："明季东吴徐氏号多才女，徐媛字小淑，为范长倩先生之室，所著《络纬吟》，盛称于时，无何而湘蘋继起，湘蘋名灿，实小淑从孙，尤工长短句，间亦为诗，人以方阮氏之有仲容。然小淑诗以绮丽胜，故姚园客以为才情不及陆卿子。湘蘋则尽洗铅华，独标清韵，又多患难，忧愁怫郁之思，时时流露楮墨间，恐卿子亦当避之三舍。惜诗稿散佚，予重梓《拙政园诗馀》，复得五七言二首，附录于左，俾世之论湘蘋者，不得仅以词人目之：'西去穷荒恨，东来故国愁。一心悬两地，双泪落分流。羽檄秋偏急，戎车夜不休。壮夫轻出塞，未到陇山头。'（《陇头水》）'帝苑芳春凤吹谱，看花曾遍洛阳街。行吟缓控青丝辔，击节频抽白玉钗。共挽鹿车归旧隐，几浮渔艇散秋怀。霜风扫尽烟霞况，愁见龙城叶满阶。'（《秋日漫兴》）"

倪一擎《续名媛词话》评《青玉案·吊古》："跌宕沉雄"，"非绣箔中人语。"

钱仲联《清词三百首》评《踏莎行·初春》："这首词写于早春时节，于念旧伤离之中，寄沧桑变革之叹。"

十六、徐元端

陈廷焯《词则·别调集》卷六评其《南乡子》（独坐数归期）："脱口如生。"

十七、杨琇

丁绍仪《听秋声馆词话》选《清平乐》、《江城子》评："名与才妨，能毋致慨。"

李调元《雨村词话》评《西江月》（镜里双蛾蹙）："出语殊有仙气。"

十八、叶宏缃

陈廷焯《词则·别调集》卷六评其《踏莎行·秋闺》："清婉纡徐，最耐人思。"

陈廷焯《词则·别调集》卷六评其《浣溪沙·题女史杨倩玉远山遗集》："字字凄绝。"

陈廷焯《词则·闲情集》卷六评其《望江南》（人别后）："结五字婉约。"

十九、张令仪

《闺秀词话》评："有《蠹窗诗馀》一卷，刚健、婀娜，兼而有之，不仅以脂香粉腻为工也。暮年所作，多苍凉感慨之音。如《庭院深深·寒夜》……又有感赋《虞美人·用李后主原韵》……又《玉楼春·元夕感怀》……《庭院深深·梦醒》下半阕……又《鹧鸪天·壬寅新岁作》……读之多穷愁无聊语，不解女史何所感触，致郁伊乃尔。"

二十、张学雅

陈廷焯《词则·别调集》卷六评其《菩萨蛮》（纤纤眉月窥帘小）："凄绝似飞卿语。"

陈廷焯《词则·别调集》卷六评其《蝶恋花·春晓》："离愁满纸。"

陈廷焯《词则·别调集》卷六评其《烛影摇红·秋思》："旅怀寂寞，触处凄凉，哀感悲壮，所以不永年也。"

二十一、钟筠

陈廷焯《词则·别调集》卷六评其《减字木兰花·春晚》："凄感之词，笔力颇健。"

二十二、朱中楣

沈雄《古今词话》："词皆隽永有致，得一唱三叹之妙，而不为妍媚之笔。"

丁绍仪《听秋声馆词话》："宋时词学盛行，然夫妇均有词传，仅曾布、方乔、陆游、易袯、戴复古五家。……我朝自李梅公侍郎朱远山夫人后，指不胜屈矣。"

熊文举辛丑春日为《石园随草诗馀》跋称："唯夫人诸作雄浑方严，具有丈夫之慨，至偶缀诗馀，秾纤倩丽不减易安。"

附录三：顺康女性词作版本知见

徐灿《拙政园诗集》	南京图书馆藏乾隆五十九年（1794）刻本
	中国国家图书馆藏嘉庆八年（1803）刻本
	中国科学院图书馆藏同治间刻本
	黑龙江大学出版社 2010 年出版
徐灿《拙政园诗馀》	乾隆三十三年（1768）耕烟馆刻本
	乾隆嘉庆间吴氏刻拜经楼丛书本
	光绪二十一年（1895）南陵徐氏小檀栾室汇刻闺秀词本
堵霞《含烟阁诗词合集》	清玉烟堂旧钞本
	无锡市图书馆藏藕香樘钞本
	台北中央图书馆藏钞本
高景芳《红雪轩稿》	康熙五十八年（1719）刻本
	四库未收书辑刊本，北京出版社 1998 年版
葛宜《玉窗遗稿》	北京大学藏，乾隆三十七年（1772）刻本
	华东师范大学藏，民国十一年（1922），上海博古阁刊印，拜经楼丛书本
顾贞立《栖香阁词》	国家图书馆藏道光四年（1824）山阳李氏闻妙香室刻本
	国家图书馆藏道光六年（1826）山阳李氏闻妙香室刻本
	南开大学图书馆藏清宣统二年（1910）重刊本
	苏州大学藏民国四年（1915）木活字本
	光绪二十一年（1895）南陵徐氏小檀栾室汇刻闺秀词本

顾若璞《卧月轩稿》	国家图书馆藏《黄夫人卧月轩稿》，清顺治八年（1651）刻本
	北京大学藏《卧月轩稿》，光绪二十三年（1897）钱塘丁氏嘉惠堂刻本
	国家图书馆藏《卧月轩稿》，江苏广陵古籍刻印社 1985 年
	国家图书馆藏《黄夫人卧月轩稿》，胡文楷钞本，1955 年
华浣芳《挹清轩诗稿》	一卷本，南京图书馆藏，附刻于《空明子集》，康熙间刻本
	三卷本（《华浣芳诗文》），首都图书馆藏
李因《竹笑轩吟草》	上海图书馆藏明崇祯十六年（1643）刻本
	辽宁教育出版社 2003 年版
陆凤池《梯仙阁余课》	国家图书馆藏曹氏五亩园乾隆十四年（1749）刊本
	四库存目丛书本，齐鲁书社 1997 年版
刘淑《个山遗集》	北师大图书馆藏民国三年（1914），安福梅花书屋排印本
	南京图书馆藏民国二十三年（1934），王氏梅花书屋铅印本
林以宁《墨庄诗钞》	国家图书馆藏清康熙刻本
吴绡《啸雪庵诗集》	国家图书馆藏清康熙（1662—1722）刻本
	国家图书馆藏民国二十二年（1933）钞本
	四库未收书辑刊本，北京出版社 1998 年版
吴永和《苔窗拾稿》	中山大学藏清康熙五十七年（1718）刻本
	北京大学藏清雍正三年（1725）刻本
张令仪《蠹窗诗集》	国家图书馆馆藏清雍正乾隆间（1723—1795）刻本
钟韫《梅花园存稿》	国家图书馆藏清乾隆嘉庆间（1736—1795），海昌吴氏拜经楼刻本
	国家图书馆藏拜经楼丛书本上海博古斋民国十二年（1923）
	光绪二十一年（1895）南陵徐氏小檀栾汇刻闺秀词本
朱中楣《石园随草》	国家图书馆藏清顺治刻本
	《石园全集》，北京大学藏清康熙四十一年（1702）香雪堂刻本
	《石园全集》，四库存目丛书本，齐鲁书社 1997 年版

朱中楣《镜阁新声》	光绪二十一年（1895）南陵徐氏小檀栾汇刻闺秀词本
王端淑《名媛诗纬初编·诗馀集》	哈佛大学燕京图书馆藏康熙刻本
	台湾图书馆藏康熙刻本
	《明词汇刊》收录，上海古籍出版社1992年版
归淑芬、孙蕙媛等辑《古今名媛百花诗馀》	上海图书馆藏康熙二十四年（1685）刊本
	杭州图书馆藏康熙刻本
	林玫仪《〈古今名媛百花诗余〉校录》，《中国文哲研究通讯》2005年第3期收录

主要参考文献

一、书籍类

1.［五代］王仁裕:《开元天宝遗事》,［清］纪昀、永瑢等:《文渊阁四库全书》,台湾商务印书馆 2008 年版。

2.［宋］胡仔纂集,廖德明校点:《苕溪渔隐丛话》,人民文学出版社 1981 年版。

3.［明］江元祚辑:《续玉台文苑》,明刻本。

4.［明］王嗣奭撰:《杜臆》,上海古籍出版社 1983 年版。

5.［明］赵世杰选辑:《古今女史》,明崇祯元年戊辰（1628）刊本。

6.［清］蔡殿齐:《国朝闺阁诗钞》,清道光二十四年（1845）嫏嬛别馆刊本。

7.［清］曹雪片著,脂砚斋评,邓遂夫校订:《脂砚斋重评石头记庚辰校本》,作家出版社 2006 年版。

8.［清］陈文述:《西泠闺咏》,王国平主编:《西湖文献集成》,杭州出版社 2004 年版。

9.［清］陈之遴、徐灿:《浮云集·拙政园诗馀·拙政园诗集》,黑龙江大学出版社 2010 年版。

10.［清］陈作霖等编:《金陵琐志》,成文出版社有限公司 1970 年版。

11.［唐］杜甫著,［清］仇兆鳌注:《杜诗详注》,中华书局 1979 年版。

12.［清］丁芸辑:《闽川闺秀诗话续编》,民国二十九年（1940）丁氏家刊本。

13.［清］堵霞:《含烟阁诗词合集》,清玉烟堂旧钞本。

14.［清］高景芳:《红雪轩稿》,康熙五十八年（1719）刊本。

15.［清］葛宜:《玉窗遗稿》,乾隆三十七年（1772）刻本。

16.[清] 顾光旭:《梁溪诗钞》,清宣统岁次辛亥(1911)孟夏续刊,文苑阁排印。

17.[清] 顾若璞:《卧月轩稿》,光绪二十三年(1897)钱塘丁氏嘉惠堂刻本。

18.[清] 顾若璞:《黄夫人卧月轩稿》,胡文楷钞本,1955 年。

19.[清] 顾贞立:《栖香阁词》,道光四年(1824)山阳李氏闻妙香室刊本。

20.[清] 归淑芬等:《古今名媛百花诗馀》,康熙二十四年(1685)刊本。

21.[清] 胡孝思、朱珑辑:《本朝名媛诗钞》,清康熙五十五(1716)年平江胡氏凌云阁刻本。

22.[清] 华浣芳:《挹清轩诗稿》,清康熙刻本。

23.[清] 黄瑞图修,[清] 姚蕭纂:《嘉庆重刊江宁府志》,清光绪六年(1880)刊本。

24.[清] 纪昀、永瑢等:《文渊阁四库全书》,台湾商务印书馆 2008 年版。

25.[清] 姜绍书:《无声诗史》,清康熙观妙斋刻本。

26.[清] 李铭皖等修,冯桂芬等纂:《苏州府志》,成文出版社有限公司 1970 年版。

27.[清] 李因撰,周书田校点:《竹笑轩吟草》,辽宁教育出版社 2003 年版。

28.[清] 李振裕:《白石山房集》,《四库全书存目丛书》,齐鲁书社 1997 年版。

29.[清] 李振裕:《白石山房文稿》,《四库全书存目丛书》,齐鲁书社 1997 年版。

30.[清] 梁章钜:《闽川闺秀诗话》,光绪十年(1884)福州梁氏刻本。

31.[清] 林以宁撰,[清] 冯娴、[清] 柴静仪评:《墨庄诗钞》,清康熙刻本。

32.[清] 刘淑:《个山遗集》,梅花书屋排印本 1934 年版。

33.[清] 刘熙载撰:《艺概》,上海古籍出版社 1978 年版。

34.刘骁东等点校:《二十五别史》,齐鲁书社 2000 年版。

35.[清] 柳是:《河东君尺牍一卷,湖上草一卷,我闻室剩稿二卷》,刘履芬清抄本。

36.[清] 柳如是撰,周书田校辑:《柳如是集》,辽宁教育出版社 2001 年版。

37.[清] 陆凤池:《梯仙阁余刻》,康熙四十四年(1705),曹氏家刊本。

38.[清] 毛奇龄:《西河集》,清文渊阁四库全书本。

39.[清] 冒俊:《林下雅音集》,光绪十年(1884)如不及斋刊本。

40.[清] 裴大中、倪咸生修,[清] 秦缃业等纂:《无锡金匮县志》,《中国地方志集成·江苏府县志集》,江苏古籍出版社 1991 年版。

41.[清] 捧花生:《秦淮画舫录》,《丛书集成续编》,新文丰出版公司 1989 年版。

42.[清] 钱岳、徐树敏:《众香词》,上海大东书局 1934 年版。

43.[清] 任兆麟:《吴中十子诗钞》,乾隆五十四年(1789)刊本。

44.[清] 阮元:《两浙 轩录》,嘉庆仁和朱氏碧溪草堂刻本。

45.[清] 沈季友辑:《檇李诗系》,清文渊阁四库全书本。

46.[清] 施闰章:《学余堂文集》,清文渊阁四库全书本。

47.[清] 施闰章撰，何庆善、杨应芹点校：《施愚山集·文集》，黄山书社 1992年版。

48.[清] 宋如林等修、孙星衍等纂：《松江府志》，成文出版社有限公司 1970 年版。

49.[清] 谭献辑，罗仲鼎、俞浣萍校点：《清词一千首·箧中词》，西泠印社 2007年版。

50.[清] 陶樑：《红豆树馆书画记》，续修四库全书本。

51.[清] 完颜恽珠等编：《国朝闺秀正始集》，道光十一年（1831）红香馆刻本。

52.[清] 完颜恽珠等编：《国朝闺秀正始续集》，道光十一年（1831）红香馆刻本。

53.[清] 万树编著：《词律》，上海古籍出版社 1984 年版。

54.[清] 汪启淑：《撷芳集》，乾隆五十年（1785），古歙汪氏飞鸿堂刊本。

55.[清] 王端淑：《名媛诗纬初编》，山阴王氏清音堂康熙刻本。

56.[清] 王端淑：《名媛诗纬初编诗馀集》，赵尊岳辑：《明词汇刊》，上海古籍出版社 1992 年版。

57.[清] 王士禄：《燃脂集》，上海图书馆藏清康熙年间稿本。

58.[清] 王士禛撰，赵伯陶选评：《香祖笔记》，学苑出版社 2001 年版。

59.[清] 王士禛：《池北偶谈》，清文渊阁四库全书本。

60. 王泗原校注：《刘铎刘淑父女诗文》，人民教育出版社 1999 年版。

61.[清] 王豫：《江苏诗征》，焦山海西庵诗词阁刊本。

62.[清] 吴德旋：《初月楼闻见录》，《初月楼续闻见录》，《丛书集成三编》，新文丰出版公司 1997 年版。

63.[清] 吴颢辑，[清] 吴振棫重编：《杭郡诗辑》，清道光间钱塘吴氏刻本。

64.[清] 吴伟业：《梅村集》，清文渊阁四库全书本。

65.[清] 吴伟业：《梅村诗话》，[清] 邵廷烈辑：《娄东杂著》（一名《棣香斋丛书》）第四函，江苏广陵古籍刻印社影印本 1990 年版。

66.[清] 吴绡：《啸雪庵诗集》，民国二十二年（1933）钞本。

67.[清] 吴永和：《苔窗拾稿》，雍正三年（1725）刻本。

68.[清] 佚名：《杜诗言志》，江苏人民出版社 1983 年版。

69.[清] 谢章铤著，陈庆元主编：《谢章铤集》，吉林文史出版社 2009 年版。

70.[清] 徐德音：《绿净轩诗钞》，清光绪戊戌（1898）刻本。

71.[清] 徐乃昌：《闺秀词钞》，小檀栾室宣统元年（1909）刊本。

72.[清] 徐乃昌：《小檀栾室汇刻闺秀词》，南陵徐氏光绪二十二年（1896）刊本。

73.[清] 徐乾学：《憺园文集》，清康熙刻冠山堂印本。

74.[清] 徐釚撰，唐圭璋校注：《词苑丛谈》，中华书局 2008 年版。

75.[清] 徐世昌编，闻石点校：《晚晴簃诗汇》，中华书局 1990 年版。

76.[清] 徐树敏、钱岳选:《众香词》,上海大东书局1933年影印本。

77.[清] 许瑶光等修,吴仰贤等纂:《嘉兴府志》,成文出版社有限公司1970年版。

78.[清] 于琨修,[清] 陈玉璂纂:《康熙常州府志》,《中国地方志集成·江苏府县志集》,江苏古籍出版社1991年版。

79.[清] 余怀著,李金堂校注:《板桥杂记》,上海古籍出版社2000年版。

80.[清] 袁枚著,王英志批注:《随园诗话》,凤凰出版社2009年版。

81.[清] 查继超辑,吴熊和点校:《词学全书》,书目文献出版社1986年版。

82.[清] 张令仪:《蠹窗诗集》,清雍正乾隆间(1723—1795)刻本。

83.[清] 赵旻等监修,陶成编纂:《江西通志》,《文渊阁四库全书》,台湾商务印书馆1986年版。

84.[清] 钟韫:《梅花园存稿》,民国十二年(1923),拜经楼丛书上海博古斋刊本。

85.[清] 周铭:《林下词选》,《四库全书存目丛书补编》第二册,齐鲁书社2002年版。

86.[清] 朱彝尊、汪森编:《词综》,上海古籍出版社2005年版。

87.[清] 朱彝尊:《静志居诗话》,嘉庆二十四年(1819),钱塘姚氏扶荔山房刻本。

88.《清实录》,清康熙实录影印本,中华书局1985年版。

89.赵尔巽等撰:《清史稿》,中华书局1977年版。

90.[清] 徐鼒撰:《小腆纪传》,中华书局1958年版。

91.顾廷龙主编:《续修四库全书》,上海古籍出版社2002年版。

92.光铁夫编:《安徽名媛诗词徵略》,黄山书社1986年版。

93.丁福保辑:《历代诗话续编》,中华书局2006年版。

94.刘毓盘:《词史》,上海书店1985年版。

95.梁启超:《清代学术概论》,上海古籍出版社1998年版。

96.梁乙真:《清代妇女文学史》,中华书局1923年版。

97.梁乙真:《中国妇女文学史纲》,上海书店1990年版。

98.吴梅:《词学通论》,华东师范大学出版社1996年版。

99.张鹏翼总纂:《洋县志》,成文出版社有限公司1937年印本。

100.四库全书存目丛书编纂委员会编:《四库全书存目丛书》,齐鲁书社1997年版。

101.陈鼓应注译:《庄子今注今译》,中华书局1983年版。

102.南京大学中国语言文学系全清词编纂委员会编:《全清词·顺康卷》,中华书局2002年版。

103.曾昭岷等编著:《全唐五代词》,中华书局1999年版。

104. 华钟彦撰：《花间集注》，中州书画社 1983 年版。

105. 唐圭璋编：《词话丛编》，中华书局 2005 年版。

106. 唐圭璋编：《全金元词》，中华书局 1992 年版。

107. 唐圭璋编：《全宋词》，中华书局 1999 年版。

108. 钱仲联：《清诗纪事》，江苏古籍出版社 1987 年版。

109. 钱仲联选注：《清词三百首》，岳麓书社 1992 年版。

110. 饶宗颐初纂，张璋总纂：《全明词》，中华书局 2004 年版。

111. 胡文楷：《历代妇女著作考》，商务印书馆 1957 年版。

112. 胡晓明、彭国忠主编：《江南女性别集》，黄山书社 2008 年版。

113. 陈鸿祥编著：《〈人间词话〉〈人间词〉注评》，江苏古籍出版社 2002 年版。

114. 程郁缀：《徐灿词新释辑评》，中国书店 2005 年版。

115. 林玫仪：《〈古今名媛百花诗余〉校录》，《中国文哲研究通讯》2005 年第 3 期。

116. 邓红梅：《女性词史》，山东教育出版社 2000 年版。

117. 邓之诚撰：《清诗纪事初编》，上海古籍出版社 1984 年版。

118. 柯愈春：《清人诗文集总目提要》，北京古籍出版社 2002 年版。

119. 来新夏：《近三百年人物年谱知见录》，上海人民出版社 1983 年版。

120. 李灵年、杨忠主编：《清人别集总目》，安徽教育出版社 2000 年版。

121. 施蛰存主编：《词籍序跋萃编》，中国社会科学出版社 1994 年版。

122. 谭其骧主编：《中国历史地图集》第七册，中国地图出版社 1996 年版。

123. 罗伟国、胡平编：《古籍版本题记索引》，上海书店 1991 年版。

124. 钱实甫编：《清代职官年表》，中华书局 1980 年版。

125. 叶恭绰编：《全清词钞》，中华书局 1982 年版。

126. 尤振中、尤以丁编著：《清词纪事会评》，黄山书社 1995 年版。

127. 张宏生主编：《全清词·顺康卷补编》，南京大学出版社 2008 年版。

128. 吴志达主编：《中华大典·文学典·明清文学分典》，凤凰出版社 2005 年版。

129. 王云五主持：《续修四库全书提要》，台湾商务印书馆 1985 年版。

130. 邬国平、王镇远主编：《清代文学批评史》，上海古籍出版社 1995 年版。

131. 邬国平、黄霖编著：《中国文论选·近代卷》，江苏文艺出版社 1996 年版。

132. 张璋、职承让、张骅、张博宁编纂：《历代词话》，大象出版社 2002 年版。

133. 中国古籍善本书目编辑委员会编：《中国古籍善本书目·集部·别集类》，上海古籍出版社 1996 年版。

134. 朱保炯、谢沛霖编：《明清进士题名碑录索引》，上海古籍出版社 1980 年版。

135. 朱彭寿编著：《清代人物大事纪年》，北京图书馆出版社 2005 年版。

136. 艾治平：《清词论说》，学林出版社 1999 年版。

137. 曹正文：《女性文学与文学女性》，上海书店 1991 年版。

138. 陈东原：《中国妇女生活史》，商务印书馆 1998 年版。

139. 陈顾远：《中国婚姻史》，岳麓书社 1998 年版。

140. 陈水云：《清代词学发展史论》，学苑出版社 2005 年版。

141. 陈水云：《清代前中期词学思想研究》，武汉大学出版社 1999 年版。

142. 陈寅恪：《柳如是别传》，上海古籍出版社 1980 年版。

143. 程千帆、莫砺锋、张宏生：《被开拓的诗世界》，上海古籍出版社 1990 年版。

144. 崔海正主编：《历代词研究史稿》，齐鲁书社 2006 年版。

145. 段继红：《清代闺阁文学研究》，南开大学出版社 2007 年版。

146. 方智范、邓乔彬、周圣伟、高建中：《中国古典词学理论史》，华东师范大学出版社 2005 年版。

147. [美] 费正清：《中国：传统与变迁》，张沛译，世界知识出版社 2002 年版。

148. 高峰：《江苏词文化史论》，凤凰出版社 2011 年版。

149. [明] 何良俊：《四友斋丛说》，中华书局 1959 年版。

150. 何宗美：《明末清初文人结社研究》，南开大学出版社 2003 年版。

151. 何宗美：《明末清初文人结社研究续编》，中华书局 2006 年版。

152. 黄嫣梨：《清代四大女词人——转型中得清代知识女性》，汉语大词典出版社 2002 年版。

153. 辉群：《女性与文学》，启智书局 1928 年版。

154. 江庆柏编著：《清代人物生卒年表》，人民文学出版社 2005 年版。

155. 康正果：《风骚与艳情——中国古典诗词的女性研究》，河南人民出版社 1988 年版。

156. 李丹：《顺康之际广陵词坛研究》，上海古籍出版社 2009 年版。

157. 李康化：《明清之际江南词学思想研究》，巴蜀书社 2001 年版。

158. 李小江：《女性审美意识探微》，河南人民出版社 1989 年版。

159. 李兴盛：《东北流人史》，黑龙江人民出版社 1990 年版。

160. 李泽厚：《美学三书》，天津社会科学院出版社 2001 年版。

161. 林葆恒：《词综补遗》，上海古籍出版社 2005 年版。

162. 林增平、李文海主编，清史编委会编：《清代人物传稿》，辽宁人民出版社 1987 年版。

163. 凌郁之：《苏州文化世家与清代文学》，齐鲁书社 2008 年版。

164. 刘德鸿：《清初学人第一：纳兰性德研究》，中国社会科学出版社 1997 年版。

165. 马清福：《文坛佳秀——妇女作家群》，辽宁人民出版社 1997 年版。

166. 莫立民：《晚清词研究》，中国社会科学出版社 2006 年版。

167. 齐文颖主编：《中华妇女文献纵览》，北京大学出版社 1995 年版。

168. 乔以钢：《中国女性的文学世界》，湖北教育出版社 1993 年版。

169. 邱世友：《词论史论稿》，人民文学出版社 2002 年版。

170. 尚小明编著：《清代士人游幕表》，中华书局 2005 年版。

171. 盛义：《中国婚俗文化》，上海文艺出版社 1994 年版。

172. 孙康宜：《文学经典的挑战》，百花洲文艺出版社 2002 年版。

173. 孙克强：《清代词学》，中国社会科学出版社 2004 年版。

174. 谭正璧：《中国女性的文学生活》，光明书局 1931 年版。

175. 谭正璧：《中国女性文学史话》，百花文艺出版社 1984 年版。

176. 陶慕宁：《青楼文学与中国文化》，东方出版社 1993 年版。

177. 陶秋英：《中国妇女与文学》，北新书局 1933 年版。

178. 王英志主编：《清代闺秀诗话丛刊》，凤凰出版社 2010 年版。

179. 王兆鹏：《词学史料学》，中华书局 2004 年版。

180. 吴文治：《中国文学史大事年表》，黄山书社 1987 年版。

181. 谢桃坊：《中国词学史》，巴蜀书社 2002 年版。

182. 谢无量：《中国妇女文学史》，中华书局 1916 年版。

183. 严迪昌：《清词史》，江苏古籍出版社 1997 年版。

184. 姚蓉：《明清词派史论》，广西师范大学出版社 2007 年版。

185. 叶嘉莹：《清词丛论》，河北教育出版社 1997 年版。

186. 叶嘉莹：《叶嘉莹说词》，上海古籍出版社 1999 年版。

187. 叶嘉莹主编：《历代名家词新释辑评丛书·总序》，中国书店 2003 年版。

188. 曾敦迤：《中国女词人》，女子书店 1935 年版。

189. 张宏生编：《明清文学与性别研究》，江苏古籍出版社 2002 年版。

190. 张宏生：《清代词学的建构》，江苏古籍出版社 1998 年版。

191. 张宏生、张雁编：《古代女诗人研究》，湖北教育出版社 2002 年版。

192. 张明叶：《中国古代妇女文学简史》，辽宁教育出版社 1993 年版。

193. 赵雪沛：《明末清初女词人研究》，首都师范大学出版社 2008 年版。

194. 宗白华：《美学散步》，上海人民出版社 1981 年版。

195. Kang-iSun Chang, "Ming-QingWomen Poets and the Notionsof 'Talent' and 'Morality'", in *Cultureand Statein Chinese History*: *Conventions*, *Accommodations*, *and Critiques*, ed. Theodore Hutersetal. Stanford: Stanford University Press, 1997.

196. Fong, Grace, S., *Herselfanauthor*: *gender*, *agency*, *and writing in lateimperial*

China，University of Hawaii Press, 2008.

二、论文类

1. 邓乐群：《杜甫的别类才情及其诗歌表现》，《江海学刊》2011 年第 6 期。

2. 高峰：《明清女性词人的易安情结》，《南京师范大学学报（社会科学版）》2011 年第 5 期。

3. 郝丽霞：《吴江叶、沈两大家族的联姻与文学创作》，《太原师范学院学报（社会科学版）》2004 年第 1 期。

4. 胡小林《清代初年的蕉园诗社》，《古典文学知识》2008 年第 2 期。

5. 何永智：《恨无图史记贤臣：葛徵奇考》，《嘉兴学院学报》2016 年第 4 期。

6. 黄海章：《试论构成李白诗歌积极浪漫主义的因素》，《中山大学学报（社会科学版）》1960 年第 2 期。

7. 蒋琳：《李因〈水墨花鸟图〉卷考》，《东方博物》2013 年第 1 期。

8. 康正果：《重新认识明清才女》，《中外文学》1993 年第 11 期。

9. 刘双庆：《徐灿考论》，浙江大学 2008 年硕士学位论文。

10. 钱建状、刘尊明：《尊词与辨体：宋词独特风貌形成中的一对矛盾因子》，《湖北大学学报（哲学社会科学版）》2000 年第 3 期。

11. 宋清秀：《黄媛介——名妓文化与闺秀文化融合的桥梁》，《中国典籍与文化》2006 年第 3 期。

12. 吴晶：《蕉园诗社考论》，《浙江学刊》2010 年第 5 期。

13. 谢桃坊：《论宋词的艺术特征》，《天府新论》2006 年第 5 期。

14. 张宏生：《日常化与女性词境的拓展——从高景芳说到清代女性词的空间》，《清华大学学报（哲学社会科学版）》2008 年第 5 期。

15. 赵雪沛：《关于女词人徐灿生卒年及晚年生活的考辨》，《文学遗产》2004 年第 3 期。

后　记

　　金陵一梦，始于孝陵梅花山，犹记独自徜徉粉霭香云间，空寂无人，如入幻境。不觉风寒侵体，腮烧红云，以致病中赴试……历历如在目前。如今，作别数年，桐叶芭蕉之思偶炙，栀白桂丹之想仍浓。幸有文字可供追想，遂仍以当日论文之《致谢》作为本书后记，以志当年求学之心：

　　随园一度，三载星霜。人生何幸，赧列于词府唐门；天性非颖，愧对乎诗学随园。逡巡金陵，非感江南之物华；辗转红尘，唯念师恩之深重。

　　邓师红梅，不弃愚顽，屡次勉励，多方援引。教以为学之道，授于冶性之德。尝烹茶而论道，语词玏玏；亦抚绮而抒怀，言笑晏晏。忽魂归以仙去，百唤不回；空肠断而梦萦，一恩未报。终成憾事，徒留怀伤。

　　高峰吾师，谦谦君子。援手危难之时，拯济困苦之中。使令不坠颓唐，激励奋发振作。悉心指教，至于句读；斟酌批改，甚及辞藻。卒促成篇，字字是师之力；始缀为文，句句念师之恩。

　　钟师振振，德高学深。关爱教诲，非嫌卑微；提携举荐，不厌鄙陋。初入随园，慕先生之雅名；后丧邓师，感先生之关心。愿效先生，赤子之心行世；希承先生，严谨之风治学。

　　曹师辛华，古道热肠，爱憎分明，倜傥不群。常聆其教，亲嘱文章之道；时有关怀，为言人生之理。助益匪浅，收获良多。

余者诸师，皆有所教，不胜枚举，心怀感念。

同窗众友，倾心相交。欢宜款洽，如沐春风。梓杉清雅，常与论道；纵横捭阖，至忘形于所言；怡神悦性，恒得意于其中；会其意者，唯彼与吾。春秀秋华，闺中挚友；一明媚而欢悦，一和煦而温雅；人如其名，相得益彰。小环庆丰，关爱如姊；推心置腹，指点迷津。李言玉玲，和雅温婉；常共嬉戏，谊切苔岑。秋霞师姐，诗人之姿；杜昆学兄，学者之风。晓华师姐、志远学兄，亦尝叨扰，请为斧正。国伟师兄，曾为擘肌分理；刘源师弟，多以资料相赠。以上诸位，皆多眷顾帮衬；言乏词穷，至此一并为谢！

风雨卅载，蹉跎人生，所愧对者，父母亲朋。椿萱霜染，仍为朝夕挂怀；桑梓路遥，常难承欢膝下。春晖之恩，无以为报；秋阳之泽，徒有念念。而立之年，仍使双亲劳形；不肖若我，当令世人心伤。愿以余生谢罪，冀补半世荒唐。

斯文得成，亦得益于外子。豁达大度，极尽包容；使能免于琐务，一心着力撰文。愿今而后，笙磬同音。

人世多艰，人间情多。常受恩于众，无以为报；惟切切于心，一生感恩。

赵宣竹

庚子岁首讫于北京

责任编辑：王怡石

图书在版编目（CIP）数据

顺康女性词研究 / 赵宣竹 著 . —北京：人民出版社，2021.6

ISBN 978 - 7 - 01 - 022459 - 6

I. ①顺…　II. ①赵…　III. ①词（文学）- 诗词研究 - 中国 - 清代
②词人 - 女作家 - 任务研究 - 中国 - 清代　IV. ① I207.23 ② K825.6

中国版本图书馆 CIP 数据核字（2020）第 167120 号

顺康女性词研究
SHUNKANG NÜXINGCI YANJIU

赵宣竹　著

人民出版社 出版发行

（100706　北京市东城区隆福寺街 99 号）

北京中科印刷有限公司印刷　新华书店经销

2021 年 6 月第 1 版　2021 年 6 月北京第 1 次印刷

开本：710 毫米 × 1000 毫米 1/16　印张：20.75

字数：320 千字

ISBN 978 - 7 - 01 - 022459 - 6　定价：88.00 元

邮购地址 100706　北京市东城区隆福寺街 99 号

人民东方图书销售中心　电话（010）65250042　65289539